LINE
GOLD

우아한 독종

우아한 독종 1

초판 1쇄 찍은 날 | 2020년 10월 6일
초판 1쇄 펴낸 날 | 2020년 10월 30일

지은이 | 요안나
펴낸이 | 예경원

편집 | 박수희 · 주승아

펴낸곳 | 예원북스
등록번호 | 제396-2012-000132호
등록일자 | 2012. 7. 25
YRN | 제1-0263호

주소 | 경기도 고양시 일산동구 호수로 646-24 위너스 21-Ⅱ 206A호 (우) 10401
전화 | 031-819-9431 팩스 | 031-817-9432
http://cafe.naver.com/yewonromance
E-mail | yewonbooks@naver.com

ISBN 979-11-4258-8 04810
ISBN 979-11-4257-1 (세트)

너는 나한테
여신이면서 마녀고, 천사이면서 악녀고, 성녀이면서 요녀고,
나의 전부이자, 내 자신이지.

1

우아한 독종

6

요안나 장편 소설
Goldline Romance Story

LINE GOLD

C • O • N • T • E • N • T • S

1. 고장 난 나침반 · 7

2. Distraction · 52

3. 아스클레피오스의 지팡이 · 94

4. 세크레툼(secrétum) · 150

5. 평화주의자 · 210

6. 나비 · 263

7. 미아(迷兒) · 310

8. 무슨 이름을 가졌든 · 363

1. 고장 난 나침반

"우리 자주 보네요?"

피트니스 전용 어플에서 일부러 사람이 없는 시간을 골라 예약했는데도 또다시 마주치고 말았다.

"안녕하세요? 새벽부터 운동 나오셨나 봐요."

주한 미국 대사관 근처의 필라테스 스튜디오에서 1:4 필라테스 그룹 레슨을 받는 동안, 루나는 말 많고 엄살이 심한 여자와 함께하는 일이 자주 있었다.

"아침부터 연구실 가려면 빡세게 하고 가야 해서요. 공부도 체력이야. 내가 박사 학위 근육으로 딴다니까."

자꾸 마주치는 게 의심스러워 조사를 해 보았지만, 그녀는 프로필이 깨끗한 일반인이었다. 국내 저명한 대학에서 물리학 박사 과정을 밟고 있다는 여자의 이름은 박영실. 서너 번 마주친 이후로 그녀는 루나에게 꽤 친근하게 굴었다.

"주희 씨, 내가 그때 말한 거 생각해 봤어요?"

루나의 예명을 부르는 영실의 목소리는 약간 격앙되어 있었다. 루나는 긴 웨이브 머리를 틀어 올려 고무줄로 단단히 묶으며 영실을 바라보았다. 루나보다 한 살이 많은 그녀는 올해로 스물아홉. 작년에 첫사랑과 결혼했다는 여자는 세상을 바라보는 감상이 꽃밭, 그 자체였다.

"인간은 사랑하기 위해 태어난 게 맞아요. 연애도 때가 있어, 주희 씨."

동그란 금색 안경테 가운데를 검지로 우아하게 들어 올리며, 영실이 조용히 덧붙였다.

"공부만 체력인가? 연애도 체력이야. 젊을 때 해야 더 좋지."

신혼의 단꿈에 젖은 영실은 남자 친구가 없다는 루나를 심각하게 안타까워했다.

"저는 연애 생각이 없어서요."

한국에 언제까지 머물게 될지 모르는 상황, 파견지에서의 연애는 생각해 본 적 없다. 무관심한 투로 거절했는데도 영실은 물러설 기미를 보이지 않는다.

"진짜 괜찮은 사람이라니까. 박사 끝내고, 포닥이라고 내가 말했지? 얼굴은 또 얼마나 잘생겼다구. 내가 정말 소개팅해 줘서 잘된 커플이 얼마나 많은데. 내가 사람 보는 눈이 좀 있그등."

영실은 강사가 하라는 대로 손을 머리 뒤로 깍지 끼고, 바렐의 곡선을 따라 옆구리를 구부리며 콧잔등을 찌푸리고는 힘에 겨운 목소리로 떠들어 댔다.

"나이도 네 살 차이면 딱이다. 궁합도 안 보는 나이잖아. 응? 한 번만 만나 봐."

루나는 영실과 같은 자세로 옆구리를 구부리며 연한 미소만 머금었다.

"유주희 씨?"

낮게 퍼지는 목소리가 부르는 이름은 여전히 낯설다. 흔하고 예쁜 이름 중에 고른 건데, 흔하다고 해서 익숙하다는 의미는 아니니까.

루나는 목소리가 들려온 쪽으로 천천히 고개를 돌렸다.

"안이형 씨?"

은은한 미소를 지으며, 바 스툴에 걸터앉은 채로 남자를 바라보았다.

"앉아도 됩니까?"

깊은 음성, 상냥한 어조, 처음 보는 타인을 향한 적절한 예의를 갖춘 표정. 루나가 등 떠밀려 나온 자리라고 난색을 표한다고 해도 이해해 줄 것 같은 선량한 느낌을 주는 남자다.

짙고 가지런한 눈썹, 반듯한 미간을 따라 가파르게 떨어지는 콧대, 붉고 진한 입술과 대조적인 새하얗고 매끈한 피부. 연구실에 틀어박혀서 햇빛 한 번 쬐지 않았을 것처럼 그의 얼굴은 보송보송하고도 창백했다.

언뜻 차가워 보일 수도 있는 인상이었지만, 검은 물기를 머금은 듯한 촉촉하고 깊은 눈동자 때문인지 그는 지극히 순해 보였다.

「그런 잘생긴 종은 다음 세대까지 잘 보존되어야 한다고. 평균 얼굴값을 올리는 개체라니까? 우리 주희 씨도 한 미모 하잖아? 둘이 애기 낳으면 인물 환상이겠다. 어머, 내가 너무 신나서 필터 없이 내뱉었네.」

탈의실에서 옷을 갈아입으며 요란하게 웃던 영실의 목소리가 들리는 듯하다. 영실이 감탄에 젖어 떠들었던 것처럼 남자는 눈에 띄게 잘생긴 외양을 지니고 있었다.

"저녁은 드셨죠?"

대답은 뻔히 알고 있다는 듯이, 그가 한쪽 입꼬리에만 미소를 머금은 채로 물었다.

일부러 저녁 시간을 피해 밤 9시쯤 약속을 잡았다. 대화가 좀 통하면 가볍게 맥주나 한잔하고 헤어지고, 그것도 아니면 그냥 일 핑계를 대고 일찍 일어날 생각이었다.

"먹었죠. 늦었는데."

그가 이번에는 양쪽 입꼬리로 호선을 그리며 진한 미소를 머금었다. 아까 예의를 차리느라 지었던 미소와도 또 다른 인상이다. 충분히 눈길을 끄는 외모를 가진 남자가 짓는 미소는 시선이 오래 머물 만큼 아름다웠다.

"솔직히 나는."

그가 말끝을 길게 늘이며 바 테이블 위에 올려둔 손가락으로 매끄러운 대리석 위를 톡톡톡 두드렸다. 일정한 박자를 띤 손짓, 안정적인 동작으로 불안감을 낮추려는 심리적 요인에 기인한 행동이었다.

누가 이 잘생긴 남자를 초조하게 만들었을까……?

루나는 아까와 같은 연한 미소를 머금은 채로 남자를 응시했다.

"박영실한테 등 떠밀려서 이 자리에 나왔거든요? 기분 상하시지 않게 말씀드리고 일찍 들어갈 생각이었고요."

누가 할 소릴 하는 건지.

루나는 경청하고 있다는 듯이 눈썹을 살짝 들어 올렸다.

"그런데."

흥미를 끌려는 수작치고는, 그의 눈빛에 어린 떨림이 순수했다. 그리고 여전히 톡톡거리는 그의 손짓에서 그가 느끼고 있을 설렘이 넌지시 보였다.

"나오길 잘했다는 생각이 드네요."

루나는 잠시 제 상황을 망각하고 진한 미소를 머금었다. 신원 조사를 했을 때만 해도 그저 심심한 공붓벌레에 지나지 않았던 남자였는데. 단단하게 생긴 남자가 수줍게 구는 모습이 꽤 귀엽다.

"일찍 들어가고 싶지도 않고요."

순수한 솔직함이 묻어나는 눈빛. 남자는 직설적으로 감정을 표현하는 데 익숙한 사람처럼 보였다. 이제껏 끊임없이 감정을 숨기고, 상대를 속이는 훈련을 해 왔다. 처음 보는 남자의 꾸밈없는 정직함은 묘하게 마음을 끌어당겼다.

파견지에서의 깊은 관계는 지양해야만 했지만……. 그럼, 깊어지지 않으면 그만이지 않나.

심리학을 전공한 루나는 본인을 우아하게 제어하는 데 능숙했다.

"한잔할래요?"

묻는 남자의 목소리는 잔바람에도 떨리는 꽃잎처럼 아름다웠다.

"그러죠."

남자가 바텐더에게 맥주 한 잔을 주문하고는 루나를 향해 고개를 돌렸다. 몸에 밴 매너가 깔끔한 남자다.

"저도 같은 거로 주세요."

바텐더가 고개를 까딱하고 멀어지자, 그가 유연하게 물었다.

"학원에서 토익 강사로 일한다고요?"

루나는 가만히 고개를 끄덕였다. 선량한 호기심 가득한 남자의 눈동자는 진중했다.

[오늘은 몇 시에 끝나요?]

휴대전화 화면에 반짝 불이 들어온다. 메시지 발신인은 안이형. 루나는 영실에게 그를 소개받은 이후 꾸준히 만남을 이어 왔다. 이따금 그의 문자를 마주할 때마다 가슴에 보르르 잔바람이 인다.

"요즘 누구 만나?"

휴대 전화를 바라보며 감정의 동요가 일었던 것을 눈치 빠른 마리에게 들켰나 보다.

"남편은 어떻게 만났어?"

루나는 마주 앉은 마리를 바라보며, 대답 대신 질문으로 대꾸했다. 마리가 우아하게 새끼손가락을 들어 올린 채로 커피 잔을 만지작거리자, 코발트블루 바탕에 금색의 H브랜드 로고가 반짝 빛났다.

"생전 그런 거 안 물어보던 사람이 이상하네?"

명품 브랜드 매장에서 운영하는 도산대로 럭셔리 카페, 누가 보면 인생 참 한가로운 여자 둘이 마주 앉아서 오후 티타임이나 즐기고 있는 줄 알겠지. 두 사람 사이에는 진실과 거짓이 묘하게 공존했다.

마주 앉은 마리가 커피 잔 손잡이를 2시 방향으로 돌렸다.

"그래서 남편은 어떻게 만났는데?"

마리가 가리킨 방향으로 시선을 흘끗 돌리자 중국 유학생 서울 모임 부대표인 쑤싱과 조선족 출신의 여성 예화가 마주 앉았다. 의대 본과에 재학 중인 쑤싱과 한국 생활에 완벽히 적응한 예화는 유창한 한국어를 구사했다. 그들은 완벽한 한국인처럼 보였고, 부유한 연인 같았다.

"카페 키오스크에서 계산하려는데, 내 카드가 안 먹히는 거야. 뒤에 서 있던 남편이 대신 계산해 줬어."

짝을 찾는 일은 그렇게 평범한 순간에 이루어지곤 한다며 마리는 웃었다.

"내가 좀 덤벙거리잖아. 카드를 계속 거꾸로 집어넣고 있었더라고. 내 정신 좀 봐. 덤벙거린다고 하니까 생각났네. 약 먹어야 하는데."

마리가 옆 의자에 올려두었던 핸드백을 집어 들며 작은 원통형 플라스틱 약병을 꺼냈다.

"흐읍."

숨을 거칠게 들이마시는 소리와 함께 마리가 의자 옆으로 고꾸라졌다.

"어떡해! 얘가 왜 이래, 갑자기!"

눈이 하얗게 뒤집힌 마리를 보며, 루나가 놀라서 소리쳤다.

"도와주세요! 친구가 쓰러졌어요! 의사 없어요? 제발 도와주세요! 119, 119 좀 불러 주세요!"

루나가 쓰러진 마리 곁에 쭈그리고 앉아서 울부짖는 소리가 카페를 시끄럽게 울렸다. 이제껏 조용조용 대화를 나누던 쑤싱이 황급히 자리에서 일어나 두 사람 곁으로 다가왔다.

쑤싱은 한국에 유학 온 지 1년쯤 되었을 때부터 국안부(중국의 국가 안보 기관)와 접촉을 시작했다. 조사한 바에 따르면 쑤싱은 공산당 하급 관리로 있는 아버지와 가족의 목숨을 저당 잡혀서 억지로 공작 활동에 가담하게 되었을 뿐, 의사를 천직으로 여기는 순수한 의대생이었다.

"숨을 안 쉬는 것 같아요. 약 먹을 시간을 넘겼다고 했는데……."

쑤싱이 마리의 상태를 살피는 동안 루나는 어쩔 줄 모르겠다는 듯이 안절부절못하는 척했다. 눈을 이리저리 굴리며 여전히 테이블 앞에 앉아 있는 예화를 주시했다.

예화는 그저 소동에 놀란 사람처럼 천진한 얼굴이었다. 그러나 조선족 범죄 조직의 연락책으로 살면서 수많은 죽음을 묵도한 여자의 눈빛만큼은 냉랭했다. 이 카페 안에서 예화가 풍기는 위화감을 알아차린 사람은 루나뿐인 듯했다.

예화를 향한 감정은 일종의 동족 혐오였다. 자신을 다스리는 데 능한 독종. 하지만 자신이 차가운 정의라면, 예화는 뜨거운 불의였다. 예화는 쑤싱에게 연인처럼 접근해 그를 농락하고 있었다.

농락이라. 비겁한 단어를 떠올린 순간 이형의 얼굴이 눈앞을 스친다. 따뜻한 품이 온몸을 감싸는 듯한 감각이, 귓가를 울리는 다정한 목소리가 생생하다.

오늘은 꼭 헤어져야지.

사랑에 빠진 남자를 농락하는 점에서 루나는 예화와 다름없이 나빴다.

카페 안에 앉아 있던 사람들이 놀란 얼굴로 일어나 마리를 바라보며 수군댔다. 쑤싱이 심폐소생술을 시작했고, 루나는 혼이 빠진 사람처럼 날뛰며 예화와 카페 안을 샅샅이 살폈다. 난리 통에 한 남자가 카페 안으로 들어섰다. 40대 중후반쯤 되어 보이는 신경질적인 인상의 남자는 바닥에 널브러진 마리와 그녀를 살리려 노력 중인 쑤싱을 흘긋 보고는 눈살을 찌푸렸다.

쑤싱과 예화가 기다린 사람이 저놈이었나 보다. 남자는 일본 극우 기업의 한국 지사 임원이었다.

중국 국안부와 일본 극우 단체의 만남이라, 꽤 흥미로운 일을 꾸미고 있는 모양이지.

"콜록, 콜록."

마리가 때마침 기침과 함께 쇳소리 가득한 긴 숨을 내쉬었다.

"괜찮아?"

"어, 괜찮아."

마리가 희미하게 웃었고, 루나는 쑤싱에게 격앙된 목소리로 감사하다는 인사를 전하며 그의 목을 와락 끌어안았다.

루나의 왼손 검지 끝에 붙어 있던 사방 0.5mm가 채 되지 않는 핀이 쑤싱의 목덜미에 옮겨 붙었다. 흔적 하나 남기지 않은 채 진피층으로 침투해 자리를 잡고 나면 그때부턴 쑤싱의 위치 추적이 가능해진다. 따끔한 통증을 의심하지 않도록 일부러 그의 목덜미를 손으로 주무르며 유혹적으로 굴었다.

"아, 아닙니다. 친구분이 깨어나셔서 다행이네요."

쑤싱은 얼떨떨한 표정을 지으며 예화를 의식한 듯 루나를 밀어냈다. 루나는 정신이 쏙 빠지도록 감사하다는 인사를 거듭하며 호들갑을 떨었다.

누군가 119에 신고를 했는지, 구급대가 들이닥쳤다. 마리는 들것에 실려 나갔고, 루나는 그 뒤를 울먹이며 따랐다.

완벽한 퇴장이었다.

구급차 뒤에 올라탄 루나는 얼굴을 뒤덮고 있는 실리콘 가면을 훌러덩 벗겨 냈다. 3D프린터의 발달로 위장 가면이 감쪽같아질수록 피부 밀착력이 높아져 답답했다.

"얘 때문에 내가 요즘 열여섯에도 안 나던 여드름이 난다니까."

재킷과 블라우스 단추를 풀어 헤친 마리가 허리춤에서 실리콘 벨트를 잡아당겼다. 몸통까지 위장한 탓에 마리의 몸집은 평소보다 1.5배는 커 보였다.

"쑤싱이 어찌나 세게 누르는지, 진짜 앞가슴 뼈 나가는 줄 알았어. 근데 내가 남편 어떻게 만났는지는 왜 물어? 모르는 거 아니잖아?"

마리가 이마 끝부터 실리콘 가면을 벗겨 내며 물었다.

"루나가 나에 대해 물어봤다고? 루나, 그럼 못 써. 나는 유부남이라고."

구급차 운전대를 잡고 있던 조이가 너스레를 떨며 낄낄거렸다.

"이 사람이면 되겠다 하는 느낌이 있었어?"

루나는 휴대전화를 만지작거리며 물었다. 머릿속으로는 이형의 잘생긴 얼굴을 떠올리면서.

안 될 것을 알면서도 감정에 압도당하는 순간이 있다. 질문을 던져 놓고 부질없다는 것을 깨닫는 데는 얼마 걸리지 않았다.

"당사자 둘을 앞에 두고 묻기엔, 질문이 너무 신랄하다고 생각하지 않아?"

마리의 웃음 띤 되물음과 달리 조이는 진지하게 대꾸했다.

"나는 알았어. 처음부터 알았어. 처음 본 순간부터 알았어. 내가 잘못돼서 죽어도 마리는 울지 않을 것 같은 느낌?"

"아이고, 로맨스가 다 얼어 죽었나 보다."

루나가 눈을 치뜨며 헛웃음을 짓는데도 마리와 조이는 좋다며 깔깔거렸다.

서로의 죽음을 초월할 수 있는 사랑이라니. 이형과는 불가능할 관계다. 선하고 착한 남자에게 죽음으로 이별을 안겨 주는 것은 너무 가혹한 일이다.

사이렌을 켜지 않은 구급차가 들어선 곳은 미국 대사관 건물의 지하 주차장이었다.

카페 매니저가 119로 신고한 내용은 미리 대기 중이던 조이에게 전달되었고, 세 사람은 2주일 넘게 준비한 작전을 무사히 마칠 수 있었다. 한국 정부의 공조가 있었기에 가능한 일이었다.

차에서 내리는데 이형의 다정한 음성이 들리는 듯한 문자가 연이어 들어왔다.

[주희 씨, 오늘도 많이 늦어요?]

[보충해 줘야 하는 학생이 오늘도 줄 서 있는 거예요?]

[나도 주희 씨가 하는 수업 듣고, 거기 가서 줄 서야겠다.]

아차, 문자에 답을 해야 하는데.

"루나, 지부장이 보재."

동료의 부름에 루나는 휴대전화를 도로 재킷 주머니에 집어넣고 회의실로 향했다. CIA 한국 지부장, 다카키 유미는 공교롭게도 일본계 미국인이었다.

"그래, 누가 누굴 만나고 있었다고?"

"한국 내 불매 운동으로 인해 철수를 고려하고 있는 일본 극우 기업의 임원이었습니다."

그녀는 워싱턴 캐피털 힐(미국 국회의사당이 있는 곳)에서도 친일 성향이 있는 민주당 내 의원들과 친분이 두터웠다. 그녀가 CIA 한국 지부장으로 선임되었을 때, 우려를 야기했던 부분이기도 하다.

다카키는 속을 알 수 없는 얼굴로 창밖을 응시하며 중얼거렸다.

"중국 국안부와 전범 기업이라."

다카키가 전범 기업이라는 단어를 무심하게 내뱉었다. 자신의 정치적 성향과 위치를 숨기려고 일부러 흘린 말인지도 모른다.

"시간이 얼마나 필요해?"

"일주일 정도 후에 다시 보고드리겠습니다."

다카키가 눈을 흡뜨며 루나를 바라보았다.

"참 믿음직스러워."

칭찬인 듯 거슬리는 말이었다. 상사가 추켜세워 주는 말 속에 신뢰보다 갈등과 의구심이 더 짙을 때가 있다. 지금은 명백히 후자다. 다카키 유미는 프로답지 않게 루나를 향한 경계심을 감추지 못했다.

아니면 겁을 주는 것인지도 모른다. 자신에게 해가 될 만한 것을 네가 발견해 온다면 각오하라는 듯이.

"나가 봐요."

뒤돌아서는데 등 뒤로 날카로운 음성이 꽂힌다.

"일주일 후에 마음에 드는 보고를 받을 수 있으면 좋겠네."

루나는 대꾸 없이 그대로 회의실을 빠져나왔다.

❖

"설마 다카키가 죽이기야 하겠어? 그래, 조이한테 안부 전해 주고. 푹 쉬고 내일 봐, 마리."

전화 통화를 마친 루나의 차가 멈춰 선 곳은 이형의 아파트 지하 주차장. 문자 메시지에 답을 보낼 타이밍을 놓치고, 내내 걸려 오는 전화를 받느라 그에게 전화해 볼 겨를도 없었다.

마리와 통화를 마치자마자 또 다른 동료의 전화가 걸려 온다.

"이제 작동 시작했어요? 내 휴대전화 프로그램도 승인해 줘요. 고마워요."

쑤싱의 GPS 추적이 이제야 작동하기 시작했다는 말에 루나는 내심 안도했다. 대학 기숙사에 머무는 듯 빨간 점은 한 위치에서 깜빡거렸다. 쑤싱은 휴대전화 기기를 적어도 일주일에 한 번씩은 바꾸었고, 와이파이나 블루투스를 통한 휴대전화 복제도 쉽지 않았다.

용의주도한 쑤싱은 기술적인 흔적을 남기지 않는 데 능했다. 그래서 그를 추적하려면 오늘처럼 고전적인 접근 방법을 택해야만 했다. 국제 정세를 한순간에 뒤바꾸는 총성 없는 전쟁이 바로 정보전이었고, 루나는 전방 어디쯤 서 있었다.

운전석에서 내린 루나는 이형에게 전화를 걸까 하다가 그냥 엘리베이터에 올라탔다. 지친 얼굴로 가면 더 열렬히 환영해 줄 것 같은 못된 기대

감 때문에 이기적인 설렘이 앞선 탓이다. 엘리베이터 문이 열리고, 그의 집 현관문이 보이자 심장이 무겁게 뛰기 시작한다. 익숙해진 비밀번호를 누르고, 현관문을 열었다.

집 안에 들어서자 거실에 놓인 책상 앞에 앉아서 스탠드 하나만 켠 채로 집중한 그의 뒷모습이 보였다. 루나는 발소리를 죽이고 살금살금 걸었다. 의자 뒤에 바짝 다가서려는데, 빙그르르 그가 돌아보았다.

"전화도 안 받더니."

눈을 가늘게 뜨고 투정하는 얼굴은 지나치게 매혹적이다.

"문자도 다 무시당했잖아요, 나."

상처받았다는 듯이 눈꼬리를 내리는 모습에 웃음이 샌다.

"주희 씨, 몰랐는데 되게 못됐네요? 상처 주고 웃네."

그가 루나를 끌어다 단단한 허벅지 위에 앉혔다.

"사람 가슴 졸이게 하고, 이렇게 예쁘게 웃는 건 반칙이에요."

이형의 입술이 루나의 아랫입술을 가만가만 깨물었다.

"으음."

몸통을 꽉 조이고 있던 긴장감이 다리 사이로 쑤욱 빠져나가는 것처럼 신음이 흘러나왔다.

"목소리는 야하고 말이야."

그가 조용조용하게 나무라며 목덜미로 입술을 옮겨 갔다. 살갗을 간질이는 감각에 루나는 잠시 눈을 감았다. 발끝이 나른하게 풀리고 아랫배가 서서히 조이기 시작했다.

"뭐 하고, 있었어요?"

뭉텅뭉텅 호흡이 뭉친 질문이 루나의 입에서 흘러나왔다.

"그냥 공부하고 있었지, 뭐."

당연한 것을 묻느냐는 듯이 건성으로 대꾸한 그의 커다란 손이 루나의 블라우스를 슬랙스에서 끄집어냈다. 허리께에 닿는 그의 손은 뜨거웠다.

"종일 뭐 하느라 그렇게 바빴어요? 쉬는 시간에 문자 하나 보내 줄 여유도 없었어요?"

그의 질문에 속 시원히 대답할 수 있다면 좋으련만, 그럴 수 없었다. 수만 번 고민해 봐도 그는 루나의 직업적 특성을 초월할 수 있는 종류의 사람이 아니었다.

평범한 직업을 가진 사람을 만나 순한 사랑을 하는 게 더 어울리는 남자.

그렇다고 선량한 사람에게 평생 거짓말을 하며 살 수도 없는 노릇이었다. 그럼 최소한의 인간적 도리로 그의 감정이 더 깊어지기 전에 놓아주는 게 맞다.

"오늘 좀 정신이 없었어요."

"그런 날이 있죠."

그가 다 이해한다는 듯이 따뜻한 목소리로 읊조렸다.

하루만 더 이 남자 옆에 있고 싶다.

정직하고도 이기적인 욕구가 가슴속을 뜨끈하게 달구는 순간, 전에 없던 죄의식이 인다. 감정을 숨기기 위한 루나의 시선이 그의 책상을 훑어보았다. 공부 중이었다는 그의 책 위에는 낡은 나침반이 놓여 있었다.

루나는 손을 뻗어 묵직한 나침반을 집어 들었다. 그가 흘끗거리는 게 느껴졌다.

"종일 고장 난 나침반 바늘이 된 기분이었어요."

루나는 나침반을 그의 책 위에 도로 내려놓고 두 팔을 그의 목에 둘렀다.

"방향을 잃어버린 기분이었거든요. 유주희 씨가 겨우 하루 연락이 안 됐을 뿐인데."

그가 한숨처럼 말을 내뱉으며 커다란 손으로 루나의 이마에 드리운 잔머리를 보드랍게 쓸어 넘겼다.

"자석이 가진 자기력(磁氣力)처럼 주희 씨가 날 끌어당기는 힘이 차곡차곡 쌓여서, 여기 있는 바늘은."

그가 루나의 손을 끌어다 단단한 왼쪽 가슴 위에 올렸다. 손바닥 아래서 쿵쿵 뛰는 심장이 느껴졌다.

"늘 유주희 씨가 있는 곳으로만 향한다고요."

그의 말처럼 겨우 하루 연락을 못 했을 뿐이다.

"내가 오늘 연락 안 되는 동안 얼마나……."

그는 긴 숨을 내쉬며 눈을 지그시 감았다. 그의 입술엔 씁쓸한 미소가 머물렀다.

"괜찮은 척하느라 힘들었는지 알아요?"

사랑에 빠져서 어쩔 줄 모르는 남자는 자신도 이렇게까지 될 줄은 몰랐다는 얼굴이다.

"겨우 하루였는데, 너무 불안해서 내가 꼭 미친 사람 같았어요. 주희 씨 일한다는 학원을 내가 여태 모르고 있더라고요."

그는 개인적인 이야기를 거의 하지 않았고, 루나의 개인사를 일부러 묻는 법도 없었다. 그도 이야기하고 싶지 않은 눈치여서 루나도 묻지 않았다. 그런 면이 편안하면서도, 서로를 더욱 안달 나게 만들었다.

"별게 다 불안하지. 내가 오늘 종일 유주희 씨 걱정만 했다고."

루나가 미안한 표정을 짓자, 그는 그것조차 마음이 쓰이는지 금세 목소리를 바꾼다.

"이 자석 같은 여자야."

장난스러운 부름에 루나는 피식 웃음을 터뜨렸다.

이런 남자한테 오늘 이별을 말하는 건 너무 잔인하잖아. 그러니까 하루만 더.

결국, 이별을 또다시 유예했다.

오늘까지만.

루나가 그의 넉넉한 품을 파고들었다. 브래지어를 밀고 올라온 그의 커다란 손이 가슴을 모아 쥐었다.

"으응."

그가 검지와 엄지로 유두를 살짝 꼬집고 비틀며 자극했다.

"씻을까요?"

야한 손짓과 달리 그의 물음은 정중했다. 루나가 턱을 살짝 끄덕이자, 그녀를 안은 채로 이형이 의자에서 얼른 몸을 일으켰다.

욕실로 향하며 입술이 맞물렸다. 부드럽게 입안을 탐하는 그의 혀를 힘껏 빨아들였다. 욕실에 들어서기 전 바닥에 두 발이 닿았다. 옷이 하나둘 벗겨졌다. 서로의 옷을 벗기다가, 옷을 벗기는 서로의 손을 돕다가, 마지막으로 제 옷을 발끝으로 털어 내고는 다시금 서로의 입술을 찾았다.

"으음."

허벅지 사이 골에서 애액이 주룩 흘렀고, 흉흉하게 발기한 물건이 배에 비벼졌다. 뜨거운 물줄기가 맞닿은 가슴 사이에 고여서 찰랑거렸다.

아침에 일어났을 때, 그는 침대에 없었다. 어제 늦게까지 대사관에서 근무한 탓에 루나는 별다른 일이 없는 한 오후 늦게 출근할 예정이었다.

그가 자는 루나를 그대로 두고 아침 일찍 연구실로 향한 듯했다.

[언제 나갔어요?]

문자를 보내자마자 답이 온다.

[아, 나도 오늘은 종일 답을 보내지 말까 생각해 봤는데, 그게 뜻대로 안 되네요. 8시쯤 나왔어요. 오늘 아침 강의 없다고 했죠? 새벽까지 못 자서 피곤할 텐데, 왜 벌써 일어났어요.]

[새벽까지 괴롭힌 게 누군데.]

[어제 종일 걱정한 거에 비하면 별로 괴롭힌 것도 아닌데.]

착한 사람이 뒤끝이 길면 무서워질 수도 있다는 걸, 루나는 이형을 통해 깨닫는 중이다. 차라리 못되게 굴면 신경질이라도 부릴 텐데, 귀여워서 계속 삐져 있으라고 부탁하고 싶은 지경이다.

갑자기 목소리가 듣고 싶어져서 그에게 전화를 걸었다.

— 전화도 안 받을까, 했는데.

"너무 그러지 마요. 나 많이 반성하고 있는데."

— 그럼 오늘도 반성하는 의미에서 퇴근하면 집으로 올래요?

"잘생긴 남자가 꼬시는 것도 잘하지."

루나는 그를 놀리는 투로 읊조렸다.

— 알 텐데. 내가 평생 꼬셔 보려고 노력한 여자는 유주희 하나라는 거.

"그럴 리가."

그는 루나가 첫사랑이라는 말을 심심치 않게 내뱉었다. 군중 속에 가만히 있어도 빛이 나는 얼굴을 하고, 보통 남자들보다 머리 하나는 더 큰 키로 단단한 몸을 가진 사람이 머리도 좋고, 소위 말하는 집안 배경이나 스펙 하나도 빠지지 않고, 가질 건 다 가진 남자가 믿으려야 믿을 수 없는 말을 잘도 해 댔다.

— 어떻게 해야 믿으려나.

그 사랑이 그렇게 대단하면 내가 무슨 짓을 해도 나를 믿을 수 있겠느냐고 묻고 싶은 충동이 인다. 내가 갑자기 죽는다 해도 죽음까지 초월할 수 있겠느냐고. 아니면 내가 갑자기 죽어 사라진다고 해도 아무렇지 않게 살아갈 수 있겠느냐고.

입을 뗀 순간 밖에서 인기척이 들렸다. 루나는 얼른 침대를 박차고 일어나 침실 문 옆에 섰다. 누군가 집 안에 침입한 듯했다.

— 왜 말이 없어요?

"눈 뜨자마자 전화한 거예요. 나 일단 화장실 좀 갈래요."

휴대전화 너머에서 낮은 웃음소리가 울리는 것을 들으며 전화를 끊었다. 어젯밤 이 집을 떠났어야 했다는 후회가 밀려들기 시작했다. 누군가 루나의 정체를 추적하고, 그를 미끼로 삼기 위해 이 집에 침입한 거라는 가정만으로 눈앞이 캄캄해지는 듯하다.

루나는 그가 협탁 위에 단정하게 정리해 놓은 옷부터 빠르게 주워 입었다. 소리가 나지 않도록 침실 문고리를 천천히 돌리자, 부엌 쪽에서 물소리가 들려왔다.

천천히 걸음을 옮겼다. 침실과 맞은편 서재 방문은 열려 있었고, 안에는 사람이 없었다.

현관과 거실은 조용했다. 고요한 침입자는 한 명인 듯했다.

"어, 이형아. 방금 집에 왔어. 근데 집에 누구 있니? 여자 구두가 있던데."

한 발짝만 움직이면 부엌 안이 보일 터였다. 그런데 걸음을 떼기 전 중년 여인의 목소리가 들려왔다. 정보부 공작원이 아니어도 여인이 그의 모친이라는 것쯤은 짐작하고도 남을 것이다.

"아버지도 아시니?"

물음이 조심스러웠다. 그가 이야기한 적은 없지만, 그의 부친은 중소기업을 운영하는 대표였다.

"반찬만 놓고 가마. 내가 괜히 들렀나 보다."

무뚝뚝한 말과 함께 통화가 끝났다. 루나는 숨을 죽인 채로 뒷걸음질 쳤다. 그의 모친과 마주쳐서 좋을 게 없었다.

루나가 침실로 막 몸을 숨기려는 순간, 현관으로 향하던 여인이 침실을 향해 돌아보았다. 현관 앞 복도에 서 있는 그의 모친과 침실 앞 복도에 서 있는 루나의 눈이 마주쳤다.

"잠깐 이야기 좀 하고 싶은데, 괜찮아요?"

그녀는 경계심 가득한 눈빛으로 루나를 응시하며 물었다.

"네. 괜찮습니다."

루나가 당혹스러운 감정을 숨기고 예의를 갖추며 고개를 끄덕거렸다.

두 사람은 식탁 앞에 마주 앉았다. 냉랭한 눈빛을 하고 있으면서도 그의 모친은 따뜻한 차까지 끓여서 루나에게 내주었다.

"우리 이형이랑 만난 지 얼마나 됐어요?"

"이제 3개월 정도 됐습니다."

"한창 좋을 때네요."

그의 잘생긴 얼굴은 모계 유전인가 보다. 은은한 미소를 머금는 모친의 미모는 상당했다.

"나도 딱 그맘때 이형이를 가졌어요. 사랑이 세상 전부인 줄 알고 미쳐서, 교복 입고 배부른 걸 부끄러운 줄도 몰랐어요. 이형이 태어나고 다섯 살 때까지 내가 혼자 키웠거든요? 애 아버지는 내가 주민등록증도 나오기 전에 애 가진 걸 부끄럽게 생각했나 봐요."

루나는 그의 모친이 어떤 의도로 이런 말을 하는 건지 가늠하며 잠자코 듣기만 했다.

"내가 이형이 아버지랑 살기 시작한 게 이형이 여섯 살 되던 해였어요. 군대 갔다 오고, 전문대 졸업하고, 자립할 능력이 생기니까 날 찾아왔더라고요. 괘씸해서 모른 척할까 했는데, 내가 너무 힘들어서 그럴 수가 없더라고요. 그래서 받아 줬지."

잠시 말을 멈춘 그의 모친이 다시 입을 열 때까지 루나는 기다렸다.

"미안한데, 이형이는 아직 때가 안 됐어요."

드라마에서 돈 봉투를 건네거나, 물을 뿌리는 종류의 모친들만 봤지, 이런 신선한 반대는 또 처음이다.

"어떤 때를 말씀하시는 건가요?"

루나는 그녀의 눈빛에 어린 단호함이 무엇에 기인하는지 궁금했다. 한 치의 떨림도 없는 그녀의 눈동자는 진심이었다. 아들에게 부족한 무언가를 갈구하는 눈빛은 사이비 종교에 미치기라도 한 것처럼 살기등등한 광기까지 내비쳤다.

"아직 자립하기엔 이르다는 거죠. 똑똑해 보이는 아가씨니까 여기까지만 말해도 알아들었을 거라 생각해요. 우리 이형이가 선택……."

현관문이 열리는 소리가 들리자, 그의 모친이 말을 멈췄다.

"무슨 대화 중이었어요?"

미소를 머금은 그의 목소리는 다정했다. 그런데 그가 두 사람이 마주 앉은 식탁으로 다가올수록 그의 모친의 얼굴이 차갑게 굳다 못해 희미한 두려움마저 일었다.

"우연히 마주쳐서 인사드리고 있었어요. 이 시간에 무슨 일이에요?"

루나는 그가 갑자기 집으로 들이닥친 게 의아하다는 듯이 무구한 눈빛으로 그를 올려다보았다. 내려다보는 그의 눈빛에는 애정과 분노가 공존했다. 그의 분노는 명백히 그의 모친을 향하고 있었다.

"무슨 말씀."

루나를 바라보던 시선을 길게 끌어간 그가 모친을 향해 웃으며 물었다.

"하셨어요?"

토씨 하나라도 빼먹고 이야기한다면 가만두지 않겠다는 듯이 냉랭한 뉘앙스였다. 아무리 연락도 없이 모친이 들이닥쳐서 만나는 여자와 우연히 마주친 상황이라고 한들. 그의 가슴속에서 끓어오르는 모친을 향한 분노는 지나친 감이 있었다.

"그냥 인사만 했어요. 제 소개할 시간도 없었어요."

"그럴 겨를을 안 줬겠죠. 이름을 말할 시간도 없었을 겁니다, 아마. 괜히 아무 소리도 안 들은 척하지 마요. 그건 당신이 하는 말이라도 못 믿으니까."

그는 이제까지 봐 왔던 것과는 완전히 다른 눈빛을 하고 있었다. 다정하게 웃음 띤 얼굴이었고, 나긋나긋한 어조였지만 풍기는 분위기가 판이했다. 그가 짙은 눈썹을 꿈틀거리며 루나의 의중을 살피듯 바라보았다.

"난 괜찮아요."

루나가 연한 미소를 머금자, 그가 긴 숨을 토해 냈다.

"그만 가시죠?"

"귀한 손님이 와 있는 줄 모르고, 내가 실례가 많았네."

그의 모친은 루나를 설득할 때와는 다르게 질겁한 눈빛이었다. 하지만 그녀 역시 아까처럼 미모를 빛내는 미소를 머금고 있었다. 묘한 이질감이 모자에게서 동시에 느껴졌지만, 그들이 추구하는 방향이 다르다는 것도 느낄 수 있었다.

그의 모친이 웃음 띤 얼굴로 루나에게 턱을 까딱했다. 루나는 어른에 대한 예의를 갖출 요량으로 고개를 가볍게 숙였다.

"이형아."

현관 앞에 선 그의 모친이 나직이 그의 이름을 불렀다.

"엄마는 네가 잘되기를 바랄 뿐이다."

그가 루나의 어깨를 양손으로 잡은 채로 천장을 한 번 올려다보고는 복잡한 웃음을 지었다.

"어머니가 생각하시는 그 선택의 범위 안에 저는 없습니다. 욕심 접으세요."

아까 그의 모친은 선택이라는 단어를 내뱉고 말을 멈췄다. 마치 살얼음이 공기 중에 둥둥 떠다니는 듯했다. 웃으면서 말하는데도 주변을 냉하게 얼릴 수 있는 남자였는지 미처 몰랐다.

현관문이 둔탁하게 닫히는 소리가 들려오자, 그가 한숨을 한 번 내쉬고는 웃었다. 언제 분노했느냐는 듯이 그의 노기는 온데간데없었다.

"나 좀 안아 줄래요?"

그가 안쓰럽게 물었다. 루나는 팔을 뻗어 그의 목을 꼭 끌어안았다. 맞닿은 그의 심장이 쿵쿵 뛰고 있었다. 단단한 목덜미를 부드럽게 어루만지자, 그가 허리춤을 더듬기 시작했다.

"정말 아무 말도 안 들었어요. 차만 마셨다니까."

곧 헤어질 자신 때문에 그가 어머니와 껄끄러워지는 것은 원치 않았다. 그리고 모친을 향해 날을 세우던 깊은 사연을 알려고 하는 것조차도 해서는 안 되는 일이었다. 그저 속 깊고, 매사에 유연한 사람이 상처받은 얼굴을 했던 걸 위로해 주고 싶을 뿐.

목 안쪽을 스친 그의 입술이 이마에 닿았다. 내려다보는 그의 눈빛은 물 위에 반짝거리는 윤슬처럼 빛났다.

"이거 벗기게 해 주면 믿어 줄게요."

낯간지러운 말을 새삼스럽게 잘하는 남자다.

"연구실 안 가도 돼요?"

그가 무방비하게 웃었다. 순수한 그의 웃음을 마주할 때마다 루나는 가슴속에 높이 쌓아 두었던 둑에 구멍이 뚫리는 기분이다.

"알면서 물어."

그가 루나의 연한 입술을 물어 삼켰다.

"으응."

반응을 끌어내려 애쓰지 않아도, 루나는 그의 부드러운 키스에 몸을 떨었다. 누군가에게 상처 주고 싶지 않은 마음이 이토록 간절했던 적은 없었다. 그를 아껴 주고 싶고, 위해 주고 싶은 욕구가 점점 강해졌다.

입안을 샅샅이 훑는 그의 혀는 세심하게 움직였다. 루나는 발꿈치를 들어 올리고, 고개를 비틀며 좀 더 깊숙이 그와 맞닿았다. 재킷과 블라우스가 미끄럽게 바닥으로 떨어졌다. 루나는 그의 셔츠 단추를 하나씩 천천히 풀어 내려갔다.

주도적인 성격이었지만, 섹스에 있어서만은 다소 수동적인 자세를 취하곤 했었다. 그런데 오늘만큼은 그를 안심시키고 싶은 마음이 든다.

루나를 안아 들려고 몸을 숙이는 그를 저지했다. 그의 어깨를 슬쩍 밀어서 식탁 의자에 앉혔다. 그가 의문스러운 미소를 지으며 루나를 올려다보았다. 슬랙스 지퍼를 내리고, 팬티와 함께 벗어 내렸다.

"뭐 하는 거예요?"

그가 야한 목소리로 물었다.

"알면서 물어."

루나는 그가 했던 말을 그대로 되받아쳤다. 그의 얼굴에 어린 미소는 진해졌지만, 반짝거리던 눈동자는 정념으로 어두워졌다.

발가벗은 몸으로 그의 허벅지 위에 다리를 벌리고 앉았다. 그가 숨을 거칠게 들이켰다. 벨트 버클을 풀고, 드로어즈 안에 있는 발기한 물건을 꺼냈다.

"잠깐."

그가 재킷 주머니에서 지갑을 꺼내 들었다.

"내가 할게요."

루나는 그의 손에서 지갑을 빼앗아 비상용 콘돔을 잡아 뺐다. 그의 어두운 눈동자가 포장을 뜯는 루나를 가만히 지켜보았다. 평소와 다른 모습에 당황한 것 같으면서도, 흥분한 그의 눈빛은 루나의 심장을 뒤흔들기에도 충분했다.

단단하고 곧게 뻗은 물건에 얇은 막을 씌웠다. 한 손에 다 잡히지도 않는 물건을 잡고 뭉툭한 끝을 젖은 입구에 비볐다.

"하아."

그가 축축한 숨결을 내뱉으며 루나의 옆구리를 쓸어 올렸다.

"으음."

고개를 젖히며 천천히 그를 품고 주저앉았다. 충분히 젖었다고 생각했는데도 버거워서 숨이 턱 끝까지 차올랐다. 느릿하게 허리를 움직이자, 그가 억눌린 신음을 내뱉었다.

엉덩이를 적신 애액이 그의 허벅지에 흘러 미끈거렸다. 허리를 꼿꼿이 세우고 그의 양어깨를 두 손으로 짚었다. 그의 흥분이 질 내벽에서 오롯이 느껴졌다. 좁은 살점을 비집고 들어간 페니스가 더욱 부푸는 것을 느끼며 루나는 탄성을 자아냈다.

"아아."

그가 드나들 때처럼 과격하게 몸을 놀린 것도 아닌데 아래에서 차오른 포만감은 평소와 다른 쾌감을 안겨 주었다. 부드러운 음모가 마찰하는 소리가 퍽 외설스러웠다.

그의 굵은 팔이 루나의 등허리를 감싸 안았다. 조심스럽게 움직이느라 잔뜩 힘이 들어간 근육의 느낌이 좋았다.

"언제까지 고문할 생각이에요?"

귓가를 맴도는 나직한 목소리에는 여유가 없었다.

"만족할 때까지요."

누구의 만족인지는 굳이 덧붙이지 않았다. 그는 또다시 억눌린 신음을 내뱉으며 입술을 내려 루나의 가슴을 잔뜩 머금었다. 그의 입안으로 가슴과 함께 심장이 빨려 들어가는 기분이었다.

"하으으."

간질간질한 감각이 배 속을 스멀스멀 기어오르기 시작했다. 꽉 찬 존재감 때문인지 슬쩍 엉덩이를 뒤채는 것만으로도 얕은 절정이 금세 다가왔다. 침대 위에서 그의 단단한 무게감을 느끼며 오르는 절정만큼이나 황홀하고 즐거운 감각이었다.

루나가 숨을 멈추며 그의 목으로 고개를 감듯 숙였다. 꼬물거리는 루나의 가느다란 절정을 눈치챈 그가 등허리를 꽉 끌어안았다.

"이제 침실로 가도 됩니까?"

"흐응."

신음 같은 대답이 흘러나오자마자 그가 루나를 안은 채로 자리에서 일어났다. 커다란 손이 찐득한 엉덩이를 받쳐 들었다. 그가 걸을 때마다 결합한 곳이 덜그럭거렸다.

"으응."

침대에 등이 닿은 순간, 깊은 삽입이 동시에 느껴졌다.

"아아."

머릿속이 하얗게 부서져 내렸다.

❖

"이형 씨, 수건이 없어!"

그의 아파트는 언제나 말끔했다. 욕실 수건장이 텅 비어 있는 일도 잘 없었는데, 오늘따라 수건이 보이지 않는다. 늘 도톰하고 보드라운 배스

가운이 걸려 있던 자리도 휑하기는 마찬가지였다.

루나는 문밖으로 고개를 빼꼼히 내밀며 다시 한 번 소리쳤다.

"이형 씨, 수건. 수건이 없다고요."

걸음을 재촉하는 소리가 들려오는가 싶더니, 듣기 좋은 음성이 낮게 깔린다.

"갑니다."

그를 만나고 벌써 두 계절이 흘렀다. 설렘을 가득 담았던 그의 목소리를 닮은 봄을 지나, 뜨거웠던 여름이 흐르고, 옷깃을 여며야 하는 가을이 성큼 다가왔다. 결국, 그의 모친을 만나고 난 이후로 3개월이나 더 흘러 버린 것이다.

"나 추워, 빨리요."

문틈 새로 하얗고 커다란 손이 수건을 불쑥 내밀었다. 수건을 끝을 잡은 순간, 욕실 문이 활짝 열렸다. 이형이 커다란 배스 타월을 활짝 펼치며 발가벗은 루나의 몸을 부드럽게 감싸 안았다. 너른 품 안에 그녀가 폭 안겼다.

루나의 키 170cm. 작은 키가 아닌데도 190cm가 넘는 그를 바라보려면 고개를 꺾고 올려다봐야 했다. 그가 턱을 슬쩍 기울이며 루나의 입술을 머금었다.

"샤워해서 그런지, 말랑말랑해요."

이형이 입술을 붙인 채로 속삭였다. 루나의 입술에서 단물이라도 나오는 것처럼 잘근잘근 씹어 삼키는 그는 단단한 몸에 배스 가운만 대충 걸친 채였다. 허리끈을 묶지도 않아서 발기한 그의 연붉은색 물건이 앞섶 새로 고스란히 드러났다.

"잠깐."

루나가 목을 비틀어 입술 뗐다. 그는 루나의 턱 선을 따라 입술을 옮겨 갔다.

"나 머리 좀, 말리고 싶어요."

입안에서 나오는 숨결이 더웠다. 수증기로 가득 찬 욕실의 젖은 공기가 달뜬 루나를 더욱 숨 막히게 했다.

"말려 줄게요."

그는 루나가 하는 말을 거스르는 일이 절대 없었다. 놓으면 달아날까, 꽉 쥐면 으스러질까 노심초사하는 모습은 사랑의 열병을 앓고 있는 남자처럼 보였다.

이형이 루나를 욕실 거울 앞에 세우고는 드라이기를 집어 들었다. 그는 익숙한 솜씨로 루나의 젖은 머리를 말렸다. 루나를 만나며 숙련된 결과물이었다.

기다란 손가락이 두피 속으로 들어와서 어루만질 때마다 루나는 두 눈을 지그시 감은 채로 '으응.' 신음을 흘렸다. 슬쩍 몸을 뒤로 기대자, 등허리에 발기한 그의 물건이 꺼떡거리는 게 느껴졌다.

아무리 흥분한 상태여도 그는 절대 제 페이스대로 움직이지 않았다. 짐승처럼 게걸스럽게 섹스를 해치우는 일은 단 한 번도 없었다. 언제나 부드러운 애무와 충분한 전희로 루나를 만족하게 한 후에 삽입을 시도했다.

루나가 그를 도발한다고 해도, 그는 신사적으로 행동했다. 단지 기분 좋은 섹스 때문에 루나를 만나고 있는 게 아니라는 듯이. 루나가 마음을 열 때까지, 언제까지고 기다릴 수 있다는 듯이.

드라이기 소음이 멎자 그의 입술이 루나의 목덜미를 부드럽게 탐하기 시작했다. 목과 어깨를 짓누르던 무거운 스트레스가 그의 입맞춤으로 가벼워지는 기분.

"으음."

루나는 실수인 척 몸에 두르고 있던 배스 타월을 바닥으로 떨어뜨렸다. 새하얀 목덜미를 타고 그가 내뱉은 뜨거운 숨결이 가파르게 흘러내렸다. 이어질 물음은 뻔했다.

"침실로 갈까요?"

뿌옇게 김이 서린 거울처럼 그의 목소리가 탁하게 뭉개졌다. 고개를 슬쩍 끄덕이자, 그가 루나를 단숨에 안아 들고는 침실로 향했다.

침대에 몸이 눕혀지자마자, 단단한 알몸이 루나에게 기울었다. 목덜미를 따라 집요하게 입을 맞추고, 연분홍빛 젖꼭지가 핏빛으로 물들 때까지 빨아 마시고, 애액이 울컥 떨어질 만큼 흥분시킨 뒤에야 콘돔을 씌운 그의 성기가 루나의 몸을 반으로 가르며 들어왔다.

"아아."

처음엔 반 이상 삽입하는 것도 버거울 정도로 그의 물건은 지나치게 거대했다. 그는 루나가 힘들어했던 첫 섹스를 기억하는 것처럼 언제나 삽입 후에는 루나가 괜찮은지 확인하듯 아랫입술을 부드럽게 당겨 물었다.

"으응."

허락처럼 신음을 내뱉자 그가 허리를 깊게 쳐올렸다.

"하아."

한 번의 완벽한 삽입으로 단숨에 미세한 오르가슴이 느껴질 만큼 몸속이 꽉 채워지는 기분. 언제나 몸속 좁은 물길에 물리는 감각은 충만했다. 그의 어깨에 입술을 묻은 채로 연신 신음을 내뱉었다.

그와 함께하는 순간, 루나는 최선을 다해 그를 사랑했다. 이별을 유예하는 동안 스스로 타협점을 찾았다. 헤어지는 순간이 오게 되더라도 아쉽지 않도록 그를 사랑하자고.

마치 그런 루나를 비웃듯 손목에 찬 스마트 워치에 반짝 불이 들어왔다.

[집에 락토프리 우유가 없어. 유통기한 2일 이상 남은 거로, 멸균 우유로 사와.]

선명하게 나타난 문자 메시지를 바라보는 루나의 미간이 쾌락과는 결이 다른 감각으로 일그러졌다. 암호화된 메시지는 이제껏 미뤄 두었던 마지막 순간을 의미했다.

'주변을 정리하고, 48시간 이내로 랭글리로 복귀할 것. 블랙 사이트(Black Site) 관련.'

등허리 아래로 그의 굳은 팔이 파고들었고, 부드럽게 풀어진 몸을 꽉 끌어안았다.

"아아."

꼬리뼈에서 시작된 열감이 등줄기를 타고 흐르는 황홀한 전율도 이번이 마지막일 터였다.

미국 버지니아주 랭글리, 미국 유일의 독립된 정보기관인 중앙정보국의 본부 조지 부시 센터 포 인텔리전스로 복귀하기까지 앞으로 47시간 56분 40초, 39초, 38초.

걸음을 내디딜 때마다 반들반들한 대리석 계단에서 묵직한 소리가 났다. 때마다 연마하는 유백색의 대리석 계단 옆 난간에는 로젠쉴트(Rosenschild) 가문의 장미 방패 문양이 호화롭게 새겨져 있다. 난간 옆으로는 사시사철 맑은 물이 흘렀다.

계단 끝까지 다다랐을 때, 푸른빛 베를린 돔을 본떠서 지어 놓은 호화로운 건물이 나타났다. 푸른 장미의 돔이라 불리는 블라우 로젠(Blau Rosen) 돔. 남자는 검게 빛나는 눈동자를 매섭게 들어 올려 찬란한 건물을 잠시 올려다보았다.

어린 시절 홀로코스트(유대인 대학살)에서 살아남았던 선대 가문 주인의 취미. 누구를 농락하려는 의도인지 베를린 돔을 더 화려하게 옮겨 놓은 듯한 외관을 보고 남자는 미간을 슬쩍 찌푸렸다.

"산책은 즐거우셨습니까?"

어느새 남자의 곁으로 다가온 저택의 집사 슈테판의 질문에 이제 막 새로운 삶을 눈앞에 둔 남자는 턱 끝을 가볍게 까딱거리고는 걸어온 길을 되돌아보았다.

스위스 제네바에서 레만 호수를 따라 차로 45분을 달리면 도착하는 작은 도시, 로잔. 눈이 부시도록 아름다운 호수와 들판은 2차 세계 대전 이후로 로젠쉴트 가문의 본거지가 되었다.

"좀 쌀쌀하네요."

뒤늦게 대꾸하는 그의 낮은 음성에는 상냥함이나 다정함 따위는 묻어나지 않는다.

"들어가시죠. 따뜻한 차를 준비해 두었습니다."

슈테판을 따라 건물 2층의 정중앙을 차지한 방으로 들어섰을 때, 남자는 아직 채 가시지 않은 진한 피비린내를 감지했다.

그의 양아버지이자, 궁전 같은 저택의 주인이었던 아이작 로젠쉴트는 며칠 전 이곳에서 로젠쉴트사에서 만든 리볼버로 생을 마감했다. 얼굴이 날아가 버린 주검을 가장 먼저 발견한 이는 슈테판이었다. 주치의로부터 알츠하이머 진단을 받은 직후였다고.

장례식이 끝나고 발견된 아이작의 유서에는 한국에서 자란 양아들에게 모든 권한을 양도한다고 쓰여 있었다. 결혼에 여러 번 실패한 그는 슬하에 친자식이 없었고, 여러 나라에서 수십 명의 아이를 입양해 각자 그들 나라에서 자라게 했다.

한국에서 안이형으로 32년을 살아온 남자는 그동안 단 한 번도 아이작의 눈 밖에 나지 않았다는 이유로 카를하인츠 로젠쉴트가 되어 가문의 모든 것을 물려받았다. 하지만 슈테판은 알고 있었다. 오래전부터 아이작이 이형을 후계로 정해 놓았다는 것을 말이다.

그는 모든 면에서 완벽했다. 우아하고 잘생긴 외양부터 뛰어난 두뇌와 강직한 성품까지.

가문의 후계 양성 교육은 여섯 살에 입양되던 순간부터 시작되었는데, 그는 까다로운 교육과 테스트도 매끄럽게 통과했다. 숨기는 법, 드러내는 법, 예의를 차리는 법, 정치적으로 구는 법 등 다양한 철학이 밀집된 교육이 평생에 걸쳐 이루어졌다.

이형, 아니 이제는 카를하인츠라 불려야 하는 남자는 자신이 모든 걸 쥐게 될 줄은 몰랐던 눈치다.

"환기를 좀 해야 할 것 같군요."

카를하인츠가 숨이 막힌다는 듯 미간을 찌푸렸다. 그는 며칠 전까지 양부가 앉아 있었을 가죽 의자에 천천히 기대앉았다.

슈테판은 고개를 한 번 까닥하고는 금테가 둘린 찻잔에 장밋빛 찻물을 쪼르륵 따랐다.

"피비린내가 가시기 전에 미국 쪽 문제부터 해결하셔야 할 겁니다."

슈테판이 한쪽 눈썹을 들어 올리며 회갈색 눈동자로 카를하인츠를 가만히 응시했다.

"미국 내 자산이 전부 동결됐다고요?"

카를하인츠의 조용한 질문에 슈테판은 고개를 한 번 까딱거렸다.

"선친의 죽음과 동시에 미국이 자국 내 로젠쉴트 가문의 모든 자산을 일시 동결해 버렸습니다."

"미국이 테러 단체로 규정한 '헤즈볼라'에 로젠쉴트사의 무기가 제공되었다는 이유 때문이라고요?"

아이작은 돈이 되는 일이면 무엇이든 뛰어들었다. 전쟁이 일어나면 양쪽에 무기를 팔아먹는 재주가 특히 탁월했다. 아이작이 죽고 나자, 정보가 가장 빨랐던 미국이 제일 먼저 움직였다.

"가문의 새 주인이 새파랗게 어린 동양인이라는 것을 알고, 돈깨나 있으신 유대계 재벌분들이 발끈하셨나 보네요."

카를하인츠의 입가에 희미하게 쓴웃음이 맺혔다.

"영국령 팔레스타인의 영토에 유대인의 나라 이스라엘을 건국하는 데 혁혁한 공을 세운 사람들입니다. 이스라엘과 적대적 관계인 헤즈볼라에게 무기를 팔아넘긴 선친께서는……."

차마 제 입으로 내뱉을 수가 없다며 슈테판이 말끝을 흐렸다.

"배신자나 다름없겠죠. 지금도 반대파 숙청하는 돈은 거기서 나올 텐데."

베를린 돔을 베껴 오질 않나, 자신과 태생적으로 동족인 이들이 적이라 여기는 자들에게 무기를 팔아넘기질 않나. 아이작은 아무리 생각해도 보통 사람은 아니었다.

"아버지께는 묻지 못했던 죗값을 나에게 물으시겠다?"

자본주의의 논리대로 돈을 벌기 위해 무기를 팔았는데, 자본주의의 상징인 국가에서 자산을 동결해 버렸다. 카를하인츠가 재차 한쪽 입꼬리만 들어 올리며 미소를 머금었다. 웃음이 나올 수밖에 없었다.

게다가 로젠쉴트사의 본사가 위치한 곳은 중립국인 스위스였다. 대중에게는 하이 주얼리와 고급 시계, 가방과 신발, 옷 등 고가의 패션잡화 등을 취급하는 회사로 유명했지만, 실상은 첨단 무기 회사였다.

슈테판이 눈썹을 들썩거리며 웃음의 이유를 묻는 듯한 회갈색 눈동자로 카를하인츠를 바라보았다.

"지금 가장 그럴싸한 이유로 미국에 들어갈 방법이 뭐가 있을까요?"

슈테판은 스핑크스의 수수께끼라도 들은 표정이다. 문제를 풀지 못하면 카를하인츠가 잡아먹기라도 할 것처럼 고심하는 노인의 표정이 볼만하다.

카를하인츠는 그제야 슈테판이 준비한 찻잔을 집어 들었다. 새 주인의 질문에 노심초사하는 노인이 카를하인츠처럼 자란 다른 양아들들의 사주를 받아 찻물에 독을 탔을 리 없다는 확신이 이제야 든다.

"무언가에 미쳐서 눈이 먼 사람은 어떤 짓을 저질러도 이해됩니다. 미친놈은 미친놈이라고 치부해 버리니까요."

슈테판의 진지한 대답에 부드럽게 블렌딩된 홍차가 목에 걸릴 뻔했다. 가까스로 자연스럽게 찻물을 삼킨 카를하인츠가 변함없이 완벽한 얼굴로 조용히 되물었다.

"나보고 미친놈이 되라는 뜻입니까?"

슈테판이 눈을 가늘게 뜨고 의미심장한 미소를 머금었다.

"정부를 들이시는 게 어떠실까요?"

슈테판이 독일식 억양으로 내뱉은 영단어 'Mistress'가 새삼 생소하게 다가온다.

"정부요?"

슈테판이 가지런한 치아를 훤히 드러내며 웃었다.

"사랑에 미친 남자가 저지르는 일의 범위에는 한계가 없으니까요."

카를하인츠는 고개를 오른쪽으로 비스듬히 돌려 창가를 장식한 붉은 장미 덩굴을 바라보았다. 뾰족한 가시가 탱탱한 줄기를 감싼 채로 줄줄이 박혀 있다.

함부로 다가오지 말라고 가시를 드리우고 있는데도 매혹적인 향기와 화려한 자태에 매혹되어 품에 넣었다. 그녀가 이제 그만 헤어지자는 선선한 말만 남기고 떠난 지 일주일.

정부라는 단어에 그녀의 아름다운 얼굴이 가장 먼저 떠오른다. 속쌍꺼풀이 진 마름모형 눈매, 왼쪽으로 약간 삐뚤어져서 더욱 매력적이었던 콧대, 빨아 물면 금세 빨갛게 물들던 연한 빛깔의 도톰한 입술.

정치적인 의도나 경제적인 논리가 뒤섞이지 않은 그저 사랑하는 연인으로서 떠올린 얼굴.

반드시 찾아낼 것이다. 언젠가는 꼭 반드시.

"적당한 사람으로 구해 보시죠."

슈테판이 고개를 끄덕이며 은은한 미소를 머금었다. 창가에서 불어오는 바람결에 실린 장미향이 지독한 오후다.

팔뚝에 혈압계를 달고, 손가락에는 심박동 감지 센서를 착용했다. 비스듬히 마주 앉은 담당관이 주시하는 노트북의 화면에는 루나의 혈압과 맥박 등이 나타나는 폴리그래프가 형형색색 이어지고 있다.

"이름이 루나 송 맞습니까?"

"네."

"나이는 스물여덟이 맞습니까?"

"맞아요. 아직 생일이 지나지 않아서 스물여덟."

"'네, 아니요.'로만 대답하세요."

때마다 폴리그래프식 거짓말 탐지기 앞에 앉는 일이 종종 있었다.

"CIA 공작관(Case Officer)으로 지난 1년간 한국에서 일했습니까?"

"네."

이민 3세대이기는 하지만, 루나는 부모님의 교육관 덕분에 한국어에 능통했다. 한국의 문화적인 테두리 안에서 자라났고, 그런 점이 CIA 요원이 되는 데 큰 이점으로 작용했다. 과거 CIA가 언어적, 문화적 결함으로 인해 중동을 비롯한 아시아에서 실수를 범한 전적이 있기 때문이었다.

"한국에서 일하는 동안 부적절한 관계를 맺은 적 있습니까?"

"아니요."

"그럼, 한국에서 일하는 동안 업무에 영향을 미칠 수 있는 사람과 깊은 관계를 맺은 적 있습니까?"

"아니요."

"감정에 치우쳐 결정을 잘못 내린 적 있습니까?"

"아니요."

그런데 태생적 배경 때문인지 폴리그래프 담당관의 질문이 평소보다 집요하게 이어졌다. 한국에서 근무하는 동안 중국이나 북한, 혹은 한국 정부의 이중 첩자 노릇을 하지는 않았는지 의심하는 눈치다. 종종 CIA 요원으로 일하다가 미국을 배신하고 본국을 위해 일하는 경우가 있었기에, 일종의 합리적 의심이었다.

"보고되지 않은 한국인과의 긴밀한 만남이 있었습니까?"

"아니요."

잠시 이형의 잘생긴 얼굴이 떠올랐지만, 맥박과 혈압에 영향을 줄 정도는 아니었다. 이제는 완전히 잊힌 남자다. 또 루나는 폴리그래프를 속일 만큼 거짓말에 능하기도 했다.

폴리그래프 검사를 마치고 나오자마자, 곧장 회의가 소집되었다. 중동 문제로 날고 기는 휴민트(Humint, Human과 Intelligence의 합성어. 인적정보원) 소속 정보원들이 회의실을 가득 메웠다.

"이름 카를하인츠 로젠쉴트. 로젠쉴트 가문의 새로운 수장이야."

느슨하게 앉아 있던 정보원들 일부가 자세를 바로 했고, '오오.' 하며 탄성을 내지르는 이들도 있었다.

"아이작 로젠쉴트는 8일 전 스위스 로잔에 있는 저택에서 사망했다고 해. 알츠하이머 진단을 받은 뒤, 스스로 목숨을 끊었고. 알다시피 아이작은 슬하에 자식이 없어. 전 세계에서 입양아를 키운 것으로 유명하지. 안전을 명목으로 그중 누구도 공개하지 않았고."

"카를하인츠 로젠쉴트가 그중 한 명이라는 건가요?"

누군가의 질문에 브리핑을 이어 가던 부국장이 고개를 끄덕였다.

"만약 헤즈볼라가 다시 움직인다면 그 뒤에는 로젠쉴트가 있을 거야."

미국뿐 아니라 유럽 여러 국가에서 테러 단체로 규정한 '헤즈볼라'는 알카에다와 IS조차 혀를 내두른 광적인 집단이었다.

"카를하인츠 로젠쉴트가 어떻게 움직이냐에 따라, 헤즈볼라가 와해될 수도, 더 결집할 수도 있어. 알다시피 헤즈볼라는 여타 이슬람 원리주의자들과는 다르게 발이 넓고, 외부와 손잡는 것을 꺼리지 않거든."

사위가 삽시간에 조용해졌다. 또다시 그들만의 비밀 전쟁이 시작되고 있음을 알리는 조용한 북소리가 귓가에서 둥둥 울리는 듯했다. 이제 카를하인츠 로젠쉴트에 관한 정보가 이어져야만 했다.

"그런데 안타깝게도 지금은 우리가 카를하인츠 로젠쉴트에 대해 아는 게 전혀 없어."

인공위성이나 드론 촬영을 통한 이민트(IMINT, 영상정보), 테킨트(TECHINT, 기술정보)를 통해서도 얻은 정보가 전혀 없다고 했다. 수면 위로 드러난 지 며칠 되지 않은 인물이라 휴민트 요원을 통해 미행을 붙이는 것도 아직은 진행되지 않은 상태였다.

"이 시간부터 각자 수집되는 정보가 있으면 즉시 보고하도록."

회의가 싱겁게 끝이 났다고 생각했다. 그런데 부국장이 루나의 곁으로 바짝 붙어서며 귀국 환영 인사를 건넸다.

"몇 시간째 깨어 있는 거야?"

"침대에서 마지막으로 눈 붙인 건 대략 일주일 전이고, 비행기에서 좀 자고, 사무실에서 좀 졸고 그랬어요."

루나의 대답에 백발이 성성한 부국장 스티브 존슨이 자상한 미소를 머금는다. 심리학도였던 루나를 발탁해서 쓸 만한 CIA 공작관으로 키운 게 스티브였다.

"피곤하겠네. 오늘은 푹 쉬고. 대신 내일부터는 바로 해 줘야 할 일이 있어."

낮게 깔리는 비밀스러운 목소리에 루나는 걸음을 슬쩍 멈추고 스티브를 돌아보았다. 창문 너머에서 들어온 탁한 햇살이 그의 머리칼을 더욱 희뿌옇게 물들였다.

"카를하인츠 로젠쉴트가 정부를 구하고 있다는 첩보가 들어왔어."

전 세계 곳곳을 돌아다니며 때마다 오디션을 보고 정부를 들이는 일은 일부 중동권 왕자들의 취미 생활 중 하나이기도 했다.

"중동 쪽 사람이라고 생각하세요?"

루나의 질문에 스티브는 속을 알 수 없는 얼굴을 했다.

"한국 쪽은 어때?"

한국 내 중국 스파이에 대한 감시 활동이 루나의 역할이었다.

"중국 유학생 모임 부대표 쑤싱이 조선족 여성과 긴밀히 접촉해 왔어요. 국가안전부(중국의 국가 정보기관)와의 연락책으로……."

스티브가 오른손을 가볍게 들어 보이며 그만하면 됐다는 듯이 미소를 머금었다. 루나는 지갑의 은장 로고 장식 안쪽에 숨겨 온 메모리카드를 스티브에게 내밀었다.

"두 사람 사진, 소속된 단체, 두 사람이 접촉했던 날짜와 시간, 두 사람이 만났던 인물 중에 좀 의심이 가는 인물들까지 전부 이 안에 들어 있어요."

낮고 엄정한 루나의 목소리를 경청하며 스티브는 작은 메모리카드를 받아 들었다. 손톱 끝이 잘 정돈된 단정한 스티브의 손가락이 메모리카드를 만지작거렸다.

"루나."

본능적으로 알아차리게 되는 순간이 있다. 그저 이름이 불렸을 뿐인데 루나는 보이지 않는 전투의 최전방에 세워진 기분이다.

"카를하인츠 로젠쉴트에게 직접 접근하라는 뜻이죠?"

스티브는 입술을 꾹 말아 물며 고개를 슬쩍 끄덕였다. 얇게 맞물린 입술 끝에 팬 주름에 희미한 죄책감이 고인다.

"시간이 없어. 되도록, 가까이."

은밀한 지시를 내리는 스티브의 눈빛에는 확신이 없었다.

"그자가 어떻게 움직이느냐에 따라."

스티브는 얼마나 중차대한 임무를 맡기고 있는지 거듭 설명했다.

"모든 게 바뀔 수도 있어. 돈줄, 첨단 기술로 무장한 무기, 로젠쉴트 가문을 따르는 인적 네트워크."

"아군이 되어도 주의해야 할 테지만, 적이 되면 킬 리스트(Kill List)의 가장 윗줄에 이름을 올려야 하는 인물이네요."

9. 11테러 직후 테러리스트로 지목되어 암살 명단에 오른 인물은 10명 안팎이었다. 하지만 테러와의 전쟁을 선포한 이후 암살 명단에 이름을 올린 테러리스트들의 수는 수천에 이른다. 그들 중 가장 악명 높았던 인물은 오사마 빈 무함마드 빈 아와드 빈 라덴.

"만약 카를하인츠 로젠쉴트가 그 자리를 차지하게 되고, 네가 그자에게 가까이 접근할 수 있는 상태라면."

"비밀리에 그 남자를 죽여야 하는 사람도 내가 되겠죠?"

루나의 직접적인 질문에 스티브는 반박하지 않았다.

"결정적인 순간이어야겠지. 그자가 완전히 가문을 장악했을 때, 가문의 신뢰도를 떨어뜨릴 만한 사건이 있어야 해. 로젠쉴트사의 무기 결함이든, 유대계 네트워크의 분열이든."

"곤경에 빠뜨리지 않은 상태에서 상대를 없애는 건, 후임자에게 인수인계 편의를 제공하는 것밖에는 안 되니까요."

루나는 충분히 알아들었다는 듯이 덧붙였다. 정보원을 사서 보낼 수도 있는 일이었지만, 루나를 직접 보낸다는 것은 그만큼 긴박하고도 은밀하고, 위험한 일이라는 의미였다.

또 워싱턴에는 듣는 귀가 많았다. 로젠쉴트 가문에 정보원을 심었다는 말이 유대계 거물급들에게 흘러들어 가 봐야 좋을 게 없다.

"일단 듀이 엘리엇을 만나 봐. 필요한 건 전부 듀이가 알아서 준비해 줄 거야."

듀이는 스티브의 밑에서 일하는 정보 분석관이었다.

"그리고."

스티브가 메모리카드를 다시금 내려다보며 뜸을 들었다. 폴리그래프 담당관과 비슷한 '합리적 의심'이 스티브의 얼굴에 조심스럽게 비친다. 이형과 밤을 보내고 난 뒤, 딱 한 번 스티브의 연락을 받지 못한 적 있었다.

"잠깐 만났던 사람이 있어요. 아주 잠깐."

스티브의 눈동자에 이채가 어린다. 재미있다는 듯이 웃으며, 일면 안심하는 스티브에게 루나는 거리낄 게 없다는 듯이 덧붙였다.

"필라테스 스튜디오에서 자주 마주쳤던 여자 소개로 만난 사람이었어요. 설마 더 궁금한 건 아니죠?"

남자 친구를 처음 사귄 딸을 바라보는 눈빛을 하고 있는 스티브를 향해 그만하라는 듯이 루나는 눈살을 찌푸렸다. 그녀를 발탁한 만큼 스티브는 루나에 대해 잘 알았다. 루나가 단 한 번도 누군가와 진지한 감정을 섞어 만난 적 없다는 사실조차도.

"그럼, 그날 연락 안 되던 날도."

"네, 같이 있느라 그랬어요. 노련하지 못했죠, 내가."

콧등을 살짝 찌푸리며 장난스럽게 웃자, 스티브가 막내딸을 대하듯 함께 웃었다.

"우리 아버지가 그러셨어요. 한국인임을 잊지 말되, 자랑스러운 미국인이 되라고."

"루나 아버지가 한국 독립운동을 하셨던가?"

도산 안창호 선생이 딸 안수산 여사에게 했다는 말을 인용했다는 걸 스티브는 정확하게 알고 말했다.

"루나, 그건 한국 가기 전에 한 번 써먹었잖아."

"제가 했던 말을 다 기억하신다면, 절대 이중첩자가 돼서 내 동료들을 위험에 빠뜨리는 일은 없을 거라고 맹세했던 것도 기억하시겠네요?"

루나는 자신의 능력과 가치에 우려를 제기하지 말라는 듯이 물었다. 스티브가 이번에는 만족스럽게 웃었다.

"곧장 듀이한테 가 봐."

필요한 말을 전부 마쳤다는 듯이 스티브가 루나를 앞질러 갔다.

"스티브."

몇 발짝 앞서간 중년의 남자를 루나가 다시 붙잡아 세웠다.

"블랙 사이트 건은요?"

블랙 사이트는 미국 외 지역에 존재하는 일종의 비밀 군사 시설이다.

위치와 크기, 그곳에서 벌어지는 일 등 전부가 비밀에 부쳐진 곳. 주로 체포된 테러리스트를 심문하고, 고문하는 데 쓰인다.

분명 본부 소환의 이유는 블랙 사이트였다. 그런데 스티브는 블랙 사이트와 관련하여서는 입도 뻥끗하지 않았다.

"그냥 자네 귀국을 앞당길 구실이었을 뿐이야."

스티브는 진한 미소를 머금으며 다시 발걸음을 재촉했다. 어딘가 미심쩍긴 했지만, 스티브가 루나에게 거짓말을 할 리가 없었다.

루나는 의심을 거두며 스티브와 반대 방향으로 돌아서서 듀이의 사무실로 향했다.

책상 위에는 온갖 서류들이 어지럽게 늘어져 있었다. 한쪽 벽에는 다섯 가지 색깔로 표시된 각기 다른 사건의 개연성이 빼곡히 나열되어 붙어 있었고, 다른 쪽 벽에는 연관된 인물들의 관계도가 그려져 있었다. 압정으로 꽂고, 색색의 실로 연결한 거대한 세계관은 듀이만이 알아볼 수 있는 공식이었다.

"누가 겁도 없이 이 방에 들어와 있나 했네."

나직한 듀이의 목소리가 등 뒤에서 울렸다.

"듀이!"

루나는 한달음에 문 앞까지 달려가 듀이의 손에 들린 머그잔을 빼앗아 들었다. 머그잔 안에는 갓 내린 커피가 가득했다. 뜨끈한 커피를 한 모금 마시며 눈을 치뜨고 듀이를 바라봤다.

루나를 끌어안으려고 팔을 벌리다가 황당하게 웃고 있는 잘생긴 얼굴이 시야에 잡힌다. 루나는 옆에 있는 캐비닛 위에 머그잔을 올리고는 팔을 활짝 벌리며 변명했다.

"나 지금 40시간 넘게 깨어 있다고. 커피를 물처럼 마셔도 눈이 감긴다니까."

듀이가 서슴없이 루나의 작은 몸을 와락 끌어안았다. 정직한 섬유유연제 냄새를 풍기는 남자, 루나가 한국으로 향하기 전 프러포즈했던 남자이기도 하다.

"헤어스타일은 여전하네."

손바닥을 가져다 대면 까끌까끌할 정도로 머리를 짧게 자르는 것은 AFISRA(Air Force Intelligence, Surveillance and Reconnaissance Agency, 공군 정보감시 정찰국, 미 공군 소속의 정보기관)에 근무하던 시절의 습관이었다.

듀이는 정수리를 어루만지며 환하게 웃고 있는 여자를 사랑이 가득 담긴 눈빛으로 내려다보았다. 그녀는 까만 눈동자를 한쪽으로 굴리며 듀이의 지긋한 시선을 은근히 피했다.

"스티브가 너한테 가 보라고 하던데."

듀이는 그녀에게 마뜩잖은 업무를 맡긴 스티브가 마음에 들지 않았다. 요즘처럼 첨단 기술을 사용하며 정보각축전이 벌어지는 세상에서 적성인물의 정부로 요원을 보낼 생각을 하다니, 무식하고 반인륜적인 첩보 행위였다.

듀이가 공군으로 복무하다가 CIA로 온 이유는 그런 무식한 정보전을 막고, 루나와 같은 고급 인적 자원을 보호하기 위해서였다. 무인정찰기, 드론 전문가였던 듀이는 CIA로 와서 정보 분석관이 되었다.

더욱 심각한 문제는 위험한 일일수록 매혹을 느끼는 천생 공작관인 그녀가 스티브의 지시에 불복하지 않을 거라는 점이다. 본부에 귀환하자마자 스티브의 명으로 듀이를 찾아왔다는 것은, 그녀가 여지없이 카를하인츠 로젠쉴트의 정부로 지원하겠다고 결심했다는 의미였다.

"루나."

그녀는 듀이의 나직한 물음에도 아랑곳하지 않고, 천천히 걸음을 옮기며 듀이의 방을 둘러보았다.

"이 방은 영원히 정리되지 않을 것 같아."

꿈꾸듯 읊조리는 그녀의 뒷모습을 듀이는 말없이 바라보았다. 한걸음에 다가가 작은 몸을 거세게 끌어안고 입을 맞추고 싶은 충동이 일어서 가만히 눈을 감았다.

"너는 영원히 나한테 믿음직한 동료이자, 다정한 친구일 거고."

조용히 내뱉은 그녀의 말이 듀이의 가슴에 긴 선을 그었다.

목소리에도 향기가 있다면, 그녀의 목소리는 감미로운 향을 머금은 듯했다. 갓 내린 신선하고 부드러운 커피 향 같았고, 혀끝에서 녹아들어 비강을 적시는 초콜릿 향 같았으며, 남자를 완전히 무장 해제하게 만드는 관능적인 향이었다.

그녀는 자신의 영역 안에 누군가를 들이는 일이 결코 없었다. 자리를 내주는 듯하다가도 금세 상대를 무용지물로 만들었다. 그런 면이 듀이를 안심하게도, 또 슬프게도 만들었다. 다른 남자들뿐 아니라, 듀이 자신까지도 무용지물이 돼 버리곤 하니까.

"루나."

듀이는 그녀의 이름을 온전히 머금는 데도 용기가 필요했다. 떨리는 목소리를 내지 않을 용기, 그녀가 부담스러워할 감정을 싣지 않을 용기.

"하아, 듀이."

그녀가 어깻숨을 깊게 내쉬며 쓸쓸한 미소를 머금은 채로 듀이를 바라보았다.

"나 이제 너랑 더는 어색해지는 거 싫어."

그녀의 감미로운 목소리에는 진심이 어려 있었다.

"오늘 저녁에 줄게. 아직 자료 정리가 다 안 됐어."

카를하인츠 로젠쉴트에 관한 자료는 이미 완벽하게 정리되어 있었다. 심지어 그의 정부로 지원하기 위한 루나의 가짜 프로필과 사진이 이미 카를하인츠 로젠쉴트의 비서진에게 전달된 상태였다.

"그럼 저녁에 봐."

루나는 미련 없이 내뱉었다.

"그래, 저녁에."

듀이는 저녁까지 루나를 붙잡기 위한 구실을 만들기 위해 안간힘을 쓸 터였다.

마치 퍼즐의 마지막 조각이 맞춰진 듯했다. 카를하인츠가 등장하자 로젠쉴트 가문을 위해 일하는 이들은 섬세하게 세공된 시계의 톱니바퀴처럼 완벽하게 움직였다. 마치 오래전부터 그래 왔다는 듯이 빈틈이 없었다.

"로젠쉴트 모델 에이전시에서 받은 지원서를 정리한 내용입니다."

로젠쉴트사에서 만드는 하이 주얼리와 고급 시계, 패션 잡화 등의 모델을 직접 고용할 목적으로 세운 모델 에이전시에서 카를하인츠의 정부 오디션이 비밀리에 진행되었다.

수석 비서인 레이먼드가 테이블 위에 나열한 사진을 훑어보던 카를하인츠의 시선이 중간쯤에서 처연히 멈췄다. 우아하게 정면을 응시하고 있는 사진 한 장이었다.

믿을 수 없을 정도로 그녀와 닮은 여자다. 절정을 흐느끼던 고운 목소리가 떠오르자 허벅지 사이가 뻐근해진다. 하지만 카를하인츠의 반듯한 미간에는 미세한 주름조차 잡히지 않는다.

카를하인츠는 수석 비서가 알아차리지 않도록 빠른 눈으로 그녀의 프로필을 훑었다.

[이름: 미아 콴, Mia Kwan]

유주희와는 분명히 다른 이름이다.

[나이: 26세]

스물여덟인 그녀보다 두 살이 어리다.

[국적: 미국 ― 중국계]

국적과 출신조차도 완전히 달랐다. 혹시 그녀도 자신과 같은 사정이 있었던 것은 아닐까. 정의할 수 없는 감정이 현실성 없는 가정을 그려 나갔다.

"이 중에서 다섯 사람만 추려 주시면, 대면식을 준비하겠습니다."

카를하인츠는 신중을 기하는 척 손가락을 움직였다. 네 번째로 그녀와 닮은 여자를 골랐다. 손끝은 한 치의 떨림도 없었다.

[가족관계: 시애틀 차이나타운에서 식당을 운영하는 부모님, 의대에 진학해 공부 중인 남동생. 남동생의 학업을 위해 돈이 필요함.]

오직 돈 때문에 카를하인츠의 정부가 되기 위해 지원서를 넣었다는 미아라는 여자의 사진이 망막에 맺힌 듯 지워지지 않았다.

2. Distraction

"남동생 이름이 브랜든."

"아니, 브라이슨."

나무라는 듀이의 목소리에 애정 가득한 걱정이 실렸다. 루나는 미간을 찌푸리며 한숨을 내쉬었다.

"루나, 이래서 가능하겠어? 남동생 이름도 못 외우는데?"

듀이는 손에 들고 있던 일회용 나무젓가락을 테이블 위에 내려놓으며 한숨을 내쉬었다.

"잠을 못 자서 그렇다니까. 근데 시애틀 차이나타운에서 식당을 운영하는 콴씨 부부는 나 같은 딸을 하나 주운 대가로 뭘 얻게 되지?"

"아들의 학자금과 뉴질랜드 로토루아의 저택. 그리고 은퇴 자금."

루나는 놀랍다는 듯이 입을 떡 벌렸다.

"생각했던 것보다 훨씬 전략적인 분들이네. 내가 그럴 만한 가치가 있나?"

"루나."

듀이가 테이블 너머로 팔을 뻗어 루나의 손을 꼭 잡았다. 언제라도 루나가 얼마나 가치 있는 여자인지 설명해 줄 준비가 되어 있다는 눈빛이다. 갈색과 붉은색이 묘하게 섞인 듀이의 기다란 속눈썹이 잘게 떨렸다. 남국의 짙은 바다색을 닮은 눈동자는 1년 전과 변함이 없다.

"그만, 듀이."

루나가 그의 손을 떨치며 웃자, 듀이는 그녀의 손을 더 꽉 붙들며 따라 웃었다. 눈웃음을 머금는 듀이의 얼굴은 다정하고, 상냥하며, 아름답다. 사랑 따위 가볍게 여길 만큼 잘생기고 오만해 보이는 남자는 의외로 순정파였다.

「크립토스 앞에서 스티브에게 너를 처음 소개받았을 때부터 지금까지, 난 너를 쭉 같은 마음으로 대해 왔어. 나와 결혼해 줘, 루나.」

1년 전, 루나가 파키스탄 이슬라마바드에서 근무하다가 본부로 소환되어 한국으로 향하기 직전의 일이었다.

듀이의 눈빛은 그때와 같았다.

"크립토스……."

똑같은 말을 반복하려는 듯해서 루나는 지그시 눈을 감으며 아랫입술을 말아 물었다. 그만하라는 뜻이었다.

그런데 보드라운 입술이 루나의 입술을 가볍게 물었다가 멀어졌다. 놀라서 감았던 눈을 뜨자, 듀이가 조용히 속삭였다. 입술 근처에서 듀이의 따뜻한 숨결이 느껴졌다.

"너는 크립토스보다도 난해한 여자야."

크립토스는 CIA 본부 건물 앞에 설치된 조각품이었다. 아직 전체가 해독되지 않은 암호문이 새겨진 난해한 작품에 그녀를 빗대는 듀이의 눈동자에 일순간 장난기가 스민다.

"듀이, 제발 한 번에 하나씩만 해 줄래?"

"어떻게 하나씩 할까? 키스? 플러팅? 시키는 대로 착하게 하나씩 할게."

"감정적으로 굴지 마."

루나가 눈살을 찌푸리자, 듀이가 멀찍이 물러나며 대꾸했다.

"감정적으로 군 적 없어. 내 인생에서 이미 시작된 일이고, 돌이킬 수도 없고."

듀이의 순정 앞에 루나는 그저 한숨을 내쉬었다.

"말했잖아, 듀이."

"들었는데, 이해 못하겠어."

무인 정찰기에 관한 한 세계 최고의 분석 능력을 갖추고 있는 남자가 사랑 앞에 바보가 되려고 한다.

"우리가 결혼한다고 치자. 아이는 어쩔 거야? 부모 둘 중 한 명은 안전한 직업을 갖고 있어야 하지 않겠어? 만약 우리 둘 다 죽으면 아이는 어떻게 되는 건데?"

루나의 질문에 듀이는 준비되었다는 듯이 대꾸했다.

"내가 안전한 직업을 얻으면 돼."

듀이, 듀이, 듀이. 루나는 잠시 허공을 바라보며 그의 이름을 여러 번 읊조렸다.

"왜 그런 희생을 자처하는 건데?"

"너와 결혼하려고."

듀이가 상상만으로도 행복하다는 듯이 웃었다.

"이기적이네."

사랑에 기대서 인생을 뒤바꾸겠다는 남자는 루나와 달리 순종적이고, 감정적인 사람이었다. 어쩌면 그런 듀이와 루나는 퍽 잘 어울리는 커플이 될지도 모른다. 하지만 합리적이고, 이성적인 루나의 눈에 그의 제안은 지나치게 이기적인 것처럼 보였다.

"이기적이라고?"

듀이가 미간을 찌푸리며 약간은 화가 난 듯한 목소리로 되물었다.

"나 때문에 꿈을 저버린 남자와 결혼하면, 내가 행복할 거라고 생각해?"

"결혼은 희생을 통해 완벽해지는 거라고 아버지가 그러셨어."

미 공군이었다는 그의 아버지는 퇴역 후 일생을 희생하며 살아온 어머니를 위해서만 사신다고 했다.

"어떡하지, 듀이?"

루나는 파일을 정리해서 집어 들고는 자리에서 일어나면서 말을 이었다.

"나는 결혼을 위해, 혹은 사랑을 위해 나를 희생할 생각 없어."

매정하게 보일 만큼 차갑게 일갈하고 돌아섰다.

"기다릴게."

그런데 등 뒤에서 들려온 듀이의 음성은 따뜻하기 그지없었다. 루나는 턱 끝만 살짝 돌려서 순한 강아지처럼 앉아 있는 듀이를 바라보았다.

"바보처럼 굴지 마."

나무라는 말에 듀이는 그저 나직하게 웃을 뿐이었다.

레스토랑을 나선 루나는 곧장 차를 몰아 부모님이 살고 계시는 집으로 향했다. 본국으로 소환되고 나면 늘 부모님의 집에 가장 먼저 들르곤 했는데, 이번에는 조금 늦었다. 하긴 지금 루나가 한국에 있는 줄 아실 테니, 부모님으로서는 딱히 딸이 늦었다는 생각도 하지 않으실지도.

"저 왔어요."

루나는 가지고 있던 열쇠로 현관문을 열고 들어가며 소리쳤다. 며칠 만에 발음하는 모국어를 발음하는 순간, 한국에 두고 온 남자의 얼굴이 뇌리를 스친다. 루나는 목에 두르고 있던 스카프를 벗어서 현관 옷걸이에 걸며 이형을 떠올렸다.

만약 이형이 듀이처럼 청혼했다면 어땠을까?

부질없는 상상을 했을 뿐인데 가슴이 뻐근해지며 이상한 기분이 든다.

"언니?"

가까이에서 들려온 동생의 목소리에 루나는 흠칫 놀라 돌아보았다.

"어, 유나야."

"무슨 생각을 하는데, 몇 번을 불러도 몰라?"

유나가 신기하다는 듯이 눈을 휘둥그렇게 떴다.

"피곤해서 그래. 지금 한 사나흘 못 잤거든."

"미쳤어! 얼른 올라가서 자. 언니, 그러다가 큰일 난다? 저녁은 먹었어? 엄마, 아빠! 언니 왔어요!"

"누가 왔다고?"

엄마가 가운을 여미며 계단을 내려왔다.

"루나야! 우리 딸!"

눈물을 달고 사는 부모님과 언니를 얼른 재워야 한다며 야단법석을 피우는 유나가 루나를 따뜻하게 끌어안았다. 영혼이 따뜻해지는 느낌이 있다면 바로 이런 거일 거라고 생각하며 루나는 미소를 머금었다.

❖

스위스 제네바 공항에서 내려, 로잔으로 향하는 차에 올라탄 직후였다. 루나의 일정을 뻔히 알고 있을 텐데도, 듀이가 끈질기게 전화를 걸어오고 있었다. 휴대전화 진동이 계속되자 조수석에 앉은 카를하인츠 로젠쉴트의 비서가 슬쩍 돌아보았다.

"동생이에요. 갑자기 유럽 여행을 간다는 메모만 남겨 두고 집을 나와서 걱정이 되나 봐요."

"받아 보시죠."

프랑스식 억양이 강한 영어를 쓰는 남자의 이름은 레이먼드 에이크. 그는 자신을 카를하인츠 로젠쉴트의 수석 비서라 소개했다.

공항으로 기사와 함께 비서가 마중을 나온 것도 황송할 마당에 수석 비서라는 타이틀은 새삼스러운 무게감을 더했다. 어떤 이유에선지 카를하인츠 로젠쉴트는 정부를 구하는 일에 생각했던 것보다 더 심혈을 기울이고 있는 듯 보였다.

"어, 브라이슨."

루나는 조수석에 앉은 남자에게 양해를 구하고는 조용히 전화를 받았다. 묵직한 세단의 엔진음이 수화기 너머에서 들려올 듀이의 목소리를 집어삼켜 주길 바랐다.

— 어디야? 블라우 로젠 돔으로 가고 있어?

"어, 방금 공항에 도착했어. 날씨가 흐리네. 곧 비가 올 것 같아."

— 당장 돌아와. 절대 거기로 가면 안 돼.

듀이의 목소리가 전에 없이 단호했다.

— 대답하기 곤란하면 듣기만 해. 혹시 소환될 때 블랙 사이트 관련된 일이라는 메시지를 받았어?

"어."

— 하미드 모사드가 이슬라마바드 근처에서 체포돼서 얼마 전 블랙 사

이트 고문 영상에 나타났어.

"브라이슨. 누나는 아무 일 없어. 걱정하지 마."

가슴이 철렁 내려앉았다. 하미드 모사드는 어릴 적부터 친하게 지냈던 루나의 친구였다. 그의 부모님은 파키스탄 출신이었고, 하미드는 스무 살이 되던 해 돌연 자취를 감췄다.

루나는 하미드가 이슬람 전사라 자처하는 테러리스트의 일부가 되었을 거라는 추측을 반박하기 위해 CIA가 되었다. 그는 절대 그럴 리 없는 친구라고 확신했었다.

— 스티브가 하미드 모사드와 네가 친분이 있다는 걸 알고, 블랙 사이트 일을 숨긴 게 아닐까? 그렇다면 지금 작전이 너한테는 독이 될 수도 있어. 네가 들킬 경우, 전혀 보호받지 못하고 버려질 수도 있다고. 당장 돌아와, 루나!

듀이의 말처럼 하미드 모사드와 루나의 연결 고리를 본부에서 오해했을 수도 있다.

— 로젠쉴트가 얼마나 거물인지 알잖아. 일이 수틀리면 테러리스트에게 기밀을 팔아넘긴 국가 반역자로 만들 수도 있다는 이야기야. 반역자가 어떤 일을 당하게 되는지 알잖아!

하지만 듀이의 분석은 지나치게 감정적이었다.

"브라이슨, 누나 이제 끊어야 할 것 같아. 또 연락해."

루나는 일방적으로 듀이의 전화를 끊어 버렸다. 듀이의 전화 때문에 머릿속이 혼란스러웠지만, 이미 저택의 호화로운 대문 안으로 들어선 차가 속도를 낮추고 있었다.

"다 왔습니다. 저기 나와 계시네요."

멀리 언덕 위에 서 있는 남자의 모습이 눈에 들어왔다. 가까워질수록 남자의 뒷모습이 점차 커다래지기 시작했다. 차가 저택 앞에 멈춰 서자,

언덕 아래를 내려다보고 있던 남자가 천천히 돌아섰다.

카를하인츠 로젠쉴트, 그는 분명 루나가 아는 얼굴이었다.

레이먼드가 뒷좌석 문을 열어 주었다.

"대면식 전에는 나오지 않겠다고 하셨는데, 좀 예외적이군요."

루나는 고맙다는 의미로 턱 끝을 까딱하며 차에서 내렸다. 매끈한 대리석 바닥에 구두 밑창이 닿아 거북한 소음이 미세하게 일었다.

카를하인츠 로젠쉴트, 그는 동양인이었고 놀랍도록 이형과 닮은 얼굴이었다. 멀리서 본 그의 모습은 쌍둥이라고 해도 믿을 만큼, 아니 동일인이라고 해도 믿길 정도였다. 훤칠한 키와 넓은 어깨, 다리 길이와 걸음걸이까지 비슷했다.

그가 느릿하게 걸으며 루나를 멀리서 내려다보았다. 고개를 옆으로 살짝 기울이며 미소를 머금는 모습에 가슴이 같은 방향으로 기우는 듯한 착각이 인다.

그리움이 만들어 낸 환영인가. 비슷한 체격 남자의 얼굴에 이형이 겹쳐질 만큼 그를 그리워하고 있나.

루나는 천천히 눈을 감았다가 떴다. 신기루 같은 그의 모습은 사라지지 않고, 루나를 바라보며 웃고 있었다.

"하지만 공정성을 기하기 위해 지금은 인사를 나누시면 안 됩니다."

루나는 알겠다며 고개를 끄덕거렸다.

"집사 슈테판이 사용하실 방으로 안내해 드릴 겁니다."

젊을 적에는 금발이었을 테지만, 지금은 멋진 은회색 머리카락을 잘 빗어 넘긴 남자가 다가왔다.

"미스 콴?"

"네, 안녕하세요? 슈테판."

"눈치가 빠른 아가씨군요."

슈테판이 오랫동안 알고 지낸 동네 할아버지처럼 인자한 미소를 지었다.

"사용하실 방으로 안내해 드리겠습니다."

"감사합니다."

미아 콴은 시애틀 소재 워싱턴대학교에서 경제학을 전공하고, 학자금 대출을 잔뜩 떠안고 있는 가난한 아가씨였다. 돈이 없을 뿐 똑똑하고 재능 있는 여자, 가족을 위해 자신을 희생할 만큼 생활력이 강한 여자, 자존심과 자존감을 구분할 줄 아는 지혜로운 여자여야만 했다.

"제가 몇 번째로 이곳에 왔나요?"

루나는 겸손하지만 비굴하지 않은 목소리로 물었다.

"마지막으로 도착하셨습니다."

후보자가 몇 명이나 되는지 묻는 말의 의도를 파악한 듯 슈테판은 영리하게 대꾸했다. 슈테판이 묵직한 나무문을 밀어 열었다. 루나가 고맙다는 의미로 고개를 살짝 숙여 보인 뒤, 안으로 들어섰다.

"제가 방을 안내해 드리는 다섯 번째 아가씨고요."

등 뒤에서 들려온 조용한 목소리에 루나는 약간 놀란 눈으로 미소를 머금으며 슈테판을 바라보았다.

"왜, 너무 많은가요? 아니면 너무 적은 가요?"

"아니요. 몇 명인지 알려 주시지 않을 것 같았거든요."

슈테판이 열려 있던 침실 창문을 닫고는 바깥을 내다보았다. 루나는 그의 곁으로 다가가 그의 시선을 뒤쫓았다.

창밖에는 아까 그 언덕이 야트막하게 펼쳐져 있었다. 집 밖에서 볼 때는 무척이나 험준해 보였는데, 4층에서 내려다보니 평지와 다를 바 없어 보였다. 그곳에는 카를하인츠 로젠쉴트가 천천히 걷고 있었다.

"앞서 네 분을 맞이할 때와 분명히 달랐거든요. 무심하게 서재에만 계시던 분이 언덕까지 마중을 나가셨습니다."

가벼운 산책일 수도 있는데, 슈테판은 마중이라 표현했다.

"블라우 로젠 돔에서 얼마나 계셨어요?"

"글쎄요. 40년이 지난 후부터는 세지 않아서 말이죠. 이제 집사로 일하기엔 너무 늙었죠."

"와, 그럼 열 살이 되기 전부터 여기에 사셨나요? 40대 후반으로 보이시는데요."

루나의 천진한 질문에 슈테판이 웃음을 터뜨렸다.

"제약과 관심 속에서 외롭게 자라신 분입니다. 부디 제가 모시는 분과 좋은 친구가 되셨으면 좋겠습니다. 함께 모실 수 있는 영광이 있기를 바랍니다."

예의상 하는 말일 수도 있었지만, 슈테판의 눈빛은 진심을 담고 있었다. 솔직함을 드러내서 정직함을 끌어내는 사람이 있다. 슈테판은 먼저 자신이 가진 패를 드러내고 노련하게 상대를 파악하는 데 능해 보였다. 로젠쉴트 가문에서 40년 넘게 집사로 일한 사람이라면 여느 국가의 책략가와 비교해도 모자라지 않을 것이다.

"감사합니다. 덕분에 좋은 일이 있을 것 같네요."

루나가 예의 바르게 답하자, 슈테판이 흐뭇한 미소를 머금으며 물러갔다. 루나는 닫힌 방문을 얼마간 바라보다가 이내 창밖으로 눈길을 돌렸다.

여전히 그는 언덕 위에 서 있었다. 블라우 로젠 돔을 마주 본 그의 눈높이는 루나보다 낮은 곳에 있었다. 그저 건물을 바라보는 것 같았지만, 어쩐지 자신을 들여다보고 있는 기분이 들었다.

설마.

가까이에서 보면 분명히 다를 것이다. 절대로 그가 자신이 알던 남자일 리 없다.

저녁 식사와 함께 오늘 밤은 편히 쉬라는 메시지가 방으로 전달되었다.

루나는 홀로 천천히 식사를 마치고 밤이 깊기를 기다렸다. 방문을 열고 나가자, 경호원 한 명과 눈이 마주쳤다. 게르만계로 보이는 건장한 남자가 성큼성큼 다가왔다.

"소화가 되지 않아서 산책을 좀 하고 싶은데요."

"잠시만 기다려 주시겠습니까?"

이윽고 그가 호출한 금발 머리의 여자 경호원이 나타났다.

"안녕하세요, 미스 콴. 저는 미스 콴의 경호를 맡은 위니 헤레이스입니다."

"안녕하세요? 미스 헤레이스. 잘 부탁해요."

"위니라고 부르시면 돼요."

그녀는 햇볕에 달궈진 모래처럼 따뜻하게 웃었다. 루나는 위니를 따라 그가 산책했던 길로 안내받았다.

"저기, 위니?"

루나가 약간은 울적한 목소리를 냈다.

"실은 내가 집에 여행 온다는 쪽지만 남겨 놓고 왔어요. 아까 동생한테 전화가 왔는데, 레이먼드 에이크 씨가 함께 있어서…… 통화를 제대로 못 했거든요. 개인적인 통화를 할 수 있도록 잠시 떨어져 걸어 주실 수 있나요?"

눈물이 대롱대롱 매달린 눈으로 위니를 바라보자, 그녀는 안타깝다는 듯이 미간을 찌푸렸다.

"어떡하죠? 세 발짝 이상 떨어지는 건 불가능합니다."

"그럼 할 수 없죠. 개인적인 통화는 괜찮을까요?"

"네, 얼마든지요."

그녀는 또다시 아까처럼 따뜻하게 웃었다. 의심 없는 위니의 얼굴을 바라보며, 루나는 집에 전화를 거는 것처럼 태연하게 굴었다. 신호가 몇 번 울리다, 통화가 연결되었다.

"나야, 브라이슨."

루나는 위니를 향해 고개를 살짝 돌리고 조용히 읊조렸다.

"남동생이에요."

그녀는 이미 알고 있다는 듯이 고개를 끄덕였다. 갑자기 휴대전화 너머에서 위잉 하는 소음이 미세하게 느껴졌다.

— 이제 도청 안 될 거야. 경호가 붙은 거지?

"어. 잘 도착했어."

— 듣기만 해. 하미드 모사드가 폭탄 조끼를 입고 있다가 연행됐어. 파키스탄에서 우리 요원이 한 명 실종됐는데, 그 사건하고도 연루되어 있나 봐. 이슬라마바드에 있는 미국 대사관 하수구 근처로 진입을 시도하다가 발각됐고.

"그랬구나. 오늘 여자 친구 만난다고 했잖아. 누나 걱정하다가 못 만나서 혼나지는 않았어? 얼마나 혼났는데?"

루나는 울분을 삼키며, 웃음을 머금은 목소리로 물었다.

— 워터보딩(Waterboarding, 천으로 호흡기를 막고 물을 붓는 물고문의 일종), 수면 박탈. 문제는 하미드가 당한 고문이 아니야.

"그럼?"

— 하미드 모사드가 너를 담당관으로 지목했어. 어릴 적 친구인 네가 오면 다 불겠다고.

눈앞이 캄캄해졌다.

나는 네가 그렇게 망가지지 않았다는 걸 증명하기 위해 CIA가 되었는데, 너는 끝내.

가슴이 뜨거워지는 기분을 가눌 길이 없었다.

"엄마, 아빠는 내가 스위스로 온 걸 언제 아셨어?"

루나의 나직한 질문에 듀이가 한숨을 내쉬었다.

— 스티브가 하미드에 관해 보고받은 건 보름 전. 너를 본부로 소환하기 직전이야. 루나.

듀이가 걱정 가득한 목소리로 그녀의 이름을 불렀다.

"아빠는 내가 걱정돼서 그러신 걸 거야. 하지만 아빠는 날 믿으셔. 누날 보호하기 위해 종종 그러셨잖아. 응?"

어쩌면 스티브가 루나를 보호하기 위해 중동과는 전혀 상관없는 곳으로 잠시 보냈을지도 모른다는 생각이 들었다.

— 보호…… 명목하에…… 버림받을…… 루나?

갑자기 통화감이 멀어졌다. 루나는 본능적으로 주위를 살피다 하늘을 올려다보았다. 무인정찰기가 블라우 로젠 돔 위를 선회하고 있었다.

"위니, 하늘을 날고 있는 저건 뭐죠?"

루나의 질문에 휴대전화 너머에서 대답이 들려왔다.

— 우린…… 드론…… 같은 거 보낸…… 없어. 루나? 루나!

위니가 허리춤에서 총을 빼 들었다. 유효 사거리가 먼 기관총도 아니고, 손바닥만 한 휴대용 화기로는 하늘 위를 날고 있는 무인정찰기 근처에도 갈 수 없다는 것을 위니가 모르지는 않을 것이다.

위니가 귀에 꽂은 무선 리시버를 두드리며 뭐라 중얼거렸다. 삽시간에 경호 요원들이 위니와 루나를 에워쌌다. 루나는 얼른 통화가 끊긴 휴대전화를 주머니에 집어넣었다.

"당황하지 마세요. 아무 일도 아닙니다."

루나는 아무 말도 하지 않고, 엄호를 받으며 블라우 로젠 돔이 아닌 근처 유리 온실로 이동했다. 풀숲을 그대로 옮겨 놓은 듯 싱그러운 냄새가 코끝을 자극했다. 어두운 실내에 들어서자마자, 지하로 내려가는 계단으로 향했다.

걸음을 옮길 때마다 복도 바닥의 에스코트 등이 차례대로 들어왔다. 위급 시 피난로처럼 보이는 지하 공간은 호화찬란했다. 스위스의 반환 요구에도 꿋꿋이 영국 박물관 한쪽에 전시된 파르테논 신전의 부조물을 보는 듯했다. 영국 박물관에 있는 게 가짜고, 여기 있는 게 진짜가 아닐까 하는 생각이 들 만큼 정교하고 화려했다.

신전이 떠받들고 있는 땅 위에 자리한 로젠쉴트 가문의 저택, 블라우 로젠 돔. 아이작 로젠쉴트의 재치에 하마터면 웃음을 흘릴 뻔했다.

목적지에 다다랐는지 에스코트 등이 사라졌다.

"조명이 없습니다. 발밑 조심하세요. 계단입니다."

"고마워요, 위니."

길고 긴 나선형 계단을 끝까지 오르자, 덜컥 소리와 함께 자동 철문이 열렸다. 블라우 로젠 돔 실내 특유의 장미 내음이 비강에 훅 끼쳤다.

갑자기 눈앞이 환해지며 주위를 에워쌌던 인영들이 빠르게 흩어지는 게 느껴졌다. 눈이 부셔서 앞을 제대로 볼 수가 없었다.

"조명을 낮추는 게 좋겠네요."

딱딱한 영국식 영어를 유창하게 구사하는 목소리가 귀에 익었다. 시야를 잡을 수 있을 만큼 조도가 낮아진 순간, 그가 보였다. 카를하인츠 로젠쉴트라는 어마어마한 이름을 가진 남자.

이형과 똑같이 잘생긴 얼굴이 눈앞에 서 있는 게 이질적이면서도, 블라우 로젠 돔과 그의 뛰어난 외형은 기가 막힌 조화를 이루었다.

"많이 놀랐습니까?"

나직한 음성은 감미로웠다. 그가 느릿한 걸음으로 루나에게 다가왔다. 한 발짝 거리에 선 그가 루나를 똑바로 내려다보았다. 가슴 안쪽이 뻐근하게 조여 오는 느낌이 달갑지 않다.

"대답을 못 할 만큼 놀랐나 보네요."

놀랐느냐고 묻는 대상이 무인정찰기의 갑작스러운 등장인지, 아니면 눈앞에 서 있는 남자의 존재인지 헷갈린다.

"사실 나도 많이 놀랐거든요."

그가 한쪽 입술을 들어 올리며 매혹적으로 웃었다.

그가 천천히 손을 들어 올렸다. 뜨거운 손등이 차가운 뺨에 닿았다.

"조금 놀랐습니다."

느릿하게 쓸어내리는 동작에 따끔따끔 전기가 오르는 것만 같다. 광대뼈 위부터 턱 끝까지 천천히 쓸어내렸다가, 다시 턱 끝부터 광대뼈까지 쓸어 올리기를 두어 번. 심박동이 빨라지려는 것을 간신히 붙잡았다.

카를하인츠는 깊은 시선으로 루나를 응시했다. 그가 루나의 왼뺨 위에서 매끄럽게 손을 돌렸다.

커다란 손바닥과 기다란 손가락이 루나의 뺨을 부드럽게 감쌌다. 엄지가 부드럽게 눈 아래를 쓸었다. 마치 손에 들어온 얼굴의 진위를 가늠하듯 조심스러운 손길이었다. 그가 상체를 숙이고 천천히 고개를 기울였다. 입술이 닿을락 말락 한 거리까지 다가온 그가 조용히 속삭였다.

"인사가 늦었네요. 카를하인츠 로젠쉴트입니다."

힘주어 이름을 발음하는 그의 숨결이 입술을 간질였다. 그리움이 왈칵 솟아나는 숨 내음이었다. 수없이 키스하며 맡았던 이형의 숨결과 같은 온도였다.

"안녕하세요, 카를하인츠 로젠쉴트 씨. 처음 뵙겠습니다."

"이름이?"

그는 거리를 더 좁히지도, 벌리지도 않았다. 서로의 숨결을 확인하듯 애가 타는 거리였다.

"미아 콴입니다."

"미아."

이름을 발음하며 가볍게 붙었다가 떨어지는 입술을 머금고 싶은 충동이 무섭게 일어났다. 마치 그가 유혹적으로 머금은 단어가 Mia라는 이름이 아닌, 한국어 단어 미아(迷兒)같았다.

길을 잃은 어린아이가 된 것처럼 어쩐지 울음을 터뜨리고 싶어졌다. 신이 장난이라도 치는 것처럼 작전지에 기다리고 있는 대상의 존재감에 기가 막혀왔다.

보름 전, 루나는 사랑이 식은 평범한 연인처럼 그에게 이별을 고했다. 하지만 그로서는 아주 비참하고, 자존심 상했을 이별이었다.

「더는 이형 씨를 만나고 싶지 않아요. 그냥 그래요. 별다른 이유는 없어요. 그냥 그러고 싶어요.」

사랑이 저무는 데는 이유가 있는 듯 없다. 그냥. 이별의 이유를 전부 설명해 주는 마법 같은 단어였다. 싫증나서, 행복하지 않아서, 더는 사랑하지 않아서. 복잡하고 다단한 이별을 아주 하찮게 만들어 버리는 말 한마디로 그를 떠났다.

한국에서 사용하던 휴대전화는 그날로 정지시켰고, 이후 이형이 어떻게 지내는지조차 알아보지 않았다. 잊으려고 노력하면 할수록 깊게 새겨질 것 같아서 그냥…… 예전의 자신으로 돌아갔을 뿐이었다.

그런데 무례한 이별의 벌을 받는 것처럼 신기루 같은 남자가 눈앞에 서 있었다.

너는 대체 누구냐고 묻는 듯한 눈빛으로.

"반가워요. 미아."

그가 천천히 멀어졌다. 아쉬움에 배 속까지 꽉 조였다. 그가 뺨을 어루만지고, 얕은 숨을 섞었을 뿐인데 속옷이 흠뻑 젖은 것 같은 느낌에 엷은 수치심마저 일었다.

루나는 혼란스러운 감정을 감추고 애써 연한 미소를 머금었다.

"아쉬워요?"

저도 모르게 헛웃음을 흘리고 말았다. 울컥 울화가 치밀어서 고개를 돌리자 실내 전경이 눈에 들어왔다. 경호원들은 이미 자취를 감추었고, 두 사람이 마주 보고 서 있는 곳은 카를하인츠의 집무실 혹은 서재처럼 보였다.

창밖으로 찬란한 조명이 늘어선 대리석 계단이 끝없이 펼쳐졌고, 창틀에는 붉은 장미가 탐스럽게 피어 있었다.

"첫인사가 마음에 들지 않아서, 아쉽냐고 물었는데요."

"제가 감히 마음에 들지 않는 표정을 지었던가요?"

루나는 깜찍하게 눈을 치뜨며 그를 올려다보았다. 무구한 질문에 그가 당황한 듯 웃었다.

"아니요. 전혀."

"그럼요? 왜 그런 말씀을 하시는 거죠?"

"마음에 들지 않는 표정은 아니었고."

그가 루나의 앞으로 바짝 다가섰다. 뒤로 한 발짝 물러나려는 루나를 단단한 팔이 당겨 안았다.

"아쉬운 표정이기는 했거든."

슬쩍 벌어진 입술 새로 그의 혀가 순식간에 미끄러져 들어왔다. 볼이 홀쭉하게 빨려 들어갈 정도로 강한 흡입력에 '으응.' 하고 신음이 흘렀다. 볼 안쪽 여린 살을 샅샅이 훑고, 깊게 빨아들이고, 혀를 거칠게 비비고, 입술이 아프도록 깨물렸다.

질끈 감은 눈에서 눈물이 샐 만큼 무자비한 키스였다. 루나는 그의 가슴에 손을 얹은 채로 가쁜 숨을 몰아쉬며 그를 받아 낼 뿐이었다.

그가 한국에 있는 안이형과 동일인일 가능성은 제로에 수렴했지만, 심증은 무섭게 굳어 갔다. 그런데 그가 대체 왜 여기에? 혹시 한국에 있을 때부터 루나의 정체를 알고 접근한 것일까? 그럴 리가 없다. 로젠쉴트 가문에 대한 루나의 임무가 정해진 것은 불과 보름 전의 일이다. 그가 6개월 전부터 루나에게 일부러 접근할 하등의 이유가 없었다.

숨이 턱 끝까지 차오르고, 가슴이 터질 것처럼 뛰어 댔다. 답답해서 미치기 일보 직전에 그의 입술이 가까스로 떨어졌다. 그가 반듯한 이마를 루나의 이마에 맞대고는 여운을 흘리듯 숨을 골랐다. 입술이 서너 번 가볍게 맞닿았다가 떨어졌다.

그의 손길이 루나의 허리를 집요하게 맴돌았다.

"미아."

어디로도 움직이지 못하고 길을 잃은 것처럼 그는 루나의 허리만 주물러 댔다. 그러다 등허리를 타고 그의 손이 부드럽게 올라왔다. 왼팔은 여전히 루나의 허리에 감겨 있었다.

오른손 검지와 엄지로 루나의 말랑말랑한 귓불을 어루만지는 그의 손끝이 미세하게 떨렸다.

"아쉬워도 첫인사는 여기까지."

말은 그렇게 해 놓고 그는 루나의 귓불을 여전히 어루만지고 있었다.

"피곤해서 그만 방으로 돌아가 쉬고 싶은데요?"

루나가 조용하게 속삭이자, 그가 진한 웃음을 머금었다. 한 발짝 물러선 그의 손이 멀어졌다. 적당히 긴장감 어린 모습을 보여 줘야 했다.

"환영해 주셔서 감사합니다, 카를하인츠 로젠쉴트 씨. 안녕히 주무세요."

고개를 한 번 주억거리고는 그가 입을 열기 전에 얼른 출구를 향해 돌아섰다.

"카를."

나직한 음성이 뒷덜미를 잡았다. 루나가 비스듬히 고개를 돌려 어깨너머로 그를 바라보았다.

"매번 그렇게 부르기엔 이름이 너무 길잖아요. 카를이라고 부르면 됩니다."

그가 별스러운 부탁이 아니라는 듯 천진하게 웃었다.

"네, 카를."

루나는 그의 이름을 조심스럽게 머금고는 돌아섰다. 느리지도 빠르지도 않게 걸음을 옮기는 동안 자잘한 숨을 겨우 토해 냈다. 긴장한 척 연기했던 게 아니라, 그냥 긴장하고 있었나 보다. 그가 수분을 모조리 앗아 간 것처럼 입안이 바짝 말랐다.

문을 나서자, 기다리고 있었다는 듯이 위니가 따라붙었다.

"방까지 안내해 드릴게요."

"아까 제가 UFO라도 본 건가요?"

무구한 웃음을 지으며 비밀스럽게 묻자, 위니가 귀엽다는 듯이 바라보았다.

"그렇게 생각해 주시겠어요? 보안상 더는 말씀드릴 수 없거든요."

루나는 고개를 끄덕거리며 콧등을 살짝 찌푸렸다. 무슨 뜻인지 다 알아들었다는 듯이, 그 정도는 이해한다는 듯이 천진하게.

심장은 더없이 날뛰고 있으면서도 가소로운 거짓을 잘도 연기했다.

충분히 당황스러운 순간인데도, 우아하게 구는 모양새가 그녀와 지독하게 닮았다. 매혹적으로 굴다가도 가시를 세우며 더는 다가오지 말라고 경고하는 눈빛조차도 그녀와 똑같았다.

카를은 그녀의 귓불을 어루만졌던 손으로 키폰을 눌렀다.

— 네, 카를.

레이먼드의 목소리에 피곤이 가득했다.

"미아 콴에 대해 조사 좀 해 줘요."

— 어떤 조사 말씀입니까? 이미 개인 이력은 충분히 조사했는데요. 보고드린 내용이 전부입니다.

"워싱턴대학교 경제학과를 졸업한 중국계 미국인, 미아 콴?"

— 미심쩍은 부분이라도.

카를은 잠시 망설였다. 그녀는 한국에서 만났던 유주희가 분명해 보였다. 그런데 여기까지 와서 다른 사람 행세를 하는 데는 이유가 있을 것이다.

어쩌면 그 이유로 그녀를 곁에 두지 못하게 된다면?

아니면 그녀가 정말 한순간에 사라진 유주희라는 여자와 지독히도 닮은 미아 콴이라면?

"레이."

카를은 수석 비서를 은밀하게 낮은 목소리로 불렀다.

— 네, 카를하인츠 로젠쉴트 씨.

레이먼드가 카를의 풀네임을 부르며 믿음직스럽게 대꾸했다.

"한국에 있는 사람을 한 명 조사해 줘요. 이름은 유주희. 나이는 스물여덟. 토익 강사로 일했고. 미국 대사관 근처에 있는 필라테스 스튜디오에 다녔어요. 스튜디오 이름이……."

여전히 유주희가 한국에서 평범한 삶을 살아가고 있다면, 그때 미아 콴의 뒷조사를 해도 늦지 않다.

— 언제까지, 얼마나 알아볼까요?

"최대한 빨리, 최대한 많이."

카를은 열린 창문 밖에 탐스럽게 핀 장미를 바라보았다. 그녀의 체취와 섞인 장미 향은 현기증이 일 정도로 아찔했다.

❖

아침 식사는 프랑스식 정원이 내다보이는 다이닝룸에서 진행되었다. 마치 베르사이유 궁전 거울의 방을 옮겨 놓은 듯 화려한 공간에서 다른 여자들의 얼굴을 마주하게 될 줄은 미처 예상치 못했다.

오스만 제국의 하렘을 홀로 드나드는 술탄처럼 식사 장소에 그가 등장할 거라 예상했지만, 그는 모습을 드러내지 않았다.

다이닝 룸에 모인 인원은 총 네 명이었다.

"아스카 아이리 씨는 갑작스러운 복통으로 10분 후에 내려오신다고 합니다. 먼저 식사하시죠."

슈테판의 설명이 끝나자, 루나의 옆에 앉은 여자가 빙긋이 웃으며 말을 걸어왔다.

"올가라고 해요. 어디서 왔어요? 나는 미국에서 공부하다가 왔어요, 본가는 프랑크푸르트. 우리 할아버지가 돌아가신 아이작 로젠쉴트 씨랑 고향이 같아요. 저도 유대인이고요."

"저도 미국에서 왔어요. 이름은 미아."

"아, 미아. 중국인?"

루나는 그렇다며 고개를 끄덕거렸다.

"새로운 로젠쉴트 씨는 유대인일 거예요, 아마. 유대인은 종족 우월성이 강한 민족이거든요. 친아들이 아니라도, 같은 유대인에게 모든 걸 물려줬을 거라고 봐요."

겸손한 척하면서 우월감을 드러내는 말이었다. 루나는 그저 연한 미소를 머금으며 그녀의 말에 동조해 주었다.

"돌아가신 아이작 로젠쉴트 씨는 성격이 대단했대요. 할아버지가 그러시는데, 그 고집으론 절대 누구와도 살 수 없을 거라고 하셨어요. 로젠쉴트 아들의 짝이 되려면 어릴 때부터 인내심을 길러야 한다고 말씀하셨죠."

그녀는 마치 오래전부터 이 날을 준비해 왔던 것처럼 말했다.

"이런 말, 기분 나쁠지 모르겠지만…… 이미 내정된 자리나 다름없어요. 후보 중에 제가 반드시 들어가도록 어릴 때부터 이야기가 있었거든요."

그녀는 이제껏 카를하인츠라는 이름을 한 번도 언급하지 않았다. 새로운 로젠쉴트(New Rosenschild), 로젠쉴트 아들이라는 말로 그를 지칭했다. 올가는 그의 이름조차도 듣지 못한 눈치였다.

"혹시 새로운 로젠쉴트 씨의……."

"늦어서 죄송합니다."

잘난 척을 숨기지 못하는 올가에게 그의 이름을 아느냐는 질문을 채 내뱉기도 전에 어눌한 일본식 영어 인사가 들려왔다. 모두의 시선이 그녀에게로 옮겨 갔다.

아스카 아이리.

루나는 일본 이름 뒤에 숨은 그녀가 누군지 한눈에 알아보았다.

예화.

조선족 조직폭력배 간부의 정부이자 연락책이었던 여자가 일본 여자의 이름을 빌려 눈앞에 있었다.

쑤싱의 곁에서 연인인 척 접근했던 게 아니었나?

중국 국안부의 정보원으로 일하는 쑤싱과 함께 일본 전범 기업의 간부를 만났던 예화가 이 자리에 나타날 줄은 꿈에도 몰랐다.

미국은 요즘 중국을 상대로 무역 전쟁을 키우려고 했고, 일본은 내수 시장 혼란을 외교 문제로 덮으려 애를 쓰고 있었다. 한 국가의 재정을 엎치락뒤치락할 수 있을 정도로 거부인 로젠쉴트와 손을 잡는다면 이익이 상당할 것이라는 계산하에 중국 국안부와 일본의 전범 기업이 함께 움직이는 모양이다.

중국은 로젠쉴트의 첨단 무기 기술력을 빌미로 미국을 압박할 것이고, 일본은 로젠쉴트의 유대계 네트워크를 통해 외교 문제를 더욱 키워 나가려고 하는 계산속일지도.

예화의 막중한 역할이 눈앞에 그려지는 듯했다.

"안녕하세요? 아스카 아이리입니다."

몇 주 전 도산대로의 카페에서 마주쳤지만, 예화는 가면 속에 얼굴을 숨겼던 루나를 알아보지 못했다. 그녀는 일본 여자처럼 보이기 위해 꽤 혹독한 훈련을 받은 듯 보였다.

"아스카 아이리 씨, 몸은 좀 어떠세요?"

올가가 마치 안주인이라도 되는 양 너그럽게 웃으며 물었다.

"네, 괜찮습니다. 로젠쉴트 씨가 많이 신경 써 주셨거든요."

예화의 대답에 올가의 눈썹이 꿈틀 움직였다.

"로젠쉴트 씨를 보셨나요?"

이제껏 아무 말도 없던 여자가 입을 열었다. 모델처럼 쭉 뻗은 몸매와 인형같이 작은 얼굴이 인상적인 붉은 머리였다.

"네, 무척 아름다우시죠."

동의를 구하는 듯 예화가 천진하게 웃었다. 올가의 어깨가 스르륵 가라앉았다.

"어머, 모두 만나 보신 거 아니었나요?"

식탁 위 분위기가 어수선해지자, 슈테판이 조용히 끼어들었다.

"아스카 아이리 씨가 어제 저녁 식사 후에 복통을 일으키셔서, 로젠쉴트 씨가 잠시 들렀던 것뿐입니다. 아직 다른 분들은 로젠쉴트 씨를 만나 뵙지 못했습니다."

슈테판이 루나를 흘끗 보고는 희미하게 웃는 듯했다.

"아아. 이런 영광이. 아름다운 분이 그렇게 다정하기까지 하시다니."

대단한 특혜를 받았다는 듯이 아스카 아이리는 호들갑을 떨어 댔다. 올가와 아스카 아이리, 모델같이 생긴 붉은 머리와 무심한 듯 입도 뻥긋하지 않는 금발의 여자, 그리고 루나. 다섯 명의 여자는 아침 식사를 마치고 각자의 방으로 안내되었다.

"위니."

루나는 어느새 따라붙은 경호원을 향해 싱긋 웃었다.

"이런 날 방에만 있는 건 너무 답답할 것 같은데. 산책 좀 해도 될까요? 식사 후에 가볍게 움직이지 않으면 소화가 되지 않아서요. 새벽에 아스카 아이리 씨가 복통을 일으켰다죠?"

아스카 아이리가 대단한 소동을 일으켰었는지, 위니는 혀를 내둘렀다.

"그런 일이 또 있으면 곤란하죠."

"프랑스식 정원이 좋아 보이던데요."

위니가 고개를 끄덕이며 루나를 에스코트했다.

"다른 사람들은 방에서 꼼짝도 하지 않나요?"

복도를 걸으며 조심스레 묻자, 위니가 함박웃음을 지으며 대꾸했다.

"이렇게 산책을 하시기도 하고, 서재에서 책을 보시기도 해요."

루나는 고개를 끄덕이며 희미하게 웃었다.

파란 하늘 아래로 맑은 햇살이 비추고, 네모반듯하게 정리해 놓은 정원에는 물에 젖은 풀잎이 반짝거렸다. 블라우 로젠 돔은 베를린 돔을 따왔지만, 정원은 베르사이유의 양식을 빌려 온 듯했다.

반듯한 회양목 사이에는 로젠쉴트 가문의 상징인 붉은 장미가 탐스럽게 피어 있었고, 발가벗은 아기 천사의 통통한 모습을 한 대리석 조각품이 군데군데 천진하게 서 있었다.

"정원 사진을 좀 찍어도 될까요?"

"죄송하지만 사진 촬영은 불가합니다."

루나는 알겠다며 고개를 끄덕이고는 민망해서 휴대전화를 보는 척 듀이에게 문자 메시지를 전송했다.

[브라이슨, 누나한테 전화 좀 해 줄래?]

이제 위니를 잠시 따돌려야 했다. 프랑스식 정원 오른편에는 영국 햄튼 코트를 본떠 만든 듯한 생김의 미로 정원이 있었다. 세계 왕궁의 갖가지 호화로움을 본떠 저택을 꾸민 것을 보면 아이작 로젠쉴트는 자신의 지배력이 그만큼 무한하다고 여긴 듯하다.

"위니! 잠깐 이리 와 봐."

아까 아침 식사를 했던 다이닝 룸 테라스에 불량하게 서 있는 남자가 위니에게 장난을 걸었다. 위니와 주고받는 시선을 보니 둘이 썸이라도 타는 사이인가 보다.

"안 돼. 무슨 소릴 하는 거야, 윌슨."

"너 지난 주말에 제네바 클럽에서."

"윌슨!"

위니가 새빨개진 얼굴로 소리쳤다.

"미아, 1분이면 돼요. 여기서 잠깐 기다려 줘요. 아무 데도 가면 안 돼요!"

신신당부하는 위니에게 알겠다며 고개를 끄덕거렸다.

"너 그 영상 지우라고 했잖아! 임무가 시작되기 전에 마지막 휴가였다고!"

클럽에서 노는 대단한 영상이라도 찍혔는지 위니가 다이닝 룸 테라스로 무섭게 소리 지르며 뛰어 들어갔다. 그러면서도 루나에게서 시선을 떼지 않으려 정원 쪽을 계속 흘끔거렸다.

루나는 그들의 대화를 가만히 주시했다.

한눈 팔린 개인 경호원의 시야에서 벗어나는 것쯤이야.

루나는 천천히 뒷걸음질 치다가, 위니가 윌슨의 휴대전화를 빼앗으려고 윌슨의 품에 안기다시피 했을 때 얼른 미로 정원 안으로 몸을 숨겼다.

때마침 손에 쥔 휴대전화가 진동하기 시작한다. 전화를 받자마자, 도청 방지 시스템이 가동되는지 위잉 하는 미세한 잡음이 먼저 들려온다.

"듀이."

숨을 헐떡거리며 속삭이자, 듀이가 피식 웃는다.

— 루나. 여기 지금 새벽 3시야. 그렇게 야한 목소리로 이름을 부르는 건 반칙이야.

"듀이, 일어나. 나 장난할 시간 없어."

루나는 목소리를 낮추며 미로 안으로 빠르게 걸어 들어갔다.

— 무슨 일인데?

"조사해 줄 사람이 있어. 한국인 남자 안이형 그리고 중국인 여자 예화."

— 예화는 스티브한테 넘겼던 자료에 있는 여자잖아?

"맞아. 지금 나랑 같이 여기 있어."

듀이가 몸을 일으켜 어디론가 이동하는 소리가 들려왔다.

"랭글리야?"

— 어, 어제 못 들어갔거든.

피곤함이 가득한 목소리가 나른하다.

— 한국 남자 이름은 안이형……. 이름 말고 다른 단서는? 그리고 예화의 출입국 기록이랑, 통신 기록 정도 알아봐 주면 돼?

"어, 쑤싱이 어떻게 지내는지도. 한국에서 마리랑 조이가 쑤싱의 뒤를 계속 쫓고 있으니까 일단 먼저 마리에게 연락해 봐. 한국인 남자는 OO대학교 연구실 소속이야. 물리학 포닥이었어."

그에 대한 선제 조사가 필요했다. 안이형과 카를하인츠, 카를하인츠와 안이형. 뚜렷한 단서 없이 생각만 부풀리는 일은 쓸데없는 시간 낭비였다.

— 그래, 알겠어.

"혹시 드론은 어느 쪽에서 띄운 건지 알아봤어?"

어제 블라우 로젠 돔 위를 선회했던 무인정찰기는 CIA에서 보낸 물건이 아니었다. 몰래 요원을 심어 두고 드론을 띄우는 일은 멍청하고 무책임하지 않은가.

— 프랑스 국경에서 띄운 것으로 확인됐어.

"예화가 여기 있는 거로 봐선 국안부일 확률이 높아. 일단 확인되는 대로 알려 줘."

— 그래, 조금만 기다려.

통화를 마치자마자, 멀리서 위니의 목소리가 들려왔다.

"미아! 미아, 어디 있어요? 미아!"

"여기 정원 안에 있어요!"

루나는 정원 안으로 더 깊숙이 들어가며 소리쳤다.

"미아, 미로 정원 안에 있는 거예요?"

"그런 것 같아요. 동생이랑 통화하다가 길을 잘못 들었나 봐요."

미아의 한숨 소리가 크게 이어졌다.

"내가 찾으러 갈게요. 움직이지 말고, 거기 그냥 가만히 있어 줄래요?"

"그럴게요."

루나는 혹시나 듀이에게 바로 연락이 올지도 몰라서 시간을 벌기 위해 미로 안을 돌아다니기 시작했다.

"하하하. 로젠쉴트 씨는 농담에는 전혀 소질이 없으시네요."

홀린 듯 읊조리는 목소리는 분명 예화의 것이었다. 몸을 숨기려고 한 순간 이미 늦었다. 미로 정원 한가운데, 유백색 대리석 분수대를 앞에 두고 예화와 카를이 마주 보고 서 있었다.

"미아?"

카를이 고개를 돌리며 미아를 알은척했다.

"방해했다면 미안해요. 길을 잃었거든요."

예화의 눈빛에 우월한 비웃음이 어렸다.

"저런."

카를이 걱정스러운 얼굴로 성큼성큼 다가왔다.

"산책 중이었나요?"

"네."

"혼자?"

그가 눈썹을 들어 올리며 마음에 들지 않는다는 듯이 물었다. 환한 태양 빛 아래서 마주 보는 이형과는 묘하게 다른 위압감을 지닌 그의 얼굴은 반짝반짝 빛이 났다.

"아니요. 제 경호원 위니가 함께 있었는데, 제가 남동생이랑 통화하면서 길을 잃었어요."

"미아, 움직이지 말고 가만히 있어야 내가 찾을 수 있어요!"

때마침 위니가 부르짖는 소리가 들려왔다.

"바람이 찬데, 땀을 좀 흘렸네요. 길을 잃어서 두려웠습니까, 미아?"

그의 손끝이 루나의 앞머리를 부드럽게 쓸어 넘겼다. 하마터면 저절로 눈이 감길 뻔했다. 이형이 하던 그대로 부드러운 손짓이었다. 순간 그리움이 왈칵 밀려들어서 당황스러울 정도였다.

"로젠쉴트 씨, 시간은 저에게 내어 주신 거로 아는데요."

예화가 교태 가득한 목소리로 끼어들었다. 루나와 카를의 스킨십이 달갑지 않은 눈치였다.

"미아!"

미로 한가운데로 위니가 뛰어 들어왔다. 세 사람의 시선이 모두 가엾은 위니를 향했다.

"위니."

카를의 나지막한 부름에 위니가 잔뜩 긴장한 채 대꾸했다.

"네, 로젠쉴트 씨."

"아스카 아이리 양을 실내로 안내해 줘요."

예화가 이의를 제기하려는 듯 입을 떼자, 카를이 그녀를 바라보며 예의 바르지만 차가운 미소를 머금었다.

"아스카 양. 대면식 전에 만남을 요청하는 것은 원래 로젠쉴트가의 법도에 어긋납니다. 그런데도 아스카 양을 두 번이나 만나 드렸죠?"

예화는 벌렸던 입을 다물고는 다소 분한 눈빛을 했지만, 이내 전형적인 웃음을 지어 보였다. 자존심을 지키는 선에서 물러나려는 기민한 얼굴이기도 했다.

"감사합니다, 로젠쉴트 씨. 신경 써 주신 덕분에 몸도 많이 좋아졌고요. 로젠쉴트가의 비밀도 엿볼 수 있었네요. 위니, 저를 안내해 주시겠어요?"

위니는 카를에게 고개를 한 번 까딱하고는 예화를 데리고 미로 속으로 사라졌다.

졸졸 흐르는 분수대의 물소리와 티티새의 종알거리는 울음소리가 아름답게 어우러졌다.

"미아."

나직한 부름에 루나는 고개를 들어 그의 눈을 바라보았다. 한낮에 햇살 아래서 보는 그의 얼굴은 혼란스러울 정도로 아름다웠다.

"아름답네요."

루나가 품고 있던 단어를 그가 내뱉었다.

"햇살과 잘 어울리는 피붓결을 가졌어요."

그의 커다란 손이 루나의 뺨을 부드럽게 어루만졌다.

"꼭 햇살이 내 손에 묻어날 것 같은 느낌이에요."

그가 상체를 숙이며 점점 가까이 다가왔다.

"뜨겁고, 반짝거리고."

그의 입술이 숨결이 섞일 정도로 가까웠다.

"그런데 일단 전화부터 받지 그래요?"

손에 쥔 휴대전화가 아까부터 진동하고 있었다. 발신인은 듀이였다.

"남동생이네요. 잠시만요."

루나는 그에게서 서너 걸음 물러서며 전화를 받았다.

"어, 브라이슨. 지금 로젠쉴트 씨와 함께 있어. 엄마, 아빠한테는 비밀이야. 알지?"

— 루나.

듀이의 목소리가 처참했다.

"응, 브라이슨."

— 조이가 죽었어. 쑤싱을 쫓다가.

마리의 남편 조이가 죽었다는 소리였다. 마리의 안부조차 물을 수 없는 상황이 처참했다.

— 그리고 네가 찾으라던 안이형이라는 남자도 죽었어.

루나의 처연한 시선이 카를에게 향했다.

햇살을 받아 밝게 빛나는 카를의 얼굴에는 희미한 미소가 맺혀 있었다.

"확실해?"

— 어, 확실해. 스스로 목숨을 끊었어. 장례까지 전부 치렀고. 부모는 하나뿐인 아들을 잃고 며칠 전 한국을 떠났어.

스스로 목숨을 끊었다는 말에 현기증이 일었다. 전신의 피가 한꺼번에 빠져나가는 것처럼 어질어질하다.

"미아."

그가 한걸음에 달려와 루나의 허리를 감싸 안았다.

"브라이슨, 나중에 통화해."

일방적으로 전화를 끊었다. 헤어지고 돌아서는 순간에는 아무렇지 않았다. 이따금 생각이 나기는 했지만, 그런 기억조차 없다면 사람이 아닐 것이다.

그런데 이형이 스스로 목숨을 끊었다니.

이해할 수 없는 언어로 무자비한 공격을 받은 것처럼 머릿속이 얼얼했다.

"괜찮습니까?"

카를이 루나의 뺨을 어루만졌다. 이형의 손길과 같았다. 고장 난 나침반처럼 제 가슴속에 있는 바늘은 언제나 한 여자를 향한다고 했던 남자의 손길, 음성, 숨결과 똑같다.

루나는 길을 잃은 시선으로 그를 올려다보았다.

"미아. 길을 자주 잃어버리는 습관이 있나 보네요."

"경호를 따돌리고 동생과 통화하고 싶었어요. 동생이 제 걱정을 많이 하거든요."

가족을 떠올리며 마음 아파하는 것처럼 보이겠지. 카를을 바라보는 루나의 눈가에 어울리지 않는 눈물이 가득 고였다.

"울지 말아요. 나는 마음이 약한 사람이거든."

그가 연한 미소를 머금으며 루나를 달랬다. 그에게 묻고 싶었다.

카를하인츠 로젠쉴트는 대체 어디서 어떻게 살아왔느냐고.

안이형이라는 남자는 죽음을 위장한 채, 여기 서서 대체 무슨 짓을 하고 있는 거냐고.

루나가 미소를 머금자 눈물이 눈동자를 타고 투명하게 밀려 올라가는 듯하더니 뺨을 타고 또르르 흘러내렸다. 그의 엄지가 루나의 눈가를 부드럽게 훔쳤다. 저절로 감긴 눈두덩이 위로 그의 입술이 내려앉았다.

"미아."

손길만큼이나 부드러운 목소리였다.

"앞으로는 길을 잃지 않았으면 좋겠어요."

"길을 잃지 않는 방법이 하나 있어요."

루나는 울음을 삼키며 조용히 읊조렸다.

"그게 뭔지 알려 줄래요?"

그의 입술이 젖은 뺨을 타고 내려오며 물었다. 루나는 그의 가슴을 살짝 밀어내며 거리를 벌렸다. 뺨에서 촉 소리를 내며 입술이 멀어졌다.

카를이 아쉬운 눈빛으로 루나를 내려다보았다. 루나는 그의 검은 눈동자를 똑바로 올려다보았다. 진중함과 다정함 그리고 약간의 은밀함이 뒤섞인 그의 눈빛은 아름다웠다.

"나침반처럼, 내 옆에 있어 줘요. 아무래도 내가 가진 나침반은 고장이 난 것 같거든요."

일부러 그의 단단한 왼쪽 가슴을 어루만지며 읊조렸다. 순간 그의 눈빛이 당황스럽게 얼어붙는 듯했지만, 그는 능숙하게 감정을 포장했다. 마치 진실된 고백이라도 받은 것처럼 감격한 표정이었다.

웃음기를 머금은 그의 입술이 루나의 입술을 순식간에 집어삼켰다. 뜨겁고 말랑말랑한 점막이 입술을 에워쌌고, 달콤한 민트 맛이 느껴지는 혀가 입안으로 불쑥 침범했다. 등허리를 꽉 당겨 안는 바람에 가슴이 그의 단단한 몸 위로 뭉개졌다.

"으응."

루나는 신음을 흘리며 그의 목덜미를 꽉 끌어안았다. 무겁게 발기한 그의 물건이 하복부를 비벼 댔다. 거칠게 달아오른 숨결이 서로의 뺨 위로 가파르게 부서졌다.

등허리를 어루만지던 그의 손이 루나의 허벅지 옆을 아슬아슬하게 쓸어 올렸다. 얇은 원피스 자락이 딸려 올라왔다가 사르륵 살갗을 간질이며 떨어졌다. 그의 손이 닿는 곳마다 근육의 힘이 풀린 듯 휘청거렸다. 루나는 그에게 몸을 기대고, 목덜미를 꽉 끌어안은 채로 깊은 키스에 열중했다.

"으응. 으으응."

여린 신음이 연이어 새어 나왔다. 허벅지를 쓸고 올라온 손이 가슴께에 닿았다.

루나는 그의 손을 저지하며 가까스로 입술을 뗐다. 은실 같은 타액이 죽 늘어졌고, 그의 손끝은 루나의 가슴 밑동에 아슬아슬하게 닿은 채였다. 그가 가슴이 들썩이도록 크게 숨을 내쉬며, 어두운 눈빛으로 내려다보았다. 그의 시선이 발가벗긴 몸을 탐하듯 루나를 쓸어 보았다. 한낮의 정원이 음란했다.

"그만요."

그가 허리를 감은 팔에 힘을 주었다. 간신히 벌렸던 거리가 다시 좁혀
졌다.

카를이 고개를 비스듬히 기울이며 루나의 목덜미에 대고 속삭였다.

"그만두지 않으려면 어떻게 해야 하죠?"

살갗을 타고 그의 뜨거운 숨결이 올올이 박혔다.

"나를 선택하면 되죠."

루나가 또박또박 덧붙였다.

"당신의 정부로."

목 안 깊숙이 닿으려던 그의 입술이 허공에서 딱 멈췄다. 10월의 맑은
바람 사이로 긴장감이 밀려들었다.

아스카 아이리라는 이름을 가진 예화를 따로 만나기는 했지만, 카를은
분명 미아에게 끌리고 있었다. 이형의 사망 소식이 잠시 루나의 심장을
뒤흔들어 놓았다 해도, 지금은 마음을 추스르고 정신을 똑바로 차려야 할
때였다.

본부의 지시가 내려올 때까지 그의 곁에 더 깊숙이 파고들어야만 했
다. 슈테판은 그가 루나에게만 별스럽게 군다고 했었다. 잠자코 있다가
루나가 도착할 시간에 맞춰 '마중' 나왔다는 말을 전했었다.

카를하인츠 로젠쉴트, 당신 누구야?

안이형이 죽었을 리 없어. 그렇지?

루나는 대답을 원하는 눈빛으로 그를 올려다보았다.

"미아."

카를이 루나의 뺨을 부드럽게 쥐었다. 엄지로 슥슥 광대 위를 문지르
며 그가 기울였던 고개를 똑바로 했다.

그의 입술이 루나의 입술에 닿을락 말락 했다.

"내가 당신을 정부로 선택해야 하는 이유가."

다정하고 상냥했던 지금까지와는 다른 오만하고, 고압적인 목소리였다.

"고작 이 몸뚱이 하나라는 뜻입니까?"

그는 자존심을 짓밟으려는 듯 입을 놀렸지만, 이까짓 말에 상처받을 성격도 아니다.

"카를하인츠 로젠쉴트 씨. 우리 솔직해질까요? 지금 이 몸뚱이에 발정 난 게 누구죠?"

루나는 그의 발기된 물건에 배를 비비듯 몸을 살짝 움직였다. 그의 눈빛이 더욱 음험하게 가라앉았다.

"어차피 조건은 다 고만고만하겠죠. 오자마자 대면식이 이뤄질 줄 알았는데, 다들 로젠쉴트 씨의 이름도 모르더라고요?"

그는 루나의 뺨을 어루만지는 일을 멈추지 않았다. 입술을 멀리 떼어 내지도 않고 아슬아슬한 거리를 계속 유지했다.

"유산을 물려받은 후에, 마뜩잖은 빌미가 될 정부가 필요했던 건가요? 그래서 정부를 구하는 일에 흥미가 동하지 않는 모양이죠? 만약 그게 아니라면 발정기 수컷처럼 하루에 두세 명씩은 끼고 잤을 텐데요."

루나가 천진하고 무구한 얼굴로 떠들어 댔다.

"눈을 병아리처럼 까맣게 뜨는 건 귀여운 척할 때 버릇입니까?"

약간은 어이가 없어서 따지려는데, 그가 더 빨랐다.

"계속해 봐요. 귀여우니까."

카를이 한쪽 입꼬리를 비스듬히 들어 올리며 재미있다는 듯이 웃었다.

"아니면 마음에 정해 둔 사람을 이미 만났다는 의미겠죠? 나머지는 만나기 귀찮은 거죠?"

루나의 당돌한 물음에 그는 끝내 웃음을 터뜨렸다.

"그게 어떻게 미아, 당신이라고 장담하지? 나는 아스카 아이리도 만났는데요?"

이형은 절대 여자의 속을 들었다 났다 할 수 없는 부류의 선량한 남자였다. 그런데 위치가 사람을 만든 것인지, 아니면 말도 안 되게 정말 완전히 다른 사람인 것인지.

카를은 오만하고 태연하게 루나를 자극하려 들었다. 거기에 말려들 성격이 아니었지만, 루나는 질투에 눈이 멀어 남자에게 심장을 바칠 수도 있는 것처럼 굴기로 했다.

"당신은 나에게 반했으니까요. 나는 당신의 돈이 필요하고요."

그는 여전히 흥미롭다는 듯이 웃고 있었다.

"그리고 나는 당신이 시키는 대로 다 할 거고."

그의 눈빛이 어둡게 빛났다.

"미아."

"네, 카를."

루나는 이형이 좋아했던 미소를 머금으며 그를 바라보았다. 그의 눈동자가 아주 약하게 흔들리는 것도 같았다.

그가 성큼 멀어진 거리를 좁히며 다가왔다. 또다시 입술이 먹혀들어갔다. 입안이 전부 점액질로 변해 흐물흐물해질 것처럼 빨리고 깨물렸다.

"으음."

연약한 신음을 흘리며 그의 몸을 꽉 끌어안았다. 그의 단단하고 너른 품 안에서 몸이 무너져 내리는 듯했다. 독한 장미 향도 느껴지지 않았고, 분수대를 쉴 새 없이 흐르는 활기찬 물소리도 들리지 않았다. 티티새가 종종걸음으로 다가와 구둣발을 쪼는 것도 느끼지 못했다.

"흐읏."

그의 입술이 목덜미를 타고 흘러내렸다. V자 형태로 벌어진 원피스 앞섶에 그의 입술이 뜨겁게 맴돌았다.

"하아, 카를."

목덜미를 안았던 손으로 그의 얼굴을 잡아 올렸다. 그가 넋이 나간 듯한 눈빛으로 루나를 바라보며 뺨과 입술에 수없이 입을 맞추었다.

"카를!"

루나는 힘주어 그의 이름을 불렀다. 그가 혀로 제 입술을 핥고 입맛을 다시며 아쉬운 표정을 지었다. 채워지지 않은 허기 때문에 잔뜩 찌푸린 모양인데도, 그의 얼굴에는 빛이 났다.

"불렀으면 말을 해요."

그는 'please.' 라는 단어를 문장 끝에 매혹적으로 붙였다.

"공식적으로 당신의 정부가 아닌 상태에서 이런 희롱을 당할 수는 없어요."

굉장히 재미있는 말을 들었다는 듯이 그가 웃음을 터뜨렸다. 눈물이 찔끔 나도록 웃어 젖힌 그가 빈정거렸다.

"정부가 되기 위한 대면식에서 그럼 뭘 할 거라고 생각한 거죠? 정부의 역할이 뭔데? 섹스는 당연한 테스트 아닌가?"

그의 불량스러운 말투가 마음에 들지 않았다.

"어울리지 않는 비겁함이네요, 로젠쉴트 씨. 지금 그런 이미지를 만들어서 좋을 게 없다는 건, 스스로가 더 잘 알 텐데요."

"더 해 봐요."

그는 턱을 까딱하며 루나를 차갑게 노려보았다.

"정부 오디션이 소문났다고 한들, 당신의 행실을 넘겨짚는 사람들은 없을 거예요. 아마 지켜보겠죠. 어떤 전략을 가지고 저러는 건지. 그럼, 여기 모인 여자들 사이에서 이상한 소리가 나가지 않게 단속해야 하잖아요?"

루나가 비스듬히 웃었다.

"내가 당신한테 말실수를 했다고 인정하길 바라는 겁니까?"

그가 루나처럼 비스듬히 웃었다.

"인정하기 싫다면?"

"딴소리가 나가지 않게 나를 선택하면 되죠. 설마 말실수 한번 무마하겠다고 나를 죽일 건 아니죠?"

"못 할 것도 없죠."

그는 협박조로 말하고 있었지만, 지나치게 유혹적인 목소리였다. 그의 고개가 성큼 기울었다. 귓가에 스치는 그의 음성이 낮았다.

"밤에 봅시다."

붉어진 뺨을 한입 베어 물고 싶은 충동을 누르며 돌아섰다. 카를은 눈 짓으로 주변에 몸을 숨기고 있던 경호원을 불러냈다.

"미아 콴 양을 안내하도록 해요."

카를은 낮게 속삭이며 분수대 앞에 서 있는 여자를 돌아보았다.

미아 콴이라니. 그녀는 누가 봐도 유주희였다. 정신이 쏙 빠지도록 몰아붙이며 키스할 때, 온몸에 힘을 풀고 목덜미에 매달리는 것도 똑같았다. 물론 다른 여자와 키스를 해 본 적 없으니, 다들 그렇게 비슷하게 매달리는지는 모르겠지만.

의심 가는 부분은 오늘 밤 침대에서 더 알아보면 그만이다.

"카를."

집무실로 들어서자, 수석 비서 레이먼드가 따라붙었다. 심각한 얼굴로 두꺼운 나무문을 닫는 걸 보니, 보고할 거리가 또 넘치나 보다.

"레이."

카를은 집무용 가죽 의자에 깊숙이 기대앉으며 레이를 바라보았다. 레이는 3년 전부터 아이작 로젠쉴트 밑에서 일했다. 그는 로젠쉴트 가문의 장학금을 받고 공부했고, 아이작에게 명석함을 인정받아 졸업 후에 가문의 사람으로 발탁되었다.

선대 수석 비서관은 아이작의 죽음과 함께 은퇴했고, 카를과 평생을 함께할 수 있도록 나잇대가 비슷한 레이가 수석 비서 자리에 올랐다. 모두 아이작의 유언장에 정해진 대로였다.

"어제 말씀하신 부분을 알아봤는데요."

한국 여자 유주희를 조사해 보라고 했던 일이었다.

"유주희는 존재하지 않는 사람입니다."

카를의 미간에 잡혀 있던 미세한 주름이 쫙 펴졌다.

"뭐라고?"

입가에 참을 수 없는 웃음기가 어리기 시작했다. 확신이 짙어진다. 사실 그녀를 처음 본 순간부터 확신했었다. 단지 믿을 수 없는 등장 앞에서 확실한 증거가 필요했을 뿐이다.

"유주희라는 여자는 존재하지 않았습니다. 해당 필라테스 스튜디오를 바탕으로 그녀의 거주지를 조사해 본 결과."

카를이 눈썹을 치뜨며 레이를 채근하듯 바라보았다. 레이의 얼굴에 근심이 어린다.

"먼저 해당 인물과 어떻게 아는 사인지 여쭤도 될까요?"

"아니."

낭패감 가득한 표정을 지은 레이가 입을 꾹 다문다.

"말을 안 하는 건 보고하기 싫다는 건가, 아니면 내가 직접 알아보기를 바라는 건가?"

고압적인 물음에 레이가 아니라며 고개를 내저었다.

"유주희 씨가 살던 오피스텔의 해당 층은 미국 대사관 직원들을 위해 임대된 곳이었습니다."

유주희가 토익 강사가 아닌 대사관 직원이었다는 의미다. 또 신분과 소속을 숨겼다는 건, 대사관에서 일반적인 업무를 맡고 있던 게 아니었다는 말과도 같다.

"카를."

카를이 아무 말도 없자, 레이가 진중하게 덧붙였다.

"유주희 씨의 용모가 미아 콴 양과 꽤 비슷한데 이유가 있는 겁니까?"

카를은 대꾸 없이 레이를 바라보았다. 그저 태연하게 시선을 맞추었을 뿐인데, 아이작의 비이성적인 잔학함을 곁에서 봐 온 세월 탓인지 레이의 눈빛에는 아이작을 바라보는 듯한 두려움이 어렸다.

"레이."

"네, 카를."

카를이 가죽 의자 손잡이를 두 손으로 쓸며 자리에서 일어났다.

"선친께서는 두려움이 없던 분이셨어. 그렇지?"

"네, 어느 한쪽을 두려워하지 않으셨기에 중립이 가능하셨습니다."

누구의 편이 되지 않는다는 것은, 누구든 적이 될 수 있다는 의미였다. 하지만 그 누구도 감히 로젠쉴트가를 적으로 삼지 않았다.

"내가 선친보다 부족해 보이나?"

레이가 가만히 고개를 숙였다.

"죄송합니다."

"레이. 너를 나무라는 게 아니잖아."

카를은 웃음을 터뜨리며 레이의 앞에 섰다. 검은색 팬츠 주머니에 손을 찔러 넣은 카를은 친구처럼 편안한 미소를 머금고 있었지만, 레이는 불편하기 그지없었다. 아이작이 얼마나 대단한 괴물인지 곁에서 3년을 지켜보았다. 그 지독한 인간이 제 머리에 총구를 겨누어 자살한 뒤에 후계로 지목한 자가 안이형, 눈앞에 서 있는 카를하인츠였다.

헤즈볼라와 손을 잡고, 이란과 노닥거리며, 유대계를 주무르고, 미국 대통령과 독대할 수 있었던 노인, 아이작 로젠쉴트가 선택한 남자.

카를의 어두운 시선이 레이를 꿰뚫어 보는 듯했다. 아이작의 손에 자라지 않았는데도, 선친과 같은 기개로 카를은 단 며칠 만에 가문을 위해 일하는 자들은 압도했다.

"레이."

다정하게 이름을 부를 때마다, 그 선득함에 소름이 돋아났다. 아이작이 대놓고 괴짜 같은 인간이었다면, 카를은 신이 천사로 빚으려다가 실수로 악한 기운을 불어넣은 악마 같았다.

"네, 카를."

카를이 뜸을 들이며 레이를 바라보았다.

"그 여자가 어떤 이름으로 불리든, 어디에 속해 있든."

한 자 한 자 잘 알아들으라는 듯이 카를이 진한 눈썹을 치뜨며 진중하게 읊조렸다.

"카를하인츠 로젠쉴트의 여자야."

한국 주재 미국 대사관에서 어떤 임무를 수행했건 상관없다는 의미였다. 그리고 카를은 그녀의 막중한 임무도 상관없는 일로 만들 힘이 있는 자였다.

"알아듣겠어?"

레이는 가만히 고개를 끄덕거렸다. 비밀은 숨기고, 그 여자를 보호할 일이 생기면 사력을 다하겠다는 대답이었다.

"그리고 레이."

"네, 카를."

카를은 목을 이리저리 돌리며 여유를 만끽하는 모습이다. 생각보다 일이 만족스럽게 돌아가는지 즐기는 눈치기도 했다. 물론 저 속을 짐작하는 것일 뿐, 카를의 속마음이 그렇다고 확신할 수는 없었다.

"유주희라는 여자를 더 조사해 봐. 내가 그녀에게 실수하는 일이 없도록."

카를의 눈동자에 비친 경악스러운 상냥함과 다정함에 레이는 등줄기를 타고 땀이 길게 흘러내리는 것을 느꼈다. 진심으로 그녀가 의심스러워서 조사를 맡기는 것이 아니라, 그녀에게 잘 보이기 위한 뒷조사를 부탁하는 눈빛이었다. 유주희가 존재하지 않는 인물이라면, 그녀의 진짜 숨겨진 정체를 알아오라는 의미였다.

"네, 카를. 성의껏 조사하겠습니다."

카를이 두려움을 숨기며 물러나는 레이를 안타까운 눈빛으로 바라보았다. 선친이 대체 어떤 기행을 벌였는지 모르겠지만, 고용인들은 전부 카를을 지옥에서 온 하데스라도 되는 양 취급했다.

카를의 입가에 비릿한 웃음이 맴돌았다. 이름을 모르는 여자는 블라우로젠 돔에 갇힌 페르세포네가 된 줄도 모르고 오늘 밤 하데스의 방문을 기다리고 있을 것이다.

3. 아스클레피오스의 지팡이

듀이가 암호화된 이메일을 보내 왔다. 이메일에 첨부된 파일은 안이형의 사망진단서와 예화의 일거수일투족이 적힌 마리의 보고서였다.

사망 일자는 루나가 이별을 고한 날 밤이었다. 그의 죽음이 사실이 아닐 거라고 예단하면서도 가슴이 갈기갈기 찢어지는 듯했다.

【사망원인: 자살로 인한 질식사】

누군가 물리적으로 목을 조르는 것처럼 숨이 탁 막혀 온다. 루나는 가까스로 숨을 들이마시며 파일을 넘겨 보았지만, 그의 사망 사진은 없었다.

의사의 사망진단서와 한국 정부에 제출된 사망신고서가 눈앞에 있는데도 그의 죽음을 믿을 수 없었다. 할 수만 있다면 지금 당장 한국으로 달려가 그의 유골이 안치되어 있다는 봉안당을 뒤져 보고 싶은 지경이었다.

파일의 말미에는 그의 유서가 첨부되어 있었다. 단정한 글씨체를 마주하자 그리움이 왈칵 밀려들었다.

【그냥 삶이 의미 없어졌습니다.】

'그냥'이라는 단어가 눈에 박혀서 떨어지지 않았다. 루나는 독하게 아랫입술을 깨물었다.

안이형이 로젠쉴트 가문의 입양아였나? 그래서 죽음을 가장하고 블라우 로젠 돔을 차지하게 된 걸까?

카를하인츠 로젠쉴트와 안이형, 안이형과 카를하인츠 로젠쉴트.

두 사람이 동일인이라는 심증이 점차 굳어 갔다. 또 거짓 죽음이라 여기면서도 이형이 남긴 유서에는 가슴이 미어졌다. 머릿속이 복잡하게 얽혀들었다.

하필 로젠쉴트 가문의 입양아가 만난 여자가 CIA 공작관인 나였다고?

억측이라고 해도 수긍이 갈 만큼 지나친 인연이다. 가능성이 제로에 수렴할 만큼 발생확률이 현저히 낮은 우연이기도 했다.

루나는 한숨을 몰아쉬며, 마리가 작성했다는 예화에 관한 보고서를 열어 보았다. 예화가 열흘 전부터 자취를 감추었는데, 출입국 기록과 CCTV를 살핀 결과 일주일 전 스위스 제네바로 향하는 영상이 남아 있다고 했다.

해당 날짜에 비행기에 오른 이름은 진예화가 아닌 아스카 아이리였다. 더 놀라운 것은 아스카 아이리가 실존 인물이라는 사실이었다. 일본엔 주민등록시스템이 없었고, 일본 밖으로 한 번도 나간 적 없는 아스카 아이리의 신분을 도용한 것으로 보인다고 마리는 추측했다.

어떻게 아스카 아이리가 최종 명단에 올랐는지가 미지수였다. 일단 듀이가 알려 준 방법으로 암호화된 이메일을 보냈다.

【이형의 정보는 어디에도 노출하지 말 것.

예화가 로잔에 있다는 사실을 스티브에게 보고할 것.

예화의 뒤를 봐주는 게, 중국 국안부의 누구인지 알아볼 것.

그리고 마리에게 애도를 표할 것.】

죽음을 초월하는 사이라며, 웃고 떠들었던 조이와 마리의 모습이 눈에 선했다.

지금 할 수 있는 거라곤 침착하게 밤을 기다리는 것뿐이었다.

「밤에 봅시다.」

찬란한 햇빛을 가르고 읊조리던 카를의 굵직한 목소리가 귓가에 선했다.

루나는 위니가 방으로 가져다준 샌드위치를 점심으로 먹고, 저녁 만찬은 걸렀다. 카를 때문에 신경이 잔뜩 곤두선 상태에서 예화와 마주치고 싶지 않았다.

그리고 저녁 만찬을 걸렀다는 소식이 카를의 귀에 들어가기를 바라며 길고 긴 샤워를 했다. 속이 비치도록 얇은 슬립을 입고 그 위에 매끄러운 나이트가운을 걸쳤다. 젖은 머리에서 물기를 털어 내고 있을 때, 위니가 방문을 두드렸다.

"미스 콴?"

"들어와요."

위니가 평소에는 잘 볼 수 없는 근엄한 얼굴로 루나를 우러러보았다.

"미스 콴, 저녁은 왜 드시지 않았는지 로젠쉴트 씨께서 궁금해하십니다."

"속이 좋지 않아서요."

"직접 오셔서 설명해 주시기를 바란다고 말씀하셨습니다."

위니가 입가에 경련이 일 듯 웃었다. 마치 로젠쉴트의 안주인을 처음 알현하는 것처럼 긴장한 얼굴이다.

"고마워요, 위니. 그런데 어쩌죠? 내가 속이 많이 안 좋은데, 오늘은 그만 쉬고 싶어요."

루나가 천천히 침대가로 이동하자 위니가 울듯이 웃었다.

"그렇게 전해 드리겠습니다."

불쌍한 위니. 그녀를 괴롭힐 마음은 없었지만 카를의 뜻대로 순순히 불려 가고 싶지는 않았다.

이윽고 또다시 문을 두드리는 소리가 들렸다.

"납니다. 카를."

루나는 대답하지 않고 잠자코 있었다.

"들어가도 됩니까?"

예의를 갖추는 그의 목소리에는 예상외로 걱정이 가득했다.

"들어오세요."

허락이 떨어지자마자 문이 열렸다. 카를이 회색 트레이닝복 차림으로 들어섰다. 이형이 운동 갈 때 즐겨 입던 차림새와 똑같았다.

"어디가 그렇게 아파요? 그런데."

그가 미간을 찌푸리며 한걸음에 다가와 루나의 이마를 짚었다.

"뭘 보고 이렇게 놀란 얼굴이지? 귀신이라도 본 얼굴이네."

이형은 늘 완벽한 모습이었다. 흐트러진 모습을 보이는 적이 잘 없었다. 깔끔한 드레스셔츠에 세미 슈트. 그가 편안한 복장을 보여 준 건 회색 트레이닝복이 유일했다. 그것도 일부러 보여 주려고 그런 게 아니라 우연히 들킨 거였다.

「운동 다녀왔어요?」

새벽녘 잠에서 깼을 때, 젖은 머리로 들어오는 그와 마주친 적이 있었다. 그는 당황스럽다는 듯이 제 복장을 점검하기 바빴다. 루나에게 잘 보이고 싶어서 애가 타는 그의 마음이 훤히 들여다보였다.

루나는 한걸음에 그에게 다가가 속삭였다.

「제법 섹시하네요? 범생이인 줄로만 알았더니.」

이형이 위험한 눈빛으로 수줍게 미소 지었던 모습이 눈에 선했다. 트레이닝복을 훌렁 벗어 던지고 막 운동을 하고 온 단단한 몸으로 루나가 흐느낄 때까지 몰아붙였던 기억이 생생하게 떠올랐다.

그는 마치 자신이 이형이라는 신호를 보내는 것처럼 오만하고 짓궂게 굴었다. 이형의 행동을 그대로 옮겼고, 이제는 똑같은 복장으로 나타나 놀랐냐고 묻고 있다.

어서 알은척을 해 보라는 듯이.

이형의 선한 미소와 카를의 고압적인 자세가 묘하게 겹쳐진다.

하지만 지금 감정에 휩쓸려 그에게 이형의 존재를 확인해 볼 수는 없었다. 이형의 존재감을 들춘다는 것은 루나의 정체성에도 문제가 있다는 것을 스스로 증명하는 길이었다. 또 그가 과거에 어떤 인물이었건 지금은 세상을 좌우할 막강한 힘을 가진 로젠쉴트다.

그가 의도한 속임수이든, 혹은 전혀 다른 인물이 빚어 낸 우연적 상황이든 루나는 자신만의 방식대로 그를 자극해 보기로 했다.

"제법 섹시하네요. 오만한 척만 하는 줄 알았더니."

루나는 오래전 어느 날 이형에게 던졌던 말을 비슷하게 읊조렸다. 웃음기 때문에 호선을 그리며 휘어진 그의 짙은 속눈썹, 그 안에 담긴 눈동자에 음험함이 깊어졌다.

"섹시한 짓은 아직 시작도 안 했어요. 근데 내가 생각보다 너무 섹시해서 놀란 건가?"

루나는 비식 웃어 버렸다. 대답을 바라는 질문은 아니기에 굳이 대꾸하지 않았다.

"미아. 하얗게 질린 얼굴로 그렇게 웃지 마요. 귀신 같고, 무서우니까."

카를이 내뱉은 실없는 농담에는 뼈가 있었다.

"위니한테 전해 듣지 않았어요? 내가 컨디션이 좀 별로라고."

장난기와 음란한 기운이 뒤섞여서 번들거리던 카를의 눈동자가 순간 담백해지며 우려가 드리운다.

"미아, 어디가 안 좋습니까?"

눈앞에 있는 여자를 낫게 할 수만 있다면 목숨이라도 바칠 것 같은 진중한 목소리다.

"소화가 잘 안 되네요. 해발고도가 그렇게 높은 편도 아닌데, 고산병처럼 속이 답답해요. 가벼운 산책만 했더니 운동 부족인 것도 같고."

루나는 속눈썹이 가볍게 나부끼도록 느릿하게 눈을 치떴다. 명백한 유혹의 눈짓을 알아들었다는 듯 카를이 웃음을 참지 못하는 얼굴로 루나를 내려다보고 있었다. 남성성이 두드러지는 턱 선과 우뚝한 콧대를 가진 얼굴임에도 그는 지나칠 정도로 아름다웠다.

"미아 콴 양은 거짓말을 못하는 성격인가 보군요."

무슨 의미로 하는 말이냐는 듯 루나가 미간을 살포시 찌푸렸다.

"원하는 바를 얻으려고 할 때의 표정은 숨김이 없어."

카를의 입술이 루나의 입술을 가볍게 머금었다가 떨어졌다.

"하아."

아쉬움에 한숨이 흘러나왔다. 그는 또다시 느릿하게 입을 맞추었다. 한 번, 다시 한 번, 또 한 번.

루나는 발꿈치를 들어 올리고 단단한 목을 와락 끌어안았다. 고개를 비틀어 카를의 입술을 깊이 빨아들이고, 그의 뜨겁고 축축한 입안으로 혀를 밀어 넣었다.

"으응."

밀어 넣기가 무섭게 그가 거센 힘으로 빨아 마시기 시작했다. 타액을 전부 앗아 갈 것처럼 흡입하는 감각은 머릿속이 하얗게 샐 만큼 강렬했다. 몸 안 수분이 모조리 그에게 빠져나가는 듯했지만, 허벅지 안쪽은 흠뻑 젖고 있었다.

"하아."

고개를 비틀려고 입술이 잠시 떨어진 사이, 막힌 숨이 터져 나왔다. 서로의 열기가 옮아 붙은 숨결이 공기 중으로 흩어지는 것도 아쉬워서 얼른 입술을 맞물렸다. 급하게 베어 무는 바람에 앞니가 살짝 부딪쳤지만 개의치 않았다.

카를이 나이트가운을 루나의 어깨에서 쓸어내리고, 슬립 치마를 걷어 올려서 머리 위로 벗겨 버렸다.

"하아아."

가슴 끝이 딱딱하게 서서 그를 향하고 있었다. 마치 유두에서 무언가 뚝뚝 흐르는 것처럼 찌릿한 감각이 느껴져서 그가 입안에 넣고 힘껏 빨아 주었으면 좋겠다는 욕구가 불거졌다.

"미아."

그가 트레이닝복 상의의 지퍼를 내리며 한숨을 몰아쉬었다. 오랜만에 보는 그의 몸은 운동을 격하게 한 듯 이전보다 벌크업된 상태였다. 흉근은 더욱 단단하게 올라붙어 있었고, 복근의 근육 조각은 섬세하게 갈라져 흥미를 북돋웠다. 골반에서 시작되는 장골의 힘찬 줄기를 내려다보는데 더운 숨이 절로 새어 나왔다.

"미아. 사람이 내뱉는 숨결에 색깔이 있다면, 당신의 숨 색은 온통 붉은색일 거야. 알아? 짐승은 붉은색을 보고 흥분한다는 거."

선량한 이형의 얼굴을 하고 원색적인 말을 아무렇지 않게 내뱉는 카를이 조금은 얄미웠다.

"보이지 않는 숨결에 정신 못 차릴 정도면 큰일이네요."

루나는 그의 손을 끌어다 레이스 팬티 위에 살짝 얹었다. 카를의 오른손 검지와 중지가 볼록하게 갈라진 말랑말랑한 살점 위에 닿았다. 루나는 그의 귓가에 대고 속삭였다.

"젖은 살은 더 붉거든요."

커다란 손이 목덜미를 끌어당기고 그 아래로 단단한 팔이 척추를 받쳤다. 젖은 밀부에 닿아 있던 손이 얇은 팬티 조각을 찢어발기듯 벗겨 냈다.

"흐으읏."

신음을 내뱉은 순간 침대 위에 몸이 눕혀졌다. 카를이 음란한 눈빛으로 붉게 달아오른 루나의 살갗을 샅샅이 훑어보듯 내려다보았다. 거칠게 트레이닝복 하의와 드로어즈를 벗어 던지는 카를의 몸짓은 퇴폐미가 흘러넘쳤다.

"하아, 카를."

루나는 안아 달라는 듯이 손을 뻗었다.

"혹시 피임 시술은 받은 적 있나?"

"아니요."

"피임약은 복용 중인가?"

"아니요. 시술을 받거나, 약을 먹어야 할까요?"

그가 단호하게 고개를 저었다.

"앞으로 당신 몸을 해칠 수 있는 건, 아무것도 하지 않는 게 좋을 겁니다."

그는 트레이닝복 하의에서 꺼낸 콘돔 포장을 뜯어 흉흉하게 발기한 페니스 위에 씌웠다. 아이러니하게도 지금 루나는 그의 곧게 뻗은 페니스 모양과 우람한 크기조차도 이형과 똑같다는 엉뚱한 생각을 하고 있었다.

카를이 루나의 말랑말랑한 허벅지 안쪽을 제 무릎으로 가르며, 상체를 숙이고 자리를 잡았다. 이형의 품에 처음 안기던 날이 떠올라 얼굴이 다른 의미로 상기되었다.

"지금 그런 얼굴은 곤란한데요."

카를이 엄포를 놓듯 읊조렸다.

"내가 어떤 얼굴이었는데요?"

"글쎄."

뭉툭한 물건 끝이 입구를 툭툭 건드렸다.

"흐음."

질척하고 얕은 접촉에 소름이 돋아났다.

"추억에 젖은 얼굴?"

"아아."

카를이 단숨에 젖은 통로를 꿰뚫고 들어왔다. 루나는 고개를 뒤로 젖히며 신음을 터뜨렸다.

추억에 젖은 얼굴이라니.

"누굴 떠올리고 있는지 모르겠지만."

카를이 비릿하게 웃으며 루나의 뺨에 부드럽게 입을 맞추었다.

"그자가 이미 죽은 사람이었으면 좋겠군요."

스르륵 빠져나갔다가 무자비하게 치고 들어오는 움직임에 숨이 턱 끝까지 차올랐다.

"나는 살인에는 취미가 없거든. 근데 당신이 그리워하는 얼굴을 보니까, 그게 누구든 죽이고 싶어져서."

그가 자신의 과거를 부정하는 것처럼 느껴지는 것은 착각일까.

"으응…… 아아…… 하으읏!"

들고 나는 움직임이 빨라지며, 카를이 루나를 으스러뜨릴 듯 끌어안았다. 마치 오랜 시간을 참아 온 것처럼 그는 루나를 무섭게 몰아붙였다.

"흐으읏."

신음이 흐느낌에 가까워졌을 때, 절정에 온몸이 바들바들 떨렸다. 그는 루나의 몸속에 묻힌 채로 숨을 죽였다.

"하아……. 카를……."

탁하게 쉰 목소리로 그의 이름을 부르자마자, 아직도 흉흉한 기세를 지닌 물건이 몸 안에서 쑤욱 빠져나갔다.

"흐음."

신음이 잦아들기도 전에 그가 루나의 몸을 옆으로 눕혔다. 단단하게 젖은 몸이 등 뒤에 닿았고, 커다란 손이 흥분으로 부풀어 오른 가슴을 억세게 쥐었다.

"아아!"

다리 사이로 그가 침범했다. 발갛게 달아오른 살점에 비벼지는 마찰감은 아까보다 훨씬 자극적이다.

"카르을."

그의 이름이 끈적끈적하게 흘러나왔다. 그는 아랑곳하지 않고 루나에게 몸을 치댔다. 그의 골반과 부딪혀 루나의 포동포동한 엉덩이가 빨갛게 달아올랐다.

"하아. 카를."

절정은 쉼 없이 다가왔다. 흐느끼고 손을 뒤로 뻗어 매달려도 그는 멈추지 않았다. 숨이 턱턱 막혀 오고 눈이 까무룩 감겼다. 몸이 빙글빙글 도는 것처럼 정신이 하나도 없었다. 침대 속으로 몸이 푹 꺼질 듯했고, 공중에 붕 떠오른 것처럼 맥이 빠졌다.

"흐윽."

울음 같은 신음을 터뜨리자, 입술이 먹혀들어 갔다. 그는 세상이 끝날 것처럼 루나를 몰아붙였다.

무거운 눈꺼풀을 들어 올렸다. 시간과 장소가 가늠되지 않아서 잠깐 정신이 멍했다. 서울에 있는 이형의 집인 것도 같았고, 혹독한 작전을 마친 뒤 쉬러 들어간 이슬라마바드의 아파트인 것 같기도 했다.

새벽녘까지 몰아붙이고, 기절하고, 아침에 깨어나서 그가 먹여 주는 빵을 몇 조각 먹고, 다시 몸을 붙였다가, 기절하고, 어둠 속에 깨어났다가 따뜻한 라자냐를 먹고, 그의 품에 안겨 욕조에 들어갔다가, 다시 침대로 와서 몸을 붙이고.

주위를 둘러보니 낯선 공간이다. 이제껏 루나가 지냈던 방이 아닌, 그의 침실인 듯했다. 루나는 힘이 하나도 없는 상체를 일으켜 얼얼한 다리를 겨우 움직였다.

책상 위에는 그가 놓고 간 태블릿 PC가 놓여 있었다. 당연히 암호가 걸려 있을 거라고 예상했는데, 화면을 두드리자마자 그가 조금 전까지 보고 있었던 파일이 나타났다.

"레바논 헤즈볼라 사령관 접견 일정?"

루나는 빠르게 카를과 테러 단체의 접견 일정을 외우기 시작했다.

"일어났습니까?"

등 뒤에서 들려온 여유로운 물음에 선득한 소름이 돋아났다.

카를은 손에 든 머그잔에 가득 담긴 진한 커피를 한 모금 마셨다. 그녀에게서 눈을 떼지 않은 채로 미소를 머금자, 그녀가 눈살을 잔뜩 찌푸린다.

"카를?"

초점이 없는 눈동자, 그녀의 목소리가 아슬아슬하게 부서졌다.

"미아."

카를은 그녀를 주시하며 한 걸음 성큼 다가섰다. 그녀의 얼굴에는 핏기가 하나도 없었다. 며칠 동안 그녀를 밤낮없이 몰아붙였다. 말랑말랑하고 부드러운 피붓결에 입을 맞추고, 빨아들이고, 자국을 남기고, 미쳐 돌기 직전까지 들이마셨다.

그녀가 기절했다가 깨어나면 음식을 먹이고, 땀을 흘리면 씻겨 주고, 또다시 어루만지고, 주무르고, 들쑤시며 울부짖는 동안 블라우 로젠 돔은 점점 고요해졌다.

"괜찮……."

말이 채 끝나기도 전에 그녀의 다리가 슬로모션처럼 서서히 무너져 내렸다. 카펫 위로 커피가 가득 담긴 머그잔이 나동그라졌다.

"미아!"

카를은 그녀의 머리가 바닥에 찧기 전에 얼른 등허리를 낚아채 안았다. 거친 숨소리가 흘러나왔고, 기다랗고 검은 속눈썹이 파르르 떨렸다. 그녀의 손이 축 늘어져 카를의 무릎 위로 떨어졌다.

그녀가 뭐라고 속삭이려는지 붉은 입술을 뻐끔거렸다. 그녀가 쓰러진 상황에서도 입술 안쪽의 붉은 살점이 관능적이라는 생각이 들다니, 미친 놈이 따로 없다.

"미아, 가만히 있어요. 의사를 부를 테니."

창백한 얼굴에 희미한 의문이 떠오른다.

"날……."

카를은 상체를 숙여 그녀를 깊숙이 끌어안으며 귀를 기울였다.

"선택했나요?"

간절한 그녀의 음성이 마음에 들었다. 어디에도 가지 않겠다는 다짐 같아서 심장이 빠듯하게 뛰었다.

"그래요."

카를은 그녀의 마른 입술에 부드럽게 입을 맞추고는 축 늘어진 몸을 안고 일어났다. 폭신폭신한 침대 위에 몸을 눕혀 주자, 그녀가 고개를 내저었다.

"미안해요."

그녀의 사과는 어떤 식으로든 달갑지 않았다. 이별에 한 번 데었던 심장은 별스럽지 않은 말에도 겁을 먹는다.

"지금은 안 되겠어요."

또다시 몸을 들이대려는 줄 알았는지, 그녀가 고개를 절레절레 내저었다.

"쓰러진 여자한테 욕구를 풀 만큼 금수는 아닌데."

그녀가 눈을 가느다랗게 뜨며 카를을 쳐다보았다. 그녀의 뒤통수가 카를의 손바닥 위에 있었고, 카를은 팔뚝으로 매트리스를 짚은 채로 엎드려서 매혹적인 얼굴을 내려다보았다.

"좋은 의미로 맹수처럼 공격적이라고 해 두죠."

그녀가 새침하게 속삭였다. 창백했던 얼굴에 핏기가 돌기 시작했다. 카를은 잘 익은 복숭아처럼 보송보송한 그녀의 뺨에 입을 맞추며 크게 숨을 들이마셨다. 그녀의 살갗에서 나는 향기는 그 어떤 과일보다도 달콤하게 식욕을 자극했다.

"일어나서 뭘 했는지 말해 봐요."

뺨을 타고 흐르는 제 숨결이 마음에 들었다. 그녀의 몸 안팎으로 새겨지는 흔적을 카를은 즐거이 만끽했다.

"눈을 떴는데, 천장이 낯설었어요. 꿈을 꾸는 줄 알았죠."

그녀의 목이 약간 쉬어 있었다. 카를은 작은 머리를 베개 위에 부드럽게 내려놓고는 침대에서 몸을 일으켰다.

"내 이야기가 재미없나 봐요?"

그녀가 탁한 목소리로 물었다.

"잠깐만 말하지 말고 기다려요."

카를은 방 한쪽에 놓인 미니 냉장고에서 차가운 생수 한 병을 꺼냈다.

"거기 그런 게 숨겨져 있을 줄은 몰랐네요. 그냥 서랍처럼 보였는데. 이 집에 또 뭐가 숨겨져 있죠?"

약간은 흥분한 듯 호기심 가득한 목소리로 묻는 게 귀여웠지만, 거칠게 흘러나오는 음성이 신경 쓰였다.

"미아, 사람 말을 귀담아듣지 않는 못된 버릇이 있나 보네요."

카를은 생수병 뚜껑을 돌려 따며 대꾸했다.

"때에 따라, 사람에 따라 다르죠."

카를은 차가운 물을 한 모금 머금으며 당돌한 말을 서슴없이 내뱉는 그녀에게 시선을 던졌다. 그녀는 갈증 어린 눈빛으로 카를을 응시했다.

발개진 볼, 도발적인 말투, 제 침대에 누워서 목마른 표정을 짓고 있는 그녀가 심장을 거세게 뒤흔들었다. 카를은 그대로 고개를 숙여 그녀의 입술을 머금었다.

타액과 섞인 차가운 물이 그녀의 입안으로 흘러 들어갔다. 앞으로 그녀의 몸으로 들어가는 모든 것은 저를 거쳤으면 하는 바람이 생겨날 정도로 물을 받아 마시는 그녀의 모습은 사랑스러웠다.

"흐음."

입술이 떨어지자, 그녀가 손등으로 젖은 턱을 훔쳤다. 본능적으로 퇴폐적인 짐승의 표정을 짓고 있는 여자를 깔아뭉개고 싶은 충동이 무섭도록 일어났다.

"자극하려고 그런 말을 한 거라면 성공이에요. 하지만."

카를은 이마를 맞댄 채로 속삭였다.

"앞으로 내가 하는 말은 귀담아듣는 게 좋을 겁니다."

카를은 정중하게 부탁하는 말투로 읊조렸지만, 그녀의 붉은 입안을 파고들 때는 거칠었다.

"으응."

루나는 견딜 수 없다는 듯이 야한 신음을 흘리며 카를의 단단한 어깨를 끌어안았다.

그는 루나가 혼절했다가 깨어난 데에만 집중하는 듯했다. 그의 말마따나 도발은 성공적이었다. 그의 태블릿 PC를 몰래 훔쳐보고 있던 일에 대해서는 언급하지 않았다. 하지만 방심하기엔 일렀다.

"그래서 천장이 낯설어서?"

그가 입술을 떼며 물었다. 루나는 아쉬운 듯 그의 입술을 따라가 가볍게 두어 번 입을 맞추었다. 카를이 기분이 좋은 듯 웃었다.

"밤에 잘 때 렌즈를 껴야 해요."

"잘 때?"

그는 무슨 허무맹랑한 소리냐며 미간에 주름을 잡았다.

"밤에 시력 교정용 렌즈를 껴야 낮에 렌즈나 안경 없이도 볼 수 있는데, 며칠 동안 못 꼈더니."

루나는 천장 쪽으로 팔을 쭉 뻗으며 말을 이었다.

"손보다 멀리 있는 건 흐릿하게 보여요. 팔을 뻗은 거리 안에 들어와야 명확하게 식별이 되죠. 그래서 방을 헤매고 있었어요."

앞이 보이지 않아 꽤 답답했다는 듯이 부루퉁한 말투가 흘러나왔다.

"여기가 어딜까. 나는 왜 여기 있을까. 날 괴롭히던 남자는 어디로 갔나. 며칠이 지났을까. 배도 고픈데. 비명이라도 질러야 하나. 멍하니 서 있는데, 당신이 들어왔어요."

루나는 무구하게 떠들어 댔다. 그가 허공에 떠 있는 루나의 손에 깍지를 끼며 끌어당겼다. 그의 입술은 루나의 귓불을 빨아들이고 있었다.

"그럼 이 팔 안에 있어야 내 얼굴을 볼 수 있겠네?"

그가 황홀하다는 듯이 속삭였다.

"그렇죠."

루나가 조용히 대꾸했다.

"그럼 이 팔 안에 없는 건 보이지 않겠네?"

그가 홀린 듯이 중얼거렸다.

"그렇죠."

그의 입술이 루나의 뺨으로 옮겨 붙었다.

"그럼 이 팔 안에는 나만 있어야겠네?"

"그렇……."

대답을 채 내뱉기 전에 입술이 먹혀들어 갔다. 단단한 팔이 온몸을 친친 휘감았다. 다리 사이가 훤히 벌어졌고, 그가 잽싸게 자리를 잡았다.

루나가 고개를 비틀어 간신히 숨을 내뱉으며 속삭였다.

"배고파요."

"한 번만 하고."

애절하게 부탁하듯 읊조리는 그의 말투 때문에 웃음이 터져 나왔다. 그의 입술이 가슴을 타고 흘러내리기 시작했다.

❖

가까스로 침대에서 빠져나와 다이닝 룸에서 식사를 마쳤을 때는 오후 2시가 넘은 시각이었다.

"위니, 미아를 부탁해."

카를이 자리에서 일어나 루나의 이마에 가볍게 입을 맞추었다.

"어디 가요?"

루나는 눈을 가늘게 뜨며 그의 형체를 가늠하듯 읊조렸다.

"회의가 있어. 저녁 식사는 같이할 수 있을 거야."

나이프를 쥔 작은 손을 카를이 부드럽게 움켜잡았다. 그가 부드럽게 손을 당겨 갔다. 나이프를 빼앗아 접시 위에 살짝 걸쳐 놓고는, 손등에 입을 맞추는 그의 눈빛은 어딘지 모르게 차가웠다.

"미아."

"네, 카를."

그의 시선은 스테이크용 나이프도 무기로 여기는 듯 날카로웠다.

"말썽 피우지 않고, 착하게 기다릴게요."

루나가 싱긋 웃으며 그를 바라보았다. 그가 기가 막힌다는 듯이 웃었다.

"좀 많이 먹어요. 스테이크를 가루로 만들 셈인가?"

카를은 그저 루나의 식습관이 마음에 들지 않았던 것뿐인가 보다. 지레 찔려서 스테이크 나이프를 무기 취급하고 있었다니. 루나가 진하게 웃으며 그를 천진한 눈빛으로 바라보았다.

"천천히 다 먹을게요."

그는 마음에 드는 대답을 들었다는 듯이 흡족한 얼굴로 다이닝 룸을 빠져나갔다.

"위니."

루나는 물컵을 집어 들며, 다정한 위니에게 시선을 돌렸다.

"네, 미스 콴."

"그냥 부르던 대로 불러 줬으면 좋겠어요."

위니가 상기된 얼굴로 '미아.' 하고 읊조렸다.

"내 휴대전화 어디 있어요? 남동생이 연락했을 것 같은데."

"여기요."

미아는 기다렸다는 듯이 재킷 주머니에서 휴대전화를 꺼내 루나에게 내밀었다. 루나는 그녀가 건넨 휴대전화를 받아 들고는 얼마간 아무 말도 하지 않았다. 가만히 휴대전화만 내려다보고 있자, 위니가 안심하라는 듯이 입을 열었다.

"내내 제가 가지고 있었어요. 안에 있는 내용은 그 누구도 보지 않았답니다. 그럴 일은 없을 테지만, 무선 감청이나 복제를 방지하기 위해 전파 차단 케이스를 씌워 두었고요."

루나가 뜻밖의 말을 들었다는 듯이 위니를 바라보았다.

"로젠쉴트가에서는 흔한 일입니다. 또 로젠쉴트 씨께서 미아의 개인 휴대전화는 계속 사용할 수 있도록 배려해 주셨습니다."

듀이와 통화할 때도 암호화된 기지국을 거쳐서 전화번호가 감춰지기에 통화 기록을 뒤졌다고 한들 추적은 어렵다.

"세심하게 신경 써 줘서 고마워요. 위니 덕분에 내가 여기에 빨리 적응할 수 있을 것 같네요."

위니는 임무를 성공적으로 완수한 요원처럼 흡족한 미소를 머금었다. 위니가 원래 서 있던 자리로 멀찍이 물러섰다.

"내가 또 알아야 할 일이 있을까요?"

루나는 스테이크 나이프를 도로 집어서 핏물이 흥건히 배어나는 고깃덩어리를 부드럽게 썰었다.

"식사 중에 보고드려도 괜찮을까요?"

소화 기능이 떨어진다며 산책을 요구했던 일을 잊지 않았다는 듯이 위니가 걱정스럽게 물었다.

"괜찮아요. 다들 돌아갔다죠? 이제 조금 긴장이 풀려서 그런지 입맛이 좋아요."

"저는 미아가 될 줄 알았어요."

조심스럽게 덧붙이는 위니의 얼굴에 미소가 가득했다.

"내가 알아야 할 일은요?"

위니는 목을 한 번 가다듬고는 상냥하지만, 사무적인 말투로 대답했다.

"이번 주말, 로젠쉴트 씨의 중요한 미팅에 동행하실 예정입니다. 오후에는 그와 관련한 사람들과 만나 보셔야 하고요."

아까 본 그의 태블릿 PC 파일에 쓰여 있길, 헤즈볼라와의 접견 예정일이 이번 주말이었다.

헤즈볼라와의 미팅을 앞두고 카를하인츠 로젠쉴트의 정부가 만나 봐야 할 사람들이 누굴까?

루나는 식사를 마치고 산책을 이유로 블라우 로젠 돔 주변을 둘러보았다.

"위니, 내가 만나야 할 사람들이 언제 올 예정이죠?"

"1시간 정도 여유가 있네요."

루나는 고개를 끄덕거리고는 온실 쪽으로 걸었다. 두세 걸음 뒤에서 따르던 위니가 빠르게 따라붙었다.

"로젠쉴트 씨가 지금 온실에 계세요."

"온실 안에서 회의 중인가요?"

위니가 그렇다며 고개를 끄덕거렸다.

"뭔가 친환경적 회의일 것 같네요. 기후 변화 문제라도 심각하게 고민하는 건가요?"

농담처럼 던진 말에 위니는 웃지 않았다. 단지 온실 쪽으로는 가지 않는 게 좋겠다는 난감한 표정을 지을 뿐.

루나는 구름이 잔뜩 낀 잿빛 하늘을 올려다보며 읊조렸다.

"스위스는 365일 날씨가 맑은 줄 알았어요. 스위스 관광 사진 속 하늘은 늘 파랬으니까. 겨우 사흘에 한 번 파란 하늘을 볼 수 있다고는 아무도 알려 주지 않더라고요. 내가 살던 시애틀의 겨울보다 더 흐린 것 같아."

루나는 따분하다는 듯이 덧붙였다.

"온실 밖에서 그 사람 얼굴이라도 봐야 기분이 나아질 것 같아요. 나 여기 잘 있답니다! 하고 손이라도 흔들어 주면, 카를도 좋아할걸요?"

며칠 전부터 그의 총애를 한 몸에 받게 되었다고 한들, 무턱대고 쳐들어갈 생각은 없다는 듯이 떠들었다. 위니는 그제야 안심했다는 듯이 어깻숨을 내쉬었다.

위니가 어떤 시각으로 '미아'를 바라보고 있는지 훤히 들여다보였다. 세상이 얼마나 무서운지 모르고 돈 때문에 거부의 정부가 되겠다고 머나먼 타국까지 날아온 물정 모르는 순진무구한 아가씨. 그 이상도 그 이하도 아니었다.

"내가 모자라 보여요? 철없이 구는 것 같나요?"

루나는 고개를 갸웃거리며 위니를 바라보았다.

"그럴 리가요, 미스 콴! 어렵게 이 자리까지 오셨어요. 로젠쉴트 씨는 아무나 곁에 두지 않으세요. 다만."

"다만?"

"미스 콴은 로젠쉴트 씨의 아름다운 모습만 보셨답니다."

위니가 마치 여동생을 가르치는 듯한 눈빛으로 루나를 바라보았다.

"로젠쉴트 씨는 거대 기업을 이끌고, 가문을 지켜 나가야 하는 분이세요. 그 과정에서 미스 콴이 놀라시거나, 상처받으시는 일이 없었으면 합니다."

순수한 우려가 깃든 위니의 눈빛은 맑은 하늘만큼이나 푸르렀다. 듀이의 눈빛을 떠올리게 하는 무구함이었다.

"고마워요, 위니."

위니를 신뢰하고 있다는 듯이 루나는 함박웃음을 머금으며 그녀를 바라보았다. 위니는 속에 있던 말을 털어놓은 뒤에 아주 약간은 홀가분해진 표정이었다. 곁을 지키는 이와 친분을 쌓는 것은 필수적인 일이었다. 루나는 위니가 제 위치를 공고히 하는 걸 보람으로 삼을 수 있도록 적당히 제멋대로 굴 것이다.

온실 앞에 다다랐을 때, 북쪽 사무 공간에서 회의 중인 그의 모습이 눈에 들어왔다. 그의 수석 비서 레이먼드와 그 외 비서진들 그리고 처음 보는 인물들이 여럿 있었다.

일부러 봐 달라고 난리를 피우지도 않았는데, 그와 눈이 마주쳤다. 루나는 못 본 척 그를 지나쳐 걸었다. 팔 안에 들어오지 않으면 보이지 않는다는 거짓말은 아직 유효했다.

"로젠쉴트 씨께서 쳐다보시는데요?"

"그래요? 어디쯤?"

위니가 손끝으로 가리킨 곳에 그가 웃고 있었다. 루나는 빙긋이 웃으며 그를 향해 손을 흔들어 주었다.

그가 어이가 없다는 듯이 웃었다. 약간은 기뻐하는 표정이기도 했다. 뛰쳐나오고 싶은 얼굴인 것 같기도 하고.

루나는 새침하게 돌아서서 블라우 로젠 돔을 향해 걸었다.

"들어가죠. 손님 맞을 준비를 해야 하잖아요?"

위니가 종종걸음으로 루나의 뒤를 따랐다.

"레바논의 수도 베이루트의 라피크 하리리 공항에 도착하자마자, 방탄 차량을 이용해 호텔로 이동하실 겁니다. 사령관과의 미팅은……."

심각한 보고를 하는 레이의 목소리가 잦아들었다. 카를은 온실 밖을 하염없이 바라보았다. 병아리처럼 걸음을 재촉하는 모습이 귀여워서 눈을 뗄 수가 없었다.

회의실 테이블 앞에 앉은 이들의 시선이 전부 온실 밖으로 향했다. 며칠 동안 카를을 두문불출하게 했던 존재를 발견한 이들은 가만히 입을 다물고 기다렸다.

카를하인츠 로젠쉴트의 사랑은 광기에 가까운 듯했다. 그는 며칠 만에 미아 콴에게 미쳐 버렸고, 감정을 숨기려 들지 않았다. 미아 콴, 혹은 그녀를 향한 카를의 감정에 반기를 들었다가는 목이 날아갈 각오를 하라는 듯한 태도였다.

"사령관과의 미팅은?"

그녀의 모습이 블라우 로젠 돔 안으로 사라지고 나자, 카를이 언제 웃었냐는 듯이 냉랭한 목소리로 물었다.

"아……."

잠시 멍하니 그녀의 뒷모습을 바라보던 레이먼드가 버벅거렸다. 회의실 테이블에 삽시간에 살얼음이 끼는 듯했다.

"레이, 천천히."

만약 지금 저 자리에 앉아 있는 게 아이작이었다면 버릇처럼 리볼버를 만지작거렸을 것이다. 그렇다고 친절한 카를이 두렵지 않은 것은 아니지만.

"사령관과의 미팅은 베이루트 시내에 있는 호텔에서 진행될 예정입니다. 미팅이 끝난 후, 다시 공항으로 돌아와 곧장 런던으로 출발합니다. 런던에서 이틀 또는 사흘을 머문 뒤."

"상황을 봐서 미국으로 간다는 시나리오인가?"

레이가 고개를 끄덕거렸다. 경호실장인 루터 칼슨이 말을 받았다.

"미국 내에서 장기 체류를 고려하여 현지 경호원을 채용 중입니다. 베이루트 호텔에서 예정된 회의는 되도록 짧게 진행 부탁드립니다. 우리에게 우호적인 헤즈볼라 사령관과 만남이라고 해도 위험하지 않은 것은 아닙니다."

"목숨을 걸 만큼 위험한 일이라는 거 압니다. 하지만 그게 두려워 무례하게 사업을 멈출 수는 없지."

카를은 매서운 눈빛으로 사령관의 사진이 떠 있는 태블릿 PC를 응시했다. 선친인 아이작과 똑같은 방법으로 세상을 대하지 않을 것이다. 어쩌면 두려움 없이 굴었던 아이작은 세상을 진정으로 두려워했는지도 모른다.

카를하인츠가 이끄는 새로운 로젠쉴트의 시작은 스스로를 신의 정당으로 일컫는 테러리스트와의 만남이었다. 그리고 그 곁에는 미아 콴의 이름 뒤에 숨은 그녀가 함께 있을 것이다.

그녀가 그곳에서 어떤 얼굴을 할지, 무엇에 귀를 기울일지는 중요치 않다. 오직 새로운 인생의 시작에 그녀가 함께한다는 것이 의미 있을 뿐이다.

산책을 마치고 블라우 로젠 돔으로 돌아온 루나는 제1 접객실로 안내받았다. 위니가 잠깐 화장실에 간 사이 그동안 확인하지 못한 휴대전화를 집어 들었다. 위니의 동료이자, 클럽 영상을 가지고 장난을 걸었던 윌슨이 루나를 지키고 있었지만 개의치 않았다.

"남동생한테 메시지 좀 보낼게요."

"그렇게 일일이 말씀하실 필요는 없습니다. 그럼 오히려 오해를 사게 되거든요."

윌슨은 대단한 아량이라도 베푸는 목소리였다.

"이상한 오해를 받지 않으려면 내가 입을 좀 다물어야겠네요."

루나는 콧잔등을 장난스럽게 찡긋거리며 암호화된 이메일 애플리케이션을 실행했다. 윌슨은 위니와는 다른 냉소적인 눈빛으로 루나를 감시했다.

듀이에게서 짧은 이메일과 파일 몇 개가 도착해 있었다.

【예화를 지원하는 곳은 국안부가 아님. 일본의 전범 기업도 아닌 것으로 확인됨. 복잡한 계좌를 추적 중. 증거 첨부.

쑤싱이 사라짐. 마지막 동선 첨부.

마리가 본부로 돌아옴. 이번 주말 조이의 장례식 예정.】

루나는 구겨지려는 표정을 다잡으며 메시지를 입력했다.

【미아가 카를의 정부가 되었다고 스티브에게 보고할 것.

카를이 헤즈볼라와 접견 일정을 잡고 있음.

마리에게 미안하다고 전해 줘, 듀이.】

전송 버튼을 누르자마자, 휴대전화가 울리기 시작했다.

"브라이슨?"

— 하아. 걱정했잖아! 계속 전화를 안 받아서……. 이메일 수신 확인 뜨자마자 연락한 거야. 무슨 일 있어?

윌슨의 매서운 시선이 루나에게 닿았다.

"브라이슨, 누나는 잘 지내. 이제 걱정 그만해. 누나가 한가할 때 연락할게."

최대한 짧게 통화를 마치자, 윌슨이 비스듬히 웃는다.

"누가 보면 남동생이 아니라, 숨겨 둔 남자 친구인 줄 알겠어요. 위니 말로는 거의 매일 남동생과 통화한다고 하던데."

"윌슨. 여동생이나 누나 있어요?"

윌슨은 고개를 내저었다.

"그럼, 내 남동생 기분은 죽었다 깨나도 모를걸요. 아! 위니가 여동생이라고 생각해 봐요. 그런데 갑자기 머나먼 나라로 가서 돈을 위해 생판 모르는 남자의 정부가 되었대. 어떨 것 같아요?"

윌슨의 얼굴에서 핏기가 싹 가셨다.

"만약 나였으면, 쫓아가서 죽였을걸요."

"위니를 좋아하죠? 그럼 어린애처럼 놀리는 짓은 그만해요. 그거 되게 꼴사납고 짜증나는 짓인 거 남자들은 모르더라."

루나가 경고조로 떠들자, 윌슨이 목소리를 낮췄다.

"미아 콴 양도 조심하는 게 좋을 겁니다. 남동생이 아닌 것 같은 의심이 제 선에서 끝나지 않을 수도 있거든요. 그리고 카를하인츠 씨는 생판 모르는 남자라고 치부하기엔 신사적이고 멋진 분이시죠."

소심한 위니에 비해 윌슨은 제법 배포가 있었다.

"왜 그런 의심을 하는지 모르겠네요."

"무슨 의심?"

활짝 열린 테라스 창을 통해 갑자기 카를이 나타났다. 스위스의 가을 바람이 스쳐 흐트러진 머리카락의 부드러운 결이 손가락 사이에 느껴질 것 같은 모습이다.

"아, 놀래라."

루나는 미간을 찌푸리며 그를 나무라듯 바라보았다.

"미아 콴 양께서 남동생분과 통화를 자주 하시는 듯하여……."

의심을 제 선에서 거두겠다더니 윌슨은 터진 입이라고 잘도 떠들어 댔다.

"우애가 좋으면 그럴 수도 있지."

그가 가볍게 대꾸하며 소파에 앉아 있는 루나의 곁으로 다가왔다.

"윌슨, 자네가 우려하는 부분은 내가 직접 확인할 테니, 자리 좀 비켜 주겠어?"

윌슨이 고개를 한 번 까딱하고는 응접실 밖으로 나갔다. 보이지 않는 곳에서 주변을 지키고 있던 경호원들도 자리를 피하는 게 느껴졌다.

"일어나요."

명령조로 읊조리는 그의 목소리는 냉랭했다. 루나는 자리에서 천천히 몸을 일으켰다. 그는 이제까지와는 다른 차가운 눈빛으로 루나를 바라보았다.

"카를?"

루나는 그를 마주 보고 서서 올려다보았다.

"뒤로 돌아요."

그를 등지고 서는데, 심장이 아주 조금 두근거리기 시작했다. 그의 뜨거운 손이 루나의 머리카락을 모아 오른쪽 어깨로 늘어뜨렸다. 긴장감에 목덜미가 바짝 올라붙는 느낌이 났다.

"왜 이렇게 긴장하셨을까?"

카를의 입술이 왼쪽 목 언저리에 닿았다.

"나한테 정말 의심받을 짓이라도 한 거예요? 남동생이 아니라 남자를 숨겨 둔 건가?"

그의 숨결이 목을 타고 올라와 귓가에 스며든 순간, 차갑고 날카로운 금속이 목덜미에 닿았다. 숨이 멎는 듯했다. 사점(死點)을 향한 익숙한 두려움과 삶에 대한 간절함이 공존하는 감각이었다.

"그럼, 내가 좀 더 잘 보여야겠네요."

목덜미를 타고 금속성을 띤 물질이 주룩 흘러내렸다. 가슴골까지 떨어진 목걸이가 접객실의 호화로운 샹들리에 조명 아래서 반짝거렸다.

뱀이 목을 휘감고 있는 듯한 디자인의 굵직한 두께의 목걸이에는 큼지막한 다이아몬드가 뱀의 비늘처럼 촘촘하게 박혀 있었다. 뱀의 두 눈에는 비스듬한 팔각형 모양으로 조각된 에메랄드가 박혀 있었다.

"탄생석을 눈에 넣었어."

에메랄드는 5월의 탄생석. 미아의 가짜 생일과 루나의 진짜 생일은 공교롭게도 모두 5월이었다. 목걸이 줄과 교차하는 뱀의 머리는 쇄골 사이에 자리했고, 그 아래로 사파이어로 장식된 꼬리가 죽 늘어졌다.

목걸이의 무게가 꽤 나가서 묵직한 총구가 목덜미에 닿았던 거라고 착각했나 보다.

"뱀 징그러워서 싫은데요."

루나는 목걸이를 내려다보며 심드렁하게 속삭였다. 귓가에 닿은 그의 입술에서 기분 좋은 웃음이 흘렀다.

"아스클레피오스."

그가 나지막한 음성으로 속삭였다.

"그리스 신화에 나오는 의술의 신이요?"

"그래."

카를이 루나를 가볍게 돌려세웠다.

"아스클레피오스가 들고 다니는 지팡이를 뱀이 휘감고 있죠?"

"정확해."

"나는 의사가 아닌데요."

루나는 그래도 뱀은 별로라며 콧잔등을 살짝 찌푸렸다.

"아스클레피오스에겐 특별한 능력이 있었어."

마른침을 삼킬 수도 없는 상황. 카를이 의미심장한 눈빛으로 루나를 바라보았다.

"죽은 사람을 살릴 수 있는 능력."

그가 고개를 비스듬히 기울이며 슬쩍 벌어진 루나의 입술을 깊게 머금었다. 입안으로 밀려들어 온 뜨거운 혀가 그 어느 때보다 음란하게 움직였다.

"으음."

근육에서 힘이 빠져나가는 느낌이 들어서 그의 팔뚝을 꽉 움켜잡았다. 맞닿은 입술에 흡족한 웃음기가 어리는 게 느껴졌다.

"너는 죽은 내 인생을 다시 살린 사람이니까."

입술 위로 그의 숨결이 아슬아슬하게 흘렀다. 맞닿은 심장이 쿵쿵 뛰어 댔다. 대답할 겨를도 없이 입술이 다시 맞물리고, 혀가 빨려 들어갔다.

가슴이 옥죄는 느낌, 숨을 쉴 수 없는 막막한 기분이 들어서 견딜 수가 없다. 요원이 임무 중에 느껴서는 안 되는 어렴풋한 증오의 감정이 피어오르기 시작했다. 정체성의 혼란에서 오는 허무와 불안감이 머릿속을 잠식하는 데서 오는 스스로를 향한 분노이기도 했다.

「너는 죽은 내 인생을 다시 살린 사람이니까.」

그가 내뱉은 말이 뼛속까지 파고든 것처럼 따끔거렸다. 천 길 낭떠러지를 발아래 두고 줄타기를 하는 기분이다.

"뱀은 이브를 꾄 악의 원형이기도 하죠."

가까스로 떨어진 입술 사이로 루나의 목소리가 흐릿하게 흘러나왔다.

정의를 위해 정보국 요원이 되었지만 그가 제 목숨의 상징이라며 뱀 목걸이를 걸어 준 순간, 자신이 추구하는 정의와 악의 경계가 모호해진다. 결국 한 나라에 소속된 정보부의 요원은 해당 국가의 이익을 위해 움직일 뿐이지 않은가.

카를이 눈썹을 치뜨며 웃었다. 거칠게 뛰는 심장이 뜨거운 피를 빠르게 내뿜었다. 이 남자가 대단한 가문의 수장이라고 한들, 이렇게 속이면서까지 접근할 필요가 있었을까.

정의라는 명목하에 모럴 해저드의 표본이 된 정보부가 루나의 소속 기관이었다.

"뱀은 독이 있어요."

저도 모르게 경고조로 내뱉었다. 카를이 루나의 턱 끝을 부드럽게 잡았다. 엄지로 부풀어 오른 입술을 어루만지며, 더 진하게 웃는다.

"신화를 인용한 나한테 구약 성경 속 내용을 들이대서 어쩌려고? 종교도 없으면서."

대체 무슨 말이 하고 싶었던 거냐며 그는 묻고 있었다.

"독은 해독하면 그만이야."

등줄기를 타고 내리는 손길이 집요했다.

"미안해요."

루나는 눈을 꾹 감으며 사과의 말을 꺼냈다.

"갑자기 너무 과분한 선물을 받은 것 같아서 내가 괜한 말을 했어요. 그냥 나는 당신과 만난 지 며칠 만에 정부가 되었을 뿐이고……."

"그리고?"

그는 이해를 담은 다정한 목소리로 물었다.

"그리고 이 선물에는 왠지 대가가 따를 것 같아서요. 너무 큰 선물이라 당신이 나한테 어떤 요구를 할지 모르니까…… 조금 두려워요. 이 목걸이는 우리 부모님이 평생을 일궈 온 재산보다 값어치 있어 보이거든요."

경제적으로 어렵게 살다가, 하루아침에 뒤바뀐 삶의 방식이 혼란스럽다는 듯이 연기했다. 루나는 이제 다시 완벽하게 미아의 모습으로 돌아와 있었다.

정체성에 의문을 제기하는 것은 누구나 겪는 일이다. 다만 의문이 생을 집어삼키는 일은 없어야 한다. 끊임없이 질문에 골몰하면 자존감만 떨어질 뿐이다.

답이 없는 삶, 현재에 충실하는 것이 모범적인 풀이 방식이라고 믿는다.

"대가라……."

카를이 한 발자국 뒤로 물러서며 루나의 몸에서 손을 뗐다. 고심하는 얼굴이었지만, 그의 눈빛은 이미 할 말을 정해 놓은 사람의 것이었다.

"미아 콴."

그는 시를 읊는 듯이 아름다운 목소리로 이름을 불렀다.

"네, 카를."

루나는 긴장한 듯한 눈빛으로 그를 바라보았다. 짙고 어두운 시선이 루나를 머리부터 발끝까지 훑어 내려갔다.

다시 시선을 맞췄을 때, 그가 루나의 왼손을 잡아 올렸다. 고개를 살짝 숙인 카를이 그녀의 손등에 경건하게 입을 맞추었다.

"Meine Göttin."

카를이 독일어로 내뱉은 문장의 의미는 '나의 여신'이었다. 손등에 머무는 그의 입술이 심장까지 닿은 듯 뜨거웠다.

"나의 종교이자 신념, 그리고 내 삶의 방식은……."

숙였던 고개를 똑바로 들어 올린 그가 진중하게 덧붙였다.

"이제부터 당신이야. 그게 내가 앞으로 그대에게 건넬 모든 선물의 대가야."

그의 표정이 너무도 거룩해서 섣불리 입을 열 수가 없었다. 목에 건 목걸이가 갑자기 더 무겁게 느껴졌다. 모든 것을 알고 숨통을 조금씩 죄는 것처럼 그는 거부할 수 없는 매혹적인 족쇄를 루나에게 하나씩 드리우는 듯했다.

"그러니 웃었으면 좋겠는데요."

미간을 찌푸린 카를이 장난스럽게 덧붙였다. 루나의 입가에 그제야 희미한 미소가 떠올랐다. 커다란 손이 그녀의 이마에 드리운 머리카락을 부드럽게 쓸어 넘겼다. 이마에 닿는 그의 입술은 만족스러운 웃음기를 머금고 있었다.

"이 목걸이에 어울리는 복장을 골라야 할 거야. 주말에 행운의 여신께서 나와 함께 가야 할 곳이 있으니까."

"어딘데요?"

순수한 호기심이 어린 목소리로 물었다.

"고객과의 첫 번째 미팅."

"그런 자리에 제가 가도 되나요? 제가 특별히 알아두어야 할 게 있을까요?"

고개를 내젓는 그의 표정은 단호했다.

"가도 돼. 그리고 없어."

그는 다음 미팅 시간이 다 되었다는 레이먼드의 호출에 접객실을 홀연히 떠났다.

루나는 처연히 손을 올려 그가 목에 걸어 준 목걸이를 만지작거렸다. 손끝에 닿는 귀금속은 뱀의 살갗처럼 차가웠다.

접객실에 찾아온 손님은 하이엔드 패션 브랜드인 로젠쉴트의 수석 크리에이티브 디렉터, 마델라이네 윈 클러였다.

"죄송합니다. 미아 콴 양. 급하게 준비하느라 미아 콴 양을 위한 특별한 디자인을 가져오지는 못했습니다만, 지금 보시는 재킷은 다음 컬렉션에 공개될 옷인데요."

미아는 검은색 가죽 재킷을 열심히 설명하는 여자의 말에 귀를 기울이는 척 고개를 끄덕거렸다.

"부드러운 램스킨에 팔라듐 도금 버튼이 포인트인 재킷입니다. 재킷 안에는 포플린 소재의 클래식 블루 계열 드레스를 매치해 보았습니다."

"저기, 윈 클러 양."

그녀는 상냥하지만 고고한 미소를 머금으며 루나를 바라보았다.

"이런 설명을 얼마나 들어야 하죠?"

마델라이네가 잠시 아득한 시선으로 루나를 바라보았다.

"옷은 스무 벌 정도 되고요. 가방도 종류별로 스무 개, 신발도 스무 켤레, 무드에 따른 스카프나 모자 등의 액세서리도 총……."

루나가 가볍게 손을 들어 올리며 웃었다.

"너무 적은가요?"

마델라이네는 귓불까지 새빨개져서는 변명할 준비를 했다. 루나는 약간은 멍해진 미소를 지었다.

"아니요. 너무 많아서 제가 다 기억을 못 할 것 같아서요. 가지고 계신 리스트를 저에게 주시면 어떨까요?"

"아아. 그건……."

마델라이네는 상당히 곤란하다는 듯이 미간을 구겼다.

"어려운가요?"

"액세서리나 옷을 스타일링하는 방법이나, 가방을 돋보이게 드는 요령 이랄지."

로젠쉴트의 정부를 브랜드 앰버서더로 만들려는 모양이다. 하이엔드 럭셔리 브랜드 대표의 정부이니 마케팅 부서에는 아마 루나를 잘 이용하기 위해 혈안이 되어 있을 것이다.

"가난한 아가씨가 뭘 알겠어요. 스타일리스트를 여럿 붙여야 하는 거 아닌가? 의상 담당, 헤어 담당, 전문 마사지사까지. 줄줄이 달고 다닐 줄 알았는데. 카를하인츠가 생각보다 정부한테 돈을 안 쓰나 보네."

"스타일리스트는 당연히 함께 갈 예정입니다만, 수석인 제가 설명해 드려야 브랜드에 대한 이해도가……."

울분에 차서 대꾸하던 마델라이네의 어리둥절해진 시선이 문가를 향했다.

"근데 누구시죠?"

경호원 복장의 예화가 초점이 나간 눈빛으로 접객실 문가에 서 있었다.

"아스카 아이리 씨?"

루나의 물음에 마델라이네가 루나와 예화를 번갈아 보았다.

"여긴 어떻게 들어왔어요?"

위태로운 걸음으로 걸어 들어온 예화가 루나의 옆자리에 털썩 주저앉았다. 물씬 풍기는 씁쓸한 통가죽 향. 예화는 코카인에 취한 듯했다.

"미아!"

위니가 다가오려는 것을 루나는 손짓으로 저지했다.

"다시 물을게요. 여긴 어떻게 들어왔어요?"

루나의 물음에 예화는 불길하게 웃으며 소파 등받이에 깊숙이 기댔다.

"내가 함께 들어왔거든요."

루나는 목소리가 들려온 방향으로 재빠르게 고개를 돌렸다. 너무 뜻밖의 인물이 등장해서 당황할 겨를조차 없었다.

"누구시죠?"

루나는 새까만 슈트를 차려입은 남자를 가만히 응시하면서 빠르게 머리를 굴렸다.

"카를의 형제."

마델라이네를 향해 자리를 비켜 달라고 눈짓하자, 그녀는 후다닥 접객실 밖으로 몸을 피했다.

"형제요?"

되묻는 루나의 미간이 저절로 찌푸려졌다.

"동생이라고 해야 하나."

남자는 예화에게 턱을 까딱하며 비키라고 했다. 눈이 풀린 남자에게선 짙은 술 냄새가 진동했다. 예화는 겁에 질린 얼굴로 반대쪽 소파로 걸음을 옮겼다. 비틀거리는 그녀가 쓰러져 어딘가에 부딪히지는 않을까 염려될 정도였다.

예화가 소파에 주저앉자마자 루나의 선선한 시선이 남자를 향했다.

"형제가 있다는 말은 듣지 못했는데요."

"그럼 뭘 알지?"

남자가 비릿한 웃음을 머금으며 번들거리는 눈빛으로 루나를 탐하듯 바라보았다.

"이제 막 카를한테 다리를 벌린 년이, 뭘 알까?"

거침없는 어조를 뒷받침하는 배경을 짐작하기가 힘들었다.

이자도 혹시 로젠쉴트가의 입양아로 자랐나?

어지럽게 흩어져 있던 퍼즐이 어설프게나마 맞춰지는 듯했다.

남자의 흐느적거리는 손이 루나의 머리카락을 한 줌 움켜잡았다. 그가 지그시 눈을 감으며 머리카락에 코를 묻자, 예화가 갑자기 울음을 터뜨렸다. 천천히 눈꺼풀을 들어 올린 남자가 희번덕거리는 눈을 예화에게 돌렸다. 머리카락을 쥐고 있지 않은 손으로 주머니에서 단도를 꺼낸 남자가 날카롭게 지껄였다.

"시끄러운 입을 찢어 줄까, 주제를 모르고 쳐다보는 눈알을 뽑아 줄까?"

예화가 앞니로 아랫입술을 꾹 깨물며 억울하다는 듯이 바들바들 떨었다. 무릎 위에 올려 둔 꼭 쥔 주먹은 그녀의 분한 감정을 대변했다.

"내가 태어나서 본 년들 중에 몸을 제일 잘 쓰는 년이야, 저년이."

남자가 저속하게 떠드는 말은 예화를 가리키고 있었다.

"그런데 저런 년을 이겨 먹고 그 자리를 차지했을 정도면…… 얼마나 대단한지 궁금해지네."

커다랗고 시커먼 손이 루나의 얼굴로 다가왔다. 루나가 고개를 뒤로 물리자, 남자의 시선이 차갑게 얼어붙었다.

"결국 몸 파는 년이 피하긴 왜 피해? 아, 로젠쉴트 물을 좀 먹어서, 좀 정중하게 대해 드려야 하나? 미아 콴이라고 했지?"

루나는 감정을 담지 않는 눈으로 남자를 바라보았다.

"예로부터 우애가 좋은 형제는 모든 걸 나눴어. 땅도, 무기도, 그리고 여자도. 그리고 그거 알아, 미아 콴?"

눈썹을 치뜨며 말을 이어 보라는 듯이 턱짓했다.

"착각하지 마. 넌 여기 안주인이 아니야. 그런 우아한 표정은 안 어울려. 겨우 정부 주제에."

순진한 아가씨의 자존심을 한껏 짓밟아 주겠다는 심산인 듯했지만, 루나는 아무런 반응도 보이지 않았다.

"그래, 아까 하던 말을 이어서 하자면. 형이 죽으면 아우가 모든 걸 물려받는 법이거든? 땅도, 무기도, 여자도."

남자가 불시에 루나의 목덜미에 입술을 묻었다. 위니가 어쩔 줄을 모르고 발을 동동 구르는 게 눈에 들어왔다. 위니가 함부로 움직이지 못하는 것을 보면 남자의 정체를 알고 있는 듯했다.

"어때? 내 여자가 되면 로젠쉴트의 안주인 자리에도 앉혀 줄 수 있는데. 그러려면 카를을 어떻게 해야 할까?"

고개를 번쩍 치켜든 남자가 입술이 닿을락 말락 한 거리에서 속삭였다.

"미아 콴. 잘 생각해 봐. 내 여자가 되는 거야. 응?"

광기 가득한 손길이 루나의 가슴을 덥석 움켜잡았다. 눈에 있는 놈의 목덜미를 잡아채서 비틀어 버리고 싶은 충동을 잠재우려 루나는 코로 심호흡을 내뱉었다.

"벌써 그렇게 흥분한 건가?"

가슴을 움켜잡았던 손이 원피스 밑단을 들추려는데, 남자의 몸이 위로 쑥 들렸다.

"블라우 로젠 돔에 왔으면, 나한테 먼저 인사를 하러 왔어야지. 안 그래?"

카를이 남자의 뒷덜미를 잡고는 얼굴을 맞댄 채로 다정하게 그의 이름을 불렀다.

"쑤싱."

쑤싱은 언제 무뢰배처럼 굴었냐는 듯이 얌전한 눈빛으로 카를을 바라보았다.

"형, 오랜만이네요."

갑작스럽게 한국어로 인사하는 쑤싱 때문에 카를의 눈빛에 당황스러운 기색이 어렸다.

"쑤싱."

그가 나직하게 쑤싱의 이름을 한 번 더 불렀다. 그는 정확한 발음의 영국식 영어로 쑤싱에게 덧붙였다.

"얌전히 손님방에 가 있어. 윌슨이 안내해 줄 거야."

윌슨이 살기등등한 얼굴로 쑤싱을 안내했다. 쑤싱은 흐트러짐 없는 걸음으로 윌슨의 뒤를 따랐다.

"그리고 아스카 아이리 양도 다른 방으로 모시도록."

경호원 두 명이 흐느적거리는 예화를 부축해서 접객실에서 데리고 나갔다.

"슈테판."

"네, 로젠쉴트 씨."

"미아를 방으로 안내하도록 해요."

카를은 의미를 알 수 없는 눈빛으로 루나를 내려다보았다. 루나는 그를 올려다보며 걱정스러운 얼굴로 물었다.

"쑤싱이라는 남자가 뭐라고 한 거죠?"

손을 뻗어 그의 안쓰러운 얼굴을 어루만졌다. 루나의 정체를 지키려면, 아직 그의 실체도 탄로가 나서는 안 된다. 손끝에서 느껴지는 감각이 어제와는 분명히 다르다. 쑤싱의 한국어 인사가 시간의 물리적 경계를 만들어 낸 듯했다. 그가 이형일 거라는 의심은 어느새 당연한 확신이 되어 있었다.

"오랜만이네."

그런데 그동안 애써 무시했던 그리움이 한국어 한마디에 되살아나서는 가슴을 무겁게 적셨다.

카를이 루나의 눈동자를 깊이 들여다보며 읊조렸다. 마치 그 시절 유주희라는 여자에게 건네는 인사처럼 들린다.

"오랜만이네, 라고 했어요."

하지만 그는 루나가 숨기고자 하는 정체성을 지켜 주겠다는 듯이 물러섰다. 그가 크게 숨을 들이마시고는 애써 웃었다.

루나가 그의 뺨을 어루만지던 손을 힘없이 내렸다. 순간 어울리지 않게 눈물이 핑 돌아서 루나는 아랫입술을 거칠게 말아 물었다.

그의 손이 루나의 눈가를 부드럽게 쓸었다.

"조금, 아니 많이 놀랐는데 얼굴 보니까 안심이 돼서. 그래서."

눈물을 두고 구차한 변명을 정신없이 해 댔다.

"방에서 기다릴게요."

조용히 속삭인 말에 그가 고개를 살짝 끄덕였다. 어두운 그의 눈빛이 순간 지독하게 외로워 보였다.

말없이 슈테판의 뒤를 따랐다. 카를의 침실 문을 열어 준 슈테판이 정돈된 어조로 차분히 말했다.

"미아, 잠시 기다리시면 로젠쉴트 씨가 곧 오실 겁니다."

"슈테판."

루나는 그의 침실로 들어서며 슈테판을 흘끗 돌아보았다.

"실례가 되지 않는다면."

양해를 구하듯 미소를 머금자, 슈테판이 침실 문을 닫고는 안으로 들어섰다. 침대가 있는 침실은 문을 하나 더 거쳐서 들어가야 했고, 루나와 슈테판이 마주 앉은 곳은 침실의 전실인 응접실이었다.

"위니. 잠시 자리를 비켜 주겠어요?"

루나의 물음에 위니는 믿음직한 미소를 머금으며 문밖으로 나갔다.

"슈테판."

평소보다 한 톤 낮은 부름에 슈테판이 진중한 눈빛으로 루나를 바라보았다.

"카를하인츠 로젠쉴트 씨에게 형제가 있나요?"

"아니요."

"그럼, 저에게 무례하게 굴었던 쑤싱이라는 남자는 누구죠? 그리고 경호원들은 왜 그런 행동을 막지 않은 거죠?"

쑤싱를 향한 의문 중 슈테판에게 물을 수 있는 질문 몇 개를 던졌다.

"죄송합니다. 미아 콴 양. 저와 경호원들의 불찰을 진심으로 사과드리겠습니다."

슈테판은 자리에서 일어나 고개를 살짝 숙여 보이기까지 했다.

"왜 그랬는지 이유를 알고 싶어요."

"험한 일이 있었는데도 침착하시군요."

노인의 얼굴에 흡족한 미소가 자리했다.

"슈테판."

말을 돌릴 생각을 하지 말라는 듯이 그의 이름을 채근하듯 불렀다.

"쑤싱 군은 카를하인츠 로젠쉴트 씨처럼 선대 로젠쉴트 가문의 입양아였습니다."

"그런 생각은 했어요. 그런데 왜 쑤싱이 저런 태도를 취하는 거죠? 가문과 사업에 대한 승계 절차는 다 끝난 것으로 아는데요."

슈테판이 곤란한 질문을 소화하듯 잠시 머뭇거렸다.

"로젠쉴트 씨께서는 후계자의 조력자로 몇몇을 지목하셨는데, 그래서 예외적으로 돌아가신 선대 로젠쉴트 씨께서 생전에 쑤싱 군을 만나셨습니다."

"그런데요?"

카를의 과거에 대한 단서가 될 만한 것들은 모두 숨긴 채로 슈테판이 설명을 이어 나갔다.

"쑤싱은 로젠쉴트 가문의 평생 주치의로 자리하길 바라셨습니다. 카를이 후계자로 지목된 이후, 입양아들은 로젠쉴트 가문의 입양아로 자랐다는 사실을 비밀에 부치지 않으면 곤란해질 거라는 서약서에 모두 동의했습니다. 그건 조력자로 뽑힌 이들도 마찬가지였고요."

"돌아가신 아이작 로젠쉴트 씨는 제가 생각했던 것보다 훨씬 흥미로운 분이군요."

슈테판은 심심한 미소를 머금었다.

"쑤싱은 가문의 조력자로 지목된 이들 중 한 명이었고, 그중 카를이 가장 신뢰하는 사람이었습니다. 조금 전까지는요."

"두 사람이 이전에 만났던 적이 있던가요?"

"우연히 그랬던 것으로 압니다만, 자세한 이야기는 알지 못합니다."

슈테판은 이와 유사한 일이 일어날 때 어떻게 대처해야 하는지, 루나에게 어디까지 정보를 제공해야 하는지 카를에게 언질을 받은 눈치였다. 또 가문의 비밀을 지키려는 사명감이 대단해 보이기도 했다.

"저에게 전혀 위협이 되지 않을 인물이라고 판단하셨겠군요. 며칠 전에 정부로 뽑힌 여자를 희롱하는 가문의 조력자이자, 카를이 가장 신뢰하는 인물을 막아설 결단은 서지 않았을 거고요. 저 같은 여자는 다시 구할 수 있지만, 가문의 비밀을 아는 조력자는 이야기가 다를 테니까요."

루나의 깔끔한 정리에 슈테판이 이해해 줘서 고맙다는 듯이 미소를 머금었다.

"다시 한 번 죄송합니다, 미아 콴 양."

"그럼, 저는 이 방에서 카를이 어떤 결정을 내릴지 기다리면 되는 건가요?"

질문을 다 내뱉기도 전에, 침실 문이 열리는 둔중한 소음이 들렸다. 슈테판의 시선이 문가를 향했다.

"슈테판."

카를의 낮은 음성이 무섭게 울렸다.

"네, 카를."

카를이 느릿한 걸음으로 걸어와 두 사람이 마주 앉은 소파 곁에 섰다.

"앞으로 미아와 이야기를 할 때는."

제 허락을 받아야 한다고 말하려는 건가.

슈테판이 자리에서 일어나 긴장감 가득한 눈빛으로 카를을 바라보았다.

"따뜻한 차라도 준비하는 게 어떨까요?"

카를은 루나를 대하는 슈테판의 안일한 태도를 지적했다. 비단 빈 테이블뿐만이 아니라, 접객실에서 있었던 일을 통틀어 꾸짖는 뉘앙스였다.

"그만 나가 봐요. 미아에게는 내가 대신 용서를 구할 테니까."

슈테판이 고개를 한 번 까딱하고는 밖으로 나갔다. 문이 닫히자마자, 카를이 정중한 목소리로 물었다.

"나랑 같이 샤워할래요, 미아?"

루나가 미간을 찌푸리며 못 들을 말을 들었다는 듯이 카를을 올려다보았다.

"왜요?"

그는 무구한 눈빛으로 루나를 응시하며 옆에 앉았다.

"용서를 구하는 말치고는 좀 과격하다고 생각하지 않아요?"

카를이 턱을 살짝 내리며 눈을 치떴다. 맹수를 잡는 사냥용 개가 주인의 말을 잘못 알아들어서 고개를 갸웃거리는 듯한 그의 표정에 루나는 어이없었다.

"카를."

조용한 부름에 그가 바로 대꾸했다.

"내가 언제 말로 용서를 구한다고 했지?"

이제는 헛웃음이 나올 정도였다.

"슈테판이 설명할 수 있는 데까지 했을 거야. 그보다 더 깊이 알고 싶은가?"

루나는 저도 모르게 마른침을 삼켰다. 카를의 분위기가 미묘하게 달랐다. 그는 긴장하지도 않았고, 따돌리려고 하지도 않았으며, 오히려 까 볼 테면 까 보라는 듯이 당당했다.

"왜 대답이 없지?"

깊이 들어오려면 그만큼을 내놓아야 한다는 듯한 물음이었다.

"새삼스럽게 너무 잘생긴 것 같아서 넋이 나갔었어요."

루나는 입꼬리를 살짝 들어 올리며 미소를 머금었다. 수줍은 듯 시선을 돌리자, 커다란 손이 루나의 턱을 덥석 움켜잡았다. 푹신한 소파 등받이에 뒤통수가 파묻혔다. 고개를 비스듬히 기울인 그의 입술이 루나의 입술을 거세게 빨아들였다.

순식간에 몰아붙이는 키스에 숨이 할딱할딱 차올랐다. 턱을 움켜잡았던 손이 목 안쪽을 따라 어깨를 부드럽게 쓸어내렸다.

"으음."

마치 안도한 것처럼 신음했다. 그의 입술이 멀어진 것도 동시였다.

"미아. 나를 믿는 게 어때요?"

키스 끝에 신뢰를 논하는 남자의 눈빛은 진중했다.

"내가 당신을 믿는 것과 같이. 음?"

카를이 동의를 구하듯 선량한 미소를 머금었다. 그가 짓는 믿음직스럽고, 착한 얼굴은 비겁하게도 이형에게서 자주 볼 수 있었던 것이었다. 어디로 향하는지 모르는 배의 키는 자신이 쥐고 있다는 듯, 오만하고 위선적인 그의 웃음 뒤에서 진심이 느껴졌다. 은밀한 거래의 제안. 선을 넘어오지 않아야 안전하다는 뜻이었다.

루나가 쑤싱의 한국어 인사를 모른 척했는데도, 그는 비겁하게 이형의 표정을 지으며 루나를 자극했다. 은근한 오기가 생겨났지만, 여기서 맞대응하는 것은 어리석은 짓이다.

그래도 조금은 대범하게 나가 보기로 했다.

"가끔 동생과 통화할 때 잡음이 들리더라고요. 말로는 나를 믿는다면서, 엿듣고 있는 건 아니죠?"

"미아. 로젠쉴트 가문은 적이 없어."

“다행이네요.”

루나가 테이블 위에 놓인 붉은 장미를 바라보며 고개를 끄덕였다.

“하지만 친구도 없지.”

“대단한 인맥을 가졌다고 들었는데요?”

“사회적 인맥과 친구는, 언제든 적이 될 수도 있는 관계라는 점에서 크게 다르지.”

카를은 마치 아무것도 모르는 순진한 아이에게 설명하듯 굴었다.

“친구도 적이 될 수 있어요.”

“적이 되는 순간 친구가 아닌 거지.”

루나는 블랙 사이트에 갇혀 있다는 하미드를 떠올렸다. 20년이 가까운 시간을 친구로 지냈고, 8년 동안 그를 그리워했다. 그런데 그 세월을 비웃듯, 하미드가 적이 되어 버렸다. 입안이 썼다.

“전파 방사 통제 시스템이 있거든.”

루나는 무슨 소린지 못 알아듣겠다는 듯이 눈을 가늘게 떴다.

“블라우 로젠 돔 안에서 흘러나가는 신호를 제어하는 거야. 위치 노출 방지, 감청 방지를 위해 하는 일이지. 여기 처음 온 날 낮게 떠 있는 드론을 봤을 거야. 그렇지?”

루나는 고개를 끄덕거렸다.

“아마 고도를 그렇게까지 낮출 생각은 없었을 거야. 항공 전파 방사 통제 시스템 때문에 블라우 로젠 돔 위에 다다랐을 땐, 드론을 제어하기 어려웠을 거고. 눈치가 좋은 당신한테 걸린 거지.”

일부러 겁에 질린 표정으로 그를 바라보았다.

“그럼 누군가 여길 몰래 들여다보려고 드론을 띄웠다는 건가요?”

“정확해.”

카를이 칭찬하듯이 웃었다.

"누군지 알아냈어요?"

루나는 아랫입술을 슬쩍 깨물며 불안을 가장했다.

"글쎄. 외계인?"

그는 천진하게 웃으며 대답을 피했다.

"나를 믿으라고 했지, 미아?"

더 캐묻는 것은 좋지 않았다. 루나는 홀린 듯이 함박웃음을 지으며 카를의 드레스셔츠로 두 손을 뻗었다. 톡, 톡 단추를 풀어 내려가는 루나의 손길은 부드러웠다.

카를이 한쪽 눈썹만 들어 올리며 비뚜름하게 웃었다.

"뭐 하는 거지?"

"샤워하자면서요? 용서는 말로 구하지 않겠다면서요. 벌써 마음이 바뀐 거예요?"

그가 잊고 있던 사실을 깨달았다는 듯이 인상을 풀며 고개를 까딱거렸다. 벨트 바로 위에 있는 단추를 풀고 나서, 루나는 곤란한 표정을 머금었다. 이제 어떻게 해야 하는지 모르겠다는 듯이 어깨를 으쓱하며 그의 얼굴을 바라보았다.

"정말 답답해서 못 봐 주겠네."

카를이 소파에서 몸을 일으키며 루나를 번쩍 안아 들었다. 새된 비명이 터져 나왔다.

"카를!"

넓고 단단한 어깨에 루나의 배가 걸치도록 안아 든 그는 욕실 방향으로 성큼성큼 걸음을 옮겼다. 그의 널따란 등이 시야에 잡혔다.

루나는 바짝 올라붙은 그의 등 근육을 어루만지며 손을 점점 아래로 내렸다. 바지 속을 파고들려는데, 낮게 읊조리는 경고조의 음성이 들려온다.

"적당히 해요. 오늘 끝장을 보려고 그러나?"

그가 루나의 엉덩이를 꽉 움켜잡았다가 놓았다. 놀라서 비명을 지른 순간, 차가운 타일 바닥에 발바닥이 닿았다.

얼굴로 쏟아진 머리카락을 정리할 새도 없이 머리 위에서 물줄기가 쏟아졌다.

"잠깐만요! 목걸이! 샤워할 때는 빼야죠!"

목을 친친 감고 있는 뱀을 어떻게 풀어야 할지 몰라서 난감했다. 물줄기 때문에 눈을 뜨지 못하고 목덜미를 더듬는데, 원피스 지퍼가 주르륵 내려가고 옷이 벗겨졌다.

"하고 있어요. 예쁜데?"

그가 목걸이 주변 살갗에 입을 맞추며 조금씩 빨아들였다.

"흐읏."

따뜻한 물줄기가 몸을 예민하게 달궜다. 카를이 젖은 옷을 유리 부스 밖으로 던지는 소리가 질퍽거렸다. 흐트러진 머리를 그가 손가락으로 부드럽게 빗어 넘겼다. 그의 손에는 이미 장미 향 샴푸가 묻어 있었다. 그의 손끝이 루나의 머리카락 사이를 파고들며 둥글게 마사지를 시작했다.

"흐음."

머리끝까지 차올랐던 스트레스와 긴장감이 스르륵 풀리는 느낌이다.

카를은 다정하게 루나의 머리를 감겨 주고, 몸을 씻겨 주었다. 마치 루나에게 달라붙어 있는 오물을 떼어 내기라도 하듯 풍성한 거품을 입힌 뒤 구석구석 어루만지고, 물줄기를 흘려보냈다.

"아아."

카를의 손길이 스친 유두가 빳빳하게 솟았다. 그가 가볍게 가슴 끝을 머금었다가 뱉어 냈다. 아쉬움에 머리에 쥐가 나는 듯하다.

"카를."

이름을 머금은 입술이 먹혀들어 갔다. 그는 자신의 몸을 씻으면서 루나의 입안을 샅샅이 탐했다.

"으응."

욕실에 들어설 때부터 이미 발기해 있던 그의 페니스를 부드럽게 움켜잡았다.

"아직."

그가 입술을 붙인 채로 속삭였다. 양 손목이 그의 오른손에 결박되었다. 물줄기가 멎었다. 이제껏 빠르게 뛰는 줄도 몰랐던 심장 소리가 귀에서 둥둥 울리는 듯했다. 습기를 잔뜩 머금은 좁은 공간이 답답하다.

"카를."

잡힌 손을 빼내려고 하자, 그가 부드럽게 웃으며 커다란 배스 타월로 루나의 몸을 감쌌다.

서울, 이형의 집에서 그랬던 것처럼.

이럴 때마다 그에게 놀아나는 기분을 지울 수가 없다. 죽은 삶에 생을 불어넣었다고 고백했던 남자의 가슴 벅찬 표정을 바라보며, 루나는 옅은 죄의식에 사로잡혔었다. 결국 그에게 또다시 상처를 주게 될지도 모른다며 혼란에 빠졌었다.

그런데 쓸데없는 고민이었다는 생각이 든다. 눈앞에 선 남자는 생각했던 것보다 훨씬 기민하고, 집요하며, 잔인한 남자 같다.

루나는 뾰로통한 눈빛으로 그를 올려다보았다. 카를은 아랑곳하지 않고 물기를 닦아 주며 웃었다.

"보면 볼수록 자극적인 거 알아요?"

대답을 원하는 질문은 아닌 것 같아서 입을 꾹 다물었다.

"내가 왜 정부를 구하려고 했는지는 아나?"

루나는 모르겠다는 듯이 어깨를 가볍게 으쓱거렸다.

"사업상 구실이 필요했거든. 슈테판이 사랑에 미친 남자가 저지르는 일에는 한계가 없으니까 정부를 들이라고 제안했고."

그는 거리낄 게 없다는 듯이 말했다.

"내가 당신 사업에 이용당하는 정부일 뿐이라고 말하고 싶은 거예요?"

카를이 짓궂게 웃었다.

"아니. 즐겁게 미쳐 가고 있다고 말하고 싶은 거야."

숨을 크게 들이마신 순간, 배스 타월이 바닥으로 뚝 떨어졌다. 가슴이 부풀어 있는 모습을 마주한 그의 흡족한 눈빛이 심장을 관통한다.

"그렇게 놀랄 정도로 감동적인 말이었나?"

대답을 내놓기 전에 키스가 시작되었다. 그는 부드럽게 입술을 비비며, 루나를 안달 나게 했다. 심장에서 더운 피가 마구잡이로 쏟아져 나왔다. 전신의 혈관이 들끓는 것처럼 몸이 달궈졌다.

루나는 먼저 혀로 그의 입안을 가르고 들어갔다. 그는 고집스럽게 이를 맞물린 채로 입안을 허락하지 않았다.

"카를하인츠!"

바짝 약이 올라서 욕실이 크게 울리도록 소리쳤다. 카를이 그녀를 번쩍 안고는 미간을 찌푸렸다.

"화도 낼 줄 아네요?"

"그럼 나는 당신의 정부니까 홀딱 벗고 웃기만 해야 하나요?"

분한 감정이 올올이 달라붙은 목소리였다.

"미아 콴."

그가 루나를 폭신한 침대 위에 내려놓으며 진중하게 이름을 불렀다.

"네, 카를하인츠 로젠쉴트 씨."

샤워를 마치고 나와 말갛게 젖은 얼굴, 붉은 입술 꼬리가 한쪽만 호선을 그리며 올라갔다.

"예쁘게 웃는 사람이…… 화도 낼 줄 아는 사람이었다니."

그가 미처 몰랐다는 듯이 고개를 절레절레 내저었다. 카를이 팔꿈치로 몸을 지탱하고 있는 루나에게 몸을 기울였다.

"그런데 왜 겁먹지 않았을까?"

카를이 고개를 갸웃거렸다.

"무슨 말이에요? 내가 아까 얼마나 놀랐는데, 당신이 눈물도 닦아 줬잖아요."

"놀랐을 뿐 두렵거나 무섭다고는 안 했지. 보통 사람이라면, 그런 상황에 벌벌 떨고 있었을 텐데 말이죠."

"당신이 올 줄 알았으니까요."

그가 의외의 말을 들었다는 듯이 잠시 멍한 눈빛을 했다.

"이제 보니 거짓말도 잘하네? 미아, 당신이 쑤싱의 목을 비틀기 직전에 내가 끼어든 거 아니었나?"

"용서를 빈다던 남자는 대체 어딜 간 거죠?"

"당황스러운 순간에 발끈해서 말도 잘하고."

카를이 팔꿈치로 루나의 머리 옆을 짚으며 몸을 더욱 낮췄다. 단단한 가슴에 말랑말랑한 몸이 조금씩 뭉개졌다.

"그래서 좋다고. 내가 미치기에 딱 좋다고."

그가 숨결이 섞일 만큼 가까운 거리에서 속삭였다.

"앞으로 내 옆에서 무슨 일이 있어도 겁먹지 말아요, 오늘처럼. 당신은 카를하인츠 로젠쉴트의 여자니까."

그가 루나의 입술을 마침내 깊게 파고들었다. 입안을 부드럽게 어루만지는 느긋하지만 따뜻한 키스였다. 어깨를 쓸어내리며 가슴을 움켜잡고, 허리 아래로 팔을 밀어 넣으며 새하얀 허벅지를 벌리는 그의 몸 역시 따뜻했다.

얇은 콘돔을 씌운 물건으로 흥건히 젖은 살점을 비집고 들어오면서, 그는 루나의 가슴에 코를 묻고 깊게 숨을 들이마셨다.

"하아."

생명수를 마시는 것처럼 감탄스러운 한숨 소리에 빠듯한 만족감이 차올랐다. 루나는 그의 부드러운 머리카락을 매만지며 익숙한 통각 속에 몸을 떨었다.

충분히 흥분하고, 흥건히 젖어도 거대하고 단단한 부피감은 여전히 감당하기 버거웠다.

"으응."

그가 천천히 허리를 뒤채기 시작하자 신음이 조금씩 흘러나왔다.

"미아."

이름을 부르는 목소리가 지독히도 달콤했다. 푸른 하늘 위의 흰 구름처럼 포근했고, 저녁놀이 지는 붉은 하늘처럼 아련했으며, 까만 밤 손톱달처럼 수줍고 은밀했다.

단지 그가 부르짖는 이름이 루나가 아닌 미아라는 사실이 안타까울 따름이었다.

"아아."

신음과 함께 아쉬운 한숨이 흘러나오자, 머릿속에 섬광이 번뜩인다. 임무를 수행하기 위해 이 자리까지 와 놓고 자꾸만 감정에 휩쓸리는 순간이 잦아져서 당황스럽다.

"하으읏!"

"미아."

루나가 꼭 감았던 눈을 뜨고 그를 바라보았다. 미간을 슬쩍 찌푸린 채로 흥분에 젖어 빨갛게 경직된 잘생긴 얼굴이 오늘따라 유난히 근사하다.

"으응."

루나는 그의 부름에 대답하며 희미한 미소를 머금었다.

"그런 얼굴을 하고 있으면."

허리를 깊게 쳐올리는 그의 음성이 야하게 토막 났다.

"어떻게 해야 좋아하는지."

"으음."

몸 안쪽에서 가장 매혹적인 감각이 느껴지는 부분을 그가 자극하기 시작했다.

"알 수가 없잖아, 내가."

루나의 입가에 희미한 미소가 어렸다.

"정확해요."

그는 무슨 소린지 모르겠다는 듯이 눈을 가늘게 뜨며 루나를 내려다보았다.

"지금, 거기가. 아웃."

지금이라고 말한 순간 그가 허리에 힘을 싣고 빠르게 움직였다. 눈앞이 번쩍할 만큼 강렬한 자극에 순간 머리가 빙글빙글 돌고, 숨이 턱 막혀왔다.

"아아아……아아! 흐으웃. 으응."

거친 신음이 쉴 새 없이 흘러나왔다. 숨이 끊어질 듯 위태롭게 이어졌다. 입술이 빨려 들어가는 감각에 현기증이 일었다.

"으음."

부드럽고 따뜻한 키스가 아니었다. 야만적으로 빨고, 깨물고, 핥고, 쑤시는, 열에 잔뜩 들뜬 키스였다. 아래위로 거칠게 비벼지는 감각에 신열이 올라 정신이 몽롱해졌다. 하지만 정신이 몽롱해질수록 감각은 선명하게 살아나 여린 솜털 끝에서까지 바들바들 떨리는 쾌감이 느껴졌다.

"으응. 카를. 흐읏! 아!"

눈이 질끈 감기며 가슴이 크게 부풀었다. 숨을 내쉬는 법을 잊은 것처럼 전신이 경직되었다. 목덜미에서 땀이 배어나는 느낌이 생생했다. 온몸의 땀구멍이 전부 열리며, 감당하지 못할 사악한 쾌락을 방출하는 듯했다.

숨이 멎은 입술 새로 그가 빨려들어 왔다. 그리고 그를 쥐어짜듯 비틀고 있는 아래에선 그의 혀만큼이나 능란하게 움직이는 감각이 느껴졌다.

"으음."

그가 참았던 신음을 한 번에 토하듯 흐느꼈다. 두 사람의 몸이 하나로 뭉쳐서 함께 맥동하는 것처럼 두근거렸다.

❖

잠시 잠이 들었다가 눈을 떴을 땐, 이미 저녁 식사를 해야 하는 시간이 지나 있었다. 은은하게 풍기는 백단향이 느껴져서 둘러보니, 협탁 위에 초가 타닥타닥 타고 있었다.

"일어났어요?"

그가 약간은 잠긴 듯한 목소리로 물었다. 루나는 흐음, 하고 몸을 뒤채며 책을 보고 있는 그의 허리를 끌어안았다.

"뭘 보고 있어요? 글자는 보이는 것 맞죠?"

이제 막 잠에서 깬 루나에게는 보이지 않는, 흑과 백조차 구분할 수 없을 것 같은 어둠 속이었다.

"눈으로 보는 글자가 아니니까요. 미아."

루나는 손을 뻗어 그가 보고 있는 책을 살짝 짚었다. 그러자 그가 책을 멀리 가져가며 덮어 버린다. 손끝에는 점자의 간지러운 감각이 남았다.

"점자책을 봐요?"

"보안을 위해."

"무슨 책을 보고 있었는데요?"

"일종의 리스트?"

"어떤 리스트?"

루나는 말장난인 척 질문을 이어 갔다. 그의 얼굴이 가까이에 있었지만, 어떤 표정을 하고 있는지 섬세하게 느껴지지는 않았다.

"혹시 어떻게 해야 좋아하는지 적어 놓은 리스트를 만들고 있는 건 아니죠?"

목소리를 한껏 낮추고 숨결을 내뱉듯 조용조용하고 은밀한 목소리로 물었다. 루나의 손이 단단한 그의 복근을 따라 내려가 거웃에 닿았다.

그가 저지하듯 루나의 팔목을 움켜잡았다.

"잠깐."

루나는 아쉬운 한숨을 내쉬었다. 조금만 더 그를 몰아붙이면 그가 보고 있던 리스트에 관한 단서라도 얻을 수 있을 것 같은 분위기다.

"재미없는 리스트를 더 볼 건가요? 아니면……."

루나가 손을 꼼지락거리면서 갈라진 복근을 살근살근 긁어 댔다.

"인내심을 가져요."

그가 엄정한 목소리로 속삭였다. 목소리는 차갑게 단속했지만, 그의 입가에는 웃음이 어린 것처럼 느껴졌다.

"관용을 베푸시죠?"

루나는 그의 옆구리에 맨가슴을 딱 붙이며 속삭였다. 그가 한숨을 길게 내쉬었다.

"뭘 먼저 알고 싶어요? 리스트야, 아니면 내 몸이야?"

저속한 질문을 내뱉는 그의 어조는 지나치게 진지해서 하마터면 웃음이 새어 나올 뻔했다.

"글쎄요. 나는 늘 새로운 걸 추구하기는 하는데."

새침한 목소리로 읊조리자, 그가 잠시 대답을 망설인다. 침묵이 조금씩 길어지기 시작했다. 루나는 그가 예민하게 굴고 있다는 것을 느끼며 부드러운 어조로 입을 열었다.

"당신은 늘 새로워요."

그가 허탈한 웃음소리를 바람처럼 내뱉었다.

"미아 콴."

이렇게 이름을 부를 때는, 심기가 불편해졌거나, 감동했거나. 둘 중 하나다.

그가 몸을 반 바퀴 굴려 미아의 몸 위를 타고 올랐다. 이건 감동했다는 의미다.

"리스트도 새롭긴 하죠."

새초롬하게 읊조렸다.

"이 욕심 많은 여자야. 다 가져 봐, 어디."

뭐라 대꾸하기도 전에 그가 루나의 입술을 꾹 깨물었다.

"흐읏."

짓궂은 그의 행동을 나무라며 단단한 맨어깨를 찰싹 소리가 나도록 때렸다. 그는 아랑곳하지 않고 루나의 품을 파고들었다. 머릿속을 맑게 해 주는 백단향이 은은했다.

두 번쯤 몸을 더 섞고 침대를 겨우 벗어났다. 그는 식사는 제때 하는 게 좋을 것 같다며, 늘어져 있는 루나를 다이닝 룸으로 데리고 왔다.

"그냥 침실에서 대충 먹으면 될 텐데."

식탁 위에 푸짐하게 차려진 요리를 보며 루나는 한숨을 내쉬었다. 임무를 수행하면서 이렇게 잘 먹었던 적은 없었지 싶다. 매일 샌드위치나

다 식은 중국 요리를 먹었고, 속이 쓰려서 찢어질 듯한 고통을 느끼면서도 커피와 비타민 음료를 달고 살았다.

"입맛에 맞지 않거나, 먹고 싶은 게 있으면 알려 줘요."

그는 사람들이 왔다 갔다 하는 게 싫다며 코스 요리를 전부 한 테이블에 차려 두었다. 보기만 해도 배가 부르는 광경이다.

"특별히 먹고 싶은 건 없어요. 지금도 충분히 훌륭하고요."

루나는 잘 익은 스테이크를 디종산 홀머스타드 소스에 살짝 찍어 입에 넣었다. 맛있게 오물오물 씹고 있었지만, 두부를 잔뜩 넣고 끓인 된장찌개와 열무 물김치가 간절했다. 다음에 집에 가면 엄마한테 꼭 열무 물김치를 담가 달라고 졸라야겠다는 생각을 하며 접시를 비웠다.

상큼하고 달콤한 와인으로 목을 축이며 포크를 내려놓자, 그가 눈썹을 치뜨며 루나를 바라본다.

"겨우 그거 먹고 끝입니까?"

"나름 열심히 먹었어요. 지금 이 식탁은 너무 과해요. 하루에 한 끼도 못 먹는 아이들이 얼마나 많은지 알아요?"

그의 눈빛이 대뜸 선량해진다.

"유념하죠."

순순히 대답하는 그가 마음에 든다.

"근데 다 가져 보라고 했으면서, 왜 안 알려 줘요?"

그가 보고 있던 점자책이 무슨 리스트인지 묻는 말이었다.

"뭘 갖고 싶은데요?"

그는 시치미를 뚝 떼고 접시를 내려다보며 포크와 나이프를 움직였다.

"글쎄요. 주는 대로 받을게요."

실없는 농담을 던졌던 것처럼 물러서자, 그가 피식 웃으며 물 잔을 집어 들었다. 물 한 잔을 다 비우는 그를 가만히 바라보았다. 물을 꿀꺽꿀꺽

삼킬 때마다 목울대가 섹시하게 도드라졌다.

"일어납시다."

물 잔을 내려놓은 그가 선선한 말투로 제안했다. 루나는 고개를 한 번 끄덕거리고는 자리에서 일어났다.

"산책 어때요?"

루나가 식사 후에 산책을 자주 하더란 이야기를 위니를 통해 들은 모양이다. 루나는 에스코트를 자처하는 그의 팔에 손을 살포시 얹고 산책에 나섰다.

블라우 로젠 돔을 나오자, 하늘에서 별이 쏟아질 듯했다.

"그럼, 아까 그 둘은 어떻게 되었어요?"

루나가 조심스럽게 물었다.

"앞으로 그 둘을 보는 일은 없을 겁니다. 걱정 말아요."

카를은 간결한 대답으로 둘의 존재를 지워 버렸다. 그는 루나를 데리고 온실 방향으로 걸었다.

온실 앞에 다다르자, 그가 진중한 눈빛으로 루나를 내려다보았다.

"여기 들어가 봤죠?"

루나는 고개를 끄덕거렸다.

"진짜로는 안 들어가 봤겠지."

카를이 비밀스럽게 웃으며 루나를 이끌었다. 안으로 들어서자 향긋한 풀 내음이 코끝을 간질였다. 그저 온실 안을 둘러볼 요량인 줄 알았는데, 그는 루나를 데리고 지하로 향했다.

지난번 드론 사건 때 들어와 본 적 있는 곳이었다. 이 통로의 끝은 그의 집무실과 연결되어 있었다.

"집무실로 가게요?"

"아니, 그 반대쪽."

두 사람이 걸음을 내디딜 때마다 먼저 에스코트 등에 불이 들어왔다. 벽에 있는 파르테논 신전의 부조는 여전했다.

길 끝에 다다랐을 때, 철문이 나타났다. 그가 생체 인식 패드에 손바닥을 찍고, 50자리의 비밀번호를 한참 동안 입력하자 엘리베이터로 보이는 공간의 문이 열렸다.

"어디 가는 건데요?"

루나가 긴장한 듯 물었다.

"리스트의 실체가 있는 곳."

리스트의 실체?

그게 대체 뭔지 감조차 오지 않았다.

4. 세크레툼(secrétum)

　로젠쉴트는 무기에 들어가는 첨단 센서 기술에 관한 한 독보적인 회사였다. 현대 무기를 통제하기 위한 핵심 기술을 가진 로젠쉴트사는 직접 무기를 생산하기도 했지만, 해당 기술이 집약된 센서를 여러 무기 회사와 나라에 공급하는 일도 했다.

　심지어는 북한의 핵무기 개발에 아이작 로젠쉴트가 기술적 자문을 했다는 말도 전해졌다. 그 기술이 훗날 이란의 핵 개발에까지 영향을 미쳤다는 이야기도 있었다.

　이러한 이유 때문에 로젠쉴트사의 영향력이 미치지 않은 나라가 없었다. 국력을 키우려고 할수록 강력한 무기에 대한 관심이 높아지는 것은 당연한 일이다.

　하이엔드 럭셔리 브랜드의 명성이 대중에게는 더 익숙했지만, 세계 권력들 사이에서는 첨단 무기로 더 유명한 존재였다.

　로젠쉴트사의 무기 제공사 리스트를 말하는 것일까?

엘리베이터는 아주 느린 속도로 천천히 아래로 내려가고 있었다. 지하 깊숙한 곳까지 다다랐을 때, 마침내 엘리베이터가 멈춰 섰다. 공기 순환 기계가 돌아가는 듯 지하에는 웅웅거리는 소음이 존재했다.

"갑시다."

카를이 루나의 어깨를 감싸 안으며 엘리베이터에서 내렸다. 찬 기운이 훅 끼쳤다.

"좀 추운데요."

항온항습이 유지되는 공간이었다. 365일 이곳은 같은 온도와 같은 습도가 유지될 터였다. 여기 모아 둔 무언가를 보호하기 위한 방비책 중 하나일 거라고, 루나는 어렴풋이 짐작했다.

카를이 카디건을 벗어 루나의 어깨에 걸쳐 주며, 그녀를 품으로 당겨 안았다.

"온도는 항상 23도로 유지되는데, 태양 빛이 도달하지 않는 공간이라 춥게 느껴질 겁니다."

루나는 고개를 비스듬히 기울이며 그를 올려다보았다.

"꼭 만화 속에 나오는 박사님처럼 말하네요. 여기가 실험실인가요, 박사님?"

루나가 장난을 걸자, 그가 말도 안 된다는 듯이 미간을 찌푸리며 웃는다.

"좀 걸어야 해요. 괜찮죠?"

"난 당신을 믿으니까요."

그가 마음에 든다는 듯이 웃었다. 그를 따라 10분여를 걸었다. 복잡한 미로 같은 길을 따라 내려가고 올라가기를 반복했다.

마침내 목적지로 보이는 장소가 눈앞에 나타났다.

"각종 기후 변화뿐 아니라, 지진 등의 자연재해, 심지어 핵폭발에도 안전한 곳입니다."

단단한 철벽으로 둘러싸인 공간을 바라보며 루나는 겁에 질린 표정으로 물었다.

"여기 혹시 좀비라도 가둬 놨어요? 생체 실험 같은 걸 하는 건 아니죠?"

반은 진심이었다. 루나는 혹시나 실험용 쥐가 되어 끌려온 것은 아닌지 의심스러운 눈빛으로 그를 응시했다.

"좀비?"

천장이 높은 공간이 크게 울리도록 웃음을 터뜨린 그가 루나의 볼을 가볍게 꼬집었다.

"아야."

"귀여워서는."

그는 혼잣말처럼 읊조리고는 두꺼운 철문 옆에 있는 패드에 또 한 번 손바닥을 가져다 댔다. 철컥하는 둔탁한 소음과 함께 문이 열렸다.

"이게 다 뭐예요?"

마치 바티칸의 비밀 서고처럼 끝없이 비밀스러운 공간이 펼쳐졌다. 서고와 다른 점은 책이나 문서가 아닌 거대한 서버와 디지털 기기들이 가득하다는 점이었다.

"아까 그 리스트의 비밀이 있는 곳."

"어떤 비밀이요?"

루나는 놀란 눈으로 카를을 바라보았다.

"중동 테러 집단의 현재 수장이 사용하는 계좌 정보와 내역, 중국이 자치구의 반발을 막기 위해 펼치는 정책, 러시아가 북극을 차지하기 위해 쇄빙선을 건조하는 장소, 미국이 시위 반대파를 풀어서 시위를 역공하는 정치적 기록."

기가 막혀서 루나는 잠시 할 말을 잃었다.

"그리고 세계 주요 회사들의 기밀 계약서와 법률상 중요한 디지털 데이터가 여기 보관되어 있어요. 일종의 비밀 금고지. 내가 아까 보고 있었던 리스트입니다."

머릿속이 복잡해졌다.

"혹시 해커예요? 이걸 다 몰래 모았어요?"

카를이 세상에서 가장 웃긴 개소리를 들었다는 듯한 표정을 지었다.

"그럴 리가. 돈을 내고 금고를 빌려준 거죠. 로젠쉴트는 이 정보를 보호하는 거고."

로젠쉴트, 장미의 방패라는 뜻을 가진 그의 이름처럼 이곳은 우아한 방패가 드리운 장소였다.

"그럼 전 세계 주요 국가와 회사의 기밀이 여기 다 있다는 거예요?"

"그런 셈이죠."

조세회피 지역에 돈이 모인다면, 가장 강력한 힘을 가진 집안에는 정보가 모여 있었다.

중국의 국안부, 일본의 전범 기업, 헤즈볼라, 유대계 네트워크, 거기에 자신이 속한 CIA까지.

카를하인츠 로젠쉴트를 노렸던 이유가 여기에 있었다. 단지 그가 세계 경제를 좌우할 수 있는 돈과 전쟁의 승패를 결정할 수 있는 첨단 무기 회사를 갖고 있어서가 아니었다.

그는 돈과 무기보다 더욱더 강력한 각종 기밀 정보들을 가지고 있었다.

"그럼 여기 있는 걸 다 봤어요?"

"그럴 리가. 정보는 계약에 따라 철저히 보안이 지켜집니다. 나뿐만 아니라, 해당 국가의 대통령이 온다고 해도 정보의 정확한 명칭과 작성자,

그리고 목적을 말하지 않으면 함부로 열어 볼 수 없어요."

"해킹은요? 여길 누가 공격하면 어떡해요?"

"그럴 리가."

그는 같은 대답을 반복하며 웃었다.

"아무리 저택이라고 해도, 전파 방사 통제를 엄격하게 했던 이유가 있었던 거네요."

"아니요. 그건 오직 저택을 위한 거고. 여긴 따로 관리됩니다. 시스템을 이원화해야 안전하거든요. 설사 블라우 로젠 돔이 공격을 당한다고 해도 여긴 안전합니다."

"근데 여길 나한테 보여 주는 이유가 뭐예요?"

루나는 가문의 기밀 사항을 자신에게 보여 준 그의 저의가 궁금했다. 두세 걸음 떨어져 있던 그가 루나의 곁으로 성큼 다가왔다.

"당신이 궁금해했잖아."

카를이 매혹적으로 웃으며 루나를 내려다보았다. 그의 어두운 눈빛은 진심을 내비치고 있었다. 쑤싱과 관련한 일을 이야기할 때만 해도 더는 파고들지 말라는 듯이 보수적인 태도를 보였던 그였다.

"카를."

루나는 그의 가슴에 손을 올리며 발꿈치를 살짝 들어 올렸다. 입술이 닿을락 말락 한 곳에서 물었다.

"내가 궁금해하면 다 보여 주고, 알려 줄 생각이에요?"

마치 요부라도 되는 것처럼 요염한 어조였다. 그는 근사한 미소를 머금으며 대꾸했다.

"아니, 내가 당신에게 잘 보일 수 있는 것만 골라서 보여 줄 건데?"

카를이 입술만 살짝 내밀어 루나의 입술에 가볍게 키스했다. 루나는 성에 차지 않는다는 듯이 눈을 가늘게 뜨며 그의 목덜미를 유혹적으로 어루만졌다.

"여기선 곤란해, 미아."

그가 턱짓으로 군데군데 설치된 CCTV를 가리켰다.

"저건 당신이 지우면 되죠."

"그것도 곤란해."

카를이 단호하게 읊조렸다.

"멋있어."

그의 사업적인 면모에 새삼 반했다는 듯이 그를 추켜세웠다.

"돈과 무기는 누구든 가질 수 있어. 레드마피아니, 카르텔이니 하는 동네 깡패들부터, 폭탄 갖고 노는 알라에 미친 놈들도 가진 게 돈과 무기야."

"하지만 정보는 다르죠."

예로부터 전쟁은 정보에 기반을 둬 왔다. 각국이 정보전에 예산을 퍼붓는 데는 그만한 이유가 있었다. 정보의 우위에 서는 자가 전쟁의 승자가 된다.

"로젠쉴트 가문이 대단하기는 하네요."

루나는 진심으로 감탄했다. 패션으로 대중을 사로잡고, 돈과 무기로 권력을 포섭한 뒤, 정보의 우위에서 세상을 발아래 둔 거나 마찬가지였다. 디지털화된 기록의 보관과 통제, 관리 기술이 중요시되는 사회에서 이런 거대 금고의 실존은 별로 놀라운 일도 아닐지 모른다.

하지만 그 모든 기밀이 한데 모여 있다는 사실은 놀라웠다. 사람들이 아이작 로젠쉴트를 두려워했던 이유가 여기에 있었나 보다.

"당신은 내가 생각했던 것보다 훨씬 많은 걸 가지고 있네요?"

"좋아. 내가 원했던 바야."

루나는 무슨 소릴 하는 건지 모르겠다는 듯이 눈을 가늘게 떴다.

"당신이 생각했던 것보다 나는 더 많은 걸 가지고 있고, 할 수 있는 일도 상상할 수 없을 만큼 많지."

카를이 루나의 뺨 위로 흐트러진 머리카락을 귀 뒤로 넘겼다. 차가운 귓불을 어루만지는 그의 손끝은 따뜻했다.

"그러니까 미아."

"응, 카를."

미아는 그의 잘생긴 얼굴에 홀린 듯이 대답했다.

"무슨 일이 생기든 나를 믿어요."

그는 언젠가부터 신뢰를 강조하며 루나를 안심시키려 들었다.

기밀에 환장한 정보부 요원에게 데이터 기밀 서버 룸을 보여 주며 꼬시는 남자라…….

그가 루나의 정체를 어렴풋이 짐작하거나, 아니면 정확히 파악하고 있다는 확신이 들었다. 겨우 무기를 취급하는 업자일 때와 각국의 정상들도 함부로 볼 수 없는 정보를 다루는 사업체와는 그 능력치가 완전히 달랐다.

"무슨 일이 생기든?"

루나는 의문을 제기하듯 물었다.

"그래요. 무슨 일이 생기든. 나는 당신을 지켜 줄 테니까."

카를은 며칠 동안 평생에 한 번 듣기 힘든 감동적인 고백을 수도 없이 해 왔다. 그런데 방금 그가 내뱉은 말이 루나의 가슴에 미세하게 생겼던 균열을 제멋대로 파고들었다.

루나는 갑작스러운 공격을 받은 사람처럼 잠시 정신이 멍해졌다. 심장이 쿵쿵 뛰는 소리가 귓가에서 왕왕 울리는 듯했다.

"카를."

눈을 지그시 감았다가 뜨며 그를 바라보았다. 그의 고백은 너무도 효

과적이었다. 지나치게 잘 맞아 들어서 오히려 수상한 고백. 루나는 빠르게 뛰는 제 심장 소리를 순수한 설렘이 아닌 경고음으로 해석하기로 했다.

"나는 항상 당신 곁에 있을 거잖아요. 그렇게 걱정할 필요 없어요."

루나도 카를이 가장 원하는 대답을 해 주었다. 진심이든, 아니든 그건 중요치 않았다. 서로를 속고, 속이고, 이용하고, 들추고, 가진 패를 적당히 내보이고, 숨기고.

끝도 없는 기 싸움이 이어질 것처럼 팽팽한 긴장감이 둘 사이에서 흘렀다.

카를이 고개를 내려 루나의 입술을 머금었다. 때론 긴장감과 흥분감이 결이 다른 방향으로 흐르곤 한다. 싸운 뒤에 하는 섹스가 자극적이어서 일부러 시비를 걸고 싸우는 커플도 있다는 통계가 있다지.

둘 사이에 흐르던 긴장감은 금세 색을 달리하며 짙어졌다.

"흐음."

입술이 맞물린 틈으로 신음이 흘렀다. 그가 루나의 허리를 감싸 안으며 읊조렸다.

"여기선 곤란해, 미아."

"그럼 어디선 가능한데요, 카를?"

토막 난 숨결이 묻어나는 질문에는 색기가 가득했다. 보안의 허점을 묻는 말이기도 했다. 그의 눈빛이 어둡게 가라앉았다.

카를은 대답을 고민하는 듯한 눈치였다. 아득한 시선으로 루나를 내려 보며 이리저리 계산하다가, 드디어 답을 찾았는지 조용히 입을 뗐다.

"여기 그런 곳은 없어, 루나."

아쉬움에 한숨이 밀려나올 것만 같았다. 그는 CCTV를 이유로 정중하고 부드러운 키스만 해 주었다. 만약 그보다 더한 짓을 할 수 있는 장소라면 촘촘한 보안망에서 벗어난 장소일 터. 그런 곳은 없다는 말을 하는 카를을 마주하는데, 본능적으로 아쉬운 마음이 드는 것은 어쩔 수 없다. 여기 있는 정보를 다 훔친다면 CIA는 어마어마한 정보의 우위에 서게 될 것이다.

미국 대통령이 바뀔 때마다 아이작 로젠쉴트와 독대했던 이유도 여기에 있었나 보다. 또 기행을 일삼는 그를 미워하면서도 쩔쩔맸던 유대계 네트워크도. 총부리를 겨누고선 로젠쉴트에게 연락을 취하는 이스라엘과 헤즈볼라도.

세계 판도가 조금씩 바뀌기 시작하면서 미국의 적성 국가 중 가장 큰 비중을 차지하는 나라는 중국이 되었다. 저택 아래에 어마어마한 정보가 있는 것을 알았다면, 쑤싱이 국안부와 손을 잡을 만하다.

"그런데 여기 비밀 금고가 있는 건, 당신만 아나요? 아니면 당신의 조력자라고 불리는 사람들도 아나요?"

루나는 궁금증을 참지 못하고 물었다. 이 정도 질문은 정보부가 아니어도 가능했다.

"쑤싱을 말하는 건가?"

눈치 빠른 그는 곧바로 쑤싱을 들먹였다. 기민한 남자라는 사실을 한시도 잊어서는 안 된다.

"맞아요. 조력자로 지목되었다는 건, 로젠쉴트 가문에서 그만큼 중요한 사람이 되었다는 건데…… 거기에 만족하지 못하는 걸 보면 당신 자리를 노리는 거잖아요. 그게 돈 때문만은 아닐 거라는 생각이 들었어요."

루나도 느낀 바를 솔직히 말했다.

"놀란 눈치네요? 내가 경제학 전공자라는 거 잊었어요? 날 정말 웃고, 울고, 화내고, 놀라기만 하는 인형이라고 생각하는 건 아니죠?"

"글쎄."

그는 미간을 찌푸리며 말을 이었다.

"인형 같다고 생각한 적은 없는데."

기분이 좋아야 하는지, 나빠야 하는지 몰라야 하는 말. 하지만 그는 분명 놀리는 투였다.

"여신 같다고 생각해 왔지."

카를이 루나의 허리를 확 당겨 안았다. 정말 말이나 못 하면.

"나갑시다. 여기 전자파는 몸에 해로워. 되도록 가까이하면 안 되는 곳이야."

그는 대단히 무서운 광경이라도 본 것처럼 몸을 부들부들 떨며 웃음을 참았다.

금고에서 빠져나올 때도 똑같은 보안 절차를 거쳐야만 했다.

"오늘 내가 이곳에 들어왔다는 사실이 주요 고객들한테 보고될 거야."

로젠쉴트 가문의 수장조차도 함부로 들어올 수 있는 장소는 아니라는 의미였다.

내가 대단한 정보를 축적한 비밀 금고를 갖고 있지만, 보안이 삼엄하니 너는 함부로 들어올 생각을 하지 말아라.

카를은 루나에게 세심하게 신경을 써 주는 척하면서, 미끼를 던지고 있었다.

"내가 여기 다시 올 이유는 없을 것 같네요."

루나의 심드렁한 대구에 그는 의미심장한 미소를 머금을 뿐이었다.

"아아!"

금고를 빠져나오자마자 반대편으로 걸었다. 그쪽에는 그의 집무실로 향하는 통로가 있었다. 집무실에 올라오자마자 그는 루나를 탐하기 시작했다. 갑자기 뒤에서 와락 끌어안으며 가슴을 쓸어 쥐는 바람에 새된 비명처럼 신음이 터졌다.

"카를!"

놀랐다는 듯이 그의 이름을 불렀는데도, 그는 아랑곳하지 않고 루나의 원피스 밑단을 들췄다. 단단한 손이 허벅지 옆을 쓸고 올라와 안쪽으로 움직였다. 다리 사이가 흥건히 젖었음을 확인한 그는 음란한 미소를 지으며 루나의 목덜미에 키스했다.

"흐응."

루나는 신음을 흘리며 그의 집무실을 둘러보기에 바빴다. 드론 사건 때 올라와 본 적 있지만, 그때는 한가롭게 둘러볼 여유가 없었다. 한가롭지 않은 건 지금도 마찬가지지만.

"여기가 블라우 로젠 돔의 한가운데인가요?"

루나의 숨결이 흩어졌다.

"응."

그가 건성으로 대답하며 루나를 번쩍 들어 안았다. 푹신한 가죽 소파 위에 깊숙이 기대앉은 그가 루나를 허벅지 위에 앉혔다. 자연스레 다리를 벌리고, 종아리로 그의 허리를 감쌌다.

그의 입술이 목덜미를 탐했고, 가슴은 아까부터 그의 손아귀에 쥐여 있었다.

"흐음."

루나는 신음을 한 번 흘리고 질문을 이어 나갔다.

"아이작 로젠쉴트 씨는 금고에 가는 일이 자주 있었나 봐요. 집무실에서 가는 통로가 있는 걸 보면. 하아."

한숨을 내뱉음과 동시에 그가 좁은 입구를 꿰뚫고 들어왔다.

"으응."

거대한 물건 위에 주저앉혀진 순간, 목 끝까지 숨이 턱 차올랐다. 그는 루나의 골반을 단단히 잡고 있었다.

"카를."

움직일 수도, 그렇다고 벗어날 수도 없는 상황. 포만감에 차오른 숨을 내뱉을 수 없어서 갑갑하다.

"미아."

그가 가볍게 이름을 부르며 입술에 감질이 나도록 천천히 입을 맞췄다.

"흐응."

루나는 저도 모르게 허리를 뒤채며 고개를 젖혔다. 또다시 서울에서의 날들이 떠오른다. 그의 어머니가 집에 방문했던 날, 그를 위로한답시고 식탁 의자 위에 앉아서 그를 품었던 순간 말이다.

머릿속에 강한 섬광이 지났다. 루나는 젖혔던 고개를 바로 하며 그의 눈을 깊숙이 들여다보았다.

그때처럼 위로가 필요한 건가?

제 뜻과는 상관없이 어린 나이에 입양아가 되었을 것이다. 그리고 그는 물리학 교수가 되는 게 꿈이었다.

하루아침에 세계의 패권을 갖게 된 남자. 순간 그가 어머니께 했던 말이 귓가를 스친다.

「어머니가 생각하시는 그 선택의 범위 안에 저는 없습니다. 욕심 접으세요.」

그의 모친은 이형이 잘되기를 바란다고 했고, 그는 절대 그럴 리 없으니 욕심을 접으라고 다그쳤었다. 이형에게 아직은 때가 오지 않았다며, 루나를 설득하던 모친의 얼굴이 눈에 선했다.

평생을 그렇게 시달리며 살아왔고, 운명을 거부해 온 남자가 결국 모든 것을 쥐게 되었다.

죽은 삶을 살려 냈다는 그의 고백이 떠올라 가슴이 저민다.

여자의 환심을 사기 위한 거짓이 아닌 진심.

루나는 그의 뺨을 부드럽게 어루만졌다. 그는 아무렇지 않은 척하고 있었지만, 눈빛은 어두컴컴했다.

"카를."

"응."

밭은 숨이 섞인 그의 음성이 듣기 좋았다.

"내가 곁에 있을게요."

해서는 안 될 고백을 하고 말았다. 그의 입가에 희미한 미소가 드리운다.

"그래."

그가 루나의 골반을 잡은 채로 허리를 깊게 쳐올렸다.

"하읏!"

루나는 척추를 둥그렇게 휘며 그의 목 안쪽에 입술을 묻었다. 감각이 심장을 죈다. 어디까지 갈 수 있을지 확신이 서지 않는다. 임무 중에는 늘 확신에 의심이 생길 때가 있다. 그런데 지금은 제 능력과 상황에 대한 의심보다 동화되는 감정에 대한 의심이 더 컸다.

그가 아이작 로젠쉴트와는 다른 사람이 될 수 있도록, 자신과 같은 사람의 표적이 되지 않도록 이끌 수 있는 방법은 없을까?

부질없는 고민 속에 밤이 깊어갔다.

❖

아침에 일어나자마자 그는 회의에 들어갔다. 루나는 홀로 아침 식사를 마치고 그의 침실로 돌아왔다.

"위니, 너무 피곤해서 좀 쉬고 싶은데요."

미아의 부탁에 위니는 밖에서 기다리겠다며 침실 밖으로 나갔다. 어제 오후 이후로 내내 누군가의 감시 아래에 있었던 탓에 목걸이를 점검할 시간이 없었다.

루나는 뱀의 머리 아래에 있는 잠금장치를 풀고, 목걸이를 매트리스 위에 올렸다. 핸드백 안에서 휴대용 네일케어 파우치를 꺼낸 루나는 손톱깎이 안쪽에 숨겨 둔 전파 단속기를 꺼냈다. 전원을 켜고 목걸이를 한 번 스캔하자 아무런 반응을 보이지 않는다. 당연히 목걸이에 감청이나 추적을 위한 장치를 심어 두었을 거라고 생각했는데, 목걸이는 예상외로 깨끗했다.

"이 정도로 나를 믿는다고?"

루나는 미간을 찌푸리며 네일케어 파우치를 도로 핸드백 안에 넣었다. 목을 옥죄는 기분이 탐탁지 않아서 목걸이는 협탁 위에 올려두고 침대에 걸터앉았다.

루나는 곧장 휴대전화를 들고 듀이에게 이메일을 보냈다.

【이번 주말 K가 베이루트 방문 예정. 베이루트 호텔 정보를 보낼 테니, 현지 요원 지원 바람.】

헤즈볼라와의 미팅은 본부에서 가장 주목하고 있는 사항이었다. 간단히 이메일을 보내자마자, 듀이에게서 전화가 걸려 왔다.

"브라이슨."

— 현지 요원을 지원 바란다니, 그게 무슨 말이야?

"내가 함께 가게 됐어."

휴대전화 너머에서 깊은 한숨 소리가 들려왔다.

― 예상 못 한 바는 아니었는데, 너무 위험하다고 생각하지 않아? 널 알아보는 사람이 있을 수도 있어.

"듀이."

루나는 심호흡을 하고 목소리를 낮췄다.

"여기 저택 아래에 비밀 금고가 있는 거, 알고 있었어?"

― 금고? 스위스 은행도 못 믿어서 돈을 지하에 보관하는 거야?

듀이가 비웃음 섞인 목소리로 물었다.

"아니. 헤즈볼라, 유대계, 하다못해 우리 조국인 미국, 중국, 전세계 주요 기업의 비밀문서가 디지털화돼서 이 저택 지하에 보관되어 있어."

― 그걸 다 해킹했다는 뜻인가?

"아니. 전부 은밀한 계약을 하고 이 가문에 맡겨 놓은 거야."

정권이 바뀌고, 전쟁을 치른다 해도 로젠쉴트 가문은 굳건할 거라는 믿음에서 비롯된 일일 것이다.

"스티브한테 파견 목적이 뭐라고 들었지?"

― 헤즈볼라와의 접촉을 막기 위한…… 아…….

"스티브는 알고 있었는지도 몰라. 그리고 쑤싱도 입양아 중 한 명이었어. 어제 예화와 여길 왔었는데, 분란을 일으켜서 K가 해결했다는 것 외엔 그 후로 어떻게 됐는지는 모르겠어."

― 그럼, 한국에서 쑤싱과 예화, 일본 전범 기업 간부가 접촉했던 이유가 북한 때문이 아니라 K 때문이라는 거야?

"그때까지 쑤싱은 자신이 이 저택을 차지할 거라고 생각한 것 같아. 그리고 북한하고도 아주 관계가 없다는 말은 못 하겠어. 중국이 적성 국가가 된 이상, 비중이 더 크겠지."

루나의 설명에 듀이는 생각보다 일이 복잡하게 돌아갈 것 같다며 심각한 목소리를 냈다.

— 단독 임무는 이제 위험하겠어. 지원 요청해 볼게. 베이루트 호텔은 뭐 뻔하니까. 우리가 알아볼게.

"그래, 고마워."

통화를 막 마치는데, 카를이 침실 문을 열고 들어왔다. 그가 미간을 찌푸리며 협탁 위에 놓인 목걸이와 루나를 번갈아 보았다.

"목걸이는 항상 하고 있으라고 했을 텐데? 누구랑 통화한 거야? 남자? 혹시 찔려서 목걸이를 빼 둔 건가?"

카를은 미소를 머금은 얼굴로 침대에 걸터앉아 있는 루나에게 다가왔다.

"목걸이가 너무 무거워서 잠시 뺀 거예요. 누워서 쉬려고 했는데, 목에 자꾸 걸려서."

"좀 작은 걸 샀어야 했나?"

"매일 할 수 있는 작은 액세서리였다면 더 좋았겠죠."

그는 일리가 있는 말이라는 듯 고개를 끄덕거렸다.

"또 남동생이랑 통화 중이었어?"

카를이 루나의 뺨을 손등으로 쓱 쓸어내며 물었다.

"카를."

루나는 한숨을 몰아쉬며 고개를 살짝 내저었다.

"나는 당신이 회의한다는 시간을 빼고는 거의 모든 시간을 당신과 붙어 있어요. 괜한 의심받는 거, 솔직히 짜증나는 거 알아요?"

그가 아무 말 없이 루나를 가만히 응시했다.

"옆에 둬도 불안하니까."

그의 어두운 눈동자가 위태롭게 흔들렸다. 와락 끌어안고 싶은 충동이 일 만큼 안쓰러운 눈빛이다.

"이런 식으로 마음 약하게 만들지 말아요. 잘못한 건 잘못한 거거든요?"

루나는 미간을 찌푸리며 그를 다그치듯 말했다.

"날 믿으니까, 당신을 믿으라고 했잖아요. 그런데 이건 이야기가 다르잖아요. 동생한테 전화하는 것까지 일일이 신경 쓰면, 내가 불편해서 가족하고 편하게 통화나 할 수 있겠어요? 이제 나는 가족을 대하는 일에도 당신 눈치를 봐야 하는 건가요? 대단한 정부 자리네요, 정말."

루나는 자신이 모순점을 정확히 지적했다는 것을 스스로도 알고 있었다. 돈을 대가로 온 자리. 그가 거액의 돈을 건네며 무슨 짓을 한들 막아낼 재간은 없었다. 그런데 생각해 보니 비밀 유지에 관한 서약만 받아 갔을 뿐, 통상적으로 이런 관계에서 이루어지는 계약 같은 것조차 존재하지 않았다.

카를이 꼿꼿한 시선으로 루나를 바라보았고, 루나도 지지 않고 그를 응시했다.

"정말 완벽해."

그가 놀랍다는 듯이 눈을 가늘게 뜨며 고개를 절레절레 내저었다. 완벽하다고 칭찬하는 듯했지만, 마치 한국에서 유행하던 '완전체'라는 단어를 떠오르게 했다.

"뭐라고요?"

"완벽하다고. 사람 미치고 팔짝 뛰게 만들기에 아주 완벽한 여자야."

카를이 사랑스러워서 못 참겠다는 표정으로 다가왔다. 루나는 미간을 구기며 고개를 뒤로 물려 그의 키스를 피했다.

"그런 식으로 놀리는 것도 하지 말죠?"

"그럼, 놀림을 당하지 말지?"

"정말 완벽하시네요."

이럴 때 보면 이형과 전혀 같은 남자가 아닐 거라는 생각도 든다. 갑자기 안면인식장애라도 생겨서 다르게 생긴 남자를 이형과 닮았다고 착각하는 것은 아닌가 하는 얼토당토않은 의심과 뜻 모를 분노가 피어오른다.

"내가 목걸이에 카메라라도 달아 놨을까 봐 뺀 건가?"

그가 거드름을 피우며 루나의 입술을 뚫어져라 응시했다. 의심인 듯, 장난인 듯. 가볍게 질문을 던지며 매혹적으로 구는 솜씨가 정말이지 사람 환장하게 한다.

얄미워 죽겠는데, 저 입술이 키스를 얼마나 잘하는지 알아서 루나는 저도 모르게 마른침을 삼켰다. 평소에는 일부러 내려고 해도 나지 않는 꼴깍, 소리가 너무 크게 울려 버렸다.

그가 우스꽝스러운 슬랩스틱이라도 본 것처럼 웃기 시작했다. 큭큭거리는 웃음소리가 점차 적나라해지더니 급기야 배를 쥔다.

이 자식이 진짜? 너는 내가 국가를 위해 일하느라 참고 있다만, 네가 안이형이라는 사실이 들통나는 순간 내 손에 그 아름다운 목이 꺾일 줄 알아라.

루나가 날카로운 눈빛으로 그를 노려보았다.

"아니요, 카를."

"그래, 당신은 나를 믿으니까."

"목걸이에 폭탄이라도 달린 줄 알았죠. 내가 마음에 안 들면 버튼 꾹 눌러서 머리를 날려 버릴 생각인 줄 알았는데요? 그래서 벗어놨어요. 생명의 위협이 느껴져서."

루나는 저도 모르게 혼잣말처럼 욕설을 내뱉었다.

"나쁜 말도 할 줄 아네?"

나쁜 말만 할 줄 아냐, 나쁜 짓도 할 줄 안다. 자꾸 이러면 CIA 대대로 내려오는 고문 기술로 괴롭혀 주는 수가 있다.

루나는 여전히 웃음기를 머금고 있는 그를 더욱 야멸차게 노려보았다. 카를은 아랑곳하지 않고 루나의 허리를 당겨 안았다. 또 이 손이 사람 몸

167

을 얼마나 잘 주무르는지 루나는 잘 알았다.

"일 안 해요? 무슨 거대 기업 대표라는 사람이 이렇게 한가해?"

"효율적이고, 똑똑하니까. 책상 앞에 오래 앉아 있다고 해서 일을 잘하나?"

기가 막혀서 할 말이 없어진다. 이형은 이렇게 뻔뻔한 남자가 아니었는데. 카를에게서 새로운 모습을 발견할 때마다 루나는 자신이 사람을 잘못 봐도 한참 잘못 봤다고 생각했다.

"미아."

루나는 대답 없이 그를 응시했다.

"대답을 해야지. '응, 카를.' 하고."

"아니요, 카를."

청개구리라도 삼킨 것처럼 반대로 대꾸했다. 그는 또다시 사랑스러워 죽겠다는 눈빛으로 그윽하게 루나를 응시했다. 루나는 새침하게 시선을 피해 버렸다.

이게 지금 뭐 하자는 짓인지.

부드러운 입술이 루나의 뺨에 살포시 닿았다. 그는 루나의 허리를 끌어안은 채로 연신 웃으며 뺨과 이마와 목덜미에 입을 맞췄다.

"흐음."

버텨 봐야 신상에 좋을 게 없다. 그리고 그는 루나의 몸이 어떻게 해야 달뜨는지 너무도 잘 알았다.

침대 위로 풀썩 몸이 넘어갔다. 그가 루나의 스커트를 들치곤 팬티를 옆으로 젖혔다.

"하아."

옷도 다 벗지 않은 상태에서 그가 질구를 천천히 문질렀다.

"으음."

질척거리는 소음이 간지럽게 울려 퍼졌다. 한 손으로는 젖은 살점을 헤집으며 그가 허리 버클을 풀고 빳빳하게 발기한 물건을 꺼냈다. 옷을 다 차려입은 상태에서 흥분에 젖은 부위만 내놓은 그는 숨이 턱 막힐 정도로 야했다. 그가 주머니에서 콘돔을 하나 꺼내 포장을 뜯고는 발기한 물건 위에 씌웠다.

"아아!"

긴 전희 없이 그가 쑥 침범해 들어왔다. 밀려 나온 애액이 팬티를 축축하게 적시는 게 느껴졌다.

"으응."

그는 루나의 허벅지를 강하게 움켜쥐고 제 허벅지 위로 당겼다. 말랑말랑한 엉덩이가 그의 허벅지 위에 걸쳤고, 플레어스커트는 배 위로 훌러덩 뒤집혔다.

카를이 결합부를 내려다보며 흥분감에 얼굴을 굳혔다. 루나가 팔꿈치로 침구를 짚으며 상체를 살짝 일으켰다. 그의 물건이 침입할 때는 하얀 애액이 거품처럼 밀려 나오고, 그가 빠져나갈 때는 붉고 얇은 살점이 그를 붙잡기라도 하듯 딸려 나왔다.

"하읏."

루나는 신음과 함께 한숨을 몰아쉬며 침구에 등을 털썩 기댔다. 잠깐 봤는데도 너무 노골적이라 머릿속이 어떻게 되어 버릴 것만 같았다.

"미아."

그가 조용히 읊조리며 상체를 숙이는가 싶더니 루나의 등허리를 안고 일으켜 세웠다. 루나는 그의 어깨에 손을 짚으며 간신히 균형을 유지했다.

"흐으응."

결합이 깊어졌다. 몸 사이로 속옷이 꽉 죄는 기분도 묘했다. 그는 루나를 꼭 끌어안은 채로 허리 짓에 힘을 싣기 시작했다.

"아흐읏. 으응. 아아!"

몸이 나비의 날갯짓처럼 팔랑팔랑 움직였다. 마치 꽃처럼 아름다운 남자의 품 안에 갇혀서 어디로도 날아가지 못하는 존재가 된 것 같은 기분이 든 순간, 배 속이 저릿저릿했다.

"흐읍."

루나는 그의 목덜미를 꽉 끌어안으며 온몸을 파르르 떨었다. 그가 루나를 끌어안은 채로 침대 위에 몸을 쓰러뜨렸다. 한숨을 몰아쉬며 단단하게 부풀어 올랐다가 잦아드는 그의 가슴에 머리를 기댔다. 쿵쿵 뛰는 심장 소리가 듣기 좋다.

살아 숨 쉬고 있다는 기분 좋은 긴장감을 느낄 때가 종종 있었다. 그중에서도 그의 심장 소리가 주는 생의 열렬함은 가장 강렬하게 다가왔다.

스위스 제네바 공항에서 전용기를 타고 출발해서 레바논 베이루트 라피크 하리리 공항에 도착하자마자 무장 군인이 카를 일행을 맞았다.

"시내 호텔까지 우리가 엄호할 예정입니다."

레바논 최고 지도부의 명령이라며 군인들은 깍듯하게 예의를 갖췄다. 레바논의 대통령은 기독교도 출신으로 규정되어 있었고, 로젠쉴트 가문과도 우호적인 관계를 이어 온 인물이었다.

카를은 루나를 품으로 당겨 안으며 안심하라는 듯이 미소를 머금었다. 루나는 그에게 눈짓으로 답하며 고개를 살짝 끄덕여 주었다. 특수 경로를 통한 입국이기에 보안 검색이나, 입국 심사에서 자유로웠다. 그의 전용기 앞 활주로에는 방탄 차량이 이미 대기 중이었다.

루나는 그의 품에 안기다시피 한 상태로 걸음을 옮기며 빠른 눈으로 군인들의 얼굴을 살폈다. 혹여 자신을 알아보는 레바논 정보부 요원이 있는 것은 아닌지 저어되었지만, 다행히 루나의 존재를 신경 쓰지 않는 눈치였다.

차에 오르자, 카를이 루나의 손을 꼭 붙들며 웃었다.

"호텔까지 20분이면 도착할 거야."

루나는 가볍게 고개를 끄덕거렸다. 공항에서 베이루트 시내까지는 대략 10km 남짓. 그의 말처럼 베이루트 사이다(Beirut-Saida) 고속도로를 타고 20분은 걸려야 시내에 닿을 것이다. 그나마도 시위가 없다는 전제하에 가능한 시간이다.

레바논 군인들의 경호하에 움직인 덕분이지 예상했던 것보다 훨씬 이른 시간에 차가 호텔 앞에 도착했다.

포 시즌스 베이루트 호텔은 지중해를 면한 요트 선착장 앞에 자리했다. 오후의 햇살이 파스텔톤으로 빛나는 지중해와 맞닿아 그 경계가 핑크빛으로 물들었다.

"아름다운 곳이네요."

지중해를 둘러싸고 수많은 나라가 존재한다. 유럽의 지중해는 낭만의 상징이지만, 중동의 지중해는 난민의 위험한 탈출구다.

"베이루트가 중동의 파리라고 불린다지. 여길 돌아볼 시간은 없겠지만, 아쉬우면 진짜 파리로 가면 되는 거고."

그는 말수가 줄어든 루나의 기분을 풀어 주려는 듯 상냥하게 말했다.

"좋죠, 파리."

루나도 그에게 다정하게 대답하며 호화찬란한 로비를 향해 걸어 들어갔다. 화려한 호텔 로비에 압도당한 듯이 루나는 사위를 천천히 둘러보았다. 루나와 눈을 마주치며 요원이라는 신호를 보낸 이들은 총 다섯 명. 그들은 각각 호텔 직원, 커피를 홀짝이는 노인, 히잡을 쓴 여인, 다정한 연인으로 보이는 두 사람이었다.

로비를 쭉 가로질러 약속 장소인 스위트룸으로 향하는 엘리베이터에 올라탔다. 카를이 데려온 경호원과 레바논의 군인이 앞을 막아서려는 순간, 저 멀리서 희미하게 웃고 있는 남자가 보였다.

듀이?

심장이 철렁 내려앉았다.

잘못 본 게 아니다. 모자를 푹 눌러쓴 채로 턱을 비스듬히 들어 올린 남자는 분명 듀이였다. 지원 인력을 보내 달라고 했더니, 듀이가 직접 온 모양이다.

듀이를 통해 스티브가 명령한 내용을 전부 전달받았으니 그리 이상한 일은 아니었다. 하지만 듀이는 이제껏 본부에서만 근무해 왔었다. 재차 프러포즈를 했을 때도, 위험한 일은 자신이 피하면 되는 거 아니냐는 말을 했던 듀이였다.

그가 현장에 갑자기 나타났다는 것은 심경의 변화가 일었든지, 아니면 일이 심각하게 돌아가고 있다는 방증이었다.

"미아?"

루나가 아무 말도 없이 골몰하자, 카를이 나직이 이름을 불렀다.

"카를."

루나는 고개를 살짝 돌려 그를 올려다보며 대꾸했다. 카를은 루나의 은은한 미소를 확인하고 나서야 안심한 표정을 지었다.

엘리베이터가 멈춰 서자 군인과 경호원이 일사불란하게 움직였다. 스위트룸 앞에 도착하자, 대기 중이던 사령관 쪽 사람이 문을 열어 주었다.

"로젠쉴트 씨?"

문 안쪽으로 들어서자 머메이드 라인의 짙은 초록색 이브닝드레스를 입고 있는 여자가 두 사람을 반겼다. 정확히는 카를을 향해서만 유혹적인 웃음을 머금었다. 드레스 앞섶은 배꼽 근처까지 파여 있었고, 등도 훤하기는 마찬가지였다. 걸을 때마다 허벅지 안쪽이 들여다보일 만큼 다리 사이 트임도 깊었다.

"이쪽으로 오세요."

헤즈볼라의 작전 사령관인 이스마일 마히니에게는 어린 부인이나, 연인, 정부 따위는 없었다. 여자가 안내한 곳은 전실의 안쪽에 자리한 응접실이었다.

"오, 나의 형제여."

턱수염이 덥수룩한 이스마일은 며칠 밤을 지새우기라도 한 듯 눈이 퀭했다. 이스마일은 군복을 입은 채로 두 팔을 벌려 카를을 환대했다.

"안녕하십니까, 사령관 마히니."

카를은 예를 갖춰 인사를 건넬 뿐 그의 포옹에는 응하지 않았다.

"먼 길 오느라 고생 많았겠지? 아버지의 장례식에는 가지 못해 미안하네. 신의 가호가 있기를."

만약 헤즈볼라 사령관이 아이작 로젠쉴트의 장례식에 참석했다면, 꽤 볼만했을 것이다.

"감사합니다."

"일단 앉지. 먼 길을 왔으니 시장할 텐데."

"먼 길을 온 만큼 갈 길이 멉니다. 본론부터 말씀하시죠."

시간을 끌려는 이스마일의 수작을 카를이 차갑게 막아섰다. 하지만 그의 입가에는 매혹적인 미소가 어려 있어서 그리 딱딱해 보이지는 않았다.

"아이작의 도움으로 우리가 여기까지 왔네. 알다시피 레바논 정부는 미국이 세워 둔 꼭두각시나 마찬가지야. 부끄러운 줄도 모르고 미국이 대는 군수물자를 넙죽넙죽 잘도 받아먹지. 언젠가 미국이 후회할 날이 있을 거야."

이스마일은 피리처럼 생긴 물담배를 입에 물고 친미 성향의 레바논 정부 인사들을 탓하며 웃었다.

"자네도 할 텐가? 선친께서는 꽤 즐기셨는데 말이야."

흰 연기가 기묘한 모양을 그리며 공기 중으로 흩어졌다.

"아니요. 괜찮습니다."

"의심이 많은 사내군. 아버지가 워낙 대단했으니, 겁이 날 테지."

이스마일이 키들키들 소리를 내며 비웃었다. 카를은 눈 하나 깜짝하지 않고 이스마일을 응시했다.

"미국의 드론 공격을 당해 낼 재간이 없어. 드론을 적당히 제어할 물건이 필요한데. 가까운 미군 기지를 급습할 수 있는 물건이면 더 좋고."

헤즈볼라의 사령관은 여전히 비소를 머금고 있었다.

"왜, 우리한테 무기를 넘겼다가 미국에 밉보일까 봐 겁이 나나? 사내가 그리 유약해서야……. 아이작이 죽기 전에 후계 교육을 제대로 못 했나 보지? 하긴 동아시아 출신의 허약한 인간에게 훗일을 맡긴 걸 보면, 죽기 전에 아이작도 제정신이 아니었나 보네."

이스마일은 거침없이 내뱉었다. 야비한 얼굴로 물담배를 깊게 빨아들인 이스마일은 연기를 루나가 앉은 쪽으로 내뿜으며 희롱하려 들었다.

카를의 한쪽 눈썹이 미세하게 움직였다.

"사령관 마히니? 예의를 지켜 주시죠."

나직한 목소리가 정중하게 흘러나왔다.

"아, 참. 내가 자네에게 잘 보이려고 선물을 준비했는데, 그것부터 내밀 것을."

이스마일이 마른 얼굴에 주름이 한가득 잡히도록 웃으며, 곁에 선 여자를 소개했다.

"내 딸일세. 파티마?"

여자가 카를의 옆에 요염하게 앉았다.

"반가워요. 카를. 별 기대 없었는데."

파티마는 감탄스러운 눈빛으로 카를의 잘생긴 얼굴을 바라보았다. 카를은 여자가 앉을 때부터 무심한 눈빛으로 응시하다가 의문 어린 목소리를 냈다.

"무슨 의미입니까?"

이스마일이 물담배를 내려놓고는 한숨을 몰아쉬었다. 그의 얼굴에는 아까와는 다른 친근한 미소가 떠올라 있었다.

"내가 가진 것 중에 가장 소중한 것을 자네한테 선물로 주는 걸세. 한동안 정부를 구했다지? 인연을 주고받는 것은 관계를 더욱 돈독하게 만드는 법이니까."

이스마일은 카를의 곁에 있는 루나는 개의치 않는다는 듯이 떠들어 댔다.

"파티마?"

"네, 아버지."

파티마는 기대에 가득 찬 미소를 머금으며 이스마일을 바라보았다.

"너에게는 남자를 강하게 만드는 힘이 있어. 네 엄마가 나를 그렇게 만들었던 것처럼. 카를에게 큰 힘이 되길 바란다."

파티마가 싱긋 웃으며 카를의 팔에 팔짱을 꼈다.

"자, 선물은 받은 즉시 풀어 봐야 맛이지?"

이스마일이 자리를 털고 일어났다.

"안쪽에 있는 방은 이 호텔에서 가장 뷰가 좋다고 소문이 자자하지. 앞으로 내 딸 잘 부탁하네."

카를이 자리에서 일어나 이스마일이 내민 손을 가볍게 쥐었다.

"사령관 마히니, 주신 선물은 감사히 잘 받겠습니다."

루나는 연한 미소를 머금은 카를의 얼굴을 가만히 올려다보았다. 심장이 바늘에 찔린 듯 따끔거렸다.

미아 콴은 미국에 입국하기 위한 미끼, 파티마는 헤즈볼라를 잠재울 거래 조건이 되는 건가.

요원으로서 가지지 말아야 하는 감정에 흔들리면 안 된다. 루나는 파티마의 손을 잡고 룸이 있는 방향으로 향하는 카를을 가만히 지켜보았다.

파티마는 마치 앞으로 잘 지내보자는 식으로 루나를 흘끗 보며 야릇하게 웃었다.

"그런데 이스마일?"

카를이 침실 문 앞에 서서 사령관의 이름을 친근하게 불렀다.

"그래, 카를하인츠."

"선물은 한번 받고 나면, 온전히 받은 사람의 소유가 되는 건가요?"

"여부가 있겠나?"

카를의 얼굴에 음란한 미소가 떠올랐다. 카를은 루나에게 눈길 한 번 주지 않고, 침실로 들어갔다. 이스마일이 낄낄거리며 웃었다.

"아무리 날고 기는 로젠쉴트라고 해도, 이제 갓 서른을 넘긴 남잔데. 파티마처럼 아름다운 애를 두고 넘어가지 않을 재간이 있나."

침실 문이 둔탁하게 닫히는 소리가 이어졌다. 루나는 참담한 심정으로 이스마일이 피우던 물 담배를 내려다보았다.

이제껏 흡연은 해 본 적 없는데, 갑자기 눈앞에 있는 물담배가 당긴다.

"이름이?"

"미아 콴입니다."

이스마일. 나 건드리지 말고, 가만히 있어. 네 머리통을 깨고 저 침실로 돌진하는 수가 있으니까.

"곁을 빼앗겨도 질투하지 않아야 오래 살아남을 거야."

"질투하지 않습니다."

루나는 은은한 미소를 머금으며 이스마일을 응시했다. 주제도 모르고 당돌하게 날뛰는 웃기는 여자를 다 보겠다며 이스마일도 따라 웃었다.

"정말 질투 안 합니까?"

갑작스레 들려온 나직한 목소리는 카를의 것이었다. 루나와 이스마일의 시선이 동시에 침실 문가로 향했다.

"벌써?"

이스마일이 헛웃음을 지으며 물었다.

그럴 리가 없는데?

루나는 그가 무언가 시작을 하지 않았는데, 이상하게 끝내고 나온 듯한 기묘한 기분이 들었다.

카를이 루나의 곁으로 천천히 걸어왔다.

"일어나요. 이제 갑시다."

루나는 그가 시키는 대로 순순히 자리에서 일어나 단단한 팔에 손을 올렸다. 가슴 한가운데 자리한 뱀 머리가 반짝반짝 눈부시게 빛났다.

"으으응."

침실 안쪽에서 파티마의 신음 소리가 들려왔다. 루나는 고개를 갸우뚱 기울이며 카를을 올려다보았다.

"파티마의 몸 안에 제 흔적을 남겨 두었거든요."

카를이 비릿한 미소를 머금으며 읊조렸다. 이스마일은 웃어야 할지, 울어야 할지 모르는 얼굴로 카를을 바라보았다.

"선물을 처분하는 것은 받은 사람 마음이라고 하지 않았습니까?"

"흐으윽."

고통과 쾌락을 울부짖는 신음은 때론 구분되지 않는 법이다. 루나는 파티마의 신음이 쾌락에서 비롯된 것이 아님을 본능적으로 느꼈다.

카를은 루나를 데리고 유유히 문가로 걸음을 옮겼다.

"아버지!"

파티마의 고통스러운 울음소리가 객실 안을 처절하게 울렸다.

"로젠쉴트!"

이즈마일이 사태의 심각성을 깨달은 듯 격노했다.

"입을 가리고, 손을 묶었더니 대단한 놀이라도 하는 줄 알고 좋아하더 군요. 대체 따님에게 어떤 선물이 되라고 가르치신 건지."

카를은 한껏 정중한 목소리로 읊조렸지만, 그래서 더 잔인해 보였다.

"허벅지 대동맥을 피해서 쐈으니, 지금 당장 치료를 시작한다면 생명 에는 지장이 없을 겁니다."

그가 소음기를 장착한 휴대용 총기를 갖고 있었나 보다. 그런데 총기 를 소지한 것보다 더 놀라운 것은 그가 파티마의 허벅지에 총을 쐈다는 사실이었다. 선량했던 남자는 이제 그 어디에도 존재하지 않았다.

이스마일이 허리춤에서 총을 꺼내 카를을 겨누었다.

"카를하인츠 로젠쉴트, 네가 감히."

"저한테 주신 선물, 아니었던가요? 선물을 감사히 잘 받았을 뿐인데 요?"

카를이 무구한 질문을 던지자 이스마일의 총구가 루나를 향했다.

"이 여자를 쏠 생각입니까?"

총을 쥔 이스마일의 오른손이 부들부들 떨렸다.

"아버지! 아흐윽."

"총에 맞아 다친 따님을 돌보지 않는 걸 보면 과연 제 선물이 맞았나 보군요. 그냥 고통스럽지 않게 보낼 걸 그랬을까요?"

턱을 치켜든 카를은 이스마일을 도발하고 있었다.

"감히 네놈이 우리 파티마한테!"

"그러게 저 같은 놈에게 왜 따님을 넘기셨어요? 저를 뭘 믿고."

카를이 안타깝다는 듯이 말을 이었다.

"그리고 그렇게 손을 떨어서야 이 여자를 제대로 맞힐 수나 있겠습니까?"

카를이 루나의 어깨를 감싸 안은 채로 이스마일을 향해 성큼성큼 다가갔다. 그러고는 이스마일의 차가운 총구를 카를이 직접 끌어와서 루나의 이마 한가운데 갖다 댔다.

"쏴 봐요, 이스마일."

미소 띤 카를이 상냥하게 읊조렸다. 이스마일이 눈에 어찌나 힘을 줬는지, 퀭한 눈의 흰자위에 실핏줄이 터지기 시작했다. 긴장감에 심장이 내달렸다.

"그런데 이스마일, 이 여자를 쏘면 말입니다. 레바논은 세계에서 가장 큰 무덤이 될 겁니다. 그 중심에는 헤즈볼라가, 그리고 당신이 있겠지. 한 번 쏴 봐요. 어떤 모양이 될지, 나도 궁금하네."

이스마일이 이를 꽉 물고 거칠게 숨을 몰아쉬었다. 빼빼 마른 얼굴, 주름진 볼이 곧 터질 것처럼 새빨갛게 일그러졌다.

카를은 한 치의 흔들림도 없는 눈빛으로 이스마일을 응시했다. 그의 어두컴컴한 눈빛에 헤즈볼라의 사령관은 서서히 압도당하고 있었다.

총을 쥔 이스마일의 손이 조금 전보다 훨씬 더 크게 떨렸다. 방아쇠를 당기려는 손가락에 잔뜩 힘이 들어가 하얗게 불거졌다. 외부의 충격 없이 스스로 가진 힘만으로 손가락을 부러뜨릴 수 있을 거란 착각이 들 만큼 힘이 들어간 손이었다.

그런데 이스마일은 차마 방아쇠를 당길 수는 없는지 부들부들 떨기만 했다.

"아아악!"

침실에서 괴로운 비명이 날카롭게 울려 퍼졌다.

"파티마가 꽤 고통스러운가 본데."

"그깟 피 좀 흘린다고 쉽게 죽지 않지."

이스마일이 격분한 목소리로 읊조렸다. 총상을 입고 피를 흘리며 울부짖는 딸을 신경 쓰지 않는 아버지와 정부의 머리에 총구를 겨누게 한 남자의 기 싸움은 영원히 계속될 것처럼 느껴졌다.

1초가 아주 느릿하게 흘러갔다. 루나는 담대한 눈빛과 처연한 표정을 들키지 않기 위해 눈을 꾹 감았다.

"흐으윽"

파티마의 목소리가 서서히 잦아들어 갔다

"하아."

이스마일이 한숨을 몰아쉬었다. 쌉쌀한 물담배 내음이 미미하게 느껴졌다. 이마를 짓누르고 있던 미지근한 총구가 서서히 멀어졌다. 루나는 감았던 눈을 뜨면서 다리에 힘을 풀고는 그에게 몸을 기댔다.

카를이 루나의 어깨를 힘껏 감싸 안고는 이마 한가운데에 가볍게 입을 맞췄다.

"파티마를 의료진에게 넘기고 이야기하지."

이스마일이 한풀 꺾인 목소리로 읊조렸다. 카를은 그런 아량은 얼마든지 베풀어 줄 수 있다며 미소를 머금고는 아까 앉았던 소파에 다시 착석했다. 루나의 허리를 어루만지는 카를의 손에 묘한 힘이 실린다.

경호원과 의료진이 들어와 파티마를 들것에 싣고 나간 뒤, 이스마일은 이마를 적신 땀을 닦으며 두 사람과 마주 앉았다.

"이스마일?"

긴 침묵 끝에 먼저 목소리를 낸 건 카를이었다. 아까까지만 해도 물담배를 입에 물고, 오만하게 턱을 치켜들고 앉아 있던 이스마일은 무릎 위에 팔꿈치를 기댄 채로 바닥만 내려다보았다.

"누군가 그러더군요. 너무 큰 선물에는 대가가 따른다고. 오늘 일로 내가 당신에게 빚을 졌다고 생각해야 합니까?"

이스마일이 갑자기 고개를 쳐들고는 번뜩이는 눈으로 카를을 응시했다.

"선물은 받은 사람의 소관이니 빚은 아니겠지."

"그거 아십니까?"

카를이 미소를 머금은 얼굴로 물었다. 빚이니, 아니니 주고받으며 분위기가 슬쩍 풀어지는 듯했다. 그런데 의도를 알 수 없는 카를의 물음에 다시금 긴장감이 밀려들었다.

"선물뿐 아니라 사업에도 정당한 대가가 따라야 하는 법이죠. 물건을 받았으면 그에 맞는 값을 치러야지. 안 그렇습니까, 사령관 마히니?"

이스마일은 무슨 뜻인지 모르겠다는 듯이 눈을 가늘게 떴다.

"헤즈볼라가 무기에 대한 정당한 값을 치르지 않았다는 의미입니다. 이제까지의 거래를 검토한 결과."

"카를하인츠 로젠쉴트!"

이스마일이 카를의 말을 끊으며 끼어들었다. 카를은 의문이 가득한 시선으로 이스마일을 바라보았다. 호기심을 연기하는 그의 표정이 너무도 천진해서 루나는 하마터면 웃음을 흘릴 뻔했다.

이스마일의 시선이 루나를 향했다. 루나가 있는 곳에서는 이야기하고 싶지 않다는 눈빛이었다.

"말씀하시죠, 사령관 마히니."

카를은 그의 눈빛이 의미하는 바를 못 알아듣겠다는 듯이 정중하게 굴었다.

"여자를 내보내."

"싫습니다. 대화는 여기서 마무리하죠."

카를이 자리에서 일어나려고 하자, 이스마일이 황급히 손을 뻗으며 저지했다.

"로젠쉴트!"

"나는 방금 당신 딸의 다리를 벌리고, 총알을 박았어요. 내 여자를 밖에 내보내면 무슨 짓을 당할 줄 알고?"

고개를 비스듬히 기울인 카를의 눈빛에 이스마일은 꼼짝하지 못했다.

"그리고 이 여자는 단순히 정부가 아니라, 내가 모시는 여신이거든. 당신들에게 종교적 사명이 있듯이, 나에게는 이 여자를 곁에 두어야 하는 책임이 있어서."

카를은 미친놈처럼 보이는 소리를 잘도 지껄였다. 이번에는 이스마일도 어이가 없는지 헛웃음을 내비쳤다.

루나도 황당하기는 마찬가지였다. 둘이 있을 때는 감동적인 고백이라고 여기겠지만, 테러 집단의 작전 사령관 앞에서 사랑 타령이라니. 성격상 용납이 되지 않아서 쥐구멍에라도 숨고 싶은 지경이었다.

하지만 카를의 얼굴은 그 어느 때보다 진지했다.

"왜 웃지? 당신은 '신의 당' (아랍어 حزب الله, Hizbu 'llāh, 헤즈볼라는 신의 당이라는 의미)이라는 이름 아래 활동하면서, 당신네 종교가 우스운가?"

"그게 아니라."

헤즈볼라는 이슬람교 시아파에 속했다. 이스마일이 눈을 지그시 감으며 타이르듯 했다.

"아니면 내 옆에 앉아 계시는 이분이 우스운 건가, 감히?"

감았던 눈을 천천히 뜨는 헤즈볼라 사령관의 표정이 아연했다.

"앞으로 무기를 구매할 때는 제값을 치르도록."

"그건 우리가 세크레툼(secrétum)에 들어갈 때부터 약속된 일이었어."

세크레툼은 블라우 로젠 돔 아래 있는 비밀 금고를 말하는 듯했다. 라틴어로 비밀 혹은 조용한 장소를 뜻하는 단어가 딱 들어맞았다.

"그건 그 정보가 효력이 있을 때의 이야기고."

실제로 헤즈볼라는 세력이 조금 약해진 상태였다. 세력 확장을 위해 딸까지 바치며 젊고 경험이 부족한 로젠쉴트를 꾀려 했던 이스마일의 노력은 가상했으나, 카를에게는 통하지 않았다.

"우리와 등을 돌리겠다는 건가, 로젠쉴트?"

"나와 적이 되고 싶은가, 이스마일?"

카를이 여유 가득한 미소를 머금으며 물었다. 이스마일의 얼굴이 일그러졌다.

"오늘은 안면을 튼 것으로 대화를 마무리하죠, 사령관 마히니."

카를은 진한 미소를 머금으며 루나를 향해 고개를 돌렸다.

"갈까, 미아?"

루나는 턱을 한 번 까딱하며 그를 따라 자리에서 일어났다.

객실을 빠져나오자마자, 엘리베이터에 올라탄 그는 경호원이 보고 있는데도 아랑곳하지 않고 루나의 이마를 어루만지며 침울한 표정을 지었다.

이 자식이 지가 들이대 놓고?

루나는 뾰로통한 표정으로 그를 올려다보았다.

"아프지는 않았고?"

여전히 엄지로 이마를 어루만지는 손길은 따뜻했다.

"아프지는 않았어요. 총에 맞은 건 아니니까."

그가 미안하다는 듯이 웃었다.

"놀라기는 했죠. 총구가 이마에 닿았는데."

경호원들은 밖에서 대기 중이었기에 객실 상황을 알지 못했다. 파티마가 실려 나가는 것을 보고 소란이 있었음을 짐작한 얼굴들이었는데, 루나까지 위험한 상황이었다는 말을 듣자 다들 흠칫 놀란 눈치다.

"놀라서 울 줄 알았어."

"그래서 아쉬워요? 내가 울지 않아서?"

루나는 생각할수록 무모하고 괘씸해서 그를 나무라는 말을 쉼 없이 내뱉었다.

"정말 미친 거 아니에요? 어떻게 테러 단체 사령관이 들고 있는 총을 내 이마에 갖다 댈 수가 있어요? 왜, 방아쇠도 당겨 주지? 놀라서 울 줄 알았다고? 울기는! 너무 어이가 없어서 당신 다리 사이를 걷어차 버리고 싶은 거 참았거든요?"

경호원들이 어찌할 바를 모르고 시선을 돌리는 게 느껴졌다. 분위기 파악이 안 되는 몇 놈은 입술을 말아 물며 웃음을 참는 표정을 짓기까지 했다.

경호원이 경호 대상의 감정에 휘말려서 정신을 놓는 짓이 얼마나 위험한지 모르는 건가.

루나는 카를의 경호원들에게 참교육을 해 주고 싶은 걸 참으며 이를 꾹 깨물었다.

"미아, 나의 여신."

좁은 사각의 밀폐 공간, 엘리베이터 분위기가 정말이지 좆같았다. 지금 경호원들 앞에서 무슨 짓을 하는 거냐고 카를의 멱살이라도 잡고 흔들고 싶었지만, 그의 근사한 눈빛은 진심이었다.

정말이지 필요 이상으로 잘생긴 남자다. 루나는 눈을 한 바퀴 돌리며 한숨을 내쉬었다.

"무슨 일이 있어도 놀라지 말고, 날 믿으라고 했었지? 아까처럼만 내 곁에 있으면 돼."

카를은 루나의 행동을 칭찬하듯 읊조렸다. 이스마일이 방아쇠를 당기는 낌새라도 보였다면, 루나는 그의 손모가지를 비틀어 버렸을지도 모른다. 눈을 감은 뒤에도, 총기의 미세한 소리에 집중하느라 머리에 쥐가 나는 줄 알았다.

"미아."

그가 시를 읊조리는 것처럼 미아의 이름을 머금었다. 루나는 대꾸 없이 카를을 올려다보았다.

그의 어두운 눈동자가 루나의 입술을 탐하듯 바라보았다. 루나는 그를 골려 주고 싶은 마음에 혀로 아랫입술을 슬쩍 축였다.

설마 이런 상황에 키스를 퍼부을까 싶었는데, 그의 입술이 순식간에 루나의 입술을 집어삼켰다.

"흐음."

놀란 음성이 튀어나오자, 그가 슈트 재킷 단추를 풀고는 옷 안으로 루나의 얼굴을 감쳤다. 재킷 안에 몸이 묻히자, 그의 향이 더욱 짙게 풍겼다. 신음하면 숨통을 완전히 막아 버릴 것 같아서 루나는 아무 소리도 내지 않기 위해 애를 썼다.

그의 혀가 능란하게 입천장을 훑고, 깊고 연한 속살을 간질였다. 혀가 거칠게 빨리고, 타액을 모조리 빼앗겼다.

엘리베이터가 로비에 도착한 듯했다. 조금 전까지 들리지 않던 소음이 간간이 들려왔다. 경호원들이 앞을 가로막아선 탓인지 밖에 선 사람들이 불만을 토해 내는 소리가 들려왔다.

루나는 주먹으로 그의 옆구리를 통통 두드렸다.

"하아."

입술이 떨어지자마자 가쁜 숨이 터져 나왔다. 카를은 아무 일도 없었다는 듯이 걸음을 옮겼지만, 루나는 한쪽 다리가 휘청 꺾일 만큼 정신이 없었다.

"미아?"

카를이 과장된 몸짓으로 미아의 허리를 안으며 내려다보았다.

"얼른 걸어요. 창피해."

뺨이 홧홧거렸다. 귓불까지 뜨거워진 느낌이 민망했다. 멀찍이 서서 대형을 이룬 경호원들 때문에 호화로운 샹들리에가 드리운 로비가 너무도 훤히 보였다. 그리고 그 안에서 벨보이 옷을 입고 모자를 눌러쓴 채로 루나를 바라보고 있는 듀이가 보였다.

눈이 마주치자 듀이의 눈동자에 안도감이 어린다. 이스마일의 딸이 실려 나가는 소동을 보고, 듀이도 꽤 놀랐을 것이다.

호텔 입구가 산만했다. 기자들이 몰려든 듯했고, 요원 몇 명이 혼란을 가중하고 있었다. 루나와 카를의 앞뒤로 갑자기 사람이 빽빽해졌다. 1초도 되지 않는, 경호의 틈이 벌어진 순간이었다.

"안녕히 가십시오."

루나가 회전문을 앞에 두고 듀이의 곁을 스쳐 지났다. 듀이는 깊숙이 허리를 숙여 인사를 건네는 척하며 모자를 슬쩍 들었다. 그 안에서 얇은 휴대전화가 루나의 손바닥 안으로 미끄러졌다.

"미아?"

카를이 루나의 어깨를 감싸며 의아한 표정을 지었다.

이스마일의 총구가 이마에 닿았을 때보다 심장이 더 빠르게 뛰었다.

"나한테서 떨어지지 마요."

그가 이상한 낌새를 알아차리고 이름을 부른 줄 알았는데 아니었다. 그는 미아의 어깨를 뒤에서 안다시피 하며 로비 앞에 대기 중인 차로 향했다.

아까 호텔로 타고 온 것과 다른 차의 뒷좌석에 오르자, 그가 안도의 숨을 깊게 내쉬며 루나를 끌어안았다. 루나는 가늘게 떨리는 그의 단단한 팔과 어깨, 등을 차례대로 어루만졌다. 작은 손이 부드럽게 움직일 때마다 그의 거친 숨소리가 서서히 잦아들었다.

"실은 겁먹었던 거죠?"

루나가 그의 귓가에 대고 조용히 물었다. 카를의 입가에 희미한 웃음기가 밴다.

"그래."

그가 웬일로 순순히 대꾸한다. 이마 위를 가볍게 찍은 입술이 콧잔등을 타고 내려왔다. 루나는 입술 새를 벌리고 그의 입술을 부드럽게 머금었다. 입안으로 혀가 밀려들었다. 앞좌석과 뒷좌석이 가림막으로 완벽하게 분리되어 있어서 차 안에는 마치 두 사람만 존재하는 듯했다.

매끈한 혀가 부드럽게 뒤엉켰다. 긴장감의 연속, 심장은 휴대전화를 건네받았을 때부터 시작된 떨림을 고스란히 이어받아 뛰는 속도를 높여 갔다. 그의 입안으로 밀고 들어가 말랑거리는 속살을 핥았다가 그가 밀고 들어오는 바람에 물러나기를 반복했다.

"으응."

서로의 입안을 남김없이 탐했다. 입을 크게 벌려 서로 맞닿을 수 없는 공간까지 차지하려고 애를 썼다. 머릿속이 아득해졌다. 발가벗고 몸을 섞는 것도 아닌데, 그보다 더한 행위를 하는 것처럼 깊은 곳까지 이어진 기분이다.

"하아."

입술이 떨어지자 밭은 숨이 흘러나왔다. 그는 숨을 한 번 크게 고르고는 다시금 입을 맞춰 왔다. 그의 손이 루나의 옆구리를 타고 올랐다. 주머니에 넣어 둔 휴대전화를 들킬까 싶어서 순간 가슴이 철렁 내려앉았다.

하지만 그의 손은 금세 가슴을 움켜잡고 주물러 댔다.

무릎까지 오는 드레스를 입고 재킷을 입으라는 마넬라이네의 의견을 살포시 무시하고, 까만색 브래지어 위에 가죽 재킷 하나만 입었다. 가슴골을 타고 내려오는 목걸이를 돋보이게 하려면 어쩔 수 없었다.

그는 그게 마음에 든다는 듯이 재킷 안으로 거침없이 손을 집어넣었다. 얇은 브래지어를 들추고 유두를 비트는 손끝은 음란했다.

"흐응."

루나가 고개를 젖히며 신음을 흘린 찰나 차가 멈춰 섰다.

"카를."

그의 입술이 루나의 목덜미에 묻혀 있었다.

"공항에 다 왔어요."

카를이 무섭게 굳은 얼굴로 루나의 앞섶을 여미고는 먼저 차에서 내렸다. 문 앞에 서 있는 남자의 얼굴은 흥분으로 굳어서 무척이나 야했다.

그의 경호팀은 로비에서 잠시 흩어졌던 것을 그가 화내는 줄 알고 긴장한 얼굴이었다. 그가 저렇게까지 얼굴을 굳히는 이유는 따로 있다는 걸 그들은 모르는 눈치다. 절정에 올랐을 때, 신음은커녕 숨조차 제대로 내뱉을 수 없는 것처럼 그는 극도로 흥분했을 때 얼굴을 무섭게 굳혔다.

차에서 내리는데, 그가 손을 내밀어 잡아 주었다.

"고마워요."

카를은 그대로 루나의 손을 잡고, 다른 손으로는 어깨를 감싸 안은 채 비행기로 향했다. 다음 기착지는 런던이었다. 런던에서 이틀이나 사흘 정도를 머물고, 상황을 봐서 미국으로 향할 모양이었다.

"카를."

기내에 오르자 그의 수석 비서인 레이먼드가 기다렸다는 듯이 말을 붙였다.

"이따가."

카를은 고개를 내저으며 레이먼드를 가볍게 지나쳤다. 레이먼드도 카를이 머리끝까지 화가 났다고 여겼는지 순순히 뒤로 물러났다.

루나는 카를의 손에 이끌려 그의 전용기 안에 자리한 침실로 향했다. 호텔 객실을 그대로 옮겨 놓은 것처럼 쾌적한 공간에는 깨끗하고 푹신푹신한 침대가 놓여 있었다.

"카를!"

카를이 루나를 침대에 다짜고짜 넘어뜨렸다. 루나는 그를 나무라려다가 얼른 정신을 차렸다. 재킷 안에 있는 휴대전화를 들키지 않아야 했다.

그가 음험한 눈빛으로 침대에 누운 루나를 내려다보며 넥타이 매듭을 끌어 내렸다. 루나는 그를 응시하며 재킷 단추를 풀었다. 벗은 재킷을 얼른 침대 아래로 내려놓으며 검은 속옷만 입은 채로 요염을 떨었다.

"하아, 정말."

카를이 한숨을 몰아쉬고는 빠르게 옷을 벗어 던졌다. 차에서 키스를 나눌 때부터 이미 아래는 젖을 대로 젖어 있었다.

단단한 몸이 겹쳐지며 브래지어 후크가 탁 풀렸다. 흥분으로 가슴이 부풀었고, 조금 작게 느껴지던 브래지어의 압박감이 사라지자 묘한 흥분이 더해졌다. 그리고 압박감이 사라진 자리에 기분 좋은 무게감이 자리했다. 그의 단단한 가슴에 유두가 짓눌리는 느낌은 언제나 황홀했다.

"카를."

그가 성마른 손짓으로 루나의 팬티를 벗겨 내렸다. 루나는 다리를 움직여 발끝으로 속옷을 털어 냈다. 긴 다리로 그의 허리를 휘감자, 그가 욕설을 내뱉으며 손을 뻗어 콘돔을 집어 들었다.

"욕도 할 줄 아네요?"

그가 했던 말을 그대로 따라 했다.

"혹시 로젠쉴트에서 콘돔 회사도 갖고 있는 건 아니죠? 콘돔이 어디서든 뛰어나오네."

장난스럽게 건넨 말에 그는 어이없다는 듯이 웃고는 단숨에 다리 사이를 파고들었다.

비행기가 이륙하는지 소음이 강해지고, 기체가 서서히 떠오르는 느낌이 났다.

"아아, 카를."

항로를 찾아가는 중인지 비행기가 심하게 흔들렸다. 내부에서 부딪치는 살결에서 느껴지는 감각도 평소보다 훨씬 자극적이었다.

"으읏. 아아!"

기장이 난기류로 인해 기체가 흔들릴 수 있다며, 자리에 앉아 안전벨트를 매달라는 방송을 정중하게 했다.

"카를!"

그가 깊게 허리를 쳐올리며 읊조렸다.

"설마 지금, 자리에 앉아서."

한숨을 몰아쉰 그가 급하게 말을 이었다.

"안전벨트 매자는 소릴 할 건 아니지?"

루나는 그의 부드러운 머리카락을 쓸어 넘기며 탄성을 자아냈다.

"아아."

숨을 한 번 고르고.

"그러자면, 그럴 거예요?"

표정 관리를 하며 심각하게 물었다. 그가 허리 짓을 멈추고는 루나를 가만히 내려다보았다. 맞물린 속살에서 거센 박동이 고스란히 느껴졌다. 기체가 아까보다 더 거세게 흔들렸다.

"그래야지."

진짜로 몸을 쑥 뺄 기세여서 루나는 두 다리로 그의 허리를 꽉 옭아맸다.

"그러기만 해 봐요."

카를이 진하게 웃으며 허리를 뒤챈 순간, 몸이 붕 떠오르는 느낌이 났다. 놀이공원 롤러코스터를 타는 것처럼 기체가 흔들렸다. 신음과 함께 새된 비명이 터져 나왔다. 그가 루나의 입술에 깊게 키스하며 등허리 아래로 팔을 넣어 꽉 끌어안았다.

"으으응."

심장이 바닥으로 곤두박질쳤다가 하늘로 솟구치는 느낌이 끊임없이 계속되었다. 그는 아랑곳하지 않고 몸을 거칠게 박아 댔다.

"아아! 카를!"

기체가 안정권에 접어들며 흔들림이 사라지는 사이, 몇 번의 절정이 오갔다. 그는 루나의 이마에 경건하게 입을 맞추며 읊조렸다.

"사실 이마에 동그란 자국이 났었어."

카를이 다시 생각해 보니 우습다는 표정으로 웃음을 터뜨렸다. 루나는 일부러 허벅지 사이를 꽉 조이며 그를 희롱했다.

"흐음."

그가 한숨 같은 신음을 내뱉고는 루나의 귓불을 잘근 씹었다.

"런던에 도착할 때까지, 안전벨트는 못 하겠는데?"

그의 목소리가 귓가에 음험하게 울렸다.

지독한 교통 체증을 뚫고 런던 시내에 도착했을 때는 컴컴한 밤이었다. 제네바에서 베이루트로 향하는 비행기에서 이른 점심을 먹은 뒤로 식사를 하지 못했기에 허기가 졌다. 베이루트에서 런던으로 오는 비행기에서 그에게 시달린 탓도 있었다.

"먹고 싶어."

루나가 축 늘어지는 몸을 침대에 기대며 읊조렸다.

"또?"

그가 미간을 구기며 장난스럽게 되물었다. 루나는 뭐 저런 짐승 자식이 다 있나 하는 눈빛으로 카를을 노려보았다.

"원한다면 또 합시다."

카를이 낮게 읊조렸다. 그의 어깨 부근은 루나가 깨문 자국 때문에 울긋불긋 물이 들어 있었다.

"배고프다고요. 뭐 좀 먹읍시다."

루나가 그의 어조를 흉내 내며 낮게 읊조렸다.

"룸서비스 올 거예요. 그전에 나는 좀 내려가 봐야 할 것 같아. 음식이 도착하기 전에 올 테니까 샤워라도 하고 있어요."

그가 누워 있는 루나의 종아리를 주무르며 말했다.

"어디 가요?"

"레이먼드 달래 주러. 보고할 기회를 놓쳐서 좀 삐친 눈치거든."

"잘 달래 주고 와요."

루나는 별 관심 없다는 듯이 뒤통수를 베개에 파묻었다.

"미아."

"응."

"전실에 경호원들이 있을 거니까 걱정 말고."

"응."

잠이 오는 것처럼 느릿하고 무심하게 대꾸하자, 그가 루나의 이마에 가볍게 입을 맞추고는 침실 밖으로 나갔다.

경호원들과 대화를 나누는 소리가 어렴풋이 들렸다. 그가 온전히 밖으로 나가는 것을 감지한 루나는 재킷 주머니에서 휴대전화를 꺼내 들었다.

꺼져 있던 휴대전화 전원을 켜자마자 메시지가 들어온다.

[메시지 확인 후 전화 줘.]

발신인은 당연히 듀이였다. 듀이가 베이루트에 직접 나타나서 휴대전화를 건넬 거라고는 미처 예상하지 못했다. 루나는 곧장 듀이에게 전화를 걸었다.

"듀이, 어디야?"

— 조금 전에 런던에 도착했어.

"몇 명이나 온 거야? 네가 왜 온 건데?"

— 내가 왜 왔겠어, 여신님?

호텔에서 카를과 이스마일이 나눈 대화를 다 듣고 있었나 보다. 루나가 미리 일정을 알려 주고, 헤즈볼라 사령관까지 지목해 줬으니 어려운 일은 아니었을 것이다. 단지 킬 리스트에 있는 이스마일 마히니를 그냥 돌려보내는 일은 쉽지 않았겠지.

"놀리지 마, 듀이."

— 로젠쉴트가 신흥 종교라도 만든 거야? 너는 거기 현신이고?

듀이가 한술 더 뜨며 웃었다.

"그래, 내가 로젠쉴트가의 현신이라고 치고. 우리가 떠난 다음에 이스마일은 어떻게 됐어?"

— 호텔 방에서 누군가와 통화하는 소리를 들었는데, 상대가 누군지 모르겠지만…….

"모르겠지만?"

— 로젠쉴트에게 부탁해야 할 말을 하지 못했다고 상대방한테 깨지는 분위기였어.

루나가 미간을 찌푸렸다.

"부탁?"

― 어, 사람을 찾고 있는 것 같은데. 헤즈볼라 최고위층의 아들 같았어.

"그럼 곧 다시 연락이 오겠네. 최근에 실종된 사람이 있나 찾아봐 줘. 런던에 몇 명이나 온 건데?"

― 나 혼자.

"뭐?"

본부에 지원을 요청했는데, 듀이가 혼자 왔다는 말이 마음에 걸렸다.

― 잘 들어, 루나.

듀이의 목소리가 심각하게 가라앉았다. 어두운 목소리를 듣는 것만으로 일이 긍정적인 방향으로 흘러가고 있지 않음을 깨달았다.

진중한 성격의 듀이가 잠시 숨을 골랐다.

"듀이."

루나는 미소 띤 목소리로 그의 이름을 불렀다. 무슨 이야기든 해도 좋다는 의미였다.

― 본부에서 지원 업무를 승인하지 않았어.

지원 업무가 승인되지 않는 경우는 여러 가지였다. 인력 지원과 기술 지원은 예산이 많이 드는 업무였기에 예산 지원의 타당성이 결여된 경우가 보통 승인 거부의 이유였다.

"거부 이유는?"

심장이 불길하게 뛰기 시작했다.

― 지금 인원만으로 충분하다는 게 승인 거부 이유야.

루나는 미간을 찌푸리며 대꾸했다.

"어느 선에서 거부된 거야?"

― 스티브가 널 버렸는지 묻는 거지?

"응."

루나가 침울한 목소리로 대꾸했다. 심장이 묵직하게 가라앉는다. 직업적 소명의식이 없다면 할 수 없는 일이었다. 가족을 멀리하고, 연인을 속이며 일에 매진할 수 있었던 이유는 소속 단체에 대한 신뢰와 소명의식에 기인했다.

그런데 거기서 버림받았다는 소리는 지금까지의 노력과 삶이 전부 물거품이 된다는 의미와 같았다.

— 맞아.

게다가 루나를 CIA 요원으로 발탁한 스승의 배신이라니. 눈앞이 캄캄해지는 기분이다.

— 그런데 이 일이 어느 선까지 보고되었는지는 나도 몰라.

"그런데 너는 어떻게 왔어?"

듀이가 무모한 짓을 벌인 것은 아닐까 걱정된다. 이미 의심은 확신으로 굳어졌다. 휴대전화 너머에서 아무런 목소리도 들려오지 않는다.

"듀이?"

루나가 목소리를 낮추며, 채근하듯 그의 이름을 한 번 더 불렀다.

— 나는 지금 휴가 중이야.

"뭐?"

상부에 보고 없이 단독으로 움직인다는 뜻이었다.

"미쳤어?"

내내 침대에 앉아 있던 루나는 자리를 박차고 일어나 창가로 걸어갔다. 가슴속이 답답해서 돌아 버릴 것만 같았다.

선량한 남자를 미치게 만드는 재주라도 타고난 걸까?

듀이의 웃음소리가 들려왔다.

"지금 한가하게 웃음이 나와?"

— 못 웃을 건 또 뭐야. 이제 네가 믿어야 할 사람은 나뿐인데.

"정말 미쳤구나."

만약 루나가 수행하고 있는 임무가 국가 반역 행위로 규정된다면, 듀이도 피할 재간이 없을 것이다.

"안 돼. 듀이. 돌아가."

— 나도 휴식이 필요했어. 근래 몇 년 동안 랭글리에서 살다시피 했잖아.

"너는 현장 경험도 없잖아!"

혹여 밖에 목소리가 들릴까 봐 입을 가리고 낮게 뇌까렸다.

— 그래서 지금 내가 못 미덥다고, 날 무시하는 건가?

듀이가 기분 나쁘다는 듯이 읊조렸다.

"그런 의미가 아니잖아, 듀이."

— 베이루트에서 못 봤어? 내가 도와 달라는 말에 달려온 요원이 다섯이야.

다른 이의 부탁을 거절하지 못하는 정보 분석관, 듀이에게 빚을 진 요원은 세계 곳곳에 깔려 있었다. 그런 그가 평생 처음으로 하는 부탁을 그들은 거절하지 못했을 것이다. 만약 듀이가 루나에게 비슷한 부탁을 했다면, 루나도 기꺼이 도왔을 터였다.

그렇다고 해도 지금은 듀이가 함부로 움직여서는 안 되는 타이밍이었다. 듀이는 본부의 명령에 불복하고, 남몰래 일을 꾸미며 루나를 돕고 있는 행위를 하는 거나 다름없었다.

"그래도 안 돼, 듀이. 나 때문에 널 위험에 빠뜨릴 수는 없어."

— 이미 런던에서도 도와줄 친구들을 찾았어. 호텔이 어디라고? 런던 타워?

창밖으로 타워 브리지의 야경이 한눈에 보였다.

"어."

루나는 한숨처럼 대꾸했다.

— 몸조심해. K는 아무래도 미친놈인 것 같으니까.

웃음이 피식 흘러나왔다. 지금은 그 미친놈보다 본부가 더 위험하게 느껴졌다.

— 네 휴대전화는 내가 관리하고 있으니까 걱정 말고. 런던에서 쓰는 데는 문제없을 거야.

"고마워."

— 고맙다는 말 듣기 참 어려워. 그렇지 않아?

듀이는 이제야 감사 인사를 하는 루나를 놀리듯 말했다. 루나는 두 눈을 지그시 감은 채로 호흡을 골랐다.

"그래. 미안해. 고맙다는 말을 먼저 했어야 했는데."

— 이미 시작된 일이야. 돌이킬 수 없는 건 알지?

"응."

이렇게 된 이상 국가 반역자로 몰리는 최악의 상황이 닥쳐 왔을 때 반박할 수 있는 논거가 절실해졌다. 헤즈볼라에서 찾아 헤매는 인물이 대체 누구인지부터 알아내야 했다.

— 루나. 식사 거르지 말고.

"걱정 마. 잘 먹고, 잘 지내고 있어."

등 뒤에서 침실 문이 달칵 열리는 소리가 들려왔다.

"브라이슨? 이제 끊어야 할 것 같아. 응, 타워 브리지가 아주 잘 보여. 누나 혼자 이런 곳에 와서 미안해."

카를이 문가에 서서 동생과 애틋한 통화를 하는 듯한 루나를 가만히 바라보았다.

— 미친놈이 등장하셨나 보네. 그래, 내일 또 통화해.

"응, 브라이슨."

통화를 마치고 나자, 그의 시선이 루나의 휴대전화에 닿아 있었다. 휴대전화 기종은 예전에 루나가 쓰던 것과 똑같았다. 기존의 휴대전화를 사용할 수 없었던 이유는 추적을 방지하기 위함이었다. 단지 그 대상이 눈앞에 서 있는 남자 카를하인츠 로젠쉴트인 줄 알았는데, 그게 아니었다.

듀이가 휴대전화를 건넨 이유는 본부의 추적과 감청을 막기 위해서였다.

"내가 너무 무심했던 건가? 쓰던 휴대전화에 문제는 없고?"

카를이 다정하고 상냥한 목소리로 물었다. 루나는 휴대전화를 들어서 그에게 흔들어 보이며 웃었다.

"유럽 전역 통합 로밍 해 왔거든요. 아직은 문제없어요."

변명이 참 깨알 같기도 하지.

이런 상황에서도 디테일에 신경 쓰는 스스로가 우스웠다. 하지만 성공한 임무의 차이는 디테일에서 온다. 한순간도 허투루 보낼 수는 없다.

그가 미안한 미소를 머금으며 루나가 서 있는 창가로 성큼성큼 다가왔다.

"이상하지."

카를이 루나를 창 쪽으로 돌려세우며 뒤에서 끌어안았다. 루나의 목덜미에 입술을 묻은 그가 깊게 숨을 들이마셨다.

그가 신기하다는 듯이 읊조렸다.

"스트레스가 아무리 심해도, 당신 살 냄새에 취하면 전부 잊게 돼."

목과 어깨의 경계를 그가 입술로 빨고 혀로 할짝거렸다. 눈앞에 펼쳐진 야경만큼이나 황홀한 입맞춤이다. 듀이와 통화하면서 불안감에 사로잡혔던 가슴이 녹아내린다.

그의 말마따나, 스트레스가 아무리 심해도 그의 포옹 한 번이면 별스러운 평온함이 찾아왔다.

"그리고 당신 동생으로 태어날 걸 그랬나 봐."

이건 또 무슨 소리인가 싶어서 루나는 고개를 돌려 그를 올려다보았다. 그가 입맛을 다시며 읊조렸다.

"남동생한테는 참 다정해. 땍땍거리는 법도 없고."

"내가 언제 땍땍거렸다고 그래요?"

"지금?"

카를이 눈썹을 치뜨며 놀리듯 말했다. 그의 커다란 손이 배를 타고 올라와 가슴 밑동을 어루만지고 있었다.

루나가 그의 손을 밀어내며 투덜거렸다.

"남동생이랑 이러는 여자는 없을 것 같네요."

그가 품에서 벗어나려는 루나를 더욱 꼭 끌어안으며 귓불을 물었다.

"왜, 배덕하고 좋은데."

루나는 순간 들은 귀를 의심했다. 대체 안이형으로 사는 동안에는 넘치는 끼를 어떻게 숨기고 살았느냐고 묻고 싶은 정도였다.

"카를, 누나 말을 잘 들어야 착한 동생이지? 누나는 지금 배가 아주 고파서 널 물어뜯어도 시원찮거든. 우리 밥 먹고 할까?"

귓가에서 그가 키들키들 웃는 소리가 울렸다.

"여부가 있겠습니까, 나의 여신님? 아, 그러고 보니 신화 속 신들은 남매끼리 붙어먹기도 했지?"

"카를."

이제 그만하라는 듯이 그의 이름을 부르자, 그가 루나의 허리를 빙그르르 돌려세웠다. 카를이 루나의 눈동자를 깊이 들여다보았다.

"네가 그렇게 다른 남자한테 다정하게 굴면, 질투가 나. 그게 아무리 네 남동생이라고 해도 목을 조르고 싶은 생각이 들 때가 있거든?"

아마도 남동생이 아니라는 확신하에 이런 말을 하는 것처럼 보였다.

"미쳤네요."

루나는 그를 나무라는 말을 내뱉고는 몸을 부르르 떨었다.

"그래. 미쳤지. 그러니까 다른 놈한테는 그렇게 다정하게 굴지 마."

"노력해 볼게요."

카를이 한쪽 입꼬리를 올리며 매혹적으로 웃었다.

"다른 놈한테 그렇게 땍땍거리지도 말고."

루나가 눈을 가늘게 뜨며 그를 노려보자, 카를이 귀엽다는 듯이 그녀의 볼을 가볍게 꼬집었다.

"이제 식사해야지?"

고개를 끄덕이자, 카를의 눈빛이 대뜸 어두워진다.

"그리고 약속은 지키도록 해."

"어떤 약속이요?"

"밥 먹고 하겠다는 약속."

참을 수 없는 웃음이 터져 나왔다. 루나가 웃음을 터뜨리는 모습이 마음에 든다는 듯이 그는 다정한 눈빛으로 그녀를 내려다보았다.

"밥 먹고 산책 좀 하면 안 되나요? 이 앞에 나가 보고 싶어요."

루나가 타워 브리지를 가리키며 물었다.

"런던은 처음인가?"

"응. 처음이에요."

흔히 MI-6로 불리는 영국 정보기관 SIS(Secret Intelligence Service)와의 안보 회의를 위해 런던에 방문한 적 있기는 했지만. 그때는 한가롭게 런던 산책을 할 여유가 없었다.

카를은 고개를 끄덕거리기는 했지만, 무언가를 고민하는 얼굴이었다.

"경호팀과 회의를 해 보고 알려 줄게."

그의 경호 총책임자인 루터 칼슨은 이라크 참전 경력이 있는 군인 출신이었다. 일을 잘하는 편이었지만, 깐깐하고 고지식해서 카를의 경호에 한해서는 타협이 없는 사람이기도 했다.

"못 나가겠네요."

루나는 한숨을 몰아쉬며 어깨를 축 늘어뜨렸다. 호텔 방에 처박혀 있기만 해서는 알아낼 수 있는 게 하나도 없었다.

그가 무슨 의도로 런던에 왔는지, 이곳에서 누구를 접촉할 예정인지에 관한 정보가 필요했다. 경호팀과 그가 밖에 나갔을 때, 무엇을 경계하고 어떻게 움직이는지를 살피면 단서가 잡힐 터.

"미아."

카를이 그녀의 이름을 사랑스럽게 읊조렸다. 루나가 아닌 미아라고 불린 게 안타까울 정도로 달콤한 음성이었다.

"노력해 볼게. 나갈 수 있도록."

원하는 것은 전부 해 주겠다는 듯이 웃는 남자를 속이는 마음이 마냥 좋지만은 않았다. 하지만 그보다 그가 런던으로 온 이유를 찾는 게 더 급했다.

"근데 런던에는 왜 온 거예요?"

대답해 줄 리 없지만 대담하게 물어보았다. 카를이 아랫입술을 슬쩍 깨물었다 놓고는 입을 열었다.

"미끼를 던지기 위해서."

순간 팽팽한 긴장감이 흘렀다. 카를은 루나의 미세한 표정 변화라도 놓치지 않겠다는 듯이 그녀의 얼굴을 샅샅이 뜯어보는 듯했다.

"어떤 미끼요? 큰 물고기를 잡아야 하나 봐요?"

무구한 표정으로 그를 올려다보았다. 카를이 과연 이 이상 대답을 해 줄지 의문이었지만, 이대로 대화를 끝낼 수는 없었다.

"헤즈볼라를 만나자마자 영국으로 온 이유는 미국 놈들이 안달 나는 꼴을 보고 싶어서야."

루나의 눈가에 호기심이 가득 고였다.

"영국으로 왔는데, 미국이 왜 안달을 내죠?"

"내일 SIS와의 미팅이 있어."

"SOS도 아니고, SIS는 처음 들어 보네요."

심장이 쿵쾅거리기 시작했다. 그가 이런 자세한 내막을 술술 알려 줄 거라고는 예상치 못했기 때문이다.

"SIS는 영국의 국가 보안 기관이야. 미국의 CIA와 비슷하다고 볼 수 있지."

카를이 루나의 소속 기관인 CIA를 갑자기 언급한 순간, 그녀는 표정 관리를 하기 위해 애를 써야만 했다. 천진한 표정을 지으며 마치 추리에 맛 들인 소녀처럼 미간을 구겼다.

"아! 헤즈볼라에서 얻은 정보를 영국 SIS에 먼저 건넨 것처럼 미국 CIA를 속인다? 그런 건가요?"

"정확해."

카를이 너무 쉽게 대답해서 싱거울 정도였다.

"미아."

"응, 카를."

그가 웃음을 흘리며 창밖을 한 번 바라보았다. 휘황한 조명을 드리운 다리와 건물, 야경이 비춘 템스강을 훑어보는 그의 눈빛이 미묘하게 깊다.

"너무 순순하게 대꾸하니까 이상하잖아."

카를의 시선이 다시 루나에게로 돌아왔다.

"이럴 때도 있어야죠. 사람이 어떻게 맨날 피곤하게만 살아요?"

루나가 고개를 갸우뚱 기울이며 그를 올려다보았다. 그는 참을 수 없다는 듯이 웃음을 터뜨렸다.

"그럼 SIS와 만날 때도 내가 같이 가야 해요?"

SIS에 아는 얼굴이 더러 있었다. 지금 그곳에서 루나를 알은체하는 인물을 만나는 건 곤란한 일이다.

"맞아."

"언제요?"

카를이 고개를 기울여 루나의 입술에 살짝 입을 맞추었다. 촉 하는 가벼운 소리와 함께 그의 숨결이 루나의 입술 위를 아슬아슬하게 흘렀다.

"내가 갈 때."

루나는 하마터면 욕설을 내뱉을 뻔했다. 가장 중요한 것을 알려 주지 않는 그의 태도는 정말이지 얄미웠다. 그래도 SIS와의 만남이 예정되어 있다는 것을 알아냈다는 사실만은 만족스러웠다.

듀이에게 연락해서 미리 SIS에 고지를 해 달라고 해야 할까?

아니지. 그랬다가는 SIS에 괜한 빌미를 제공하게 되고, 만약 그 소식이 SIS 고위급 간부를 통해 CIA로 들어간다면, 속내를 알 수 없는 본부 쪽으로 괜한 연기를 피우게 된다. SIS에 본부 허락 없이 루나가 접촉했다는 사실만으로 반역 행위 하나가 추가될 것이다. 그리고 이 일에 더 이상 듀이를 끌어들일 수 없다.

"이제 식사하러 갈까? 다이닝 룸에 식사가 준비됐다고 하는데."

카를은 루나에게 팔을 내밀며 웃었다. 루나는 우아하게 턱 끝을 까딱하고는 그를 따랐다.

"카를."

루나는 음식이 차려진 식탁 위를 내려다보며 눈을 한 바퀴 굴렸다.

"왜?"

"너무 많잖아요."

"뭘 좋아하는지 아직 몰라서 셰프에게 이것저것 시키다 보니 그렇게 됐어."

그가 빠르게 변명하고는 어울리지 않는 불쌍한 표정을 짓는다.

"그런 표정 짓지 마요. 앞으로는 그냥 나하고 상의해요. 이렇게 돈 낭비, 음식 낭비하지 말고요."

"지금 내가 내는 음식값을 걱정해 주는 건가?"

카를이 신기하다는 눈빛으로 루나를 바라보았다.

"당신이 돈이 많은 건 알겠는데, 이 정도는 과해요."

그는 즐거운 미소를 띤 얼굴로 고개를 끄덕거렸다. 그 광경을 지켜보고 있던 레이먼드 역시 신기하다는 듯이 눈을 휘둥그렇게 뜨고 있었다.

"왜요, 레이?"

루나는 레이먼드에게 화살을 돌렸다.

"아, 로젠쉴트 씨. 미아 콴 양에게 로젠쉴트 씨의 자산에 관한 설명이 필요할까요?"

카를이 물을 마시다 말고 뿜어 버렸다. 세상에서 가장 황당한 질문을 들었다는 듯이 어이없어하는 얼굴이었다.

"설명은 필요치 않을 것 같군요."

레이먼드가 목을 흠 가다듬고는 표정을 단속했다.

"이제 나가 봐, 레이."

카를이 자리를 비켜 달라며 눈짓했다.

"실은 두 분께 드릴 말씀이 있습니다."

카를과 루나의 시선이 동시에 레이에게로 향했다. 레이먼드는 오른손 검지를 들고는 입을 '아' 모양으로 벌린 채로 두 사람을 번갈아 보았다.

"외람된 말씀입니다만, 두 분 그런 표정 지으실 때마다 상당히 닮으신 거 아세요?"

"남매는 닮는 법이거든요, 레이."

루나가 따뜻한 수프를 은수저로 뜨며 진지하게 대꾸했다.

"네?"

레이먼드가 당황해서 어쩔 줄 모르는 얼굴로 루나를 응시했다.

"그만해, 미아. 그러다 레이 지리겠어."

"로젠쉴트 씨!"

체통을 지키라는 듯, 레이먼드가 엄혹한 목소리를 냈다.

"왜, 레이. 내 누이에게 불만인가, 아님 나에게?"

카를이 짓궂은 웃음기를 머금은 얼굴로 레이먼드를 장난스럽게 바라보았다.

"흠. 두 분 장난이 지나치시군요. 정말 그런 장난은 끔찍합니다. 두 분이 남매라니요. 남매 사이에 그런……."

말을 잇지 못하는 레이먼드는 귓불까지 새빨갰다.

"하실 말씀은요?"

무슨 일이 있었느냐는 듯이 루나가 정중한 어조로 물었다.

"홍보팀에서 연락이 왔습니다. 파파라치 컷처럼 찍은 사진이 몇 장 있는데, 혹시 언론에 배포해도 되는지가 첫 번째 질문이었고요. 미아 콴 양에게 SNS 계정을 만들 수 있는지 묻는 게 두 번째, 그리고."

"안 돼."

카를이 레이먼드의 말을 단칼에 잘랐다.

"미스 콴의 존재감은 밀라노나 런던, 파리 컬렉션을 한 번 참가하는 것만큼이나 효과가 있을 거라는 분석이 나왔습니다. 마델라이네 말로는 미아가 워낙 아름답고 단아해서, 아이템들을 소화하는 능력이 뛰어나기 때문에 사진이 공개될 경우 브랜드 가치 상승으로 이어질……."

"그러니까 안 돼."

아까보다 더 단호한 어조로 카를이 읊조렸다.

"예쁜 건 나만 봐야지. 왜 바깥에 나돌게 해야 하지? 누구 좋으라고?"

카를이 이해할 수 없다는 듯이 되물었다. 레이먼드는 속이 답답해 죽겠다는 표정을 하고 천천히 대꾸했다.

"하이엔드 럭셔리 브랜드인 로젠쉴트의 매출이 오를 경우, 당연히 카를하인츠 로젠쉴트 씨께서 가장 좋으시겠지요?"

레이먼드는 제발 융통성을 가지라는 눈빛이었다. 카를이 대단한 사실을 깨달은 사람처럼 고개를 끄덕거렸다.

"그래도 안 돼. 돈은 다른 방법으로 벌면 되지만 미아는 한 명이잖아?"

레이먼드가 숨을 흡 들이켜고는 내뱉지 못했다. 저러다 숨이 막혀서 죽는 게 아닐까 하는 생각이 들 정도다.

"카를, 적당히 해요. 그러다 레이 지리겠어요."

루나는 카를이 했던 말을 그대로 따라 했다.

"미스 콴, 미스 콴의 생각은 어떠십니까? 인플루언서가 되시어 세상에 긍정적인 영향을."

"제가 긍정적인 영향을 미치고 싶은 사람은 세상에 단 한 명뿐이라서요."

루나가 상냥한 어조로 내뱉고는 카를에게 시선을 옮겼다. 그가 싱긋 웃으며 루나를 대견하다는 눈빛으로 바라보았다.

"식사 맛있게 하시고, 부디 편안한 밤 보내시길 바랍니다. 내일 오전 10시에 SIS 미팅이 있으니 되도록 푹 주무시길 바랍니다."

레이먼드는 자신이 지금 대단한 정보를 흘렸다는 걸 깨닫지 못한 눈치였다.

"레이."

다이닝 룸 밖으로 나가려는 레이먼드를 카를이 불러 세웠다.

"식사를 마치고 가볍게 산책을 하고 싶은데. 루터에게 전해 주겠어?"

레이먼드는 절도 있게 고개를 끄덕이고는 다이닝 룸을 나섰다.

"카를."

루나는 안쓰러운 눈빛으로 레이먼드의 뒷모습을 바라보며 카를의 이름을 불렀다.

"왜?"

"레이한테 좀 잘해 줘요. 너무."

"지금 레이를 신경 써 주는 건가?"

루나는 두 손을 들어 보이며 대꾸했다.

"됐어요, 그만!"

그만두자는 루나의 말에 카를이 천진하게 웃는다. 그 모습이 또 기가 막히게 아름답다. 정말 미워하려야 미워할 수 없는 남자다.

템스강과 타워 브리지가 보이는 호텔 1층 펍에는 사람들이 바글바글했다.

"저기서 맥주 한잔해도 좋을 것 같다."

이제껏 누리지 못한 삶의 여유로움이 그와 함께하는 시간 동안 불쑥 고개를 내민다.

"하면 되지!"

카를은 루나가 원하는 것은 뭐든지 가능하게 만들 수 있다는 목소리로 읊조렸다.

"말은 참 쉽게 하네요. 경호원 줄줄이 달고 다니는 주제에."

카를이 웃으며 루나의 관자놀이에 입을 맞췄다. 루터가 산책은 절대 안 된다고 할 줄 알았는데, 레이먼드가 어떻게 설득했는지 두 사람은 호텔 밖으로 걸어 나올 수 있었다.

모퉁이에 있는 스타벅스를 지나쳐 타워 브리지로 올라가는 계단을 오르는데, 그의 휴대전화가 울리기 시작했다.

[NO Caller ID]

발신 번호 표시 제한으로 걸려 온 전화였다. 루나와 카를의 시선이 허공에서 마주쳤다.

카를은 휴대전화가 더는 울리지 않도록 버튼을 한 번 누르고는 코트 주머니에 넣었다.

"여기가 그렇게 걷고 싶었단 말이지?"

계단 위로 올라섰을 때, 빨간 이층 버스가 지나가고 있었다.

"와! 이층 버스다! 나 저것도 진짜 타 보고 싶었는데."

"타면 되지."

"대체 안 되는 게 뭐예요?"

카를이 코트를 벌리며 루나를 품 안으로 끌어당겼다.

"그런 건 생각 안 해 봤는데."

지나치게 황홀해서 진짜 아무것도 모르는 미아 콴이었으면 좋겠다는 생각까지 든다. 임무고, 나발이고 전부 엎어 버리고 그의 품에 꼭꼭 숨고 싶어진다.

"왜 내 전화를 무시해!"

정신 차리라는 듯 날카로운 비명이 들려왔다. 카를이 루나를 와락 끌어안았고, 조금 거리를 두고 호위하던 경호원들이 두 사람 곁으로 달라붙었다.

"들어가시죠, 카를."

루터가 그를 채근했지만, 그는 왼손을 들어 보이며 잠시 기다리라는 듯이 눈짓했다.

"카를하인츠 로젠쉴트? 그 이름이 그렇게 대단한가? 날 무시할 만큼?"

목소리의 주인은 쑤싱이었다.

"그 이름은 원래 내 거였어. 원래 내가 받을 이름이었다고. 근데 네가 감히."

"아 왜 길을 막고 서 있어요?"

쑤싱에게 누군가 시비를 거는 목소리가 들렸다. 커다란 파열음이 다리 위를 울렸다. 혼비백산한 사람들이 비명을 지르며 달리기 시작했고, 다리 위가 아수라장이 되었다.

쑤싱의 총구가 카를을 향했다.

5. 평화주의자

하늘을 향해 총을 한 번 쏜 쑤싱이 이제는 정확하게 카를을 겨누고 있었다. 얼굴을 기댄 단단한 가슴에서 카를의 빠른 심장 박동이 느껴졌다.

"쑤싱."

그가 엄혹한 목소리로 쑤싱의 이름을 한 번 불렀다. 총을 들고 있는 쑤싱의 손이 바들바들 떨렸다. 쑤싱은 권총을 두 손으로 움켜잡으며 떨리는 손을 다잡으려고 애를 썼다.

"내가 죽는다고 해도 로젠쉴트 가문은 이제 너한테 가지 않아. 알지? 내 유언장에 따라 후계가 정해진다는 걸."

"상관없어!"

쑤싱이 울부짖었다.

"네가 내 모든 걸 다 빼앗아 갔어. 다 너 때문이야! 너 때문에 내가 전부를 잃었어."

"잘못된 선택을 한 건 너지. 착실하게 공부했으면 로젠쉴트 가문의 주치의가 되어서 남부럽지 않은 생활을 했을 텐데 말이야."

이런 상황에서도 카를의 목소리는 흔들림 없이 근사했다. 경호 책임자 루터가 카를에게 계속 신호를 보내왔지만, 카를은 좀 기다리라는 듯이 턱 끝을 살짝 흔들었다.

"쑤싱. 마지막 기회야. 총 내려놔."

"웃기지 마."

"한 번의 실수는 용서해 준다고 했었지? 착하게 굴면 이번 일도 용서해 줄 수 있어. 그러니 내려놔."

"용서? 감히 용서? 누가 날 용서해! 어? 뭔가 잘못된 거야. 아이작은 분명히 나를 아들이라고 불렀어! 그런데 왜 네가 그 자리에 있는 건데!"

"아이작은 모든 입양아를 아들과 딸이라고 불렀어."

죽은 아이작 로젠쉴트가 딸을 입양했던 적도 있었나 보다. 루나는 흥미로운 이야기가 흘러나올 것만 같아서 귀를 기울였다.

"아니야. 그럴 리 없어. 그 노인네가 그랬을 리 없어! 절대로!"

"쑤싱. 네가 이 자리를 확신했다면 그 노인네가 아니라, 아버지라고 불러야지. 안 그래?"

카를이 웃음 띤 목소리로 쑤싱을 자극했다.

"터진 입이라고 잘 놀리네. 반반한 계집애 옆에 끼고 떠드니까 즐거운가 봐?"

도심에서 총을 쏘면서 소음기를 낄 생각도 하지 않은 멍청한 쑤싱이 다시 한 번 총을 발사했다. 거친 파열음과 함께 총알이 카를의 옆을 스치고 지나갔다.

"악!"

그리고 짧은 비명과 함께 쑤싱이 쓰러졌다. 누가 무슨 짓을 한 것도 아닌데, 쑤싱은 제 눈을 감싼 채로 바닥에 나동그라졌다.

멍청하기는. 총을 제대로 쏘는 법을 몰랐던 쑤싱은 발사 반동을 받아내지 못하고 총기 뒷부분으로 제 눈을 친 듯했다.

쑤싱이 쓰러지자마자 경호원들이 일사불란하게 움직였다. 누군가의 신고로 영국 경찰이 다리 위에 나타났다.

"카를, 들어가시죠."

루터와 경호원 서너 명이 두 사람을 에워쌌다. 두 사람은 타워 브리지 보행자 계단 쪽으로 빠르게 몸을 숨겼다. 아까 지나왔던 길을 3분도 되지 않는 시간 안에 돌파했다.

그는 루나를 안아 들다시피 하고 성큼성큼 걸었다. 카를의 표정은 쑤싱이 처음 나타났을 때처럼 심각하지 않았다. 영국에 온 이유를 물었을 때, 미끼를 던지기 위해서라고 대답했던 그의 말이 귓가를 스쳤다.

그가 던지는 미끼는 CIA뿐만 아니라, 쑤싱에게도 해당되는 거였나?

호텔 객실에 다다랐을 때, 그는 안도의 한숨을 내쉬며 루나를 바닥에 내려놓았다.

"설마 쑤싱이 올 걸 알고 있었나요?"

루나의 목소리가 평소와 달리 낮게 가라앉았다. 그는 흠칫 놀란 눈빛으로 루나를 바라보았다. 코트를 벗어서 의자에 걸치고는 머리를 한 번 쓸어 넘긴 그가 조용히 대꾸했다,

"그래."

"그런데 무모하게 밤 산책을 나선 거예요? 미쳤어요? 어두워지면 경호가 더 어렵다는 거 몰라요? 그리고 쑤싱이 정말 총을 제대로 쐈으면 어쩔 뻔했어요? 당신이 다치기라도 했으면!"

눈물이 뺨을 타고 도르륵 흘러내렸다. 루나는 스스로도 당황스러워서 빠르게 눈을 깜빡거렸다. 울먹이는 목소리가 흘러나오는 것도 인지하지 못했다.

"미아?"

그가 단숨에 루나의 곁으로 다가와 커다란 손으로 뺨을 감쌌다.

"아니, 내가 다치기라도 했으면."

루나는 눈물을 삼키며 잘도 떠들어 댔다.

"만약 내가 죽기라도 했으면, 당신은 어쩌려고 그랬는데요?"

카를이 미간을 찌푸리며 고개를 내저었다.

"당신은 내가 무슨 일이 있어도 지켜 냈을 거야. 털끝 하나라도 다친다면 내가 못 견딜 테니까."

카를의 입술이 루나의 이마에 가볍게 닿았다가 떨어졌다.

"미안해. 놀라게 해서. 쑤싱에게 일부러 런던 일정을 흘렸어. 뒤따라올 거라는 걸 알았고."

"블라우 로젠 돔에서 제대로 해결했으면 됐잖아요."

루나는 왜 애초에 싹을 잘라 내지 않았느냐고 물었다.

"내가 당신과 여생을 보내야 할지도 모르는 스위스에 저놈을 묻어 주기는 싫었거든."

루나는 잠시 정신이 멍해져서 그를 바라보았다. 정부는 언제든 버려질 수도 있고, 바뀔 수도 있다. 그런데 그는 마치 평생을 함께할 것처럼 말했다.

가슴이 뒤틀리며 심장이 아파 왔다. 언제가 됐든 루나는 카를의 곁을 떠나게 될 것이다. 그게 당장 내일이 될 수도 있다. 그런데 그는 영원을 말하고 있었다.

"미안해요."

저도 모르게 사과의 말이 흘러나왔다.

"왜 미안하지?"

"당신이 그런 생각을 하고 있는 줄도 모르고 화를 내서요."

카를이 루나의 뺨에 남은 눈물 자국을 닦아 주었다.

"당신이 미안해할 일이 없었어. 사과는 안 해도 돼."

그가 고개를 기울여 루나의 입술을 가볍게 머금었다. 루나는 그의 목에 팔을 두르고 천천히 그의 입술을 음미했다.

갑자기 함께 있는 순간이 더없이 소중해졌다. 그의 곁을 언제까지고 지킬 수 없다는 걸 깨닫고 나자, 가슴이 아렸다.

"카를."

입술이 떨어지고, 그의 이름을 낮게 불렀다. 취한 듯 정신이 몽롱했다. 카를이 매끈한 콧대를 루나의 콧잔등에 살짝 비비는가 싶더니, 고개가 기울고 다시금 입술이 깊게 얽혔다. 입안의 점막을 부드럽게 어루만지는 황홀한 감각에 저절로 신음이 흘러나왔다.

"으응."

그가 숨결까지 앗아 갈 것처럼 루나를 깊게 들이마셨다. 루나는 그의 목덜미를 가볍게 주무르며 매달렸다. 단단한 팔이 등허리를 감싸 안았고, 발끝이 바닥에서 떠올랐다. 그가 천천히 걸음을 옮겨 침대로 향했다.

마델라이네가 고심해서 골랐을 옷들이 찢기듯 벗겨졌다. 루나는 그가 옷을 쉽게 벗을 수 있도록 도우며 가쁜 숨을 몰아쉬었다. 흥분감이 배 속 깊은 곳에서부터 차올라서 목 끝에서 찰랑거렸다.

카를 역시 평소보다 조금 더 달아오른 모습이었다. 단호하게 다문 그의 매혹적인 입술 끝이 파르르 떨렸고, 눈가가 평소보다 훨씬 붉었다.

"하아, 카를."

카를이 루나의 목덜미에 입을 맞추며 몸을 숙였다. 단단한 몸에서 전해지는 기분 좋은 압박감에 저절로 눈이 감겼다.

"미아."

뜨거운 입술이 살갗을 타고 점점 아래로 내려갔다. 그가 봉긋 솟아오른 가슴을 양손으로 움켜쥐며 뾰족한 유두를 집어삼켰다.

"흐읏."

작은 구멍을 넓히기라도 할 것처럼 혀끝으로 쑤셔 대고, 뭐가 나오기라도 할 것처럼 깊게 빨아들인다.

"아아, 카를."

루나는 그의 부드러운 머리카락을 손으로 쓸어 넘기며 허리를 뒤챘다. 가슴을 쥐고 있던 커다란 손이 옆구리를 타고 내려간다. 그의 입술도 앙가슴을 따라 몸 한가운데로 향하기 시작했다.

카를이 루나의 골반을 잡은 채로 그녀의 배꼽 근처에 자잘하게 입을 맞추었다. 입술이 닿았다가 떨어질 때마다 배 속에서 거품이 이는 것처럼 간질간질했다.

"으으응."

골반을 들썩이지도 못하게 그가 꽉 눌렀다.

"하아, 카를."

달콤한 결박에 루나는 몸을 떨었다. 골반을 눌렀던 그의 손이 이제는 허벅지를 잡아 벌리고 있었다. 질척거리는 야한 소음과 함께 그의 입술이 질구에 닿았다.

"으응."

혀가 젖은 입구로 들어오는 느낌이 생경했다. 마치 작은 뱀 한 마리가 몸 안으로 들어오는 것처럼 소름이 돋아나는 감각이었다.

"카를."

허벅지를 오므리려 하자, 강한 힘이 저지했다. 그가 두꺼운 팔뚝으로 루나의 허벅지를 끌어안으며 애액을 빨아먹었다. 예민한 살점이 노골적으로 빨리는 느낌이 날 때마다 전신이 움찔거렸다.

"흐으읏. 카를!"

벌써 몇 번째 그의 이름을 애타게 부르고 있는 건지 모르겠다. 루나가 고개를 살짝 들어 올려 그를 내려다보았다.

하얀 허벅지 사이에 잘생긴 얼굴을 묻고 붉은 눈빛으로 쳐다보는 그는 지독하게 야했다. 그의 눈빛을 마주하고 있는 것만으로 얕은 절정이 찾아왔다.

루나는 그를 응시한 채로 입을 벌리고 숨을 멈추었다. 눈을 피할 재간이 없었다. 질구가 오물거리자 그가 더욱 깊게 흡입했다.

눈꺼풀이 파르르 떨리며 눈이 저절로 가늘어지고, 숨이 목 끝까지 차올랐다. 어디론가 떨어지는 것 같은 감각에 루나는 그의 부드러운 머리카락을 움켜잡았다.

"하아."

한숨을 몰아쉬며 머리를 도로 베개에 기댔을 때, 그가 몸 위를 타고 올라왔다.

"미아."

"으응."

루나는 신음을 내뱉듯이 대답했다.

"너무 예뻐서 정신이 나가 버릴 뻔했잖아. 자주 해야겠는데?"

그는 루나가 얕은 절정에 오른 모습이 감동적이었다는 듯이 읊조렸다.

"카를."

루나는 감탄사처럼 그의 이름을 내뱉었다. 그가 얇은 콘돔을 씌운 물건을 흐물흐물 녹아내린 살점 안으로 쑥 집어넣었다.

"아아."

포만감이 한 번에 밀려들었다. 아래를 향한 그의 키스가 절정을 불러왔다고 한들 삽입만큼 만족스럽지는 않았다.

"그래도 나는 이게 제일 좋아요."

루나는 그의 목을 끌어안으며 골반을 들썩거렸다.

"하아, 미아."

그가 흥분한 숨결을 루나의 목덜미에 흘렸다. 이 순간만큼은 그를 사랑했다. 모든 것을 내주어도 아깝지 않을 만큼 사랑하고 있다고 생각했다.

복스홀 크로스(Vauxhall Cross)에 자리한 SIS 본부 건물은 전과 변함없이 아름다웠다. 템스강과 잘 어우러진 계단식 건물은 세계에서 가장 아름다운 정보부 건물일 것이다. 단지 이 아름다운 곳에 카를과 함께 오게 되리라고는 상상도 하지 못했다.

보안을 거쳐 회의실에 들어서자, 카를이 심각한 얼굴로 루나의 귓가에 속삭였다.

"놀라지 마. 우리가 만날 사람은……."

루나가 귀를 기울이며 미간을 슬쩍 구겼다.

"제임스 본드라는 사람인데."

"카를."

루나가 눈을 질끈 감으며 그의 이름을 나직하게 불렀다.

"제임스 본드는 외근직이거든요? 본부에 오는 일이 없다고요."

시답잖은 농담에 응수해 주자, 그가 키득키득 웃었다. 아이같이 장난을 치는 모습을 바라보는데 가슴 한구석이 찡하고 우는 기분이다. 자신과 헤어진 후에 이 남자가 어떤 삶을 살아가게 될지 벌써 걱정이다.

아니지, 그를 떠나고 정체가 밝혀진 뒤에 어디선가 마주치게 되면 서로를 노려보는 사이가 되어 있지나 않을까?

그와 적이 되는 미래를 상상하는 것만으로 기분이 나빠진다.

"여기 앉으시죠, 나의 여신님."

루나의 미묘한 표정 변화를 감지한 듯 그가 근사한 얼굴을 들이밀며 기분을 풀어 주려 애를 썼다.

"고마워요."

루나는 고개를 까딱하고는 그가 빼 준 의자에 자리를 잡고 앉았다. 카를은 루나의 옆에 앉으며 웃음을 거두지 않았다.

"카를하인츠 로젠쉴트 씨, 기다리게 해 드려 죄송합니다."

유리문을 열고 들어온 이는 붉은 머리에 붉은 수염이 인상적인 남자였다. 그리고 몇 대에 걸쳐서 배우가 바뀌었던 제임스 본드보다도 잘 아는 얼굴이기도 했다.

"아, 이분은……?"

남자도 루나를 알아본 듯한 눈빛이었다.

"미아 콴 양입니다. 제 연인이고요."

카를의 예의 바른 소개에 남자가 잠시 멈칫했다. 그는 루나의 얼굴을 찬찬히 훑어보았지만, 티가 날 정도로 내색하지는 않았다.

남자가 단숨에 시선을 옮기며 카를에게 손을 내밀었다.

"아무튼, 반갑습니다. 이완 겔러입니다."

"카를하인츠 로젠쉴트입니다."

이완 겔러, 그는 이곳에서 루나와 함께 회의했던 인물 중 하나였다. 당시 미국은 대선을 앞두고 있었고, 러시아 관련 보안 문제 때문에 영국 정부에 도움을 요청한 상태였다. 구소련 KGB를 영국에서 완전히 몰아냈던 전력이 있는 SIS는 러시아 정보 문제에 관해선 세계 최고였다.

"말씀드렸던 리스트입니다."

이완이 낱장의 두꺼운 종이를 건네며 두 사람과 마주 앉았다.

이완이 카를에게 건넨 리스트는 점자로 이루어져 있었다. 아마도 세크레툼과 관련한 리스트일 거라고 루나는 조심스럽게 미루어 짐작했다.

카를은 한참 동안 리스트를 손끝으로 읽어 내려갔다. 이완이 이따금 루나를 흘끗거렸고, 루나는 은은한 미소를 머금은 얼굴을 유지했다.

"됐습니다. 파기하셔도 좋습니다."

카를이 이완에게 낱장의 종이를 건네며 웃었다.

"그럼 이대로 진행되는 것으로 알고, 상부에 보고하도록 하겠습니다."

두 사람의 대화에서 루나가 얻을 수 있는 단서는 하나도 없었다. 정보를 파기하는 것인지, 새로 추가하는 것인지. 아니면 세크레툼과 관련 없이 새로운 무언가를 주고받는 것인지.

"사실 아이작이 죽고 나서 조금 걱정을 했는데, 오늘 뵙고 나니 제 걱정이 무색했다는 생각이 드네요. 모쪼록 앞으로 잘 부탁드립니다."

이완이 깍듯한 태도로 카를을 대했다. 러시아 관련 정보를 얻으러 왔을 때 거들먹거렸던 얼굴이 눈에 선했다. 그런데 오늘 카를을 대하는 이완의 태도는 완전히 다른 사람처럼 보일 정도다.

다시 생각해 보니 이완은 러시아 안보 전문가였다. 카를이 혹시 러시아와 관련한 일로 SIS를 방문했나, 하는 생각이 문득 들었다.

"그럼, 이만 일어나겠습니다."

카를이 자리에서 일어나자, 이완도 따라 일어났다. 두 사람은 한 번 더 신뢰를 의미하는 악수를 하였다. 카를과 미아가 먼저 회의실을 떠나려는데, 뒤에서 이완의 음성이 들려왔다.

"실례지만."

이완이 호기심을 이기지 못하고 루나를 알은체하려는 눈치였다.

"미스 콴, 제가 미스 콴을 전에 만난 적 있던가요?"

이완이 무모하게 굴지도 모른다는 루나의 예상과 달리, 그는 깍듯한 예를 갖추며 정중하게 물었다.

"아니요. 저는 오늘 이완 켈러 씨를 처음 뵙는 것 같습니다만."

루나가 부드럽게 대꾸했다.

"이완?"

카를이 루나의 어깨를 감싸며 그를 나직하게 불렀다.

"네, 로젠쉴트 씨."

"지금 내 앞에서 내 연인에게 무슨 짓을 하는 거죠?"

카를은 적개심을 여과 없이 드러냈다.

"아! 로젠쉴트 씨. 오해입니다. 저는 단지, 제가 예전에 알고 지내던 사람과 미아 양이 닮은 것 같아서."

"흥미롭군요."

카를이 이완의 말을 탁 잘라 내며 한쪽 입꼬리로만 웃었다. 지금 당장이라도 우호적인 관계를 끊어 낼 것처럼 흉흉한 눈빛이기도 했다.

"세상에 미아처럼 아름다운 여자가 또 있을 수 있다니……. 어떤 사람인지 굉장히 궁금해지는데요?"

심장이 쿵쿵 날뛰었다. 이완이 어떤 대답을 내놓을지 몰라서 입안이 바짝 타들어 갔다.

"아닙니다, 로젠쉴트 씨. 제가 착각한 것 같습니다. 미스 콴, 제 결례를 용서해 주십시오."

이완이 사과를 담은 눈빛으로 루나를 바라보았다. 카를의 단호한 태도에 이완은 혼란스러운 눈치였다.

루나의 목소리를 들은 이후, 이완은 자신이 만났던 CIA 요원이라고 확신하는 듯했다. 그런데 카를이 루나에게 상상 이상으로 빠진 모습을 보고 당황한 기색이 역력했다. 그렇다면 이완의 당황스러움을 확신으로 만들어 주는 수밖에. 단단히 착각했다고 몰아가야만 했다.

"카를."

루나는 카를의 품에 안기듯 몸을 붙였다. 두 손으로 그의 뺨을 야릇하게 어루만지며 달콤한 목소리로 물었다.

"이런 상황에서는 어떻게 해야 하지요? 저 남자가 지금 저한테 관심을 보였다가 미안하다고 사과한 건가요? 제가 저 남자를 용서해도 괜찮겠어요? 카를의 기분이 나쁘다면 용서하지 않을래요."

입술을 삐죽 내밀며 이완을 노려보기까지 했다. 이완의 얼굴이 붉은 머리와 수염보다 더 빨갛게 달아올라 있었다. 입을 벙긋거리면서도 아무 말도 못 하는 모습이 애처롭기까지 했다.

"카를?"

루나는 발꿈치를 들어 올리며 그의 입술에 가볍게 입을 맞췄다. 그러고는 이완을 향해 울먹이듯 읊조렸다.

"내가 당신 때문에 카를한테 미움받기만 해 봐요. 꿈에 나타나서 괴롭혀 줄 테니까!"

사랑에 눈이 멀어 안하무인인 사람처럼 굴었다. 그리고 자신이 들어와 있는 이곳이 뭘 하는 장소인지도 모른다는 듯이 카를에게 몸을 비볐다.

"미아."

카를이 나직한 음성으로 감미롭게 속삭였다.

"당신이 용서하고 싶으면 그렇게 해요. 그리고 내가 당신을 미워하는 일은 절대 없을 거야."

카를이 화답하듯 루나의 입술에 가볍게 입을 맞췄다.

"그리고 어떤 모습으로든 다른 남자의 꿈에 나타나는 건 옳지 않아. 나는 살인에는 취미가 없다고 말했었지?"

만약 이완의 꿈에 루나가 나타난다면 죽일 수도 있다는 의미였다. 그런데 꿈은 스스로가 아니면 증명할 수 없으니, 그냥 죽일 수도 있다는 뜻.

"아, 카를. 당신의 아름다운 손에는 나만 머물렀으면 좋겠어요. 무시무시한 걸 손에 쥐지는 말아요."

루나가 그의 커다란 손에 뺨을 비비며 울먹거렸다.

"그럼, 이제 용서의 말을 해야지. 미아? 이완이 마음이 불편한가 본데."

루나는 눈을 내리깔고 이완을 흘끗 보고는 새침하게 읊조렸다.

"용서해 드리죠. 관대한 카를에게 감사 인사부터 하시면요."

이완이 한숨을 집어삼키며 말했다.

"관대한 카를하인츠 로젠쉴트 씨, 용서를 허락해 주셔서 감사합니다. 그럼 살펴 가십시오."

마치 빅토리아 시대처럼, 이완은 무릎이라도 구부릴 기세였다. 무례하다 못해 건방졌던 이완의 옛 모습이 눈앞을 스치고 지났다. 이제는 SIS의 간부급에 올랐을 이완이 카를에게 쩔쩔매는 모습을 보니, 로젠쉴트라는 이름이 새삼 대단하다는 생각이 들었다.

그런데 본부는 왜 지원을 막은 거지? SIS도 나선 마당에?

루나는 지금 떠올려 봐야 아무 소용없는 고민을 털어 내며 웃었다.

"카를, 나 영국식 애프터눈 티가 마시고 싶어요. 우아한 여배우처럼요. 영화 노팅힐에 나왔던 호텔이 어디더라? 휴 그랜트가 줄리아 로버츠를 찾아간 곳이요."

"리츠 호텔입니다."

이완이 정중하게 끼어들며 대답했다.

"응, 거기! 3단 디저트랑 금빛 잔에 담은 티랑. 응? 카를."

태어나서 이렇게 애교를 부려 봤던 적은 단 한 번도 없었다. 카를이 사랑스러워 죽겠다는 눈빛으로 루나를 내려다보았다. 이완은 두 사람에게 큰 도움을 주었다는 듯이 뿌듯한 얼굴이다.

손발이 오그라들고, 얼굴에 벌레가 기어가는 듯한 간지러움을 느끼는 사람은 루나뿐인 듯했다.

"나의 여신이 원한다면 기꺼이."

그놈의 여신 소리 좀 집어치울 수 없느냐고 내적 비명이 시끄럽게 울려 댔다.

"아이, 좋아라. 카를, 당신은 정말 세상에서 가장 근사한 남자예요."

루나는 자신의 모습을 동료들이 보고 있지 않음에 안도했다. 만약 마리가 이 모습을 봤다면 입에 손가락을 넣고 토하는 시늉을 했을 것이다.

"여기가 마음에 든 게 아니라면 이제 갈까, 미아?"

루나는 그를 따라 걸음을 옮기며 쉴 새 없이 재잘거렸다.

"카를, 만약에 내가 이 건물이 마음에 든다고 하면 사 줄 수도 있나요? 여긴 마치 외관이 영화 그랜드부다페스트 호텔에 나왔던 그 호텔 같아요. 계단식 건물이 너무 멋져요."

"미아, 당신이 떠드는 소리는 마치 요정의 노랫소리 같아."

순간 카를이 덧붙인 지나친 미사여구에 말문이 턱 막히는 듯했지만, 뒤따르는 이완을 의식한 루나는 정신을 똑바로 차리고 연기를 계속해 나갔다.

"우리가 사서 이 건물을 핑크색으로 칠해 버려요. 웅? 그랜드부다페스트 호텔처럼. 어때요? 좋은 생각이죠? 리츠 호텔보다 더 멋진 애프터눈 티세트도 만들고요."

"당신이 원한다면 기꺼이."

카를이 흐뭇한 미소를 머금으며 루나의 이마에 입을 맞췄다. 루나가 대뜸 고개를 뒤로 돌리자, 고개를 절레절레 내젓는 이완의 모습이 보였다.

"이완, 이 건물 얼마나 해요?"

바닥을 내려다보고 걷다가 불시에 질문을 받은 이완이 황당하다는 듯이 루나를 바라보았다.

"글쎄요. 건물 가격까지는 잘."

"성실하지 못한 직원이군요. 이 회사는 직원 뽑는 기준이 형편없네요."

이완이 어이없다는 듯이 헛웃음을 삼켰다.

"미아? 다른 남자와 말을 섞는 일은 그만했으면 좋겠는데."

"알았어요. 주의할게요."

루나는 입을 꾹 다물며 그의 곁에서 조용히 걸었다.

차에 다다랐을 때, 그가 뒷좌석에 루나를 태우고는 웃음을 터뜨렸다.

"미아, 대체 왜 그런 거야?"

"뭐가요?"

루나가 시치미를 뚝 떼고 물었다.

"방금 왜 그랬냐고. 응?"

그가 루나를 제 무릎 위로 끌어다 앉히고는 진지한 어조로 되물었다.

이제는 이완이 아니라 이 남자가 문제였다. 이제껏 도도하게 굴었던 성격을 완전히 버리고 이중인격자처럼 굴었으니, 이상하게 볼 만도 하다.

"감히 당신 여자를 건드렸으니까요."

루나는 입술을 귀엽게 오므리며 조용히 속삭였다.

"보기 흉했나요?"

고개를 비스듬히 기울이며 불쌍한 눈빛으로 묻자, 그가 아까보다 더 유쾌한 웃음을 터뜨린다.

"아니, 너무 사랑스러워서 하마터면 영국 정보부 건물 안에서 당신 옷을 벗길 뻔했지 뭐야."

카를이 루나의 목덜미에 입술을 묻으며 기분 좋은 웃음을 멈추지 않았다.

"카를, 사랑스러운데 왜 옷을 꼭 벗겨야 하는 거죠?"

루나가 새침하게 웃으며 그의 바지 앞섶을 더듬거렸다. 그의 정신을 쏙 빼놓고, SIS 본부에서 이완이 건넸던 말을 기억 속에서 지우게 만들어야 했다.

"흐응."

그가 루나의 목덜미로 야릇한 한숨을 흘렸다. 한순간에 전신을 장악하려 드는 성적 긴장감이 몰려왔다. 그가 더운 숨을 내쉬고, 억눌린 신음을 내뱉을 때면 흥분감에 배 속이 저릿저릿했다.

발기한 그의 물건을 대담하게 어루만졌다.

"미아."

카를의 목울대가 들끓어 올랐다. 그가 루나의 입술을 집어삼키며 스커트 안으로 손을 불쑥 넣었다. 매끄러운 스타킹 위를 더듬어 올라온 그의 손이 볼록한 살점을 어루만졌다.

"흐음."

루나는 그와 비슷한 신음을 내뱉으며 그의 물건을 옷 위에서 더듬거렸다. 아래가 흥건히 젖는 느낌이 났고, 얼굴이 달아오르기 시작했다.

창밖으로 템스강 가녘에 단풍을 드리운 가로수, 호화찬란한 건물들이 느릿하게 흘러갔다.

"아아."

비부를 더듬는 그의 손길도 지독하게 느렸다. 루나 역시 그의 페니스를 느릿하게 잡아당겼다가 놓기를 반복했다.

─ 카를.

차량 내에 설치된 인터폰을 통해 조수석에 탄 레이먼드의 목소리가 들려왔다.

"이따가, 레이."

카를이 나직하게 읊조렸다. 전자음이 끊겼고, 더 이상 레이의 목소리
는 들리지 않았다.

"하고 싶어."

루나가 취한 듯 몽롱한 목소리로 읊조렸다.

"미아."

그의 목소리가 뒷좌석을 위태롭게 울렸다.

"고문도 적당히 해. 이러다 사람 잡겠어."

카를이 흥분에 젖은 탁한 목소리로 읊조렸다.

"고문이라뇨. 그런 심한 말을."

루나는 그의 페니스를 움켜잡았던 손을 놓고 양팔을 그의 목에 감았
다. 루나의 가슴이 그의 쇄골 근처에 닿았고, 그의 어두운 눈빛이 가슴골
을 노골적으로 훑었다. 풍만하게 차오른 가슴 한가운데에는 그가 선물해
준 뱀 목걸이가 자리했다.

"눈이 부시네."

하얀 살결에 코를 묻으며 그가 깊게 숨을 들이마셨다.

"내가 지금 이걸 어떻게 하고 싶은지 알아?"

"모르겠어요."

루나는 그의 귓가에 숨결을 내뱉으며 속살거렸다.

"모조리 다 빨아서 삼켜버리고 싶어."

그가 살갗을 혀로 할짝거리는데, 차가 멈춰 섰다. 차는 어느새 호텔 앞
에 도착해 있었다.

"카를."

루나가 여전히 가슴에 입술을 묻고 있는 남자의 이름을 조용히 불렀
다. 그가 눈만 치켜뜨며 루나를 바라보았다.

"다 왔어요."

"알아."

그도 차가 멈춰 선 것을 안다는 듯이 읊조렸다. 루나는 목을 끌어안았
던 손으로 그의 얼굴을 잡아 올렸다.

"카를. 들어가야죠. 응?"

카를이 루나의 입술에 가볍게 입을 맞추고는 이마를 맞댄 채로 읊조렸
다.

"이완 같은 놈이 앞으로 몇 명 더 있었으면 좋겠는데?"

"뭐라고요?"

루나가 미간을 구기며 그를 나무라듯 바라보았다.

"그러면 오늘처럼 깜찍한 당신 모습을 또 볼 수 있을 테니까."

그의 어두운 눈동자에 장난기가 희미하게 어렸다.

"카를!"

루나는 적당히 하라는 듯이 그의 이름을 불렀다.

─ 카를, 뒤에 무슨 일 있습니까?

차가 멈춰 섰는데도, 아무런 반응을 보이지 않는 뒷좌석이 이상하다는
듯 레이가 걱정스러운 목소리로 물었다.

"아니요, 레이. 이제 내릴 거예요. 문 열어도 된다고 루터에게 전해 줘
요."

─ 알겠습니다, 미스 콴.

경호원이 다가와 뒷좌석 문을 열어 주었다. 그는 카를의 위에 앉아 있
는 루나를 발견하곤 조용히 시선을 돌렸다.

"고마워요."

루나는 먼저 차에서 폴짝 뛰어내렸다. 카를이 잽싸게 따라 내리며 루
나의 어깨를 감싸 안았다.

"이제 미국이야."

루나가 고개를 비스듬히 돌려 카를의 눈부신 옆모습을 바라보았다.

"언제 가는데요?"

두 가지 의미로 심장이 쿵쿵 뛰기 시작했다.

루나는 그의 패턴을 이제 조금 알 것 같았다. 카를은 루나에게 정보를 흘리고 나면, 그녀를 꼼짝없이 곁에만 두었다. 루나에게는 무엇이든 말할 수 있지만, 그녀가 다른 곳에 발설하는 것은 용납할 수 없다는 듯이 굶아 맸다.

"내일 아침."

미국으로 향한다는 말을 흘렸다는 건, 이제 내일 아침까지 그의 품을 벗어날 수 없다는 말과도 같았다. 저를 배신한 조국으로 향하는 비장함과 그의 품에 안겨 흐느낄 시간 때문에 심장이 크게 뛰고 있었다.

"흐음. 리츠 호텔 애프터눈 티는 물 건너갔네요."

"무슨 뜻이지?"

"당신이 내일 아침까지 놓아주지 않을 테니까."

루나는 토라진 듯 호텔 로비를 거친 걸음으로 걸어 들어갔다.

"정말 가고 싶은 거였어?"

"맞아요. 정말 가 보고 싶었어요."

엘리베이터에 오르자 그의 얼굴에 고민이 어린다.

"그럼."

카를이 심각하게 미간을 구기며 물었다.

"내가 정말 복스홀 크로스에 있는 그 건물을 사서 핑크색으로 칠해야 하는 건가? 그것도 진심이었어?"

"카를!"

루나는 눈을 한 바퀴 굴리며 잇새로 그의 이름을 흘렸다.

"티는 당신이 하는 걸 봐서."

그의 뜨거운 손이 허리를 감쌌다. 침대 위에서 최선을 다해 보라는 그의 요구는 배 속이 꽉 조여들 만큼 노골적이었다.

침대를 벗어난 시각은 정확히 오후 2시였다. 점심을 침대 위에서 건너뛴 상태여서 무척이나 허기가 졌다. 루나에게 밥 먹이는 일을 게을리하지 않는 그가 당연히 룸서비스를 요청했을 거라고 예상했다.

"나갑시다."

그가 루나의 손을 잡고 몸을 일으켜 세웠다. 루나는 힘이 쭉 빠진 몸을 겨우 건사하며 한숨을 몰아쉬었다.

"어디요?"

"애프터눈 티 세트 먹으러."

그가 다정한 미소를 머금으며 읊조렸다. 순간 감동할 만큼 그의 미소는 아름다웠다.

"좋아요, 카를."

루나는 고개를 끄덕거리고는 곧장 욕실로 향했다. 맨살에 그의 시선이 달라붙는 게 느껴졌지만, 단호하게 욕실 문을 닫았다.

심장이 두근두근 울렸다. 미국으로 향하기 전에 듀이에게 연락을 취할 수 있는 마지막 기회였다.

어릴 적 보았던 영화 노팅힐에서 줄리아 로버츠는 마치 공주처럼 보였다.

조부 때부터 여러 개의 사업체를 운영했던 덕에 유복한 환경에서 자라났지만, 학창 시절 백인이 아닌 다른 인종을 향한 은근하고도 노골적인 차별이 존재했다. 철없던 어린 시절, 자신은 왜 줄리아 로버츠와 같은 백인으로 태어나지 못한 건지 모르겠다는 어리석은 생각도 했다.

그럴 때마다 하미드는 큰 힘이 되어 주었다. 두 사람은 서로를 의지하며 어린 시절을 함께 보냈다.

호화찬란한 리츠 호텔 로비에 들어서자 줄리아 로버츠와 하미드의 모습이 묘하게 겹친다. 지금은 공주로도, 친구로도 생각하기 어려운 두 사람의 모습이었다.

"미아."

자신을 부르는 카를의 목소리가 조금 높았다.

"응, 카를."

"무슨 생각을 하는데 여러 번 불러도 모르지?"

"그냥 어릴 때 생각이요."

"어릴 때?"

호텔 직원의 안내를 받으며 그가 물었다.

"응, 줄리아 로버츠가 꼭 공주 같았거든요. 나는 왜 백인으로 태어나지 못했을까, 하는 어리석은 생각도 했고요."

호텔 직원이 루나의 의자를 먼저 빼 주려는데, 카를이 저지했다. 직원은 정중한 미소를 지으며 물러섰고, 카를이 예쁜 의자를 빼 주며 물었다.

"인종 차별을 받았던 기억이 있나?"

"없을 리가."

"힘들었겠네."

그는 잠시 생각에 잠긴 듯한 표정으로 테이블을 돌아 맞은편에 앉았다.

"그때 내가 함께 있었으면 좋았을걸."

서로 알지 못했던 과거까지 안타까워하는 그의 말에 루나의 심장이 아프게 뛰었다.

"카를은 어땠어요?"

그의 어린 시절을 묻는 대범한 질문이었다.

"불행했지."

행복에 겨운 표정으로 불행했다고 말하는 그의 눈빛은 아련했다.

"사람은 태어나면서 선택권이라는 게 주어지지. 부모를 선택할 수 없을 뿐, 그 이후에는 일정 부분 선택에 대한 자유를 얻고 그에 대한 책임감을 느끼게 되잖아?"

루나는 가만히 그가 하는 말에 귀를 기울였다.

"나는 그런 선택권을 가져 본 적이 거의 없었어. 처음 내가 선택한 건……."

그는 더는 말을 해 주지 않겠다는 듯이 말끝을 흐렸다. 어쩐지 고단했던 그의 삶이 눈앞에 그려지는 듯했다.

이형의 모친은 자기 아들에게 눈곱만큼의 애정도 없어 보였다. 10대 미혼모였다는 그녀는 이형의 성공을 통해 자신의 모진 삶을 보상받으려는 듯 굴었다. 그는 입양된 후에도 친모 가정에서 자란 듯했고, 그 아픔이 이제야 헤아려졌다. 사랑을 듬뿍 받고 자란 루나로서는 감히 상상조차 할 수 없는 아픔이었다.

"그때 내가 함께했으면 좋았을 텐데요."

루나가 그를 위로하듯 읊조렸다. 지금만큼은 진심이었다. 그가 아프게 웃었다.

눈가가 따끔거리며 눈물이 고일 듯해서 루나는 눈을 빠르게 깜빡거렸다.

"미안해요. 손 좀 씻고 올게요."

루나가 얼른 자리에서 일어나자, 매너 좋은 카를이 따라 일어났다. 눈물을 참으려는 루나를 카를이 안쓰러운 눈으로 바라보며 고개를 까딱거렸다. 루나는 위니의 호위를 받으며 화장실로 향했다.

화장실 앞에 선 루나는 위니를 향해 낮게 읊조렸다.

"위니, 잠깐 혼자 있고 싶은데요."

"미아……."

영문을 모르는 위니가 안쓰러운 눈빛으로 루나를 바라보았다. 아마 카를과의 대화에서 어떤 상처를 입었다고 추측하는 모양이다.

"잠시만요, 루나."

위니는 화장실에 먼저 들어가 칸칸마다 사람이 있는지 확인하고는, 아무도 없는 공간에 루나를 들여보냈다.

"고마워요, 미아."

"밖에서 사람들을 통제하고 있을게요. 편히 울어도 돼요."

위니는 루나의 젖은 눈을 바라보며 따뜻하게 웃었다. 루나는 애처로운 눈빛으로 위니에게 고맙다고 한 번 더 인사한 뒤 화장실로 향했다.

거울 앞에 선 루나는 티슈를 뽑아 번진 화장을 고치고, 물기를 닦아 냈다. 물을 틀고 손을 씻은 뒤, 일부러 수전을 잠그지 않고 그대로 두었다. 클러치에서 휴대전화를 빼서 듀이에게 급히 전화를 걸었다.

— 루나, 무슨 일이야? 한가롭게 티타임을 즐길 줄 알았는데.

듀이의 목소리가 전과 다르게 삐딱했다.

"듀이?"

루나가 상황 파악이 되지 않아서, 듀이의 이름을 나지막이 한 번 더 불렀다.

— 차에서도 무릎 위에 앉아 있으면, 대체 둘만 있을 때는 무슨 짓을 하는 거야?

"그건, 듀이."

— 루나.

듀이가 단호한 어조로 루나의 말을 끊어 냈다.

"응, 말해."

— 이제 카를하인츠 로젠쉴트에게서 손 떼. 본부에서 버린 일이야. 너만 다쳐.

"아니, 듀이. 그럴 수 없어. 지금 여기서 손 떼면 나는 본부에 어떻게 돌아가라고? 나보고 평생 CIA에 쫓기면서 숨어 살라는 소리야?"

— 내가 같이 숨어 줄게. 아까 차에서 내릴 때, 네 표정은 정말이지…….

듀이가 괴롭다는 듯이 말끝을 흐렸다.

"내 표정이 어땠는데?"

카를과 함께 있을 때, 타인이 바라보는 자신의 표정이 어떨지 궁금해졌다.

— 완벽한 사랑에 빠져서 정신 못 차리는 여자 같았어.

듀이의 목소리가 슬프게 가라앉았다.

"듀이. 나는 임무 중이야."

— 더 빠지기 전에 손 떼. 그 임무가 끝장났다는 건 너도 잘 알잖아.

한숨을 한 번 내쉰 루나는 듀이를 다그치듯 말했다.

"듀이, 나는 정정당당한 근거를 가지고 반드시 본부로 복귀할 거야. 절대로 이대로는 못 물러나."

— 루나.

듀이가 울적한 목소리로 말을 이었다.

— 너를 누가 말리겠어.

"네가 그만 빠져, 듀이. 날 정말 돕고 싶은 거라면 이제 본부로 복귀해. K도 내일 미국으로 갈 거야."

— K가?

듀이의 목소리가 다시 활기를 띠기 시작했다.

"응, 어느 공항으로 들어가는지까지는 못 알아냈어. 일단 내일 미국으로 들어가고 나면, K의 궁극적인 목적이 드러날 거야. 그리고 오늘 K가 SIS에서 이완 겔러를 만났어."

— 이완 겔러? SIS에서 러시아에 미친 그 빨간 머리?

"맞아. 그놈. 이완 겔러한테 K가 서류를 한 장 받았는데, 점자로 작성된 거고, 곧장 파기돼서 무슨 서류인지 모르겠어. 런던에 믿을 만한 정보원이 있으면 이완 겔러한테 좀 붙여 봐. 어떻게 움직이는지 보게."

— 알겠어.

카를이 SIS와 접촉했다는 사실에 듀이는 다시 흥미가 동한 듯했다.

"듀이."

— 응, 루나.

"매번 고마워."

— 고마우면.

듀이의 목소리가 따뜻한 물속처럼 느껴졌다.

— 제발 본부로 무사히 돌아와 줘. 내가 너에게 다시 청혼할 수 있게.

"미국에 들어가면 연락할게."

무심하게 전화를 끊고 나자, 거울 속에 있는 위선적인 얼굴이 눈에 들어온다. 루나는 재벌의 화려한 정부 얼굴을 하고 있는 제 눈을 뚫어져라 바라보았다.

넌 대체 누구니.

루나는 손을 한 번 더 씻고 화장실 밖으로 향했다.

"미아, 괜찮아요?"

시간이 꽤 오래 흘렀는지, 위니가 걱정스러운 얼굴로 물었다.

"괜찮아요. 갈까요, 위니?"

위니가 믿음직스럽게 고개를 끄덕거렸다.

자리로 돌아오자, 카를이 선선한 눈빛으로 일어나 의자를 빼 주었다.

"고마워요, 카를."

"괜찮아?"

카를의 눈동자에 걱정스러운 기색이 역력하다.

"응, 괜찮아요."

"내가 괜한 말을 해서 당신을 슬프게 했나?"

루나는 그저 은은한 미소를 지을 뿐이었다. 루나가 자리로 돌아오길 기다렸다는 듯이 애프터눈 티 세트가 서빙되었다. 3단 플레이트의 1층에는 샌드위치, 2층에는 스콘, 3층에는 마카롱과 다쿠아즈 등의 달콤한 디저트가 자리했다.

"당신 차는 실론 오렌지 페코로 골랐어."

마음대로 주문해서 미안하다는 듯이 그가 조용히 읊조렸다.

"좋아요. 당신 차는요?"

"나는 러시안 캐러반."

카를의 입에서 나오는 '러시안'이라는 단어가 어쩐지 묘했다. 루나는 따뜻한 차에 흑설탕을 넣고 은수저로 휘휘 저었다.

"아까 그랜드부다페스트 호텔에서는 뭘 받은 거예요?"

"글쎄, 호텔 투숙권?"

무심한 듯 내던진 질문을 그는 잘도 넘겼다.

"굉장히 좋은 곳인가 보네요. 그런 비밀스러운 투숙권을 주는 걸 보면?"

루나가 은수저를 입에 가져다 대며 혀로 한 번 할짝거렸다. 달콤하고 씁싸름한 차 맛과 상큼한 오렌지 향이 동시에 느껴졌다.

카를이 우아하게 찻잔을 들어 올리고는 차를 한 모금 음미했다. 소서에 찻잔이 닿기 전에 그가 다시 입을 열었다.

"누구도 알아보기 힘든 투숙권이기는 하지."

루나는 고개를 비스듬히 기울이며 호기심 어린 눈빛으로 그를 바라보았다.

"그냥 단순한 영어로 작성된 게 아니거든."

흥미로운 이야기에 귀 근육이 저절로 움직였다.

"이게 누군지 알아?"

카를이 들고 있는 지폐는 아직 영국에 통용되지 않는 새 50파운드 지폐였다. 지폐의 앞면에는 엘리자베스 여왕이, 뒷면에는 앨런 튜링이 자리했다.

루나는 눈을 가늘게 뜨며 지폐에 새겨진 이름을 읽는 척했다.

"앨런 튜잉?"

"앨런 튜링. 제2차 세계대전 때 독일의 애니그마 기계에서 나온 암호문을 해독하는 데 혁혁한 공을 세운 인물이야."

독일은 1,030가지 조합을 생성해 낼 수 있는 기계로 암호문을 만들어 송출하곤 했다. 앨런 튜링은 나치가 절대 해독할 수 없을 거라고 자부했던 암호문을 해독해 낸 인물이었다. 튜링이 속한 브래츨리파크에는 그가 발명한 암호 해독 기계 '콜로서스'로 하루에도 수천 건의 암호문을 해독하는 요원들이 가득했다.

그의 암호 해독으로 제2차 세계대전이 새로운 국면을 맞았다고 해석하는 전쟁학자들이 많았다. 브래츨리파크에서는 독일군뿐 아니라, 일본군의 암호도 해독했었다.

"앨런 튜링이 없었다면, 제2차 세계대전은 더 많은 사상자를 냈을지도 몰라. 그 전쟁으로 얼마나 많은 사람이 죽었는지 알아?"

카를의 질문에 루나는 고개를 끄덕거렸다.

"6,600만 명이 넘는 사람이 죽었죠. 역사상 가장 많은 인원이 희생된 전쟁이고요."

"꽤 정확하게 알고 있네?"

"세계사 공부를 게을리하지 않은 모범 학생이었답니다."

루나는 은은한 미소를 머금으며 대꾸했다.

"아까 내가 받은 문서는 해독이 어려운 암호문으로 작성되어 있어."

"그럼 당신은 그 문장을 한 번 읽고 파악할 만큼 모든 규칙을 꿰고 있다는 거네요?"

"맞아."

로젠쉴트가의 후계 교육이 얼마나 힘들었을지 알 만했다.

"그런 문서는 뭘 목적으로 작성되는 거죠?"

"역사상 첫 번째로 기록될 전쟁이 일어나는 것을 막기 위해서."

루나가 미간을 구겼다.

"제2차 세계대전 당시에는 우주선을 쏘아 올릴 수 있는 나라가 많지 않았어. 그런데 지금은 민간 기업에서도 우주선 발사 기술을 보유하고 있을 정도지."

그가 하는 말을 루나는 잠자코 듣기만 했다. 발사체 기술이 발달했다는 의미는 그만큼 무기 발사 기술도 발달했다는 의미였다.

"만약 그런 전쟁이 다시 일어난다면, 역사상 가장 많은 사상자를 낸 전쟁의 순위가 바뀌게 될 거야."

"당신은 아이러니하게도, 첨단 무기 회사를 운영하면서 전쟁을 반대하는 평화주의자고요?"

"무기 회사를 운영하면서 평화적인 견제를 유지하는 평화주의자라고 할 수 있지."

처음 스티브에게서 로젠쉴트의 정부로 잠입하라는 말을 들었을 때, 루나는 어떻게든 꼬투리를 잡아 내리라고 다짐했었다. 절대 그가 선한 쪽에 발을 들이고 있을 거라고는 감히 생각하지 않았다.

그는 절대 악이라고 여겼다. 그런데 카를의 존재를 확인하고 나서 이렇게 마주하고 있는 지금에 이르고 나니, 헷갈린다. 카를이 하는 말을 온전히 신뢰할 수는 없지만, 그가 악한 짓을 벌일 가능성은 적을 거라는 희미한 확신이 들기 시작했다.

"카를."

"응, 미아."

루나는 숨을 한 번 고르고는 진중하게 입을 열었다.

"꼭 당신이 그랬으면 좋겠어요."

잠시 침묵이 흘렀다. 그는 깊고 선한 시선으로 루나를 바라보았다. 가슴속까지 꿰뚫어 보는 듯한 시선에 루나는 진심을 내비쳤다.

"당신이 꼭 평화적인 견제를 유지하는, 그런 평화주의자였으면 해요."

카를이 고개를 비스듬히 기울이며 조용히 대답했다.

"당신만 내 곁에 머물러 준다면, 기꺼이."

루나는 그의 지긋한 시선을 바라보며 찻잔을 우아하게 집어 들었다.

카를의 곁에서 우아하게 머물다 떠날 수 있기를.

루나는 믿지도 않는 신에게 조용히 기도했다.

"흐읏, 카를. 아아!"

카를의 전용기가 워싱턴 D.C 덜레스 국제공항에 도착하자마자 호텔로 향했다.

객실 문이 열리기가 무섭게 그는 루나를 품에 안았다. 카를이 곧장 일행을 데리고 워싱턴으로 온 것도 놀라웠지만, 침대 위에서 몰아붙이는 속도도 놀라웠다.

"카를, 으응. 조금만. 천천히."

카를은 극도의 긴장감을 느낄 때, 루나를 더 몰아붙이는 경향이 있었다. 미국에 도착하면서부터 그는 눈에 띄게 긴장했고, 주변을 의식했다.

"카를. 아아!"

웬만해서는 그를 받아 냈지만, 오늘은 힘에 부칠 정도였다. 가슴 끝이 쓸릴 때마다 아릿한 통증과 쾌감이 느껴졌다. 연신 애액을 흘리는 살점은 끊이지 않는 절정 속에서 곤죽이 된 듯했다.

"카를."

벌써 몇 번째 몸을 섞는 건지 셀 수도 없었다. 분명 해가 지기 전에 호텔에 도착했는데, 깊은 밤을 지나 동이 트고 있었다.

"흐으윽, 카를."

흐느끼는 신음과 함께 눈물이 줄줄 흘렀다.

"미아."

"으응."

카를이 루나의 귓불을 세게 흡입했다.

"아아!"

"절대."

귓가를 간질이는 그의 숨결은 거칠었다.

"내 곁에서."

쾌락이 섞인 그의 목소리는 탁했다.

"멀어지지 마."

정신이 몽롱해지는데, 생각은 또렷해졌다. 카를이 두려워하는 것은 미국의 존재가 아니었다. 조국으로 돌아온 루나가 그의 곁에서 도망칠 기회를 엿볼까 봐 두려워하는 거였다.

"절대."

루나는 거짓으로 물든 진심을 울먹거렸다.

"안 떠날게요."

그가 입을 크게 벌려 루나의 입술을 집어삼켰다.

"으음."

입안으로 쭉 빨려 들어가는 감각 속에서 루나는 다시 한 번 절정에 몸을 떨었다. 까무룩 눈이 감겼다.

"미아?"

이마를 간질이는 입맞춤에 눈을 떴다. 온몸이 욱신거렸다. 쇄골 아래로 흠씬 두들겨 맞은 기분이다.

"카를."

루나는 카를의 이름을 가볍게 불렀다.

"벌써 1시가 넘었어. 점심은 먹고 자야지. 소개할 사람도 있고."

"딱 10분만 더요."

그가 낮게 웃었다.

"그래, 10분만 더."

루나는 그로부터 20여 분을 더 뒤척인 뒤, 침대에서 몸을 일으켰다.

샤워를 마치고 침실 밖으로 나가자 소파 앞 테이블에 간단한 점심이 차려져 있었다.

"편하게 앉아서 식사하도록 해. 다이닝 룸 의자는 왠지 당신한테 불편할 것 같아서."

말이나 못하면.

루나는 밤새도록 몰아붙인 남자를 노려보며 소파에 앉았다.

"소개할 사람이 있어. 새로 고용된 경호원이야."

루나가 그의 경호 책임자인 루터 칼슨의 뒤를 따라 응접실로 들어오는 인물을 바라보았다.

루나는 하마터면 욕설을 내뱉을 뻔했다.

"미국에서 지내는 동안 위니의 팀에 들어가 미스 콴을 경호할 새 경호 인력입니다."

루터가 사무적인 어조로 루나에게 그를 소개했다. 카를은 이미 인사를 나눈 눈치였다.

"인사하지, 듀이."

미쳤구나.

잠입명을 본명으로 들고 오는 멍청하게 미친놈은 듀이밖에 없을 것이다.

"처음 뵙겠습니다. 미아 콴 양. 듀이 파머입니다."

듀이가 환한 미소를 지으며 인사를 건넸다. 파머? 성이 너무 기가 막혀서 하마터면 실소할 뻔했다.

"새로운 사람은 좀 불편한데요."

루나는 뻬딱하게 다리를 꼬고 앉으며 팔짱을 꼈다. 검은색 슈트를 입고, 귀에 블루투스 리시버를 꽂은 듀이를 험악한 눈으로 노려보았다.

"듀이는 워싱턴 D.C 소속 경찰이었어. 아무래도 이곳 지리나 문화를 잘 아는 사람이 경호팀에 있는 게 좋을 테니까."

"경찰은 왜 그만뒀어요?"

루나가 시큰둥한 목소리로 마음에 들지 않는다는 듯이 물었다.

"국가를 위해 헌신하고 싶은 생각이 더는 들지 않아서요."

기가 막혀서 루나는 잠시 듀이에게서 시선을 뗐다.

"그럼 의뢰인에게 더는 헌신하고 싶은 생각이 들지 않는다면, 이 일도 그냥 때려치울 수 있다는 뜻인가요?"

루나의 뾰족한 물음에 듀이는 변함없이 무뚝뚝한 표정으로 대꾸했다.

"돈을 향한 헌신은 변치 않을 겁니다."

"돈을 더 많이 준다는 의뢰인이 나타나면, 로젠쉴트가에서 보고 들은 정보도 옮길 수 있다는 말처럼 들리는데요."

루나는 혼신의 힘을 다해 듀이를 압박하려 들었다. 응접실에 긴장감이 흘렀다. 루터는 자신이 데려온 경호원을 루나가 마뜩잖게 생각할 줄은 몰랐는지 당황한 눈치다.

"미아."

카를이 맞은편 소파에서 일어나 루나의 옆에 붙어 앉았다. 듀이는 그래도 미동조차 없이 서 있기만 했다.

"그만하면 됐어요. 우리가 다 검증한 사람이야."

루나가 은은한 미소를 지으며 카를을 바라보았다. 로젠쉴트가의 검증 체계에는 아주 큰 구멍이 있는 듯했다. 루나를 정부로 받아들인 것도 모자라, CIA 최고의 정보 분석관을 경호원 자리에 앉혔으니 말이다.

"우리가 미국에 온 지 아직 만 하루도 되지 않았어요. 그런데 어떻게 검증했다고 자부하는 거죠?"

루나가 진심으로 궁금하다는 듯이 묻자, 카를이 잠시 머뭇거리는가 싶더니 한쪽 입꼬리를 들어 올리며 웃는다.

"미아."

"응?"

"당신도 곧 듀이를 좋아하게 될 거야."

등줄기를 타고 서늘한 바람이 지나는 듯했다. 카를의 눈빛이 너무도 의미심장해서 숨이 턱 막힌다.

루나의 정체뿐 아니라 위장한 듀이의 정체까지도 파악한 것 같은 느낌. 로젠쉴트가의 검증 체계에 큰 구멍이 난 게 아니라, 그가 파 놓은 큰 구멍에 루나와 듀이, 두 사람이 속절없이 빠져 버린 기분이다.

"당신이 그렇게 말한다면 할 수 없고요."

루나가 새침하게 읊조리자, 카를이 그녀의 입가에 부드럽게 입을 맞췄다. 순간 루나와 듀이의 시선이 허공에서 마주쳤다. 듀이는 눈썹을 미세하게 꿈틀거리고는 카를을 노려보지 않으려 애를 쓰는 모습이었다.

그러게 여기가 어디라고 제 발로 기어들어 와.

루나는 듀이를 나무라듯 흘끗거리고는 카를에게 약한 척을 해 댔다.

"배고파요. 몸에 힘이 하나도 없어. 이제 나가라고 하면 안 돼요?"

카를이 루터를 향해 고개를 까딱거리자, 두 사람이 응접실을 떠났다.

"미아."

"응, 카를."

또 처음 보는 남자에게 왜 그렇게 예민하게 구느냐고 나무랄 거라고 생각했다. 그가 루나의 팔을 커다란 손으로 부드럽게 쓸어내리며 허락을 구하듯 읊조렸다.

"오후에는 잠시 혼자 시간을 보내야 할 것 같아."

루나가 무슨 의미냐는 듯이 카를을 바라보았다.

"회의가 있어서 내가 자리를 비워야 하거든."

그가 자리를 비우면 듀이와 단둘이 이야기를 나눌 기회를 잡을 수 있을지도.

"베이루트에서 총질할 때도 날 데리고 가 놓고선, 내부 회의는 안 되겠나 보죠? 나는 당신한테 밤낮으로 이용만 당하는 정부가 맞나 보네요."

서운해하지 않으면 그가 의심할 것 같아서 일부러 눈꼬리를 축 늘어뜨리며 토라진 척해 보았다.

"미아."

카를이 희미하게 웃으며 루나의 옆머리를 귀 뒤로 쓸어 넘겼다.

"호텔에만 있기 답답한데."

"그럴 리가. 걷는 것도 불편해 보이던데?"

루나는 눈을 부릅뜨며 카를을 노려보았다. 사실 아까 듀이 앞에서 다리를 꼬는 데도 허벅지 안쪽이 쓸려서 고통스러웠다.

"따뜻한 물 받아서 목욕도 하고, 푹 쉬어."

"당신이 돌아오면 착실하게 이용할 수 있도록 깨끗이 씻고 준비하고 있으란 말처럼 들리는데요?"

"말버릇이 점점 고약해지네."

카를이 루나의 입술을 가볍게 깨물었다가 놓았다. 루나는 일부러 아픈 시늉을 하며 울상을 지었다.

"얼른 가요. 레이가 또 입 쭉 내밀고 이러시면 곤란하다느니 투덜거리겠어요. 레이가 삐치면 골치 아프잖아요?"

"그렇지. 레이한테 밉보이면 정말 외출 금지라도 당할 수 있으니까."

카를이 마치 10대 소년처럼 천진하게 웃었다. 그가 웃음기를 머금은 입술로 루나의 입술을 집어삼켰다.

"으음."

루나가 그의 넥타이를 잡아끌며, 고개를 비스듬히 기울였다. 입안으로 들어온 혀가 깊게 비벼졌다. 짧은 키스 후에 반대 방향으로 고개를 비틀어 입을 뗀 뒤, 그의 입술 위에서 루나가 조용히 읊조렸다.

"어서 가 보세요. 평화주의자 선생님. 돈도 벌고, 평화도 지켜야죠?"

카를이 루나의 입술과 뺨 위에 깃털처럼 부드러운 입맞춤을 몇 번 더 하고는 자리를 떴다. 그가 응접실을 나서자마자 사위가 쥐 죽은 듯이 조용해졌다. 얼마 만에 혼자 남겨졌는지 모를 만큼 어색한 고요.

루나는 소파 앞 테이블 위에 놓인 간단한 점심 식사를 내려다보았다. 아까까지만 해도 배가 꺼질 정도로 고팠는데, 듀이의 얼굴을 마주한 순간

식욕이 싹 달아나 버렸다. 입맛이 없어서 사과 반쪽과 우유 한 잔만 마셨다. 머리를 팽팽 굴리기 위해서는 탄수화물도 필요하기에 비스킷 몇 조각을 듀이인 양 와그작 씹어 삼켰다.

정말 씹어 삼켜도 모자랄 놈 같으니라고.

야금야금 먹다 보니 위가 움직이기 시작한 건지, 다시금 식욕이 돌아서 두꺼운 클럽 샌드위치도 한 조각 먹었다.

식사를 마쳐 갈 때쯤 하얀 나무문을 두드리는 경쾌한 소리가 들렸다. 마치 같이 눈사람 만들러 가자고 조르는 여동생이 밖에 있을 것처럼 들뜬 노크 소리였다.

"네."

"미스 콴. 위니예요. 잠시 들어가도 될까요?"

"네, 들어와요."

응접실 문이 조용히 열리고 상기된 얼굴의 위니가 방 안으로 들어왔다. 지금까지 지켜본 바 위니는 잔정이 많고, 상냥하며, 다정한 사람이었다.

"점심 식사는 맛있게 하셨나요?"

"네. 위니는 점심 먹었어요?"

위니가 고개를 끄덕이며 웃었다.

"미국 동부에서 유명하다는 햄버거를 먹었어요. 새로 온 듀이가 사다 줬거든요."

듀이가 가장 좋아하는 점심 메뉴였다.

"와, 그 맛있는 걸 경호팀만 먹었단 말이에요?"

"아, 미안해요, 미아."

"미안하면 다음에는 내 것도 부탁해요."

루나가 싱긋 웃으며 위니를 바라보았다.

"그런데 내가 점심 식사를 잘 했는지 확인하려고 들어왔나요?"

"네, 로젠쉴트 씨께서 꼭 확인하라고 하셨거든요."

위니가 경쾌하게 대답하며 환하게 웃었다. 그러고는 제 웃음이 이상하다고 느꼈는지 얼른 표정을 단속한다.

"위니?"

루나는 눈썹을 치뜨며 턱을 내리고 그녀를 심각하게 응시했다.

"네, 미스 콴."

"무슨 일 있어요? 나한테 말 못 할 즐거운 일이라도 생긴 거예요?"

어깨를 으쓱해 보이며 어서 말해 보라는 듯이 그녀를 채근했다.

"아, 그게……. 아니에요. 미스 콴."

"이리 와서 앉아요, 위니. 우리 차 한잔할까요? 같이 지낸 지 꽤 됐는데, 마주 앉아서 이야기를 나눌 새도 없었네요."

루나가 친근하게 위니를 다독였다. 그래도 위니는 꿈쩍도 하질 않았다.

"어서요. 나 여기서 이야기 나눌 상대가 카를 빼고는 하나도 없는 거 알아요? 말벗이나 좀 해 줘요."

간절한 부탁에 위니가 어쩔 수 없다는 듯이 고개를 살짝 끄덕거렸다.

"그럼, 잠시 실례하겠습니다."

위니가 예의 바르게 인사하고는 루나와 마주 앉았다. 따뜻한 차를 한 잔 따라서 위니의 앞에 놓아 주자, 위니는 정중하게 고맙다고 인사했다.

"우유나 설탕은요?"

"설탕만요."

루나는 설탕이 담긴 조그만 단지를 그녀의 앞에 놓아 주고는 진하게 우린 찻물을 잔에 따르고 우유를 부었다.

"있잖아요, 미아."

"응."

"로젠쉴트 씨를 처음 봤을 때, 어떤 느낌이었어요?"

루나는 이게 무슨 질문인가 싶어서 미간을 찌푸리며 위니를 바라보았다.

"아, 아니에요."

위니는 뜨거운 차를 호호 불어서 한 모금 마시고는 다시금 루나의 눈치를 살폈다.

"위니. 말을 하다가 마는 건 정말 나쁜 버릇이에요. 상대를 놀리는 게 아니라면 그런 행동은 하지 않는 게 좋겠어요."

루나는 위니의 입을 열 요량으로 다소 고압적인 어조를 냈다.

"죄송합니다. 미스 콴. 저는 단지…… 사랑에 빠진 사람들의 첫인상은 어땠는지 궁금해서 여쭤본 거예요."

"위니?"

그걸 정말 모르느냐고 묻는 듯한 얼굴로 위니를 바라보았다.

"네, 미스 콴. 저도 남자를 아예 만나 보지 않은 건 아니지만요. 이렇게 가슴이 뛰는 건 처음이라서요."

"누구한테요? 설마 우리 카를한테?"

루나가 찻잔을 집어 들며 놀리듯 물었다.

"설마요! 아니요!"

"나한테 카를을 처음 봤을 때 어떤 느낌이었냐고 물었잖아요. 설마 내 앞에서 카를을 뺏겠다고 선전포고라도 할 생각은 아니죠? 나 의외로 잘 싸우는데."

루나가 빙글거리며 웃었다.

"그럴 리가요, 미스 콴."

순진한 위니가 울먹거리기까지 했다. 이제 그만 놀려야겠다는 생각이

들 정도로 안쓰러운 얼굴이다.

"그게 누군데요? 워싱턴에 와서 처음 만난 사람일 테고……. 호텔 직원인가요?"

"아니요. 새로 온 경호팀 직원이요."

"누구?"

혹시나 해 다시 물었다.

"듀이 파머요."

듀이, 너는 정말 이 사태를 어떻게 책임지려고 그러는 거지?

루나는 은은한 미소를 지으며 차를 한 모금 더 마시고는 소서 위에 내려놓았다.

"듀이가 어떤 사람인지 궁금하겠네요?"

위니가 고개를 세차게 끄덕이다가, 이내 정신을 차린 듯 고개를 내저었다. 정말이지 대책 없이 귀여워서 웃음이 다 난다.

"위니가 내 경호팀장이죠?"

"네, 루나."

"그럼 듀이는 위니의 부하 직원이겠네요."

"그런 셈이죠."

불쌍한 위니. 루나는 고심하는 척 잠시 미간을 찌푸렸다가 입을 열었다.

"이렇게 하죠. 지금 듀이 파머를 불러 봐요. 이렇게 된 이상 듀이가 어떤 사람인지, 나도 검증을 좀 해 봐야겠어요."

루나는 설득력이 살짝 떨어지는 것 같아서 힘주어 덧붙였다.

"솔직히 내 경호팀에 있을 사람인데, 나는 오늘 듀이를 처음 봤어요. 최소한 나한테 신뢰를 얻어야 하지 않을까요?"

위니가 천천히 고개를 끄덕거렸다.

"위니는 로젠쉴트가에서 얼마나 일했죠? 경호원으로 뽑히기까지 시간이 얼마나 걸렸어요?"

"6개월에 걸친 테스트를 보고, 6개월 동안 실습 기간을 거친 뒤 실전에 투입됐어요."

"그런데 듀이는요?"

위니가 무언가 깨달은 듯이 참혹한 표정을 지었다. 첫눈에 반한 사랑을 타당하지 못하다고 생각하는 모양이었다.

"미스 콴, 제 생각이 짧았습니다."

"아니에요, 위니. 나는 기간에 상관없이 카를과 루터가 훌륭한 인력을 경호팀에 충원했다고 생각해요."

손바닥을 뒤집듯 바꿔 버리는 루나의 태도에 위니는 잠시 당황한 듯했다. 순진하고 착한 위니. 경호 실력은 흠잡을 때 없지만, 현직 CIA 공작관인 루나의 앞에서는 꼼짝을 하지 못했다.

"듀이를 불러 봐요. 로젠쉴트 가문의 기나긴 테스트나 실습 기간도 거치지 않고 바로 실전에 투입될 정도로 실력이 좋은지, 또 위니가 첫눈에 반할 정도로 좋은 사람인지 나도 궁금하네요."

채찍질 후에 들이미는 당근은 언제나 먹히는 법이다.

"네, 미스 콴."

위니가 호출하기가 무섭게 하얀 나무문을 두드리는 소리가 들렸다. 루나가 찻잔을 손에 든 채로 고개를 끄덕거리자, 위니가 소파에서 일어나 문가로 걸어갔다.

문이 열리자, 듀이의 음성이 들려온다.

"날 불렀나요, 위니?"

듀이는 특유의 다정한 음성으로 위니를 대했다.

"실은 미아 콴께서 보자고 하셨습니다."

"미스 콴이 나를요?"

루나는 두 사람의 대화를 가만히 들으며 차를 홀짝거렸다.

"부르셨습니까, 미스 콴?"

듀이가 위니를 대할 때와는 다른 딱딱한 얼굴로 루나의 앞에 섰다.

"반가워요, 듀이. 아까는 인사가 너무 거칠었죠? 사과할게요."

위니가 잔뜩 긴장한 얼굴로 루나와 듀이를 번갈아 보았다.

"충분히 이해합니다, 미스 콴."

"내가 검증 안 된 경호원은 싫다고 으름장을 놓거든요, 위니."

위니는 그제야 알아들었다는 듯이 일면 안심한 표정을 지었다.

"로젠쉴트 가문에는 어떻게 지원하게 되었죠?"

"경호 전문 인력 헤드 헌터의 추천이 있었습니다."

그럴듯한 이유를 대는 듀이를 바라보며 루나는 심오하게 고개를 끄덕거렸다.

"대단한 인재였나 보네요. 다른 경호원들보다 빨리 채용된 걸 보면."

"제 자랑 같지만, 그렇습니다."

듀이가 뒷짐을 지고 있다가 루나에게 대답할 때만 차렷 자세로 섰다.

"그렇게 대답할 때마다 자세를 바꾸는 건 경찰 생활 할 때 몸에 밴 건가요?"

"아니요. 군대에 있을 때부터 몸에 밴 습관입니다."

"아, 군대도 다녀오셨구나."

위니가 호기심 가득한 눈빛을 숨기지 못하고 두 사람의 대화를 지켜보았다.

"어디요? 해병대, 해군, 공군, 육군?"

듀이가 입을 열려는 순간, 위니가 조용히 전화에 응대하는 소리가 들려왔다.

"네, 루터. 지금 바로 가겠습니다."

듀이와 루나의 시선이 위니에게 향해 있었다.

"팀장급 회의가 소집되어서 급히 다녀와야 할 것 같습니다. 듀이, 밖에 있는 다른 팀원들과 함께 미스 콴을 잘 부탁합니다."

듀이가 알겠다며 고개를 끄덕거렸다. 위니가 응접실 밖으로 나가는 동안 루나는 자연스럽게 차를 한 잔 더 따랐다.

"차 마시겠어요?"

루나의 질문이 흘러나온 순간, 응접실 문이 닫혔다.

"하아."

루나가 긴 한숨을 토해 내고는 듀이를 노려보았다.

"정신 나갔지?"

듀이가 맞은편 소파에 털썩 주저앉으며 웃었다.

"너야말로. 본부에서 그렇게 나오는데, 한가하게 호텔 놀이나 하고 있고."

"내가 지금 한가해 보여?"

"어, 안타깝게도."

루나는 고개를 절레절레 내저으며 조용히 읊조렸다.

"성이 파머라니? 미쳤어? 여기가 무슨 할리우드 영화 세트장이야?"

수십 년 전 만들어진 영화 보디가드에서 휴트니 휴스턴의 경호원 역할을 맡았던 케빈 코스트너의 극 중 이름이 프랭크 파머였다.

잠입명을 지을 때 좋아하는 영화 주인공의 이름을 따올 때가 있는데, 듀이는 익살맞게도 대놓고 경호원 역할의 성을 빌려왔다.

"이름도 바꾸지 않고 말이야. 잠입의 기본이 안 되어 있어."

"너한테 다른 이름으로 불리는 건 싫었거든."

듀이가 다정한 미소를 머금으며 대꾸했다.

"이완 쪽은 어때?"

"예상했던 대로 러시아 때문에 움직인 것 같아. 그쪽 정보를 캐내려면 또 다른 트랙의 작전이 필요한 상황이고."

보통 적극적인 방첩 활동은 긴 시간 준비가 필요하다. 하지만 지금 현장 지원도 제대로 받지 못하는 마당에 로젠쉴트가를 상대로 예산이 많이 들어가는 다른 트랙의 작전을 만드는 것은 불가능해 보였다.

"K하고 관련해서는?"

루나의 질문에 듀이가 재킷 안주머니에서 휴대전화를 꺼내고는 화면을 몇 번 두드렸다.

"이것 좀 봐."

루나는 휴대전화를 받아 들고는 화면에 떠오른 시뮬레이션을 넘겨보았다.

"로젠쉴트 가문의 수장이 바뀌었다는 소식이랑, 헤즈볼라의 공격이 임박했을지도 모른다는 소식이 퍼져 나간 경로야."

전 세계적으로 뉴스를 퍼 나르는 SNS 빅 데이터가 유사한 양상을 띠었다.

"누군가 두 가지 뉴스를 이용해서 불안을 조장하고 있다는 거네?"

루나가 화면에서 눈을 떼고 말을 이었다.

"이것만 봐서는 로젠쉴트가 무기를 팔아먹기 위해 헤즈볼라를 이용한 거로 보이는데?"

"다음 걸 봐 봐."

듀이가 목소리를 낮췄다.

"북한이 도발을 감행할지도 모른다는 뉴스, 중국이 인도 쪽 군대를 재배치하고 대규모 군사 훈련을 시작했다는 뉴스, 러시아가 미사일 방향을 틀었다는 뉴스. 이게 전부 같은 양상으로 퍼져 나갔다고?"

"이 중에서 로젠쉴트 가문을 이용하려고 하는 집단이 있을 거야. 정확히는 로젠쉴트 가문과 손을 맞잡은 집단."

루나가 듀이의 휴대전화를 손에 쥔 채로 미간을 구기며 물었다.

"미국은 어때?"

"무슨 뜻이야?"

"우리 쪽 뉴스는 없냐는 이야기야."

듀이가 한숨을 몰아쉬며 질문을 던졌다.

"우리 쪽에서 로젠쉴트가의 미국 내 자산을 전부 동결시킨 걸 알고 있지?"

"응, 알아. 그게 새로운 압박으로 존재할 수도 있는 거잖아. 로젠쉴트가 미국에 있는 자산이 묶이는 걸 무서워할 집안은 아니잖아. 달러가 국제 금융 거래에 주로 사용되는 기축 통화여서 그런 거지."

유럽보다 훨씬 못 사는 나라였던 미국이 세계의 패권을 잡은 것도 기축 통화가 파운드에서 달러로 바뀐 이후였다.

"SNS를 이용한 다른 뉴스보다, 미국이 더 의심스럽지 않아?"

"말조심해. 너 그거 진짜 국가 반역 행위인 거 몰라?"

듀이가 경고하듯 읊조렸다.

"너도 그렇게 의심하고 있잖아. 세계에서 가장 전쟁을 많이 하는 나라가 미국이야. 그런데 전쟁과 무기 관련 뉴스를 퍼 나르는 양상에 미국이 등장하지 않았어. 역설적이지 않아?"

루나의 문제 제기에 듀이는 긍정도 부정도 하지 않았다.

"듀이, 내 말은."

루나는 한 번 더 숨을 고르고 말을 이었다.

"우리보다 훨씬 윗선에서 이 일에 개입했을 수도 있다는 이야기야. 로젠쉴트가 거느린 게 필요한 누군가가."

"로젠쉴트가 거느린 거?"

"내가 전에 말했었지? 저택 아래에 있는 디지털 문서와 서버들."

듀이가 미간을 구긴 채로 고개를 끄덕거렸다.

"미국 정부하고도 계약이 되어 있다고 했어. 그런데 정확한 문서명과 작성자명, 열람 이유를 밝히지 않으면 자료에 접근할 수 없대."

"그 자료에 정식으로 접근할 수 없는 누군가가 노리고 일을 벌인 건가?"

"그게 우리 본부일 수도 있고. 더 윗선일 수도 있고."

두 사람이 대화를 나눌수록 이야기는 미궁에 빠지는 것만 같았다.

"K가 항상 몸에 지니고 다니는 게 뭐지?"

"없어. 의심이 많고, 꼼꼼한 성격이야. 절대 몸에 항상 지니고 다니는 물건은 없어."

"의미를 두는 물건이 없다는 소리네."

루나는 가볍게 고개를 끄덕거렸다.

"네가 하나 선물하는 건 어때?"

"내가?"

"응. 네가 선물하는 건 항상 몸에 지니고 다닐 것 같은데. 이걸 심어서 선물하면 더 좋고."

듀이가 휴대전화 커버를 벗겨 내고 작은 칩을 하나 꺼내서 루나에게 건넸다.

"네 휴대전화하고 연동하면, 도청 시점을 조율할 수 있어. 같이 있을 때 말고, 이렇게 혼자 내부 회의를 들어갈 때만 켜 둬도 K에게서 꽤 많은 정보를 얻을 수 있을 거야."

"랭글리는 여전해?"

듀이는 한숨을 몰아쉬며 두 손으로 머리를 거칠게 쓸어 넘겼다.

"여전해. 이번 작전에 보수적인 태도를 고수하고 있어. K의 움직임을 좀 지켜보자는 뜻인 것도 같아. 이제 막 꿈틀대기 시작했으니까."

루나는 그럴 수도 있겠다며 고개를 끄덕거렸다.

"긍정적으로 생각해야 해. 루나. 보통 이런 잠입은 짧은 시간 안에 끝나지 않아. 알지? 그리고 미국이 아니라, 로젠쉴트가 뉴스를 퍼 날랐다는 사실을 배제할 수도 없어. 전쟁이 나면 가장 큰 이익을 얻는 가문이야."

"그걸 알면서 네가 여길 오면 어떡해?"

루나가 눈을 지그시 감았다가 뜨며 한심하다는 듯이 듀이를 나무랐다.

"때가 되면 본부에 보고할 거야. 내 걱정은 하지 마. 그리고."

듀이가 아련한 눈빛으로 루나를 바라보았다.

"널 여기 혼자 둘 수는 없었어. 그래서 내가 온 거야."

루나는 듀이의 지긋한 시선을 피해 버렸다. 마음이 불편해지는 건 딱 질색이었다. 누군가에게 빚을 지면 갚으면 된다. 그게 돈이든, 임무든. 하지만 마음의 빚을 지고 나면 그 마음을 전부 갚아 줄 수 없으니 불편하다.

"듀이. 나는 너랑 더 불편해지는 거 싫어. 그만두고 돌아갔으면 좋겠어."

"루나?"

듀이가 무릎 위에 양 팔꿈치를 올리며 손깍지를 꼈다. 고개를 비스듬히 기울이며 루나를 바라보는 그의 눈빛은 꽤 진지했다.

"네가 언제까지고 혼자 여기서 버티면서 나와 아슬아슬하게 연락을 주고받을 수는 없어. 본부와의 거리를 좁혀 줄 연락 창구가 필요하잖아? 내가 그 역할을 할 거야. 그리고 넌."

루나가 뭐라고 대꾸하려 하자, 듀이가 손을 들어 보이며 저지했다.

"넌 반드시 나와 함께 본부로 무사히 돌아가게 될 거야. 빚은 그때 갚아도 돼."

아무런 말도 잇지 못하고 듀이를 한참 동안 응시했다.

"사실 듀이, 나는 이제 잘 모르겠어. 나는 하미드가 지하디스트가 되지 않았다는 걸 증명하기 위해 공작관이 되었는데, 이미 되어 버린걸."

갑작스럽게 응접실 문이 열렸고, 듀이가 눈치 좋게 자리에서 일어났다.

문 뒤에서 나타난 이는 카를이었다.

"단둘이 무슨 이야기를 하고 있었지? 뭐가 이미 되어 버렸다고 한 거야?"

카를이 잔뜩 굳은 얼굴로 루나를 향해 걸어왔다. 그의 시선은 앞에 서 있는 듀이에게 향해 있었다.

"이미 경호원이 되어 버린 걸 어쩌겠느냐고 이야기하고 있었어요."

루나는 팔짱을 끼며 일부러 카를에게 딱딱하게 굴었다.

"하지만 저는 여전히 새로운 사람은 별로니까, 본인 능력을 증명하기 위해서는 피나는 노력이 필요할 거란 말도 했고요."

카를은 루나의 곁에 앉으며 미묘한 웃음을 띠었다.

"미아, 마음을 좀 넓게 가져요. 앞으로 나와 함께하면서 무수히 많은 사람을 보게 될 거야. 그럴 때마다 이럴 건가?"

루나는 급격히 울적해진 얼굴로 고개를 내저었다.

"미아?"

카를이 걱정스러운 목소리로 이름을 불렀다.

"아니에요."

"아니긴 뭐가 아니야."

기다란 손가락이 루나의 턱 끝을 부드럽게 잡았다. 그가 기분을 풀라는 듯이 루나의 입술에 부드럽게 입을 맞췄다. 저지할 틈도 없이 키스가 깊어졌다.

그는 듀이를 등지며 루나를 품에 안고는 정신이 쏙 빠질 정도로 키스를 퍼부었다. 순식간에 입안을 훑고 들어와 점막을 샅샅이 어루만지고, 타액을 모조리 받아 마실 것처럼 거세게 빨아들였다.

"음."

혀뿌리가 당기는 느낌에 본능적으로 신음이 샜다. 남들이 들을 때는 어떨지 모르겠지만, 쾌감보다 놀라움이 실린 소리였다. 평소와 같지 않은 당황스러운 감각에 놀라는 것처럼.

"미아."

그가 입술을 떼고 속삭이듯 이름을 불렀다.

"이렇게 딱딱하게 나오는 데는 뭔가 이유가 있는 것 같은데?"

나직한 목소리에 의심이 실린다. 카를이 듀이에게 차가운 시선을 돌렸다.

"듀이?"

긴장감 때문에 마른침조차 넘어가질 않았다. 루나는 최대한 태연한 자세를 유지하려 애썼다.

"그만 나가 봐요."

하마터면 안도의 한숨을 내쉴 뻔했다. 듀이가 고개를 까딱하고는 응접실을 나설 때였다. 카를이 루나를 번쩍 안아 들어서 놀란 비명이 튀어나왔다.

"카를!"

"내 여신께서 왜 이렇게 기분이 안 좋은지 모르겠지만, 이럴 땐 침대에서 제대로 풀어 드려야지, 소파가 아니라."

문이 닫히는 둔탁한 소리가 이제야 들려왔다. 루나의 비명과 카를이 내뱉은 노골적인 말을 듀이가 다 들었을 것이다.

기분이 걷잡을 수 없이 묘했다. 듀이에게 미안한 마음이 들어서 당황스러웠다. 임무일 뿐이라는 말을 독하게 들이밀기가 어려웠다. 카를에게 흔들리는 제 마음이 걸려서, 지레 찔리는 감정이었다.

"미아."

그는 루나를 침대 위에 살포시 내려놓으며, 그녀의 옆에 누웠다. 팔꿈치로 상체를 의지한 채로 그녀의 관자놀이에 입을 맞춘 카를이 조용히 읊조렸다.

"이제 왜 예민하게 구는지, 이유를 말해 줄 수 있나?"

이대로 듀이를 욕보이고 내쫓고 싶은 마음 반, 그래도 지금 본부와의 소통을 나눌 수 있는 연결 고리는 듀이뿐이라는 마음 반이었다.

"있잖아요, 카를."

루나는 눈을 내리깐 채로 심각한 목소리를 냈다.

"나는 당신의 정부죠?"

"그래."

당연한 질문에도 카를은 다정하게 대꾸해 주었다.

"그래서 새로운 사람이 들어오는 게 두려운가 봐요."

카를이 무슨 의미냐는 듯이 미간을 찌푸렸다.

"새로운 사람이 온다는 건 누군가가 밀려날 수도 있다는 거니까요. 나도 그렇게 될 수 있는 처지고요."

그럴듯한 핑계에 그가 한숨을 집어삼키고는 가만히 루나를 응시했다.

"미아?"

"응."

루나는 그에게 눈을 마주치지 않고 대답했다.

"세상 그 어디에도 당신을 대신할 사람은 없어."

그가 루나의 턱 끝을 들어 시선을 맞추려고 애를 썼다. 루나가 끝까지 그를 바라보지 않자, 그가 불안한 어조로 덧붙였다.

"미아, 날 봐야지?"

천천히 눈동자를 움직여 그를 바라보았다. 그는 안타까운 미소를 머금은 채로 루나를 내려다보고 있었다.

"믿을게요."

루나는 조심스럽게 속삭였다.

"그래, 날 믿어."

카를의 입술이 그녀의 입술 새를 조심스럽게 파고들었다. 커다란 손이 어느 때보다도 부드럽게 루나의 가슴을 둥글리듯 어루만졌다.

"으음."

그녀의 반응을 하나하나 살피며 천천히 움직이는 카를의 손짓은 과거의 이형을 떠올리게 했다.

「세상 그 어디에도 당신을 대신할 사람은 없어.」

카를의 말이 귓가를 자꾸 맴돌며, 기억 속 이형을 불러냈다.

그도 그랬을까.

유주희라는 여자를 대체할 수 있는 사람이 없어서 마음 아파했을까.

이제는 이형과의 시간이 까마득한 옛날처럼 느껴졌다. 그리고 지금 입술을 집어삼키고 있는 남자의 비슷하고도 다른 면모가 자꾸만 이별을 상기했다.

그때는 아무렇지도 않았던 이별이 지금은 아프다.

이 남자와 헤어질 때는 얼마나 많이 아플까?

루나는 그의 어깨를 꽉 끌어안았다. 끝을 떠올릴수록 지금이 간절해졌다.

카를은 천천히 루나의 옷을 벗겨 내고는, 빠르게 옷을 벗어 던졌다. 허벅지 사이에 무릎을 꿇고 앉아 있는 남자는 지나치게 아름다웠다. 그가 루나를 독점하고 싶어 하는 것처럼, 루나도 이 남자를 평생 독점하고 싶었다.

"카를."

발갛게 달아오른 벗은 몸으로 타인 앞에 누워 있는데도 전혀 부끄럽지 않았다. 부끄럽기는커녕 경건하게 바라보는 그의 눈빛 덕분에 세상에서 가장 소중한 존재가 된 것 같은 느낌마저 든다.

"미아."

그가 느릿하게 상체를 숙이고는 더 이상의 전희 없이 단단하게 솟아오른 페니스에 콘돔을 씌운 뒤 질구로 들이밀었다.

"아아!"

내벽을 익숙하게 자극하며 들어오는 쾌감은 만족스러웠다. 그는 양 팔꿈치로 루나의 머리 옆을 짚은 채, 커다란 손으로 그녀의 얼굴을 감쌌다. 얼굴 위로 부드러운 입맞춤이 쏟아졌다. 아래를 꿰뚫는 감각도 부드럽기는 마찬가지였다.

"으응."

루나는 그의 단단한 팔뚝을 쓸어내렸다. 휴양지 바닷가의 잔잔한 파도처럼 쾌감이 부드럽게 차올랐다. 번개가 치듯 전신을 강타했던 강렬한 감각과는 다른, 섬세하고 간질간질한 쾌감이었다.

"하아, 카를. 너무 좋아."

신음과 함께 흘러나온 말을 집어삼키듯 그가 깊게 입을 맞췄다. 모든 게 다 소중하다는 듯이 속살을 부드럽게 핥는 그의 움직임이 좋았다. 몰아붙이지 않고, 혀를 대고 비비고, 적당히 압박하며 빨아들이는 것도 좋았다. 순식간에 절정에 오르도록 치닫는 게 아니라 전신이 천천히 깨어나도록 두드리는 것도 좋았다.

"흐응. 카를."

배 속이 간질간질했다. 허벅지 안쪽이 파르르 떨리는 게 느껴졌다. 빠르게 움직일 때는 올올이 깨닫지 못했던 변화였다. 발가락 끝이 말려들어서, 손끝으로 그의 어깨를 파고들었다.

"하웃. 으으."

절정에 오르는 순간이 지금보다 선명했던 적은 없었던 것 같다. 그는 잠시 움직임을 멈추고 루나가 충분히 느낄 수 있도록 배려해 주었다. 숨을 멈춘 채로 루나는 전신이 오그라들었다가 한순간에 펼쳐지는 것 같은 감각에 취했다. 몸통이 심장으로 가득 찬 것처럼 빠르게 뛰었다.

"카를."

그의 이름이 마치 신비한 주문이라도 되는 양 읊조렸다.

"하아, 카를."

이러다 사랑 고백이라도 흘러나올 것만 같아서 루나는 아랫입술을 꾹 깨물었다. 아무리 속고 속이는 관계라고 한들, 사랑한다는 말을 하는 건 이별을 앞둔 사람의 예의가 아니었다.

"미아."

그가 루나의 이마에 조심스럽게 입을 맞추었다.

"사랑해."

아슬아슬하게 갈라져 있던 둑이 무너진 것처럼, 가득 차오른 물 잔에 물을 한 방울 떨어뜨려서 물이 넘쳐 버린 것처럼, 느릿하게 돌던 팽이가 멈춰 버린 것처럼.

감정이 넘치고, 심장이 멈췄다.

"흐으웃."

루나는 흐느끼듯 신음하며 고개를 젖혔다. 끝도 없이 올랐다고 한 절정이 마지막의 마지막까지 이어졌다. 이제 속절없이 떨어져 내리는 일만

남았다.

간절하게 그의 어깨를 부둥켜안았다. 쿵쿵 울리는 그의 심장이 흥분으로 부푼 가슴을 짓눌렀다. 마치 그의 심장 소리가 뾰족한 촉이 되어 가슴을 찌르는 것처럼 아팠다.

"카를. 흐으윽."

몸이 뒤틀리는 감각 속에서 해서는 안 되는 말이 흘러나왔다.

"나도 사랑해요."

암전이라도 된 듯 눈앞이 캄캄해졌다. 충격파에 정신을 잃은 것처럼 지독한 어둠이었다.

6. 나비

겨우 다시 눈을 떴을 때, 카를은 걱정스러운 눈빛으로 루나를 내려다
보고 있었다. 느릿하게 움직이는 눈꺼풀이 무거웠다. 마치 속눈썹 하나하
나에 무게가 실려 있는 듯 눈을 깜빡이는 것조차 힘겨웠다.

"미아."

"응."

천천히 시선을 옮기자, 팔뚝에는 웬 주삿바늘이 꽂혀 있었다.

"이게 뭐……."

루나의 목소리가 깊게 잠겼다. 그가 한숨을 몰아쉬고는 다행이라는 듯
이 가느다란 미소를 머금었다.

"열이 40도까지 올랐었어. 꼬박 이틀을 깨어나지 못했고."

그사이 의사가 다녀갔고, 피검사와 심전도 등의 각종 검사가 이루어졌
으며, 피로 누적으로 인한 몸살이라는 진단을 받았다고 했다.

"미안해. 내 생각만 하고 몰아붙여서."

루나가 천천히 고개를 내저었다.

"아니에요."

몸이 피로한 게 아니었다. 마음이 피로한 거였다. 그동안 독하게 마음 먹고 거부해 오던 감정들이 한꺼번에 터져 버려서 감당할 수가 없었던 것이다.

"계속 그러고 있었어요?"

카를은 꼼짝도 하지 못하고 루나의 곁을 지킨 눈치였다. 턱에는 까끌까끌한 수염이 돋아나 있었고, 얼굴이 해쓱했다.

그가 그제야 제 몰골을 깨달은 듯이 당황스러운 표정을 짓고는 턱을 어루만졌다. 언제든 이형 아니, 카를은 루나에게 근사한 모습만 보여 주려고 애를 썼다.

"만져 보고 싶어요."

루나가 느릿하게 손을 뻗자 그가 조심스럽게 턱을 가져다 댔다. 손끝에서 느껴지는 감각이 생경하고 좋아서 계속 어루만지자, 그가 눈을 지그시 감은 채로 읊조렸다.

"1분 1초가 지옥 같았어."

"겨우 몸살인데요."

"네가 눈을 뜨지 않아서 두려웠어."

카를의 기다란 속눈썹이 까맣게 젖었다.

"카를, 나 괜찮아요."

그가 루나의 손을 쥐고 손바닥 가장 깊은 곳에 입을 맞췄다.

"절대."

카를이 당부하듯 간절히 말을 이었다.

"네가 나를 먼저 떠나는 일은 없었으면 좋겠어."

묵직해진 심장이 깊이를 알 수 없는 물속으로 가라앉는 듯했다.

카를은 안쓰러운 얼굴로 누워 있는 루나를 가만히 바라보았다. 그녀는 카를의 품에 안긴 채로 사랑한다고 고백하고는 정신을 잃었다.

마치 감정이 버거워 삶을 외면해 버린 것 같은 모습에 가슴이 무겁게 뛰었다. 조금 전에 내뱉은 말에도 그녀는 부담스러운 눈빛을 하고 있었다.

그녀가 애써 웃으며 카를을 바라보았지만, 감정을 가장하고 연기를 하는 모습이 카를의 눈에는 여실히 보였다. 다른 이들은 깜빡 속아 넘어간다고 할지라도, 카를은 이제 그녀의 진심과 거짓을 구분할 정도는 되었다.

카를은 밖에서 한없이 대기 중인 의사를 침실로 호출했다.

"어디 불편한 데는 없으십니까, 미스 콴?"

"목이 조금 아프고, 몸이 찌뿌듯한 거 말고는 괜찮아요."

이틀 내내 수액을 맞은 덕분인지 체온도 36.8도로 정상범위 안에 있다고 했다.

"그동안 너무 무리하셨나 보네요."

의사가 수액과 영양제 투약 속도를 조정하고는 카를을 향해 말했다.

"며칠은 꼼짝없이 쉬어야 합니다."

50대 중반의 의사는 엄혹한 표정으로 카를을 바라보았다. 같은 여자로서 카를에게 혹사당한 그녀가 안타깝다는 얼굴이었다.

"알겠습니다."

카를이 선선한 미소를 지으며 대꾸했다. 의사는 그래도 모를 만약에 대비해 밖에서 대기하겠다는 말을 남기고 침실을 나섰다.

"저 의사는 어디서 구했어요?"

그녀는 천성적으로 호기심이 많은 성격이었다. 이형과 만날 때는 저 눈빛을 어떻게 숨겼는지 신기할 정도다.

생각해 보니, 그 시절 그녀는 이형에게 철저하게 아무것도 내어 주지 않는 사람이었다. 그래서 그때는 더 안달했고, 조바심이 났었다. 하긴 안달하고 조바심이 나는 건 지금도 마찬가지다.

"워싱턴 D.C에서 가장 유명하다는 의사의 시간을 가장 비싼 값에 사 왔지."

그녀는 이제 돈을 썼다는 말에는 꿈쩍도 하지 않는다.

"내가 괜한 고생을 시켰네요."

"괜한 고생이라니."

카를은 상체를 숙여 그녀의 마른 입술을 축이듯 입을 맞췄다. 쓰러져 있는 내내, 그녀의 입술이 하얗게 말랐다. 아무리 입을 맞춰도 그녀의 입술은 버석거리기만 했다. 반응이 없는 그녀의 입술을 마주하는데, 두려움이 엄습했다.

몸의 피로가 아닌 마음의 피로로 눈을 감아 버린 듯한 여자. 그런 여자의 마음을 어떻게 온전히 얻을 수 있을까. 계속 곁에 묶어 두면 가능해질까.

"미아. 나는 약속이 있어서 잠시 나가 봐야 해. 위니와 듀이를 불러 줄게. 함께 있도록 해."

마음 같아서는 그녀와 절대 떨어지고 싶지 않았다. 하지만 지금 그녀에게는 심신의 휴식이 절실했고, 카를은 중요한 인물과의 독대를 앞두고 있었다.

"알겠어요."

그녀는 조심해서 다녀오라는 인사를 하며 또 웃었다. 억지웃음은 이제 그만 지으라는 말을 하고 싶었지만, 그럴 수 없었다.

그녀가 억지로 웃는 것도, 앙탈을 부리며 연기하는 것도, 거짓 신뢰를 쌓아 올리는 것도 좋았다. 그녀가 하는 모든 것을 카를은 포용할 수 있었다. 다만 저를 외면하거나, 떠나는 일만은 제외하고 말이다.

그녀가 눈을 감고 아무런 반응도 없던 순간이 떠오르자 또다시 가슴 근육이 뒤틀린다. 그녀의 이마에 드리운 잔머리를 쓸어 넘기는데, 침실 문을 두드리는 소리가 들렸다.

"들어와요."

문을 열고 들어온 이들은 카를의 호출을 받은 위니와 듀이였다.

"위니."

카를이 이름을 부르자 그녀를 꽤 잘 따르는 위니가 믿음직스러운 미소를 머금으며 고개를 끄덕거렸다.

"그리고 듀이?"

듀이에게로 시선을 옮기자, 날카로운 감정을 감춘 사내의 무뚝뚝한 눈동자가 카를을 향한다.

그리고 듀이…….

듀이는 그녀의 직장 동료였다. 둘 사이가 꽤 가까웠을 거라고 추측된다고 레이가 올린 보고서에 쓰여 있었다. 무슨 일인지 지금은 휴가 중인 상태인데, 그녀의 경호원 자리에 지원을 했다고.

대담하게 이름을 그대로 쓰는 듀이의 뚝심이 마음에 들었지만, 그녀를 바라보는 눈빛은 거슬렸다.

듀이를 고용한 것은 오로지 그녀를 위하는 마음에서였다. 그녀에게 마음을 둔 듀이가 본부에 긴 휴가를 내고, 경호원으로 자진해서 들어왔다는 것은 어쩌면…… 그녀가 소속 단체에서 어려움을 겪고 있을지도 모른다는 방증이었다. 자신이 듀이의 입장이었어도 사랑하는 여자를 지키기 위해 수단과 방법을 가리지 않을 테니까.

누구에게도 도움을 요청하지 못하고 혼자서 막막해할 그녀의 마음이 편할 수 있도록 그녀를 배려하는 의미에서 듀이를 선택한 것이었는데, 괜한 배려였나 하는 생각이 들 만큼 녀석의 눈동자가 형형하게 그녀를 향했다.

여차하면 그녀를 데리고 어디로든 몸을 숨길 수 있다는 듯이 대담한 시선이었다. 그녀를 넘보는 눈빛만 아니었어도, 카를은 듀이가 더 마음에 들었을지도 모른다.

"내가 없는 동안 미아를 잘 부탁해요."

"네, 카를."

위니가 은은한 미소를 지으며 대꾸했고, 듀이는 그저 고개를 끄덕거렸다.

건방지기는.

카를은 누가 보란 듯이 누워 있는 그녀에게 입을 한 번 더 맞추었다.

"푹 쉬어요. 필요한 게 있으면 위니나 듀이에게 말하고."

"그럴게요."

그녀의 입술에 계속 머금고 싶은 충동을 참아 내며 겨우 상체를 일으켰다. 손끝에 감겼던 말랑말랑한 살갗의 감촉이 사라지지 않도록 주먹을 움켜쥐고는 돌아섰다.

"좀 어때요, 미아?"

그녀를 향해 묻는 듀이의 목소리를 들으며 침실을 나섰다.

레이와 루터가 침실 문 앞에서 대기 중이었다.

"면도하고 옷 좀 갈아입을게. 15분 후에 출발합시다."

카를은 성큼성큼 걸음을 옮겼다. 어쩌면 발을 들여선 안 되는 곳으로 걸어 들어가고 있는지도 모른다는 생각이 문득 들었다.

❖

나이가 지긋한 유대계 노인은 3인용 체스터필드 소파 한가운데 홀로 앉아서 시가를 피우고 있었다. 커다란 룸에 그 말고는 아무도 없었다. 여전히 건재한 권력을 과시하는 듯 커다란 소파에 홀로 앉은 노인은 곧 날아가 버릴 재처럼 회색빛이었다.

"처음 뵙겠습니다. 카를하인츠 로젠쉴트입니다."

카를의 깍듯한 인사에 시가의 하얀 연기를 천천히 흘리던 남자가 시선만 들어 올렸다. 눈동자는 탁했지만, 시선만큼은 곧았다.

"자네가 아이작의 아들이라고?"

"네, 그렇습니다."

"나는 아이작의 오랜 친구 빅터 아스그리드라고 하네."

홀로코스트에서 살아남았지만, 가족을 모두 잃었던 아이작과 빅터는 위탁 가정에서 처음 만났다고 했다.

"어렸을 적 아이작은 잔정이 많고, 울기도 잘 울었지. 그런 녀석이 무기 회사를 차릴 줄 누가 알았겠나? 게다가 세계를 손바닥 안에 두고 굴릴 줄, 누가 알았겠어. 안 그런가?"

빅터는 가래가 끓는 목소리로 클클 웃었다.

"서 있지 말고 앉게. 나는 머리에 든 게 많은 늙은이라 자네를 올려다보다가 목이 꺾여서 죽을 수도 있어."

빅터가 구사하는 유머는 웃어야 할지, 말아야 할지 난감한 수준이었다. 카를은 그저 특유의 무표정하고 차가운 얼굴로 그의 앞에 마주 앉았다. 공교롭게도 카를이 앉은 의자는 1인용 윙체어였다.

"어때. 앉은 자리는 편한가?"

중의적 질문이었다.

"적응하려고 노력 중입니다."

"앉은 자리를 넓히려면 말이야, 여러 곳과 손을 잡아야 해. 필요할 때 누구든 나에게 곁을 내어 줄 수 있도록."

빅터가 카를을 시험하는 듯한 어조로 말했다.

"아이작은 그런 면에 특출 났지. 누구의 편도 되지 않았고, 누구의 적도 되지 않았어. 그런데 자네는 다른 노선을 타고 있다지?"

"선친이 사업을 시작할 때만 해도 연결 고리를 여러 곳에 드리우는 일이 가능했을 테지만, 저는 아닙니다."

"왜 아니라고 생각하지?"

"선친이 만든 로젠쉴트는 두려워할 테지만, 어디서 갑자기 튀어나온 카를하인츠는 그렇지 않을 테니까요."

빅터가 아랫입술을 삐죽 내밀고는 한숨을 한 번 내쉬었다.

"그래서 자네를 우습게 볼까 봐, 세상을 겁주는 방법을 택했나?"

"아니요. 저는 예의를 지키고 있을 뿐입니다."

카를은 빅터의 흐린 눈동자를 깊숙이 들여다보며 말을 이었다.

"상대에게 미련이 남도록 하는 것은 사람으로서 예의가 아닙니다. 그게 사업이든, 싸움이든, 사랑이든. 감히 넘볼 마음이 들지 않도록 온전히 포기하게 만드는 게 가진 자의 배려라고 생각합니다."

"자네가 많이 가졌다고 생각하나?"

카를은 잠시 뜸을 들였다. 노인의 눈동자에 흥미가 동했다.

"로젠쉴트 가문은 많은 것을 가졌지요. 저는 카를하인츠 로젠쉴트고요."

"아이작이 이렇게 대단한 아들을 둔 줄 미처 몰랐네."

빅터가 재미있다는 듯이 웃었다.

"그래서 하나씩 상대를 골라서 포기하게 만들고 있는 건가? 로젠쉴트 가문에 덤비려는 싹을 자르려고?"

"아까도 말씀드렸다시피 그들이 우습게 보는 것은 로젠쉴트 가문이 아닙니다. 새로운 로젠쉴트, 저 카를하인츠지요."

모호한 대답인 듯 명확한 말이었다. 역사적으로 후계를 규명하는 일에는 항상 말들이 많았다. 그래서 선왕의 업적이 대단한 경우, 후대에 폭군이 나올 확률이 높았다. 두려움만큼 세상을 빠르게 지배할 수 있는 건 없었으니까.

"선한 사람이 나쁜 짓을 하면 네가 그럴 줄 몰랐다고 욕을 먹지만, 나쁜 놈이 선한 행동을 하면 개과천선했다고 칭찬받는 세상입니다."

"그래서 처음부터 나쁜 놈이 되시겠다? 선동질만 잘하면 나치를 능가할 기세일세."

제2차 세계대전에서 가까스로 살아남은 아흔다섯의 노인이 건네는 농담치고는 독했다. 선한 사람인 척 나쁜 짓을 하느니, 나쁜 놈이 되어 세상을 선하게 만드는 게 차라리 나았다.

"헤즈볼라의 일로 저를 보자고 하셨다고요."

카를은 당신이 손을 잡은 인물도 나쁘기는 마찬가지라는 듯이 말했다.

"만만치 않은 녀석이야. 자네 말일세."

"칭찬으로 듣겠습니다."

"자네의 경영 철학은 내 잘 알겠네. 말은 독하게 했지만 결국, 자네의 자리를 공고히 하고, 로젠쉴트를 이끌겠다는 뜻 아닌가? 마땅히 그래야지. 그런데 헤즈볼라에게 무기값을 제대로 치르라고 경고했다지?"

헤즈볼라 작전 사령관의 입이 꽤 가벼운 모양이다.

"이제 합법적인 경로를 통해서만 살림을 꾸려 나갈 생각입니다."

"경영 방식이 지나치게 선험적이라고는 생각 안 하나?"

"가장 근본적인 방법이 가장 좋은 해결책일 수 있으니까요."

빅터는 카를과의 대화가 즐겁다는 듯이 웃었다.

"아이작이 자네 모습을 보았으면 흐뭇해했을 것 같네. 그리고 아마 아이작은 헤즈볼라의 부탁을 들어줬을 거야."

"어떤 부탁입니까?"

듣는 귀가 없는데도 빅터가 목소리를 낮추었다.

"하미드 모사드. 그 아이를 찾아 달라고 하네만."

"하미드 모사드요?"

빅터의 입에서 생경한 이름이 흘러나와서 카를은 눈썹을 한 번 들썩거렸다.

"베이루트에서 만나고 온 사람이 작전 사령관 이스마일 마히니였지?"

"네, 그렇습니다만."

빅터가 클클 웃으며 말을 이었다.

"헤즈볼라 중에서도 놀기 좋아하고, 나서기 좋아하는 인물이야. 자네가 그놈 딸한테 한 짓은 들었네. 우리 올가가 정부가 되지 않은 게 천만다행이라는 생각이 들었지 뭔가."

너털웃음을 터뜨리는 빅터의 손녀딸 올가는 정부 대면식에도 왔었던 인물이었다. 빅터가 제 손녀딸도 한 번만 봐 달라고 부탁하는 바람에 다른 후보와 교체하면서까지 대면식 자리에 불렀었다. 하지만 그 여자를 발견하고 나서 눈이 뒤집힌 카를은 올가를 만나 볼 생각조차 하지 않았었다.

"올가는 내가 귀하게 키운 손녀딸이야. 정말이지 그 아이만 보면 기분이 좋아져."

빅터의 눈가에 손녀딸을 향한 사랑이 그득 차올랐다. 그런데 헤즈볼라의 이야기를 하다가 왜 이야기가 이렇게 샌 건지 종잡을 수가 없었다.

"하미드 모사드는 말이야. 헤즈볼라 사령관들을 통솔하는 최고 사령관의 친아들일세."

"그런데 그 아이가 없어졌나요?"

빅터는 어떤 이야기부터 해야 할지 고민에 빠진 얼굴이었다.

"하미드 모사드의 이름은 사실 그 아이의 양부모가 지은 이름일세. 친부인 이하브 아부 아베드는 현재 헤즈볼라의 최고 사령관이지만, 과거 목숨의 위협을 느끼고 도망 다닐 당시, 아들이 태어나자마자 미국의 친척 집에 양자로 보냈지."

"그런 부탁을 하려면 이하브 아부 아베드가 직접 자리에 나왔어야 하는 거 아닙니까?"

"나올 수 없는 상황이니까."

빅터의 주름진 미간이 더욱 깊어졌다.

"이하브 아부 아베드는 CIA 킬 리스트에 최상위군에 속해 있어. 아마 1, 2위를 다투느라 정신이 없겠지."

카를의 표정이 확연히 굳었다. 의심의 눈초리를 숨기지 못하고 빅터를 바라보았다.

"이하브 아부 아베드가 CIA 킬 리스트에 오른 이유는요?"

빅터는 쓴웃음을 머금었다.

"이스라엘 공격의 주범이자, 근처 미군기지 폭파 시도를 하다가 실패했고, 파키스탄 주재 CIA 요원을 한 명 납치하기도 했고, 하미드 모사드를 시켜 미국 대사관 공격을 시도했다가 실패했고."

카를은 조금 어이가 없어져서 웃음을 머금었다.

"그런 범죄자의 아들을 저에게 찾아 주라는 말씀입니까?"

"부모에게 자식은 귀한 법이니까."

하지만 카를은 저를 귀하게 여기는 부모를 만나 본 적이 없었다. 친부모조차, 양부조차. 가족 간의 애정은 눈곱만큼도 없는 사이였다.

헤즈볼라의 최고 사령관이 아들을 찾거나 말거나.

생각이 조금 삐뚤어지려고 해서 카를은 마음을 다잡고 질문을 던졌다.

"선친께서도 사업을 이런 식으로 하셨나요?"

"아니, 아이작은 하미드 모사드에는 관심도 없었어. 하지만 자네는 아이작과 위치가 다르다고 자네 입으로 말하지 않았나?"

빅터는 먼 곳을 바라보고 있는 듯 탁한 회색 눈동자로 카를을 응시했다.

"자네는 분명 우리와 달라."

태생적으로 유대인이 아니라는 말을 돌려 하고 있었다.

"그래서 여기 사회에 적응하려면 많은 일을 해야 할 거야."

"많은 일 중에 첫 번째로 해야 하는 일이 테러리스트의 아들을 구해 내는 일인 줄은 몰랐네요."

빅터는 어린아이를 다루듯 카를을 향해 웃었다.

"아들을 갖다 바치고 설설 기라는 말이 아닐세. 만약 이하브 아부 아베드의 아들을 구해다 준다면, 헤즈볼라는 자네에게 큰 은혜를 입었다고 생각할 거야. 그때부터 헤즈볼라는 자네가 쥐고 있는 거나 마찬가지지."

카를은 잠시 생각에 잠겼다. 이하브 아부 아베드뿐만 아니라, 하미드 모사드도 1급 범죄자나 다름없었다. 그런데 그런 사람을 구해 주라니, 기가 막혔다.

"사실 하미드 모사드는 굉장히 선한 청년이야. 스무 살 때 제가 입양아라는 걸 알고 무작정 아버지를 찾아 레바논으로 갔다가, 원치 않는 일에 휘말리게 된 거지."

입양아로 자라서 원치 않는 일에 휘말리게 되었다는 하미드 모사드에게, 카를은 묘한 동정심이 일었다. 하미드도 삶을 두고 선택할 수 있는 것들이 몇 없었을 것이다.

"생각 좀 해 보시고, 연락 주게."

카를은 알겠다며 고개를 끄덕거리고는 유대계 전용 젠틀맨스 클럽의 최고위층만 사용할 수 있는 룸을 나섰다.

❖

아까부터 듀이가 계속 신호를 보내고 있었다. 중지와 약지를 꼬아서 아래로 내리고 있는 손짓은 둘만 이야기하고 싶다는 의미였다.

"위니, 미안한데요. 잠깐만."

루나가 얼굴을 잔뜩 찌푸리며 위니를 불렀다. 상기된 얼굴로 다가온 위니에게 고개를 숙여 달라며 손짓했다. 눈치 빠른 위니는 루나가 누워 있는 쪽으로 귀를 기울였다.

"생리컵이 필요한데요. 사다 줄 수 있나요? 내가 사용하던 게 있는데, 미국 유기농 숍에서 팔아요."

위니가 걱정스러운 얼굴로 물었다.

"어디 불편한 곳은요?"

"허리가 끊어질 것 같고, 머리가 너무 아프네요."

"얼른 다녀올게요."

방을 나서려는 위니를 루나는 다시 붙잡았다.

"하나 더요."

성큼성큼 문 앞으로 걸어갔던 위니가 다시 루나가 누워 있는 침대 곁으로 다가왔다. 위니는 아까 그랬던 것처럼 귀를 기울였다.

"임신 테스트기요. 종류별로 하나씩 다 사다 줘요."

"네?"

위니는 대단한 말을 들었다는 듯이 되물었다.

"가끔 피임을 안 할 때가 있어서 불안해서요. 비상용으로 갖고 있어야 할 것 같아서."

사실 카를이 피임을 하지 않는 경우는 절대 없었다. 그는 관계 시작 전에 항상 콘돔을 착용했다. 하지만 시간을 끌기 위해서는 이러는 수밖에.

"얼른 다녀올게요, 미아."

"미리 고마워요, 위니."

서로 다정한 인사를 나누었다.

"듀이, 미아를 잘 부탁해요."

"알겠습니다."

듀이가 위니를 향해 믿음직한 미소를 흘리자, 위니의 귓불이 새빨갛게 달아올랐다. 당황한 위니가 후다닥 침실을 빠져나갔다.

듀이와 루나는 서로 눈을 마주한 채로 문밖에서 나는 기척에 귀를 기울였다.

"이제 갔나 봐."

"응, 무슨 일이야?"

듀이가 루나의 곁으로 성큼성큼 다가오더니 블루투스 리시버를 건넸다. 루나는 자연스레 그가 건네는 리시버를 귀에 꽂았다.

"들어 봐."

귀에 꽂은 리시버에서 들려오는 목소리는 카를과 어떤 노인의 것이었다.

『사실 하미드 모사드는 굉장히 선한 청년이야. 스무 살 때 제가 입양아라는 걸 알고 무작정 아버지를 찾아 레바논으로 갔다가, 원치 않는 일에 휘말리게 된 거지.』

루나의 표정이 급격히 굳어 갔다. 카를이 누군가에게 인사를 하고 걸어 나가는 소리가 들렸다.

"유대계 젠틀맨스 클럽 직원을 하나 포섭해서 두 사람이 대화를 나누는 방 화병 아래에 초소형 무선 도청기를 몰래 두고 나왔어."

"오늘?"

"어, 오늘. 다행히 거기 내가 아는 사람이 있어서. 부탁이 어렵지는 않았어."

도청까지 이르는 데는 별스러운 과정을 거치지는 않았다는 듯이 듀이가 평범한 목소리로 말했다.

"여기서 지금 두 사람이 말하는 하미드 모사드가 내가 아는 하미드 모사드라는 말이야?"

듀이가 그렇다는 듯이 고개를 끄덕거렸다.

"이름이 같은 다른 사람일 확률은?"

루나의 눈동자가 아주 살짝 흔들렸다.

듀이가 휴대전화를 꺼내 무언가를 조작하더니 들어 보라며 손짓했다.

『이스라엘 공격의 주범이자, 근처 미군기지 폭파 시도를 하다가 실패했고, 파키스탄 주재 CIA 요원을 한 명 납치하기도 했고, 하미드 모사드를 시켜 미국 대사관 공격을 시도했다가 실패했고.』

아까 그 노인의 목소리가 이어폰에서 들려왔다. 루나는 블루투스 리시버를 귀에서 빼고 잠시 구겨진 이불을 가만히 내려다보았다. 어디서부터 정리를 해야 할지 난감했다.

"그러니까."

루나가 눈을 지그시 감으며 말을 더듬더듬 이었다.

"하미드가."

"응."

듀이가 듣고 있다는 듯이 대꾸했다.

"하미드가 이하브 아부 아베드의 친아들이었다고?"

"맞아. 노인이 말하길 미국에 사는 친척 집에 입양된 거래. 스무 살 때 입양 사실을 알게 되었고. 내 추측인데, 이하브 아부 아베드가 하미드를 직접 불러들인 게 아닐까 싶어."

루나도 조심스럽게 동의할 수 있는 추측이었다.

"지금 카를이 누군가한테 하미드 모사드를 구하라는 부탁을 전달받은 건가?"

루나의 물음에 듀이는 익숙한 이름 하나를 읊조렸다.

"빅터 아스그리드."

"아! 아스그리드? 그 아스그리드?"

아스그리드는 유용하면서도 위험한 노인네였다. 지금은 워싱턴 D.C 소재의 하워드 대학교 석좌교수로서 여러 가지 활동을 하고 있지만, 실상은 얍삽했다. 영국의 SIS, 러시아의 GRU, 미국의 CIA에 이르기까지 그는 세계 각 나라의 정보부 요원과 접촉하며 정보원 아닌 정보원으로 활동했다.

CIA를 위해 활동한다고 철석같이 믿었는데 러시아로 붙었던 적도 있었고, 러시아에 전하려던 정보를 빼돌려 영국에 주는 바람에 목숨의 위협을 받기도 했다. 하지만 기민한 두뇌 덕분인지 그는 아흔아홉까지 죽지 않고 잘 살고 있었다.

언젠가 그가 루나에게 했던 말이 떠오른다.

「제2차 세계대전을 겪으며 살기 위해 발버둥 쳤던 늙은이일 뿐이라오. 그러다 보니 아는 게 많아졌지. 내가 원한 일이 아니었어.」

전후에 먹고 살다 보니 이런 일을 하게 되었다는 게 그의 변명이었다. 각 나라 정보부는 아스그리드의 도움을 받아 대형 방첩 작전에 성공했던 전력이 있어서 그를 어찌하지 못했다.

"만약 카를이 아스그리드의 부탁을 들어준다면, 하미드의 위치가 발각

되겠네? 더불어 우리 군사 비밀 기지 중 하나인 블랙 사이트 위치도 들키게 될 테고?"

루나의 물음에 듀이는 고개만 까딱 끄덕였다.

"지금 정보 분석팀에 연락 가능한 사람 누가 있어?"

"본부로 연락하는 건 어려운 일이야. 너랑 휴가 중인 내가 감청했다는 사실이 드러나는 거니까."

루나가 한숨을 길게 내쉬며 물었다.

"DARPA(미국 국방부 산하 방위고등연구계획국, Defense Advanced Research Projects Agency)에 군대 동기가 있다고 하지 않았어?"

"있어. 그쪽에서 발견한 정보인 것처럼 처리해 볼게. 근데 괜찮겠어?"

"뭐가?"

루나가 건조한 목소리로 되물었다.

"카를이 하미드 모사드를 찾고 있다는 소식이 본부 귀에 들어가면, 너를 더 의심하게 될 수도 있어. 네가 카를을 꾀어서 하미드를 찾고 있다고."

연결고리가 이런 식으로 이어지게 될 줄은 꿈에도 몰랐다. 임무를 수행하다 보면 뜻하지 않은 곳에서 실마리를 잡는 순간이 있다.

그런데 복병이었던 하미드 모사드와 카를하인츠 로젠쉴트의 관계성이 도드라지게 될 거라고는 미처 예상치 못했다. 그리고 언제나 예상치 못했던 문제가 가장 중차대한 문제로 변모하기 마련이다.

"이렇게 된 이상 어쩔 수 없잖아. K가 어떻게 움직이는지 지켜보는 수밖에. 그래도 DARPA 친구 통해서 본부 귀에 들어가게는 해 줘."

듀이가 알겠다며 고개를 끄덕거렸다.

"아니다, 듀이?"

루나는 휴대전화를 조작하는 듀이를 저지했다.

"응?"

"아직 K가 하미드 모사드를 찾아내겠다고 결정한 건 아니잖아?"

"그렇다고 볼 수 있지."

듀이가 눈썹을 살짝 들어 올리며 말을 이었다.

"그럼, K가 움직일 때까지 일단 기다리자는 거야? 그럼 너무 늦지 않겠어?"

"끝까지 움직이는 게 아니라, 결정할 때까지만. 분명히 결단을 내린 뒤에는 빅터 아스그리드를 한 번 더 만나러 갈 거야. 그리고 나서 DARPA가 됐든, 본부가 됐든 접촉하는 게 좋을 것 같아. 섣부르게 움직였다가는 일을 그르칠 수도 있어."

듀이는 생각에 잠긴 루나를 가만히 바라보았다. 시선을 느낀 루나가 천천히 고개를 돌려 듀이를 바라보았다.

"왜, 듀이?"

"정말 괜찮겠어?"

물음의 의도는 다분히 사적이었다. 업무를 두고 감당할 수 있겠느냐고 묻는 말이 아니었다.

"무슨 뜻이야?"

루나가 한쪽 눈썹을 들어 올리며 되물었다.

"만약 K가 그런 결정을 내리게 된다면 우리 본부에서는 K를 적성 인물로 규정하게 될 거야. 그때 너는."

듀이가 단호한 어조를 내려는 듯 잠시 뜸을 들이고는 다시 입을 열었다.

"그때 너는…… 이 임무를 끝내고 본부로 복귀해야 해. K가 헤즈볼라 최고 사령관의 부탁을 들어준다는 게 어떤 의미인지 아는 거지? 거기서 더 지체하면 영영 돌아갈 수 없어. 설마 K가 헤즈볼라와 손을 잡는대도,

영원히 머물 생각은 아닌 거지?"

"무슨 말인지 알아."

루나는 짧게 대꾸하고는 베개에 머리를 기댔다. 극도의 피곤함이 밀려들기 시작했다.

"좀 쉬어."

"응."

약 기운 탓인지 눈꺼풀이 저절로 내려앉았다. 그가 어떤 결정을 내리느냐에 따라 이별이 성큼 다가올 수도 있었다.

가만히 누워 있는데 심장이 온몸을 잡아당기는 것처럼 몸이 둥글게 말렸다. 가슴속에서 뛰는 심장이 살갗을 뚫고 나올 것처럼 뾰족하게 뛰는 듯했다.

부드럽게 뺨을 감싸고, 조심스럽게 눈 밑을 어루만지는 감각에 루나는 천천히 눈을 떴다.

"흐음."

느릿하게 움직이는 눈꺼풀 사이로 그의 잘생긴 얼굴이 보였다. 아까 깨어났을 때와는 달리 면도를 깨끗이 하고 슈트를 입은 말끔하고 근사한 모습이었다.

"카를."

루나는 팔을 뻗어 올리며 안아 달라는 시늉을 했다. 카를이 따뜻한 미소를 머금으며 루나의 옆에 자리를 잡고 누웠다. 그의 팔이 목 아래를 파고들었다. 루나는 똑바로 누워 있던 몸을 돌려 그의 품을 파고들었다. 옅은 시가 냄새와 생경한 가죽 냄새, 그리고 가슴 설레는 그의 체취와 향수 냄새가 뒤섞였다.

"누가 시가를 피웠나 보네요."

드레스 셔츠에 얼굴을 묻은 채로 읊조리자 그가 루나의 이마에 가볍게 입을 맞추었다.

"어, 만났던 사람이."

그의 서늘하고 낮은 목소리가 온기를 품는 느낌이 좋았다. 그는 늘 선선한 목소리로 이야기했지만, 루나에게만은 따뜻하게 읊조렸다.

"굉장히 중요한 사람이었나 봐요. 내가 이러고 있는데도 당신이 나갔다 온 걸 보면."

커다란 손이 루나의 등을 가만히 쓸어내렸다. 그의 손이 한 번, 두 번 어루만질 때마다 마음이 평온하게 가라앉는다. 잠들기 전 듀이와 나눴던 대화가 마치 허구처럼 느껴질 만큼.

"미아."

루나는 그가 부르는 이름으로 평생 불리고 싶어졌다. 아무것도 모르고 대학을 졸업하자마자, 한 남자의 정부가 된 순진한 아가씨로 살고 싶어진다. 그의 사랑을 담뿍 받으며, 날마다 웃는 일만 가득한 평온한 인생으로. 정의와 불의, 국가의 안위 따위 신경 쓰지 않아도 되는 평범한 삶으로.

하긴 로젠쉴트 가문의 정부로 살면서 평범한 삶을 원한다는 것도 허황하기는 마찬가지다.

"응."

"푹 쉬어야 해."

"알아요."

루나는 조용히 대구하며 고개를 살짝 들어 올려 그의 보드라운 입술을 제 입술로 꾹 눌렀다. 폭신폭신한 입술의 감촉은 무척이나 위안이 되었다. 평생 이 입술을 머금고 만끽하고 싶은 바람이 간절해진다.

"내가 없어도."

그가 조용히 내뱉은 말에 입술이 떨어졌다. 카를이 어두운 눈으로 루나를 들여다보며 당부하듯 말했다.

"푹 쉬어야 해."

루나의 시야가 마구잡이로 흔들렸다. 육체는 정신에 기인하고, 정신도 육체에 기인한다는 말이 있다. 한 곳이 무너지면 다른 곳도 함께 무너진다는 의미다.

몸이 아프니, 마음마저 약해진 모양인지 '내가 없어도.' 라는 그의 말 한마디에 심장이 불안하게 날뛰기 시작했다.

"어디, 가요? 날 두고 가야 하는 거예요?"

누군가 심장을 움켜쥐고 가슴속에서 비틀어 댔다. 신이 루나를 비웃듯 했다. 그동안 우아한 척하면서 독종처럼 살아오더니, 고소하다고. 가슴이 조여서 숨을 제대로 쉴 수가 없다.

카를이 벌써 결정을 내렸다면, 두 사람의 이별은 당장에 일어날 수도 있는 일.

"카를."

루나는 간절하게 그의 이름을 불렀다. 그리고 그의 옛날 이름으로 불러 보고도 싶었다.

이형 씨.

영어가 아닌 한국어로 말해 보고 싶었다. 그동안 잘 지냈느냐고, 많이 아팠느냐고. 왜 자살한 것으로 꾸몄느냐고. 내가 찾아볼 거라고 생각했느냐고. 나를 만나서 놀랐느냐고. 내가 당신을 속이는 걸 다 알지 않았느냐고. 그래도 날 정말 사랑하느냐고.

우리가 이제 다시 헤어지면 어떻게 하겠느냐고.

당신을 그렇게 떠나서 많이 미안했다고.

그런데 나는 또 당신을 떠나야 할 것 같아서 정말이지 죽을 것 같다고.

눈물이 핑 돌면서 눈가가 따끔거렸다.

카를이 근사한 미소를 머금으며 루나의 입술을 가만히 내리눌렀다.

"나의 여신님이 몸이 아프더니 마음도 약해지셨나 보네. 외출하고 들어왔으니, 샤워를 해야죠. 아픈 몸으로 욕실까지 따라 들어와서 날 고문하려는 건 아니지? 지금은 당신을 안을 수 없다는 걸 알잖아."

얼어붙었던 가슴이 한순간에 무너져 내렸다. 봄볕에 푸릇푸릇하게 돋아난 새싹 위로 빗방울이 토독토독 떨어지는 것처럼 가슴이 젖은 채로 두근거렸다.

"샤워하고 나서는요?"

루나는 저도 모르게 잔뜩 떨리는 목소리로 묻고 말았다.

"당신 곁에 꼭 붙어서 좀 쉬어야지. 책도 읽고. 이야기도 하고. 식사도 하고. 그러다 당신 입술에 키스하고 이렇게 끌어안은 채로 얌전히 잠들 거예요."

그가 다정한 목소리로 속삭일 때마다 서러운 눈물이 차갑게 차올랐다. 눈물이 뜨거울 수 없다는 사실이 신기했다. 그와의 이별이 눈앞까지 왔다는 슬픔과 저를 향한 비난이 공존해서 눈물은 차갑기만 했다.

이것 봐. 나는 결국 이 남자한테 상처를 주게 될 수밖에 없잖아. 그래서 이번에는 내가 더 많이 아프게 될걸? 아파도 싸지. 이렇게 아름다운 남자에게 상처를 두 번이나 주는 거니까,

죽도록 아파도 싸지.

"미아?"

그가 이상한 분위기를 감지한 듯 루나의 눈가를 건드렸다. 눈가에 가득 차올랐던 눈물이 후드득 흘러내렸다. 카를이 루나의 눈물이 흐른 길을 따라 천천히 입을 맞췄다. 그의 입술 새로 눈물이 흘러 들어가는 게 느껴져서 가슴이 아팠다. 제 슬픔마저 그에게 전가하고 싶지는 않았다.

만약 그가 그동안 살아오면서 겪었을 아픔을 알고, 거기에 동화되지

않았더라면 이렇게까지 슬프지 않았을지도 모른다. 그는 제 슬픔을 떠안지 않아도, 충분히 아팠던 사람이었다.

"있잖아요. 카를. 나 궁금한 게 있어요."

"뭐가 그렇게 궁금해?"

카를이 루나의 뺨을 부드럽게 어루만졌다. 손가락은 옆머리에 닿았고, 손가락이 귓가를 덮었으며, 따뜻한 손바닥은 뺨을 감쌌고, 엄지가 눈물길을 닦아 주었다. 그의 손은 루나의 얼굴 전체를 감쌀 정도로 커다랬다. 그의 마음만큼이나 넉넉한 손이었다.

"당신은 만약 피치 못할 사정으로 나와 헤어지게 된다면 어떻게 할 거예요?"

루나가 던진 질문의 뜻을 이해할 수 없다는 듯이, 혹은 이런 종류의 질문은 받아들일 수조차 없다는 듯이 카를이 표정을 굳혔다.

"잘 들어, 미아."

"응."

루나는 천천히 고개를 한 번 끄덕였다. 그에게 귀를 기울이고 있다고, 자신의 눈은 그를 향하고 있다고 말해 주고 싶었다.

"나는 절대로, 무슨 일이 있어도 당신과 헤어지지 않아."

"그래도 카를, 만약에 내가 당신 곁에 없다면요?"

슬픈 대답을 강요하고 있으면서 소리 없이 눈물을 줄줄 흘리고 있는 사람은 루나였다.

"나는…… 당신을 내 곁에 두기 위해 안간힘을 쓰겠지. 미아?"

"응."

카를이 이제껏 한 번도 보지 못했던 조심스러운 표정을 지었다. 마치 세상을 전혀 알지 못한 채로 길 한가운데 버려진 아이 같은 눈빛이었다.

앞으로 나아가야 할지, 혹은 뒤로 물러서야 할지도 모르고 누구를 따라야 할지도 모르는 어린아이의 무구한 두려움. 카를의 얼굴에서 깊이를 알 수 없는 공포가 느껴졌다. 그의 입꼬리는 여전히 은은한 미소를 머금고 있는데도 말이다.

"혹시 당신 마음에 변화라도 있는 건가?"

그의 눈빛이 너무 슬퍼서 숨이 턱 막혀 버렸다. 섣불리 대답을 내놓기 힘든 질문이어서 루나는 잠시 막혔던 숨을 자잘하게 내뱉는 데 집중했다.

"미아?"

그의 손이 루나의 뺨을 다시금 부드럽게 어루만졌다.

"미아 콴."

마음을 붙들 수 있는 주문이라도 되는 듯 카를이 그녀의 이름을 읊조렸지만, 가짜 이름은 루나를 더욱 죄책감에 사로잡히게 할 뿐이었다.

"나의 여신."

그가 조용히 읊조리며 허락을 구하듯 눈을 치떴다. 루나가 천천히 고개를 끄덕이자 카를이 그녀의 입술을 애틋하게 머금었다. 마치 처음 입을 맞추는 것처럼 부드럽고 따뜻하고 긴 입맞춤이었다.

혀를 섞지도 않았고, 타액을 들이마시지도 않았고, 정신이 쏙 빠질 정도로 빨아 대지도 않았지만 그저 입술만 대고 있는 행위가 지독하게 깊어서 가슴을 들쑤시고 있었다.

"카를."

입술이 떨어지자마자 그의 이름을 간절하게 불렀다.

카를에게 당부의 말을 해 두어야만 했다. 언제 또 지난번처럼 갑작스러운 이별이 다가올지 모른다. 다음에 올 이별은 지난번보다 더 지독하면 지독했지, 약하지는 않은 것이다.

루나가 눈물을 삼키고 간절한 마음을 담아 웃으며 입을 열었다.

"나는 여전히 당신을 사랑해요. 앞으로도 계속 당신을 사랑할 거예요."

카를의 눈동자가 찬란하게 빛났다. 이토록 아름다운 남자를 사랑하지 않을 방법은 없을 것이다.

외양뿐 아니라, 행동 하나부터 마음 씀씀이까지 전부.

"내가 살아온 시간 속에서도, 삶을 살아가는 지금도, 그리고 앞으로 살아갈 내 인생에서도. 나한테 사랑은"

루나는 숨을 한 번 고르고는 말을 이었다.

"당신 하나뿐이에요."

목소리가 파르르 떨렸다. 울고 싶지 않은데, 평생 흘리지 않았던 눈물이 끈적끈적하게 응집되어 피처럼 진하게 뚝뚝 흘러내렸다.

인간의 언어가 이토록 비루하고 초라한 것인지 이제야 알았다. 사랑이라는 말로는 턱없이 부족했다. 인생의 유일한 사람이라는 말로도 전부 표현이 되지 않았다.

그를 향한 '사랑해.' 라고 하는 말은 하늘에서 무수히 떨어지는 빗속에 한 줄기 빗방울에 지나지 않았고, 수없이 파도가 밀려드는 바닷가의 파도 한 번에 지나지 않았고, 세상에서 가장 높다는 산속을 굴러다니는 돌멩이에 지나지 않았고, 사하라 사막의 모래 한 알에 지나지 않았다.

'사랑해.' 라는 말은 마치 우주먼지와 같은 말이었다. 루나의 가슴속에 숨겨진 그를 향한 마음은 거대한 우주였다. 그것을 표현할 수 있는 말이 겨우 '사랑해.' 뿐이라니.

셀 수 없고, 끊임없이 밀려들고, 거대하게 크고, 끝이 보이지 않는 사랑을 '사랑해.' 라는 말 한 마디로 규정할 수밖에 없다는 사실에 무기력함이 밀려들 지경이었다.

이 사랑을 다 알려 줘야 나중에 그가 마음 편히 지낼 수 있지 않을까 하는 생각에 초조함이 밀려든다.

"미아."

그가 눈물을 드리운 눈가에 또 입을 맞췄다.

"나의 여신은 절대 아프면 안 되겠다. 이렇게 마음이 약해져서야."

카를이 미아를 다독이며 웃으려고 애를 썼다.

"약속 하나만 해 줘요."

"뭘?"

카를이 지금 하는 약속은 무엇이든 듣고 싶지 않다는 듯이 약간은 부정적인 어조로 물었다. 분위기상 루나가 장밋빛 미래를 약속하지는 않으리라는 걸 깨달은 눈치다.

"내가 당신 곁에 머물지 못해도 부디 잘 살아가 줘요. 나와 함께 가기로 한 파리에 가 주고, 나와 함께 맥주 한잔하기로 했던 런던 타워 앞 펍도 가 주고. 기회가 된다면 복스홀 크로스 건물을 사서 핑크색으로 칠해 주세요."

루나는 빙긋이 웃으며 눈물을 참았다. 언젠가 카를이 이 순간을 떠올리며 슬퍼하지 않기를 바랐다.

카를은 말없이 미아를 바라보기만 했다. 그의 어두운 눈동자에 어린 감정을 지금은 읽어 낼 수가 없었다.

언제나 사랑이 담뿍 담긴 달콤한 눈동자로 바라보았었다. 혀로 살짝 핥으면 단맛이 날 것 같은, 흑당 같은 눈빛이었다. 그런데 지금은 확신인지 의심인지, 안심인지 불안인지 혼재하는 감정이 어지러웠다.

카를이 어느 때보다 진중하고 단정한 목소리를 냈다.

"미아."

"응."

28년을 불려 온 이름 루나보다, 미아라는 이름이 더 좋아져 버렸다. 카를이 마음껏 부를 수 있는 이름이니까.

"나는 인생을 살면서 선택권이 없었다고 했던 말 기억나?"

루나는 고개를 끄덕거렸다. 리츠 호텔에서 애프터눈 티를 마시기 전에 했던 말이었다. 그때도 루나는 그가 미국으로 향한다는 사실을 전하기 위해 틈을 만들려고 혈안이 되어 있었다.

"내가 딱 하나 선택했던 게 있다고 했던 말도 기억해?"

심장이 목구멍을 막은 듯 대답이 흘러나오지 않아서 루나는 가만히 고개를 끄덕거렸다.

카를은 그때 말끝을 흐리고 대답을 해 주지 않았었다. 그리고 루나도 그게 무엇인지 굳이 묻지 않았다.

로젠쉴트 가문으로 오는 것을 선택한 걸까? 카를이 유언장의 내용을 거부하고 안이형으로서 평범한 인생을 살아갈 수도 있었을까?

"나는 평생 하나만 선택해 봤어. 딱 한 번."

그게 언제인지는 말하고 싶지 않은지, 카를은 딱 한 번의 선택만을 강조했다.

"내 삶이 지금까지와 같이 내 뜻대로 되지 않는다고 해도, 이 여자 하나만큼은 내 곁에 있게 해 달라고. 아주 간절하게 빌었어."

시선이 깊게 맞물렸다. 그저 눈을 맞추고 있는데도, 그 이상을 하는 것 같은 거대한 감정이 가슴을 압도했다. 루나는 눈도 깜빡이지 못하고 카를의 어두운 눈동자를 들여다보았다.

사람의 홍채는 각기 다른 모양이라고 한다. 루나는 가슴에 그 모양을 새기듯 그의 고동색 홍채를 바라보았다.

"어릴 때 사람의 눈을 깊이 들여다볼 때면 그 속에 우주가 있는 게 아닐까 하는 생각이 들 때가 있었어요. 엄마, 아빠의 눈을 볼 때나, 동생의 눈을 볼 때요."

루나는 꿈꾸는 듯한 목소리로 말을 이었다. 카를은 잠자코 귀를 기울였다.

"새까만 동공이 우주의 중심이 되는 거예요. 그 중심에 비칠 정도로 가까이에 있는 사람은 내 우주를 다 바칠 수 있을 정도로 사랑하는 사람인 거죠."

루나는 그의 근사한 눈동자에서 시선을 떼지 않았다. 카를도 루나의 눈동자를 가만히 들여다보았다.

"어릴 때는 엄마, 아빠 그리고 동생의 눈에 내가 비쳤고, 내 눈에 그들이 비쳤어요. 내 작은 우주에서 가장 소중한 사람들이었죠."

카를의 새까만 동공에 루나의 모습이 맑게 비쳤다.

"카를."

루나는 그의 이름을 부드럽게 머금듯이 읊조렸다.

"응, 미아."

"당신 눈동자에는 내가 비치네요."

루나가 조심스럽게 말했다. 내 작은 우주의 중심은 당신이라는 고백이었다.

"정답이야."

카를이 웃으며 대꾸했다. 뜻밖의 대답에 루나는 잠시 멍한 표정을 지었다. 하지만 무엇의 정답인지 깨닫는 데는 그리 오래 걸리지 않았다.

인생 단 하나의 선택, 세상이 제 뜻대로 되지 않아도 곁에 머물게 해 달라고 빌었던 여자의 정체.

그 사람이 제 눈동자에 비치는 여자라는 듯이 그가 '정답'이라고 말한 거였다.

"내 눈에도 당신이 비치나요?"

루나는 눈가에 웃음을 드리우며 물었다.

"응."

카를이 부드러운 목소리로 기쁘다는 듯이 대꾸했다.

"내 눈에 당신이 비치지 않는다고 해도, 나는 당신을 사랑해요."

서로 볼 수 없는 곳으로, 각자의 길을 가게 되는 일이 생기더라도 사랑한다는 의미였다.

"미아. 나는 평생 당신 눈동자 안에서 살 거야."

카를은 루나를 꼭 끌어안으며 길고 긴 숨을 내쉬었다. 그의 가슴에 머리를 기대자, 루나의 심장만큼이나 빠르게 뛰고 있었다. 가슴이 한없이 조였다.

나는 아파도, 당신은 더 아프지 않았으면 좋겠어.

루나는 천천히 눈을 감았다. 약 기운이 생각보다 독했다.

샤워를 마치고 나온 뒤, 잠이 든 루나를 깨워 식사를 챙겼다. 그녀는 따뜻한 수프 한 그릇과 빵 몇 조각을 먹고는 도로 잠이 들었다.

깊게 잠이 든 것을 확인한 뒤, 위니를 불러다 놓고 침실을 빠져나왔다. 기력이 쇠했는지 그녀는 꽤 힘들어하는 모습이었다. 그리고 감당하지 못하는 감정 앞에 버거운 모습이기도 했다.

응접실에는 미리 호출한 듀이가 대기 중이었다.

"듀이."

카를이 턱 끝을 까딱하며 먼저 인사를 건넸다.

"네, 카를."

듀이도 고개를 가볍게 끄덕이며 대꾸했다.

"혹시 내가 없을 때, 미아를 잘 부탁해요."

카를은 진심을 담아 듀이에게 읊조렸다.

"그러겠습니다."

듀이가 믿음직한 얼굴로 대꾸했다.

그녀가 심경의 변화를 일으키기 시작한 건, 정확히 듀이가 나타나고 나서부터였다. 장난기 어린 눈빛으로 거짓말을 퐁당퐁당하면서 카를을 속이고 깜찍한 연기를 하는 것도 마다하지 않았던 그녀였다. 복스홀 크로스 건물을 사 달라며 조르던 모습이 떠오르자 입가에 은은한 미소가 감돌았다.

그랬던 그녀가 미국으로 오자마자, 정확히는 듀이가 나타나자마자 달라졌다.

몇 시간 전, 레이먼드의 보고가 자꾸 마음에 걸렸다.

"듀이 엘리엇은 스티브 존슨 부국장 밑에서 루나와 함께 일했고요. 서류상 정보 분석관이라고 되어 있습니다. 휴민트 요원들이 필요로 하는 정보는 제공하고, 그들이 가져온 정보를 분석하는 업무를 맡았습니다."

듀이에 관해 자세히 알아보라는 지시에 레이먼드는 머리카락 속까지 털어 올 기세였다.

"듀이 엘리엇은 공군 정보 감시 정찰국 출신의 무인 정찰기 전문가입니다. CIA에 와서도 해당 업무는 지금까지 산발적으로 계속하고 있고요. 무인 정찰기와 관련하여서는 단연 세계 최고의 분석가라고 할 수 있습니다. 군 시절 동기들도 공군 정보 감시 정찰국에서 비슷한 업무로 근무 중이지만, 실력은 듀이 엘리엇을 따라올 자가 없다고 합니다."

레이먼드의 보고에는 맹점이 있었다.

"산발적으로 하고 있다. 서류상 정보 분석관이다. 이 말은 지금 서류와 다른 일을 하고 있다는 뜻인가?"

카를의 질문에 레이먼드는 그렇다며 고개를 끄덕였다.

"그는 일종의 리커버리 요원(Recovery Agent)입니다."

"리커버리 요원?"

의미가 한 번에 와닿지 않아서 되물었다.

"듀이는 현재 현장 파견 근무 중인 요원의 무사 귀환을 돕기 위해, 정보를 분석해서 지원하는 업무를 하고 있습니다. 보통의 요원들은 알지 못하는 보직인데, 루나 송과 같이 위험 코드가 높은 트랙의 작전에 투입된 요원에게 붙는다고 합니다."

처음 조사했을 때는 듀이가 단순히 그녀에게 마음이 있어서 본부에 휴가를 내고 지원한 거라고 생각했다.

"공식적으로는 듀이가 지금 CIA에서 장기 휴가 중인 상태라고?"

"공식적으로는 그렇습니다. 보통 임무를 마치고 돌아오면 루나처럼 바로 다른 작전에 투입되지 않고 휴가를 가지곤 하거든요. 서울에서 1년을 넘게 숨어 지냈으니, 휴가가 필요한 시점이기는 합니다만."

카를은 잠시 생각에 잠겼다. 휴가를 가야 할 리커버리 요원이 루나의 곁에 있었다.

레이는 카를이 복잡한 사안을 정리할 때까지 기다려 주었다.

"정보 분석관이 어떻게 리커버리 요원을 하는 거지?"

"수집된 자료에 의하면 정보 분석관이었던 듀이 엘리엇이 루나 송 양의 리커버리 요원이 되기 위해 자원한 뒤 혹독한 현장 훈련을 거쳤고, 카불, 다마스쿠스, 테헤란 등의 주요 격전지에서 짧게 근무한 뒤, 서울에서 처음 루나의 리커버리 요원이 된 것으로 판단됩니다."

서울에서도 그녀를 지키는 듀이의 눈이 있었다는 말이다.

"자원 동기는?"

"개인적인 이유인 것 같습니다."

레이가 머뭇거렸다.

"그냥 말해요, 레이."

"듀이가 루나에게 프러포즈한 적이 있다고 들었습니다. 그녀가 임무를 마치고 긴 휴가를 내길 기다리고 있고요."

사랑을 고백하던 여자의 눈빛이 떠올라 눈을 질끈 감았는데, 잔상은 더욱 선명해지기만 했다.

"카를, 미아 콴, 그러니까 루나를 믿지 않는 게 좋을 것 같습니다."

카를의 가슴이 비에 젖은 폐지처럼 초라하게 가라앉았다. 그녀가 했던 고백은 찢어지기 일보 직전의 가슴속을 헤집고 있었다.

「내가 당신 곁에 머물지 못해도 부디 잘 살아가 줘요. 나와 함께 가기로 한 파리에 가 주고, 나와 함께 맥주 한잔하기로 했던 런던 타워 앞 펍도 가 주고. 기회가 된다면 복스홀 크로스 건물을 사서 핑크색으로 칠해 주세요.」

그녀의 인생에 있어 사랑은 카를 하나라고 말했지만, 그녀는 자꾸 카를의 인생에서 그녀가 벗어나는 상황을 가정했다.

부디 잘 살아 달라고.

카를은 복잡한 감정을 내색하지 않고 레이를 향해 조용히 시선을 돌렸다.

"보통 현장 요원이 리커버리 요원의 정체를 알고 지내나?"

"리커버리 요원은 현장 요원이 위험에 빠지는 때를 대비해서 존재하기 때문에, 대부분 알지 못합니다."

"계속해 봐요."

카를이 마저 보고하라는 듯이 턱 끝을 까딱거렸다.

"현장 요원의 목숨이 위험해지거나 작전이 실패했을 때, 무사히 복귀시켜야 하는 임무가 주된 일이라서요."

"그러면 현장 요원조차도 리커버리의 존재를 모르는 게 낫겠네요."

레이가 고개를 끄덕거렸다.

"그리고 위험한 일을 수행하는 모든 요원에게 리커버리가 붙는 건 아닙니다. 평가 가치가 높은 요원에게만 비밀스럽게 붙여 놓는다고 합니다. 또 다른 경우."

"또 다른 경우?"

카를이 고개를 기울이며 물었다.

"출신 성분에 따라 이중 방첩 활동의 우려가 있으면 감시 목적으로 붙이기도 합니다."

레이의 보고를 들을수록 명확해지는 게 없었다.

"그러면 루나가 랭글리의 눈 밖에 났다는 구체적인 근거가 있나?"

루나를 소중히 여기는 듀이의 이상한 등장 때문에 그런 의심이 시작된 거였다. 하지만 그가 리커버리 요원이라면 이야기가 달라진다.

"있습니다. 루나가 베이루트로 향하기 전, 헤즈볼라 작전 사령관을 만난다는 이유로 본부에 지원을 요청했습니다. 알다시피 이스마일 마히니는 CIA 킬 리스트의 상단에 있는 자입니다."

"그런 자와 만나는 자리를 CIA가 기회로 삼지 않았다는 건 이상한 일이기는 하지. 이스마일 마히니를 언제 또 만나게 될지 모르는데."

카를은 수긍이 간다며 고개를 끄덕거렸다. 그러다 문득 지금 문제의 본질이 아닌 껍데기만 더듬고 있다는 생각이 들었다.

"루나가 나에게 접근한 이유는?"

그녀를 정부로 뽑은 것은 카를 자신이었다. 지원서를 보고 유주희와 너무 닮은 여자에게 끌려서 대면식에 불렀는데, 그녀는 유주희 그 자체였다.

어쩌면 그녀의 임무가 대면식으로 끝났을지도 모를 일이다. 그녀를 정부로 받아들이며 더 깊숙이 끌어들인 것은 카를 자신이었다.

"표면적인 이유는 로젠쉴트 가문이 헤즈볼라와 무기 거래를 하고 있다는 이유입니다. 만약 헤즈볼라에 정식으로 다량의 무기가 공급될 경우 미국으로선 제재를 위한 전쟁이 불가피할 테니까요."

"명분도 명확하고, 대규모 방첩 작전이 이루어져야 하는 게 분명한데. 요원 하나가 겨우 정부 자리를 차지하고 움직인다?"

말이 안 되는 소리였다.

카를의 질문에 레이가 아주 잠시 망설였다.

"그래서 듀이가 휴가를 내고 자진해서 온 것 같습니다. 루나를 지키기 위해서요. 사실 베이루트 지원이 불가하다는 소식을 전한 사람이 듀이입니다. 루나가 유일하게 연락을 주고받았던 창구가 듀이거든요."

본부의 명령에 불복하고 휴가를 내면서까지 그녀를 지키러 온 남자와 본부의 배신에 혼란을 겪는 여자.

한 여자를 위해 제 사명을 건 남자, 그런 남자의 프러포즈를 받은 여자이기도 했다.

어쩌면 그녀가 카를에게 느끼는 감정은 사랑이 아니라 연민일지도 모른다. 아니, 사랑일 수도 있다. 그녀가 보여 준 언어와 눈빛은 거짓이 아니었다. 하지만 그녀는 듀이가 나타난 순간부터 카를의 곁을 떠날 준비를 하고 있었다.

"듀이를 의심해 볼 만한 근거는 없고? 유일한 창구였다면, 본부와의 이간질도 가능한 입장일 텐데."

정보전은 이래서 골치가 아프다. 어느 고리에서 일이 틀어졌는지 밝혀내는 일은 생각보다 훨씬 까다로웠다.

"조사한 바로는 듀이가 루나와 랭글리 사이를 이간질할 이유가 없습니다. 오히려 듀이는 랭글리로 루나를 무사히 복귀시키기 위해 노력 중입니다."

유일하게 선택했던 단 하나, 곁에 두기를 간절하게 바랐던 단 한 사람.

그녀가 이별을 고하고 떠난 뒤, 이형은 제 삶이 사막처럼 황폐해지는 것을 경험했다. 다시는 그런 일을 겪고 싶지 않았다. 그녀를 붙잡고 싶었다.

"아이작이 CIA와 거래를 했던 전력이 있던가?"

"꽤 있습니다. 아이작은 도움이 되면 그 누구하고도 거래했으니까요."

"거래 내력을 좀 알고 싶은데."

"그건 이따 밤에 보고드리겠습니다."

카를은 고개를 갸웃거리며 물었다.

"아무리 생각해도 CIA에서 생판 모르는 남자의 정부로 보내 놓고 그녀를 나 몰라라 하는 게 이상하지 않아? 어떻게 해서든 주요한 정보를 빼내기 위해 애를 써야 할 텐데, CIA는 요지부동이잖아."

레이는 혼잣말과 같은 카를의 읊조림을 가만히 듣기만 했다.

"미국의 비밀 군사 지역인 블랙 사이트에 갇힌 헤즈볼라 최고 사령관의 아들이라……. 헷갈려."

"뭐가 헷갈린다는 말씀입니까?"

"하미드를 구해 달라는 부탁이 단순한 헤즈볼라의 요청인지, 아니면 여기저기 손을 뻗치고 있는 빅터를 통해서 CIA가 던진 미끼인지."

고민이 깊어져 갔다. 가만히 듣고 있던 레이가 입을 열었다.

"만약 전자라면 헤즈볼라의 청을 들어주면서 약점을 잡은 뒤, 그걸 무기로 각국 정보부와의 거래에서 우위에 설 수 있겠죠. 헤즈볼라를 견제할 수 있는 유일한 능력이 카를에게 주어지는 거니까요."

카를은 눈을 가늘게 뜨며 레이를 바라보았다. 계속하라는 의미로 턱 끝을 까딱거리자, 레이가 말을 이었다.

"다른 경우, 그러니까 빅터의 제안이 카를을 안보 문제에 빠뜨리기 위한 CIA의 미끼라면, 세크레툼의 정보로 미국의 약점을 잡아서 거래하면 됩니다. 전자는 완벽한 우위, 후자는 본전치기 정도가 되겠죠."

카를은 아니라며 고개를 내저었다. 레이가 의문 가득한 눈빛으로 카를을 바라보았다.

"내가 만약 미국 안보 문제에 직접 얽히게 된다면, CIA 소속인 루나가 다치게 될 거야."

레이는 답답하다는 듯이 대꾸했다.

"그래서 제가 아까 루나 양을 믿지 않으시는 게 좋겠다고 한 겁니다."

"뭘 위해서? 나의 안위를 위해서?"

"어쨌든 루나는 로젠쉴트를 감시하기 위한 임무를 띠고 투입된 요원입니다. 이제껏 이런 말씀을 드리지 않았지만, 그래도 지금은 사태 파악을 신중히 하셔야 할 때입니다."

"레이."

미소를 머금고 있기는 했지만, 카를의 목소리는 차가웠다.

"생각보다 기억력이 좋지 않은 건가?"

레이가 질문의 의도를 파악하지 못하겠다는 듯이 미간을 구겼다.

"그녀가 어떤 이름으로 불리건, 어디에 속해 있건 그녀는 카를하인츠 로젠쉴트의 여자야. 기억 안 나?"

레이가 시선을 내리깔며 대꾸하지 않았다. 로젠쉴트의 안위를 최우선으로 여기는 레이의 심정을 이해할 수 없는 건 아니었다. 그리고 거대 기업과 가문을 이끄는 처지에서 저를 염탐하러 들어온 여자를 신뢰하지 말아야 하는 것은 당연한 일이다.

하지만 때로는 당연하지 않은 일이 제 인생에 더 필요한 일일 수도 있다.

"나는 그 여자가 평생 카를하인츠 로젠쉴트의 여자로 살길 바라."

카를은 회의실 가죽 의자를 쓸고 일어나 워싱턴 D.C 전경이 내려다보이는 창가 앞에 섰다.

"무슨 이유인지 모르겠지만, CIA는 그녀의 임무가 실패하기를 바라고 있어. 방치하고, 지원을 승인하지 않고. 그게 뭘 의미할까?"

레이는 묵묵부답이었다.

"버리는 패였다는 거야. 내가 어떤 식으로든 미국의 안보 문제와 얽히면, 그 중심에 그녀가 있었기에 가능했다고 나오겠지. 정부로 위장 잠입한 여자가 남자에게 홀려서 국가 안보를 위협하는 정보를 팔아넘겼다. 굉장히 그럴듯한 스토리 아닌가? 긴가민가했던 사람들도 그녀의 존재 하나로 확신을 갖게 될 거야."

"하지만 그렇게 되면 CIA 요원이 임무 중 변절한 게 되니까, CIA의 위상이 떨어질 텐데요."

레이의 지적은 정확했다.

"또 워싱턴 D.C에서 랭글리에 있는 작은 정보기관인 CIA를 두고 정치질이 시작되었나 본데?"

카를이 비스듬히 웃으며 묻자, 레이도 무언가 깨달은 듯이 따라 웃었다.

"루나의 상관인 스티브 존슨에 대해서 알아봐. 그리고 스티브 존슨을 위협적인 상대라고 생각하는 존재가 내부의 누구인지도."

레이는 믿음직스러운 미소를 머금으며 밖으로 나갔다.

그녀를 유능한 CIA 요원으로 키운 것은 스티브 존슨이었다. 만약 그녀가 변절자로 몰린다면, 그 책임을 스티브 존슨에게 묻게 될 것이다. 더 큰 판이 카를을 기다리고 있는 듯했다.

루나가 맥을 못 추는 동안, 카를이 레이먼드를 비롯한 비서진과 함께 내부 회의를 여러 번 가졌다고 했다. 하지만 그 어떤 내용도 파악할 수 없었다고 듀이는 심각한 표정을 지었다. 감청이 필요한 상황이라는 의미였다.

"카를."

워싱턴 D.C에 와서 처음으로 식탁 앞에 마주 앉아 아침 식사를 하는 중이었다.

"오늘 바쁜가요?"

생긋 웃으며 묻는 루나의 말에 그는 턱 끝을 살짝 내저었다. 입에 넣고 있던 스테이크를 전부 씹어 삼킨 그가 웃으며 말했다.

"안 바빠요."

"바빠도 안 바쁘다고 말하는 것 같은데요?"

루나의 새침한 질문에 카를은 더욱 진하게 웃었다.

"오늘은 당신이 오랜만에 기운을 차린 날이니까. 바빠도 안 바쁜 게 맞지."

루나가 크게 숨을 한 번 들이켜고는 눈을 가늘게 뜨며 고개를 기울였다.

"정말 바쁘지 않아요?"

카를이 고개를 끄덕였다.

"앞으로 영영 안 바쁠 수도 있어요."

"그건 안 되죠. 일은 해야지."

루나가 스테이크를 작게 조각내며 혼잣말처럼 읊조렸다.

"쇼핑하러 나가고 싶어요."

"쇼핑?"

카를이 어디든 데려가서 뭐든 사 주겠다는 얼굴로 대꾸했다.

"갑시다, 가요."

"대신 당신 돈은 쓰지 않고."

루나가 생긋 웃으며 덧붙였다.

"나는 이걸 매일 걸고 있잖아요."

손으로 뱀 목걸이를 가리켰다.

"나도 당신한테 특별한 뭔가를 선물하고 싶어요."

카를은 기쁨이 가득한 눈빛으로 흔쾌히 수락했다.

"내가 집에서 나올 때 들고 온 돈이 많지 않거든요. 그러니까 너무 대단한 걸 사 줄 거라고 생각하면 곤란해요. 알겠죠?"

"그럼, 여신의 첫 하사품이 되는 건가? 소중히 여겨야지, 당연히."

"카를!"

루나는 저도 모르게 이마를 짚었다.

"왜, 머리가 아픈 거야? 의사를 부를까?"

"아니요."

루나는 이마를 짚은 채로 고개를 절레절레 내저었다.

"그럼?"

"그 여신이라는 말은 앞으로 계속 쓸 거예요?"

얼굴을 잔뜩 찌푸렸더니 미간뿐 아니라 콧잔등에도 주름이 잡혔다.

"쓰지 말까?"

카를이 손을 뻗어 루나의 콧잔등을 엄지로 쓸어내렸다. 콧잔등의 주름이 반듯하게 펴졌다.

"그렇게 부르는 건 그만했으면 좋겠어요. 자꾸 다른 사람들 있을 때도 여신이라고 부르니까, 내가 얼굴을 들기가 힘들다고요."

"왜 헤즈볼라나 SIS 앞에서는 도도하게 잘만 앉아 있던데?"

루나는 눈을 한번 지그시 감았다가 뜨고는 대꾸했다.

"계속 볼 사람들 말이에요. 레이나, 위나나."

"혹은 듀이나?"

카를이 낮은 어조로 물었다. 어둡게 빛나는 눈빛이 루나를 꿰뚫어 보는 듯했다.

"신경 쓰입니까, 미아?"

연한 미소를 머금은 얼굴, 하지만 질문의 의도에 어쩐지 마음이 쓰였다. 루나는 한숨을 폭 내쉬었다. 성격상 그런 호칭은 손발이 오그라들어서 못 들어 주겠다는 의미였는데, 카를은 이유를 엉뚱한 데서 찾고 있었다.

"그냥 부르고 싶은 대로 불러요."

카를의 눈동자에 다시 편안한 사랑이 어렸다.

"미아?"

"응."

"식사 끝내고 바로 나갈까?"

그러자며 고개를 끄덕거렸다.

처한 상황은 험악하기 그지없는데, 그와 함께 손을 잡고 연인처럼 거리를 거닐 수 있다는 사실만으로 가슴이 뛰었다.

루나는 레이에게 미리 시계 전문점 주소를 전달해 두었다. 시계 전문점이라는 말에 '로젠쉴트사에서도 시계를 만듭니다만.' 이라는 딱딱한 대답이 흘러나왔다. 요즘 무슨 이유인지 레이가 루나에게 불편하게 굴어서 신경이 쓰였지만, 루나는 크게 티 내지 않았다.

"여기예요."

겉보기에 낡은 시계 상점은 태엽을 감아야 움직이는 수동 손목시계를 파는 곳이었다. 차에서 먼저 내려선 그는 루나가 편히 내릴 수 있도록 손을 잡아 주었다.

낡은 간판을 올려다본 그는 고개를 비스듬히 기울이며 웃었다.

"시계 전문점?"

카를은 마치 '로젠쉴트사에서도 시계를 만듭니다만.' 이라고 말할 것 같은 표정으로 루나를 바라보았다.

"그래요. 나도 알아요. 하이엔드 럭셔리 브랜드인 로젠쉴트에서도 시계를 만든다는 걸요. 다이아몬드로 휘감고, 금으로 칠한 시계 같은 거요."

카를은 어디 더 해 보라는 듯이 턱을 까딱 움직였다. 루나는 입술을 한번 깨물었다가 놓고는 이곳으로 온 이유를 설명하기 시작했다.

"당신한테 시간을 선물하고 싶었어요."

"시간을?"

그가 무슨 의미인지 모르겠다는 듯이 눈을 가늘게 뜨며 고개를 갸웃거렸다.

"내가 선물하는 시계는 세상에 단 하나밖에 없는 거예요. 내가 시곗침, 시곗줄, 숫자판, 태엽 모양, 안에 들어가는 부품들까지 전부 고른 거거든요?"

"영광이네."

카를이 진심으로 감동했다는 듯이 눈을 지그시 감고는 오른손으로 왼쪽 가슴을 꾹 누르는 시늉을 했다.

"근데요. 시계를 그냥 두면 절대로 움직이지 않아요."

"그럼?"

"태엽을 24시간에 한 번씩 감아 줘야 해요. 그래야 하루를 버틸 힘이 생겨요, 시계한테."

루나의 설명에 그는 재미있다는 듯이 고개를 끄덕거렸다.

"태엽을 감으면서 지난 하루 동안 가장 행복했던 순간을 생각하도록 해요. 그리고 그다음 24시간 동안에 일어날 행복한 일을 상상하고요."

카를은 마치 루나가 읊조리는 말에 취한 듯한 표정으로 그녀를 응시했다.

"일 생각은 절대 하지 말고요. 당신은 신경 써야 하는 일이 많은 사람이니까, 태엽을 감는 시간만큼이라도 천천히 당신 마음을 보듬어 주는 거예요."

그가 루나의 앞으로 성큼 다가섰다. 카를이 검지를 구부려 루나의 턱 끝을 천천히 들어 올렸다. 저도 모르게 고개를 숙인 채로 말을 잇고 있었나 보다.

"내 마음은 당신이 곁에서 항상 보듬어 주면 되는 거잖아."

루나는 눈물이 차오를 것만 같아서 일부러 더 환하게 웃었다.

"나는 이기적인 사람이라, 내가 당신 마음을 다 헤아리지 못할 수도 있어요. 집에서 부모님이 날 뭐라고 불렀는지 알아요?"

카를은 고개를 살짝 내저으며 웃었다.

"독종이요. 독하고 고집 세고, 가끔 저밖에 모른다고요. 그러니까, 카를."

루나가 말을 이으려는데 카를이 더 빨랐다.

"이렇게 우아하고 아름다운 독종이 세상에 어디 있다고."

그는 가족이 부르는 말이 마음에 들지 않는다는 듯이 미간을 살짝 찌푸렸다.

"나는 당신이 곁에 있는 것만으로 위안이 돼. 그래도 시계는 감사히 받을게. 매일 태엽을 감으면서 당신과 함께한 하루를 정리하고, 당신과 함께할 내일을 상상할게."

가슴에 고인 물이 찰랑찰랑 위태롭게 움직였다. 조금만 더 건드리면 눈 밖으로 왈칵 쏟아질 것만 같았다.

"그럼 이제 내가 선물해 주는 시계 받는 거죠? 다이아몬드도 안 박히고, 금칠도 못 했지만. 로젠쉴트 수석 디자이너가 한 것만큼 훌륭한 디자인도 아니지만요."

그만하면 됐다는 듯이 카를이 루나의 머리카락을 부드럽게 쓸어 넘겼다.

"이제 그만 시계점 안으로 모셔도 될까요?"

카를의 정중한 물음에 루나가 가볍게 고개를 끄덕였다. 시계점 안은 한산했고, 나이가 지긋한 노인이 주인 자리를 지키고 앉아 있었다.

"안녕하세요, 헬러보레스 씨. 전화로 말씀드렸던 시계를 찾으러 왔는데요."

"아, 그 아가씨군요! 아가씨가 부탁한 용두(시계태엽을 감을 때 잡는 꼭지)를 찾느라 내가 얼마나 힘들었던지."

노인은 환한 미소로 반기며, 옆에 선 카를을 한 번 흘끗 보았다.

"이분이 제 시계를 손목에 차실 행운의 주인공일까요?"

"네, 맞습니다."

루나가 대꾸하기 전에 그가 먼저 대답했다.

"잠시만 기다리세요. 시계를 보여 드리겠습니다."

시계점 안쪽으로 향하는 나무문을 열고 들어간 노인은 금방 다시 나타났다. 그의 손에는 보라색 벨벳으로 둘러싸인 상자가 들려 있었다.

"자. 이 시계는요, 스위스에서 공수한 무브먼트에 이태리에서 온 가죽. 그리고 동방예의지국이라 불리는 곳이죠? 한국에서 온 회색 자개로 숫자판을 덧댄 멋진 시계랍니다."

한국이라는 말에 루나의 허리를 잡고 있던 그의 손에 힘이 들어갔다.

"그리고 가장 중요한 용두요. 24시간에 한 번씩 만져야 하는 이 정겨운 녀석은요."

"나비 모양이네요?"

"네, 아가씨께서 용두는 반드시 나비 모양으로 해 달라고 하셨거든요."

카를은 무슨 의미가 있느냐고 묻는 듯한 눈빛으로 루나를 바라보았다.

"조금 이따가 말해 줄게요."

루나가 한쪽 눈을 찡긋하며 웃었다. 카를은 그러라며 고개를 끄덕거렸다.

"자, 이제 손목에 한번 차 보시겠어요?"

카를이 손목에 있던 시계를 얼른 빼서 주머니에 넣고 왼손을 내밀었다. 노인은 흐뭇한 미소를 지으며 카를의 손목에 시계를 채워 주었다.

"태엽을 감을 때는 여기 나비를 잡아당겨서 더는 돌아가시 않을 때까지 충분히 돌리면 됩니다."

그가 노인의 말대로 태엽을 열심히 감았다.

"자, 이제 시간을 맞춰 볼까요? 이 상태에서 용두를 한 번 더 잡아당기면 달각 걸리는 소리가 날 겁니다. 그때 용두를 돌려서 기간을 맞추면 됩니다."

"지금 몇 시지, 미아?"

그녀가 손목에 찬 로젠쉴트사의 시계를 보며 시간을 알려 주었다. 카를은 루나가 찬 시계와 초까지 일치하게 맞추려고 애를 썼다.

"아가씨는 로젠쉴트의 시계를 차고 있네요, 어디 한번."

루나는 노인 쪽으로 시계를 내밀었다. 노인은 작은 돋보기로 시계를 들여다보며 감탄했다.

"시계를 제대로 만드는 회사 중 하나지요. 이건 굉장히 희귀하고, 비싸 보이는군요. 공이 많이 들어간 시계네요. 바젤 시계 박람회에서도 이런 시계는 본 적이 없어요. 훌륭합니다. 물론 이 늙은이만큼 잘 만들지는 못했습니다만."

노인은 자신이 만든 시계에 대한 대단한 자부심을 보이며 웃었다.

"멋지게 만들어 주셔서 감사합니다. 무척 마음에 드네요."

카를은 예의 바른 어조로 노인에게 인사를 건넸다.

"감사 인사는 옆에 계신 숙녀분께 하셔야죠. 이렇게 멋진 시계를 선물하셨는데요."

로젠쉴트의 시계를 찬 여자가 자신에게 시계를 주문했다는 사실에 노인은 신이 난 듯 보였다.

감사 인사를 한 번 더 하고 가게를 나서려는데, 노인이 그제야 생각이 났다는 듯이 목소리를 냈다.

"아! 그렇구나!"

노인은 해맑은 미소를 지으며 카를을 바라보았다.

"신사분, 그거 아세요? 보통 나비는 평생 한 번 짝짓기한다는 걸요. 연인이 유일하다는 의미라고 볼 수 있겠죠."

카를이 의미심장한 눈빛으로 루나를 내려다보았다. 그의 눈동자에 사랑이 충만했다.

"그럼, 가 보겠습니다. 헬러보레스 씨."

루나는 서둘러 인사를 하고 가게를 빠져나왔다. 카를이 차에 오르기 전에 루나의 허리를 당겨 안았다.

"그런 의미였어? 평생 한 번만 하는 건 곤란한데."

"그거 알아요? 나비는요, 평생 한 번의 짝짓기 후에 수컷 나비가 죽어 버린다는 거?"

"뭐?"

카를이 놀란 목소리로 되물었다.

"암컷은 평생 한 번의 짝짓기 때문에 생긴 알을 낳은 뒤 죽고요."

그가 미간을 구기더니, 시계를 가만히 내려다보았다.

"그러니까 짝짓기 때문에 나비를 넣은 게 아니라고요."

"그럼?"

카를이 궁금하다는 듯이 물었다.

"나비는 단맛을 찾아내는 능력이 뛰어나요. 모래알 속의 설탕 알갱이 하나도 찾을 수 있고, 거대한 수조에 설탕 한 스푼을 넣어도 단맛을 알아차린다고 하더라고요."

"그래서?"

루나는 평생에 가장 간지러운 고백을 앞두고 있었다.

"내 인생에서 가장 달콤한 존재가 당신이니까…… 나는 언제나, 어디서든, 멀리 떨어져 있다고 해도…… 나비처럼 날아서 당신을 찾을 거라고요."

카를이 루나의 얼굴을 감싸고는 감미롭게 입을 맞추었다.

"걱정하지 마. 우리가 멀리 떨어질 일은 없어. 그런데."

그가 정말 미안하다는 듯이 속삭였다.

"취소하지 못한 회의가 하나 있어. 나는 거기로 이동해야 할 것 같은데, 혼자 호텔로 가도 괜찮겠어?"

루나는 괜찮다며 고개를 끄덕거렸다. 이제 보니 타고 온 차의 뒤쪽에 검은 세단 한 대가 세워져 있었다.

"저 차를 이용하도록 해."

"그럴게요."

"아니다. 내가 저 차를 탈게. 미아한테는 타고 온 차가 더 익숙할 테니까."

카를의 말에 경호원들이 일사불란하게 차를 바꿔 탔다.

"그럼, 미아. 2시간 후에 호텔에서 봐."

루나는 카를의 에스코트를 받으며 차에 올라탔다. 루나의 차가 먼저 출발했다.

가슴 벅찼던 고백이 루나의 가슴속에도 남았다.

찾으면 된다.

만약 헤어지는 순간이 오면, 다시 찾을 수 있기를.

마음속으로 간절히 읊조리고 있을 때였다. 엄청난 굉음과 함께 도로가 웅웅 울렸다. 루나가 천천히 고개를 돌려 뒷유리창 너머를 바라보았다.

카를이 탄 차가 불길에 휩싸인 채로 뒤집혀 있었다.

7. 미아(迷兒)

뒤집힌 차체의 바닥에서 붉은 불길이 치솟았다. 검은 연기가 사악하게 도심의 도로 위를 뒤덮었다.

"카를!"

루나가 울부짖기 시작하자, 차가 속도를 냈다. 루나는 앞좌석과 뒷좌석을 가로막은 스크린을 내리며 소리쳤다.

"지금 뭐 하는 거예요? 카를을 구해야지! 이봐요, 듀이!"

루나가 탄 차량의 운전대는 듀이가 잡고 있었다. 그리고 조수석에는 루나의 경호팀장인 위니가 자리했다.

"미스 콴, 경호 프로토콜상 저희는 지금 당장 미스 콴을 안전한 곳으로 대피시켜야 합니다. 로젠쉴트 씨는."

위니가 빠르게 숨을 한 번 고르고는 말을 이었다.

"로젠쉴트 씨는 뒤따르던 경호 차량에서 구출할 겁니다."

심장이 머릿속에서 구르는 것처럼 둥둥 울렸다.

"프로토콜? 경호 프로토콜? 지금 카를이 탄 차가 폭탄 테러를 당한 것 같은데 프로토콜 따지게 생겼어요? 그리고 이 차는, 이 차는 안전하다고 누가 보장하는데! 이럴 때는 카를을 구해서 병원으로 가는 게 차라리 안전하다고요!"

루나는 두 사람을 다그치듯 정신없이 떠들어 댔다. 불길에 휩싸인 차가 시야에서 점점 멀어졌다.

"아, 안 돼. 카를."

찡그린 눈에서 눈물방울이 똑 떨어졌다.

"미아."

듀이가 조용한 목소리를 냈다.

"카를하인츠 로젠쉴트 씨는 안전할 겁니다."

낮게 읊조리는 듀이의 음성에는 확신이 차 있었다. 듀이가 저렇게 말할 때는 분명한 근거가 있다는 의미였다. 조수석에 앉은 위니 역시 듀이를 의문 어린 시선으로 바라보았다.

"듀이 파머! 카를의 안전을 당신이 어떻게 보장한다는 거죠?"

루나는 격앙된 목소리로 물었다. 단어 하나하나 힘주어 말하다 보니, 핏대가 다 올라섰다.

"제가 보장합니다. 카를하인츠 로젠쉴트 씨는 분명 무사히 돌아오실 겁니다."

"어디로요? 병원 중환자실로? 시체 검시실로?"

루나가 어이없다는 듯이 목소리를 높였다.

"로젠쉴트 가문에서 지정한 안가(安家)에서 분명히 만나게 되실 겁니다."

마치 무언가를 알고 있는 것처럼 듀이는 의미심장하게 말했다. 팀장인 위니는 듀이가 그녀를 안심시키려고 하는 말이라고 생각한 듯이 동조했다.

"그래요, 미스 콴. 로젠쉴트 씨는 안전하게 이동하실 겁니다."

루나가 초조한 한숨을 몰아쉬며 소리쳤다.

"지금 차가 터졌는데, 안전하다는 말이 나와요?"

눈물이 쉴 새 없이 흘러내렸다. 카를이 잘못되었을지도 모른다는 생각 하나로 루나는 전신이 무너져 내리는 듯했다.

"위니, 우리 지금 안가로 가면 되는 거죠?"

듀이의 질문에 위니가 단호하게 대꾸했다.

"최대한 빨리요."

"알겠습니다."

듀이가 입을 꾹 다물며 고개를 끄덕거렸다.

상황이 어떻게 돌아가는 건지 가늠이 되지 않았다. 루나는 자신이 놓친 무언가가 있는지 기억해 내기 위해 애를 썼다. 며칠 선 듀이가 했던 말이 갑자기 머릿속에 떠올랐다.

「외출할 기회를 만들어. 선물을 산다는 핑계면 더 좋고. 몸에 항상 지니고 다닐 수 있는 물건. 내가 말했었지? 거기에 내가 준 칩을 심어.」

루나는 워싱턴 D.C에서 수동 시계를 만든다는 시계점을 섭외해 시계 제작을 의뢰했다. 그리고 시계의 핵심 부품인 무브먼트 옆에 칩을 심었다. 보안을 거치는 공간이라고 해도 보통 시계와 벨트에 대해서는 간단한 엑스레이 통과대를 거치면 되니까 감청기기 설치로는 적당했다.

또 카를이 어딜 가든 루나가 선물한 시계를 풀어 놓고 갈 일이 없으니, 외부에 나갔을 때 그가 누구를 만나 어떤 이야기를 나누고 다니는지 알아볼 수 있을 터였다.

그런데 감청이고, 뭐고. 그가 탄 차가 테러를 당했다.

이상하지.

오늘 외출은 갑작스러운 것이었다. 식사 중에 결정되었고, 급히 시간을 내느라 그는 회의 하나를 취소하지 못하고 그쪽으로 따로 이동해야만 했다. 외부에서 차량에 폭탄을 설치해 테러를 가하는 것은 불가능한 일이었다.

그렇다면 내부에서?

생각에 잠긴 루나의 시선 끝에 듀이의 옆얼굴이 걸렸다. 듀이가 룸미러를 통해 루나를 흘끗 보고는 대수롭지 않다는 듯이 눈썹을 들썩거렸다.

잠깐만.

오늘 아침 루나가 카를과 함께 외출할 거란 걸, 듀이는 미리 알고 있었다. 카를이 오찬으로 주요한 인물을 만나니 꼭 오늘 오전까지는 선물을 전달해야 한다고 설득했던 게 듀이였다. 듀이는 카를이 오찬을 취소하지 못하리라는 것도 짐작했을 것이다.

심장이 바닥으로 턱 떨어지는 기분이다. 놀라운 깨달음에 입술 새가 저절로 벌어졌다.

사건을 차례대로 정리해 보자면.

루나가 카를에게 감청이 가능한 선물을 건넨다.

시계점에서 나온 두 사람은 카를의 스케줄을 고려하여 각자 다른 차에 오른다.

루나가 오른 차가 폭발해야만 했다.

이건 혹시 루나를 이번 작전에서 **빼내기** 위한 무리수였던 건가?

그런데 차에 오르기 전, 타고 갈 차를 바꿔 버린 카를 때문에 일이 꼬인 거고?

루나가 듀이를 노려보듯 했다. 듀이는 그저 심각하게 미간을 구긴 채로 정면을 응시할 뿐이었다.

세 사람이 탄 차는 워싱턴 D.C로부터 32마일 떨어진 곳에 자리한 셀비-온-더-베이(Selby-on-the-Bay)에 도착했다.

안가는 해안가를 접하고 있었고, 인적이 드물어 평화롭고 한가로워 보이는 곳이었다. 붉은 벽돌 건물에 흑판 지붕을 얹은 네모반듯한 건물은 하얀 창틀의 창문조차도 심심한 네모 모양이었다.

건물 입구로 향하는 흰색 나무 계단 앞에는 루나가 타고 온 것과 동일한 차종인 캐딜락사의 방탄 차량이 세워져 있었다.

"로젠쉴트 씨께서는 벌써 도착하신 모양입니다."

듀이가 낮게 읊조렸다. 섬세하게 가라앉은 그의 음성에서 루나는 열패감을 느꼈다. 듀이는 루나조차도 속이고 다른 트랙의 작전을 홀로 펼치고 있었나 보다.

"내려도 되나요, 이제?"

"잠시만요."

위니가 먼저 조수석에 내려 차 문을 닫고는 블루투스 리시버로 루터에게 상황을 전달하는 듯했다.

"듀이, 네 짓이야?"

듀이와 루나 둘만 남은 차 안, 그녀가 목소리를 낮게 깔며 물었다.

"특수 코팅된 차량 바닥에 위협적이지 않은 소형 폭탄을 장착했을 뿐이야. 그래서 화염과 연기가 좀 과장된 거고."

당연하다는 듯이 흘러나오는 대답에 루나는 기가 막혔다.

"저 차에는 카를이 아니라 내가 타게 될 예정이었어. 날 죽일 생각이었던 거야?"

위니가 루터에게 이동 승인을 기다리는 짧은 시간 동안, 루나는 듀이를 책망하느라 바빴다.

"루나."

듀이가 겁도 없이 루나의 이름을 입에 올렸다. 밖에선 위니가 차를 등지고 서서 주변을 살피고 있었다.

"널 이번 작전에서 빼내려면 어쩔 수 없었어."

"듀이."

루나가 나직하게 그의 이름을 불렀다.

"내가 지금 너를 신뢰하지 않는다면 어떡할래?"

듀이가 고개를 살짝 돌려 뒷좌석을 가만히 응시하다가 다시 정면으로 시선을 옮겼다.

"내가 의심스러울 수도 있다는 거 알아."

"의심? 나는 본부와 연락할 때 유일한 창구가 너였어! 근데 오늘 넌 나를 죽이려고 들었어."

"널 죽이려고 든 게 아니라는 걸, 카를이 증명할 거야."

루나는 실소해 버렸다.

"왜, 내가 타려던 차에 폭탄을 설치하라고 카를이 시켰다고 하지? 나중에 계획을 바꿔서 스스로 올라탄 거라고 하지! 말이 되는 소리를 해! 카를이 어떻게 증명할 건데?"

듀이가 떨림 없는 목소리로 대꾸했다.

"카를은 다치지 않았을 테니까. 다쳤더라도 찰과상 정도만 입게 설계된 작전이었어. 물론 카를이 뒷좌석에서 벨트를 하고 있었기를 바라야지."

루나는 목소리를 한껏 낮추고 경고성 어조를 내뱉었다.

"만약 카를이 털끝 하나라도 다쳤다면, 난 너를 가만두지 않을 거야."

너를 더는 믿지 않을 거라는 말은 굳이 하지 않았다. 듀이가 왜 이렇게 나왔는지 그 의중은 더 파악해야만 했으니까.

"루나, 나는 널 절대 다치게 하지 않아. 단지 이 작전에서 너를 빼내고 싶었을 뿐이야."

"폭발 뒤에 죽음으로 위장하려고 했어? 끔찍하게 무모한 짓이었다는 거 알아?"

루나의 질문이 끝나기가 무섭게 루터를 비롯한 경호 인력 십여 명이 집 안에서 뛰어나왔다. 그들이 차를 둘러싸자마자, 위니가 뒷좌석 문을 열어 주었다.

"미스 콴, 어서 들어가시죠."

루나는 고개를 끄덕이고 경호 인력에 둘러싸여 저택 안으로 이동했다.

저택 안은 마치 블라우 로젠 돔의 축소판처럼 호화로웠지만, 오랫동안 머문 사람이 없었는지 공허한 냄새가 났다.

"미아."

머리에 하얀 반창고를 하나 붙인 카를이 계단을 내려오며 그녀를 불렀다.

"카를!"

루나는 곧장 하얀색 나선형 나무 계단으로 달려가 그의 품에 안겼다.

심장이 쪼개져 가루가 된 기분이었다. 카를이 연한 미소를 머금으며 달려온 루나를 가뿐하게 안아 들었다.

"괜찮아요, 괜찮은 거예요?"

루나는 발버둥을 치며 그의 팔 위에서 내려오려고 애를 썼다.

"이마에 상처가 조금 난 것을 빼면."

카를이 어느 때보다 싱그럽게 웃었다.

"어디 봐요! 이 아름다운 얼굴에 대체 누가 이런 상처를 낸 거죠? 감히 당신 차에 그런 짓을 한 게."

루나가 분에 겨워서 소리쳤다. 카를의 입술이 루나의 떨리는 입술을 조심스럽게 머금었다. 발밑이 붕 떠오르는 느낌이 난다 싶더니, 그가 루나를 안은 채로 성큼성큼 계단을 올라갔다.

"미아."

입술이 떨어지고 그의 목소리가 꿈결처럼 몽롱하게 들려왔다.

"으응."

"만약 차를 바꾸지 않았다면, 그 안에는 당신이 타고 있었을 거야. 그 생각이 지금 나를 얼마나 힘들게 하고 있는지 모르지."

카를의 눈가는 슬픔에 젖어 있었다. 마치 품에 안은 여자의 존재를 수만 번이고 확인해야 할 것 같은 눈빛이었다.

"당신을 증명해 줘, 미아."

낮게 읊조리는 그의 목소리에 밴 슬픔 때문에 루나의 눈가에 왈칵 눈물이 고였다.

"내 곁에서 여전히 살아 숨 쉬고 있다고, 당신은 무사하다고……. 내가 당신을 지켜 낸 거라고. 증명해 줘, 미아."

루나는 고개를 끄덕이며 그의 품을 파고들었다. 얼굴을 기댄 그의 왼쪽 가슴이 쿵쿵 뛰고 있었다.

안가의 2층 한가운데 자리한 침실로 들어서자, 카를이 푹신한 침대 위에 루나를 눕혔다. 뜨겁고 마른 입술이 루나의 입술을 집어삼켰다.

"으응."

그의 존재를 확인하고 싶은 건 루나도 마찬가지였다. 그가 자신의 곁에서 여전히 살아 숨 쉬고 있다고, 무사하다고 느끼고 싶었다.

"카를."

커다란 손이 가슴을 타고 올라왔다.

"미아."

심장과 가까운 왼쪽 가슴을 움켜잡으며 그가 속삭였다.

"그 누구도 아닌 나를 믿어 줘. 응?"

대답도 하기 전에 입술이 깊게 맞물렸다.

루나의 시선이 흔들렸다. 하필 듀이와의 신뢰에 금이 가고 있는 마당에 카를이 저만을 믿어 달라고 말하고 있었다.

혹시 당신, 알고 있었던 거야? 듀이가 그 차에 무슨 짓을 했는지? 그러면서도 그 차에 올라탄 거야?

묻고 싶은 말은 입 밖으로 내뱉지도 못하고 루나는 카를의 어두운 눈동자를 올려다보기만 했다. 카를이 루나의 정체를 파악하고 있다는 것은 진작에 눈치채고 있었다. 하지만 그는 그게 무슨 상관이냐는 듯이 서늘하게 굴었다.

"요즘엔 남동생하고 통화하는 모습을 못 본 것 같은데?"

그리고 듀이.

카를은 듀이를 루나의 곁에 두면서도 극도로 경계하는 모습을 보였다.

당신, 듀이에 대해서도 알고 있는 거지?

루나는 그저 조심스럽게 의심하고 있던 정황이 확신으로 변해 가는 것을 느꼈다.

"동생이 시험 기간이라고 해서요. 공부하는 데 방해하면 안 되니까."

루나는 싱긋 웃으며 카를을 올려다보았다. 남동생의 앞날을 걱정하는 누나처럼 우려 섞인 표정도 지어 보았다.

"공부하는 게 힘에 부치나 봐요. 옆에 있으면 자주 징징거렸었는데, 요즘은 어떻게 하고 있나 모르겠어요."

그는 거짓 연기라는 것을 알면서도 루나가 슬픈 표정을 지을 때면 안타깝다는 듯이 바라보았다. 진짜 감정이 아닐지라도, 그런 감정을 내비쳐야 하는 그녀가 안쓰럽다는 듯이 뺨을 쓸어 주고 입을 맞추었다.

"미아."

"응."

"필요한 게 있으면 뭐든 이야기해요."

카를이 루나의 눈동자를 깊이 들여다보며 말했다. 루나는 아무런 대꾸도 하지 못하고 카를을 올려다보기만 했다.

핀치에 몰리면 인간은 강해져야겠다는 생각을 하면서도 감정적으로는 무너지기 직전의 아슬아슬한 상태에 놓이곤 한다. 카를은 루나의 감정을 조금씩 건드리려는 의도를 가진 듯했다. 자그마한 구멍을 내서 감정이 새어 나오다가 급기야는 무너져 내리게 하려고.

"당신은 나한테 차고 넘치게 주고 있어요."

루나는 손을 뻗어 카를의 부드러운 머리카락을 쓸어 넘겼다. 카를이 루나를 진심으로 사랑한다는 데에는 의심할 여지가 없었다. 하지만 사랑에 홀려 제 처지를 스스로 불어 버릴 만큼 루나는 어리석지 않았다.

카를에게 정체를 밝히고 도움을 요청하는 순간, 그건 국가 반역 행위가 되어 버린다. 그때부터는 그 무엇도 돌이킬 수 없다는 의미다. 반역자가 된 루나가 CIA를 등지고 카를의 곁에 머문다면, 카를은 미국의 완벽한 적성 인물이 되고 말 것이다.

그는 온 세상과 거래하며 평화를 견제하는 평화주의자라고 자신을 정의한 적 있었다.

이제껏 아이작 로젠쉴트 역시 전쟁을 막는 데 큰 공헌을 한 바 있다. 무기를 제공하고 정보를 보유하면서 상호 간의 균형을 유지해 전쟁을 막아 온 숨은 공신이었다.

그런데 그렇게 유지되어 온 아슬아슬한 평화의 궤도 위에 루나가 서 있었다. 그가 루나 때문에 궤도를 이탈하게 된다면 무슨 일이 일어날지 상상조차 할 수 없었다.

그의 말마따나 역사상 가장 큰 인명 피해를 낼 전쟁의 순위가 바뀔 수도 있을 것이다.

"나는 당신에게 그 무엇이든 다 해 주고 싶어."

파르르 떨리는 그의 입술이 루나의 입술을 조심스럽게 집어삼켰다. 루나는 그의 팔에 목을 두르며 키스에 열중했다. 따뜻한 타액이 섞이고, 혀가 부드럽게 맞닿았다. 고개를 조금 비튼 그가 상체만 살짝 들어 올리며, 루나의 왼쪽 가슴을 쥐고 있던 손을 크게 둥글렸다.

"으응."

그에게 반응하는 몸은 솔직했다. 아무런 계산도 하지 않았고, 그를 속이려고 들지도 않았다.

루나가 그의 목덜미를 손가락 끝으로 부드럽게 쓸어내렸다.

"흐음."

그의 목울대에서 신음이 흘러나왔다. 그도 침대 위에서만큼은 계산적으로 굴지 않았다. 어디까지 보여 줘야 하는지, 어디까지 숨겨야 하는지 고민 없이 그녀를 안고 느꼈다.

서로의 몸을 파고드는 육체적 행위에 지나지 않는 섹스가 두 사람에게는 가장 진실한 순간이었다. 그래서 더 소중하고 애틋했다.

이 순간만큼은 서로 속이지 않고, 솔직해질 수 있으니까.

그가 루나의 등 뒤로 손을 넣어 원피스 지퍼를 끌어 내렸다. 루나는 그의 어깨를 살짝 밀며 침대에서 몸을 일으켰다. 루나가 원피스와 스타킹, 속옷을 벗어서 침대 아래로 떨어뜨리는 동안 그도 슈트를 벗어 던졌다.

알몸으로 침대에 몸을 기대자, 그가 한숨을 들이쉬며 감탄스럽다는 듯이 루나를 내려다보았다.

"미아."

루나는 대답 대신 싱긋 웃었다.

"당신은 내가 살아야 하는 목적이고, 웃을 수 있는 이유야."

어두운 눈빛에 맑은 진심이 고였다. 루나는 은은한 미소를 머금으며 그를 올려다보았다.

"당신은 내가 추구하는 세상이고, 갖고 싶은 간절함이에요."

잔잔한 목소리가 파문처럼 흘러나왔다. 그는 놀란 듯 입술을 슬쩍 벌리고 루나를 응시했다. 꼭 평화를 견제하는 평화주의자가 되기를 바란다고 했던 루나의 당부를 기억하는 얼굴이기도 했다.

"미아."

그가 상체를 내려 루나의 목덜미에 입술을 묻었다. 간질간질한 감각이 등줄기를 타고 천천히 퍼져나갔다.

"으음."

복잡해진 세상의 평화는 공으로 얻을 수 있는 것이 아니었다. 어느 한쪽으로 힘이 치우치지 않도록 균형을 유지해야만 가능한 일이었다.

이제껏 지켜본 바 카를은 그런 일을 하는 사람이었다. 그렇기에 힘의 균형을 단번에 무너뜨릴 수 있는 사람이기도 했다.

모두가 로젠쉴트를 두려워하는 이유가 거기 있었다. 로젠쉴트의 새로운 수장이 된 그의 흠을 잡아서라도, 그의 약점을 캐내서라도 힘의 일부를 손아귀에 넣고 싶어 하는 사람들이 존재하는 이유도 마찬가지였다.

"아아, 카를."

콘돔을 씌운 페니스가 흠뻑 젖은 물길을 파고들었다. 매끄럽게 미끄러져 들어오는 몸짓에 세포 하나하나가 별스럽게 깨어났다.

"흐웃!"

루나는 신음하며 그의 목덜미를 끌어안았다. 카를의 단단한 몸이 그 어느 때보다 소중하게 느껴졌다. 이 남자를 판단하고, 그의 그릇된 행위를 막기 위해 잠입했지만 이제 자신이 그의 가장 큰 약점이 된 것 같은 생각에 혼란스러워졌다.

"으응, 카를."

루나는 신음 섞인 목소리로 그를 불렀다.

"당신이 변하지 않았으면 좋겠어요."

균형을 깨뜨리고 누군가와 손을 잡지 말라는 당부였다.

"하아, 미아."

루나의 의도를 알아들었는지, 알아듣지 못했는지. 그가 미소 띤 입술로 루나의 입술을 머금으며 읊조렸다.

"나는 절대 변하지 않아. 당신을 위해서 늘 이 자리를 지킬 거야. 당신만 내 곁에 있으면."

그가 입안을 깊게 파고들었다. 단단한 혀가 입천장 가장 안쪽의 예민한 살점을 살근살근 건드렸다.

"으응. 으으응."

허리 아래에서부터 뜨거운 비눗방울이 생겨나 톡톡 터지는 것처럼 몸이 달아올랐다.

"흐으응."

루나는 그의 단단한 어깨를 꽉 끌어안고 옆구리를 쓸어 올리며 몸을 뒤척였다. 정말 그의 말대로 이루어질 것 같은 확신 속에서 두 눈이 질끈 감겼다. 눈물이 눈꺼풀 아래로 차오르고, 감각이 부풀었다.

숨도 내뱉지 못한 순간, 죽음이 코앞에 온다고 할지라도 이 남자를 버리지 못할 것 같다는 생각이 들었다.

사랑을 저버리느니, 차라리 목숨을 버리는 게 더 수월할지도.

그녀가 잠들어 있는 침실에 위니를 들여보내고, 안가의 서재에서 레이와 마주 앉았다. 그녀가 선물한 시계는 침실 옆 협탁에 두고 나왔다.

지금 그녀는 잠들어 있으니, 카를의 대화를 엿들을 사람은 듀이뿐이었다.

"해당 차량의 바닥에는 불과 연기를 과장되게 만드는 특수 코팅이 입혀져 있었습니다."

레이의 보고에 카를은 매서운 눈으로 허공을 응시했다.

"소형 폭탄은 딱 차를 뒤집을 수 있는 지점에 설치되어 있었고요. 엔진룸이나 급유장치 등으로는 불길이 옮겨 붙지 않도록 특수 방화 처리도 되어 있었습니다."

"생명에 위협을 가하고 싶지는 않았다는 의미네?"

카를의 물음에 레이가 천천히 고개를 끄덕거렸다. 해당 차량의 수배는 경호실에서 한 일이었다.

"어떻게 할까요? 루터 칼슨이 낸 사직서를 받아들이시겠습니까?"

카를은 한쪽 입꼬리를 들어 웃으며 고개를 내저었다.

"루터가 저지른 일이 아닌데, 왜 루터가 나가야 하지?"

카를이 의문을 제기하자, 레이가 미간을 슬쩍 구겼다.

"그럼 누군지 아신다는 말씀입니까?"

"레이, 자네는 모르겠어? 누가 한 짓인지?"

레이는 고개를 내저었다. 카를은 턱을 내리며 눈을 치뜨고는 레이를 응시했다.

"듀이잖아."

나직하게 속삭이자, 레이가 상황을 가늠하는 듯 미간을 구겼다.

"내 스케줄을 아는 사람, 취소하기 어려운 회의가 있다는 것도 파악이 되는 사람."

카를을 위해 일하는 사람이면 전부 파악 가능한 정보였다.

"그들 중에 루나에게 외출을 종용할 수 있는 사람."

레이는 그제야 알아들었다는 듯이 구겼던 얼굴을 폈다.

"그런데 그자가 루나에게 위협을 가하려고 했어. 왜일까?"

"글쎄요. 랭글리에서 정말 루나를 포기한 게 아닐까요? 아니면 루나가 랭글리에서 밉보일 만한 큰 잘못을 저질렀다든지, 그래서 그녀를 없애야 한다든지. 아니면 그녀가 복무했던 이슬라마바드나 서울에서 그녀를 노리고."

카를은 아니라는 듯이 고개를 내저었다.

"사고로 위장해서 그녀를 빼낼 생각이었던 거야."

카를의 목소리가 깊게 가라앉았다. 그녀가 곁에서 사라지는 상상만으로 피가 거꾸로 솟는 기분이었다.

차에 올라타기 직전에 바꿔치기한 것은 그지 직감적인 결정이었다. 폭발한 차에 그녀가 올라탔을지도 모른다는 가정만으로 심장이 뒤틀렸다.

"그럼 랭글리에서 그녀를 빼내기 위해 그런 무모한 짓을 벌였다는 건가요?"

"랭글리의 의중을 파악해야겠어."

카를이 잠시 생각에 빠진 얼굴로 허공을 응시했다. 레이는 그가 입을 열 때까지 잠자코 기다렸다.

"레이."

"네, 카를."

카를의 표정이 그 어느 때보다 엄혹했다. 카를을 바라보는 레이의 눈빛에는 경외심마저 어렸다.

"듀이를 데려와."

레이는 간담이 서늘해지는 것을 느꼈다. 카를은 당장 허리춤에 있는 총을 뽑아서 듀이를 쏴 버린다고 해도 이상하지 않을 기세였다. 요원을 죽인다는 것은 미국과의 전면전을 의미했다.

"어서."

로젠쉴트가에서 카를의 말을 거역할 수 있는 사람은 없었다. 레이는 루터를 통해 얼른 듀이를 호출했다.

카를은 빛 한 점 없이 어두운 풍경을 내려다보았다. 나무와 모래와 풀과 작은 부두가 있을 만한 곳이었다. 멀리서 형체는 가늠할 수 있지만 눈에 보이는 게 나무인지, 풀인지, 귀신인지 정확히 구분되지는 않았다.

마치 그녀를 만나기 전에 이형, 혹은 카를이 살아온 인생과 같았다. 그저 어두운 형체가 귀신처럼 도사리고 있는 인생 속에서 그녀는 따뜻한 웃음이었고, 안온한 미래였다. 아무것도 없어도 사랑 하나만을 바라보고 살수 있을지도 모른다는 무모한 순정을 꿈꿀 때도 있었다.

하지만 지금은.

그녀를 지키기 위해서 무슨 짓이든 감행할 각오가 되어 있었다. 카를을 향한 그녀의 감정도 진심처럼 느껴졌다.

하지만 문제는 그녀의 소신이었다. 소리 없이 사라질지언정, 절대 카를에게 피해를 주지 않으려고 할 것이다. 그녀가 사라지는 게 카를에게 가장 치명적인 일이라는 걸 여전히 모르는 눈치다.

노크 소리가 그 어느 때보다 묵직하게 울렸다. 묻기 전에 상대를 파악한 레이가 문을 열어 주었다.

"부르셨습니까, 로젠쉴트 씨."

카를이 고개를 한 번 까딱거리고는 맞은편 의자를 턱짓으로 가리켰다.

"서 있는 게 더 편합니다."

듀이는 고집을 부리며 꼿꼿하게 서 있었다. 마치 불의에 속해 있는 카를과는 마주 앉고 싶지 않은 정의처럼 굴었다.

"고맙다는 인사를 하려고 불렀습니다."

카를이 나직한 목소리로 평온하게 읊조렸다. 듀이를 부르라고 했을 때부터 긴장했던 레이의 표정이 섬세하게 풀어지는 걸 카를은 놓치지 않았다.

왜, 내가 총이라도 쏴서 저 자식을 죽이기라도 할 줄 알았나 보지?

카를은 미소 띤 얼굴로 듀이를 응시했다.

"빠른 판단력으로 그녀를 안가로 데려와 줘서 고마워요."

카를이 한 번 더 감사의 인사를 내뱉었다.

"제가 할 일을 했을 뿐입니다."

듀이가 나직하게 내뱉으며 카를을 똑바로 응시했다. 절대 지고 싶지 않다는 사내의 눈빛이었다.

내가 뭘 하고 다니는지 궁금한가?

그 와중에 그녀와 떨어뜨려 놓고 싶기도 하고?

이를 어쩌나.

네놈 뜻대로 해 주긴 싫은데.

감히 누굴 빼돌리려고?

카를은 의자에 깊숙이 기대앉으며 책상 위를 펜으로 톡톡 두드렸다. 듀이의 시선이 펜 끝에 닿았다가 카를의 매서운 눈으로 다시금 올라왔다.

"만약 그녀가 다치거나 잘못되었다면, 나는 멀쩡한 모습으로 여기 앉아 있지 못했을 겁니다."

감사 인사의 구체적인 이유를 대는 카를의 목소리는 다소 과장되어 있었다. 그리고 연한 경고가 밴 어조이기도 했다. 한 번만 더 그녀를 건들 생각을 한다면 가만히 두지 않겠다는 뉘앙스가 선연했다.

"로젠쉴트 씨께서도 무사하셔서 다행입니다. 아마 로젠쉴트 씨께서 다치셨다면, 미스 콴도 많이 힘들어했을 겁니다."

위선적인 말을 잘도 떠드는 듀이를 카를은 귀엽다는 듯이 바라보았다.

듀이는 마치 과거의 이형을 보는 듯했다. 유주희라는 여자와 첫사랑에 빠져서 정신을 차리지 못하고, 맹목적으로 굴었던 이형의 모습이 묘하게 겹쳐서 안타까웠다.

"듀이."

"네, 카를."

"생각했던 것보다 실력이 좋은데."

카를은 말끝을 길게 늘였다. 듀이의 턱이 긴장감 때문인지 잔뜩 굳는 게 눈에 들어왔다.

"앞으로는 미아가 아니라, 내 경호팀에서 일하도록."

듀이가 찰나의 놀라움을 감추지 못하고 카를을 응시했다. 이내 눈빛을 바꾸기는 했지만, 카를은 그새를 놓치지 않고 듀이의 빈틈을 잡아냈다.

이제 어떻게든 내게 직접 접근하려 들 텐가?

카를은 기꺼이 응수해 주겠다는 듯이 웃었다.

"이제 나가 봐요."

"그럼 미스 콴 곁에는 누가 있게 됩니까?"

듀이의 질문에 순수한 의문이 어렸다. 듀이는 필요 이상으로 그녀를 아끼는 모습을 자주 드러냈다. 고용인의 정부를 구하고 업적을 인정받아 승진한 거나 마찬가지인 상황인데, 듀이는 건방지게도 고용인의 정부를 걱정하고 있었다.

"미아가 걱정됩니까?"

카를이 비스듬히 웃으며 물었다. 허를 찔린 듯 듀이가 입을 꾹 다물었다.

"원래 묻는 말에 대답을 늦게 하는 버릇이 있습니까?"

카를은 듀이를 마음껏 몰아붙였다.

"아니면 군인, 경찰이었던 듀이 파머의 출신 성분에 걸맞게 네, 아니요로 대답할 수 있는 질문만 해 볼까요?"

카를이 엄혹한 목소리로 날카롭게 물었다. 듀이는 자신이 코너에 몰렸다는 것을 알아차린 눈빛이었다.

"내 유일한 여자에게 사적인 감정이 있습니까, 듀이?"

일부러 그녀를 미아라고 칭하지 않았다. 그녀를 잠입 신분으로 한정 짓지 않겠다는 뜻이었다.

듀이는 대꾸하지 않고 가만히 카를을 응시했다. 금방이라도 등 뒤에서 총을 뽑아 카를을 겨눌 것 같은 기세였다.

카를이 천천히 자리에서 일어나 재킷 안쪽으로 손을 집어넣었다. 레이가 눈에 띄게 긴장하며 발을 움직이려다가 마는 게 보였다. 총집에서 권총을 꺼낸 카를은 회의용 테이블 위에 탁 소리가 나도록 내려두었다. 듀이의 시선이 총기에 닿았다가 떨어졌다.

"내가 그녀에게도 말한 적 있지만."

카를은 손끝으로 총구를 가만히 쓸며 말을 이었다.

"나는 살인에는 취미가 없어요."

고개를 비스듬히 기울이고 웃었더니, 듀이의 눈동자에 희미한 노기가 서린다.

"그러니 내 옆에서 듀이가 잘 지켜 주도록 해요. 어떤 놈이 다가오는지, 어떤 놈이 수를 쓰는지, 감히 어떤 놈이."

카를이 잠시 말을 멈추고 자리에서 일어났다. 느릿한 걸음으로 듀이에게 다가갔다. 한 걸음씩 가까워질 때마다 듀이의 눈동자에 경계심이 도드라졌다.

"감히 어떤 놈이 내 여자에게 눈독을 들이는지도."

카를은 수고하라는 듯이 턱 끝을 한 번 까딱거렸다.

"레이, 내 물건 챙겨서 따라와요."

레이를 흘끗 보며 총을 챙기라는 듯이 눈짓했다. 레이가 유연하게 웃으며 카를의 총과 펜을 챙겨 들었다.

"로젠쉴트 씨."

문가로 걸음을 옮기려는데, 듀이의 목소리가 그를 붙잡았다. 카를은 더 할 말이 남아 있느냐는 듯이 묻는 눈빛으로 듀이를 돌아보았다.

"제 질문에는 답해 주지 않으셨습니다."

카를은 몸을 완전히 돌려 다시 듀이와 마주 섰다.

"어떤 질문이었지?"

듀이의 호기심 따위 하찮다는 듯한 어조였지만, 카를은 너그러운 눈빛으로 그를 바라보았다.

"그럼 그녀의 곁은 누가 지키죠?"

카를은 눈썹을 한 번 치켜들었다가 내리며 웃었다.

"앞으로 그녀의 곁은."

듀이가 긴장한 듯 눈에 힘을 주었다.

"내가 지킵니다."

단단했던 푸른 눈동자가 망연해지는 것을 카를은 여유롭게 지켜보았다.

"그럼, 갑시다. 듀이. 자네는 앞으로 나와 함께 있어야 하니까."

듀이는 자존심이 완전히 짓밟힌 눈빛이었다. 듀이는 카를을 지켜야 했고, 카를은 그녀의 곁을 한시도 떠나지 않을 거라는 의미였다. 바꿔 말하면 듀이의 행동을 카를이 감시하고, 그녀에게 위협을 가하는 행동은 직접 막겠다는 의미와 같았다.

물 샐 틈 없는 방어 속에서 임무 완수를 향한 듀이의 간절함은 더욱 거세질 것이다. 듀이가 어떻게 움직일지 두고 볼 일이다.

안가에서 맞는 오후는 평화로웠다. 벌써 3일째 두 사람은 안가에 머물고 있었다.

정신이 없어서 해안가로 착각했는데, 침실 창으로 보이는 물가는 사우스강이었다. 사우스강은 여러 개의 만을 거쳐 대서양으로 흘러들었다.

한가로운 농촌 풍경이 생경하다. 이토록 여유로운 동네에 머물러 본 게 언제인지 기억도 나지 않는다. 어릴 때부터 워싱턴 D.C에 살았고, 근무지는 격전지와 대도시가 대부분이었다. 잠시 머물렀던 로잔의 블라우로젠 돔과는 완전히 다른 목가적인 분위기의 안가였다.

"오늘 저녁 만찬에 초대를 받았어."

잠시 레이와 이야기하겠다며 침실 밖으로 나갔던 카를이 돌아왔다. 그는 루나의 뒤에 서서 나이트가운 리본을 자연스럽게 잡아당기며 당연하다는 듯이 목덜미에 입술을 묻었다.

"어떤 만찬이요?"

"당신이 아름다운 드레스를 입은 모습을 볼 수 있는 만찬."

나이트가운이 바닥에 부드럽게 고였다. 아침에 일어나 함께 샤워하며 한 번 하고, 아침 식사를 마친 뒤 하고, 잠시 잠이 들었다가 깨어나 점심을 먹었다.

"먹고, 하고, 자고. 여기에서 일과가 그것뿐인 줄 알았는데요."

루나가 장난스럽게 읊조리자, 카를이 그녀의 가슴을 아래에서부터 쓸어서 부드럽게 움켜잡았다.

"으음."

루나는 그의 가슴에 몸을 기대며 신음했다. 카를이 검지와 중지 사이에 유두를 끼고 부드럽게 희롱했다.

"열심히 돈을 벌어야 좋은 데서 재우고, 맛있는 걸 먹이지."

"안 그래도 돈은 차고 넘치잖아요."

루나가 카를의 커다란 손을 잡아 내리며 돌아섰다. 그의 나이트가운 끈을 잡아당겨서 풀고 맨허리를 어루만지며 상체를 끌어안았다. 살갗이 닿는 공간이 풍만하게 차올랐다. 그의 페니스는 아까부터 꼿꼿이 서서 루나의 배 위에 흥흥하게 비벼졌다.

"잊었어? 나는 평화를 견제해야 하는 평화주의자라는 거."

카를이 오만하게 내뱉은 말을 듣고 루나는 웃음을 터뜨렸다.

"오늘 저녁에 영웅 놀이라도 하러 가는 거예요? 가슴에 S자가 새겨진 옷을 입을 건가요? 아니면 까만 가면을 챙겨 갈 건가요?"

루나의 질문에 그도 실소했다.

"글쎄. 타이즈는 취향이 아니라. 차라리 벗는 거면 모를까."

매혹적인 눈웃음을 머금은 루나가 조용히 물었다.

"나는 그럼 어떤 옷을 입어야 할까요? 어디로 가는지 알면 옷을 고르기 좀 수월할 것 같은데요. 스타일리스트들이 골라 주는 옷만 입는 건 심심해요. 나에게 옷을 고를 수 있는 자유를 돌려줘요."

루나는 그의 턱 끝에 입을 맞추고는 싱긋 웃었다.

"캐피털 힐 근처로 갈 거야."

카를이 언급한 곳은 단순한 지명이 아니었다. 캐피털 힐은 미국 국회 의사당을 지칭하는 말이기도 했다.

"그럼 단정하게 입어야 할까요?"

루나는 아무런 데미지도 입지 않았다는 듯이 물었다.

"글쎄. 단정하지만 벗기기 어려운 옷은 아니었으면 좋겠는데."

루나는 천진하게 웃으며 머리를 굴렸다. 그가 접촉할 인물을 가늠할 수 없어서 머릿속이 팽팽 돌아가는 듯했다.

"비밀스럽게 입는 것도 좋을 거야. 정보부 부국장이 올지도 모르거든."

성난 새의 쭉 뻗은 날개 같은 짙은 속눈썹 아래로 카를의 눈동자가 검게 빛났다. 그의 시선이 루나의 눈과 입술, 가슴을 탐하고 아래로 미끄러지듯 내려갔다.

"어렵네요."

루나는 유혹적인 목소리로 조용히 속삭였다.

"뭐가 어렵다는 거지?"

"비밀스러우면서 벗기기 쉬운 옷이라니, 너무 어려운 과제를 받은 것 같아요."

정보부 부국장 따위는 지금 안중에도 없다는 듯이 루나는 매혹적으로 입술 끝을 들어 올렸다. 열기가 고인 손이 루나의 뺨과 턱을 감쌌다. 그의 손끝에 뺨이 눌리고 입술 새가 벌어졌다.

비스듬히 고개를 기울인 카를이 숨결이 부딪히는 거리에서 속삭였다.

"여차하면 찢어발기면 되지."

고압적인 목소리 끝에 입술이 닿았다. 입안으로 무자비하게 밀려들어오는 키스는 거칠었다.

카를이 천천히 걸음을 옮기기 시작하자, 루나도 뒷걸음질을 쳐야만 했다. 그가 조종하는 대로 움직이자 뒷무릎에 침대가 닿았다. 균형을 잃은 몸이 위태롭게 뒤로 넘어갔다. 카를은 검게 젖은 눈으로 발갛게 달아오른 루나의 몸을 내려다보았다. 무방비한 발목을 잡는 그의 손은 뜨거웠다. 손바닥이 발등을 어루만지고, 정강이뼈를 쓸고 올라왔다.

그의 얼굴에는 이제껏 노골적으로 내비친 적은 없었던 진한 감정이 배어 있었다. 한 사람을 독점하고 싶은 욕구가 물씬 풍기는 표정을 머금은 채로 그가 상체를 숙이고, 루나의 허벅지 사이에 얼굴을 묻었다.

"으응."

빨갛게 젖은 살점에 그의 입술이 닿았다. 음란한 흡입은 금세 거칠어졌다.

"하아, 카를."

루나는 그의 부드러운 머리카락을 헝클이며 골반을 뒤척였다. 그가 허벅지를 잡아 벌리고 있던 손으로 루나의 골반을 내리눌렀다.

"마음 같아서는 속옷도 벗겨서 데리고 가고 싶은데."

카를이 나른하게 중얼거렸다.

"아아! 그런 못된 취미가, 있는 사람인 줄은, 몰랐네요. 흐읏."

호흡이 토막 나서 말을 잇는 것도 버거웠다.

"못된 취미라니? 배려심이 깊은 거지."

루나는 상체를 팔꿈치로 지탱한 채로 고개를 들어 카를을 바라보았다. 그는 가늘게 뜬 눈으로 루나를 응시하며 다시 한 번 깊게 빨아들였다.

"하읏! 배려심이요?"

클리토리스가 뽑힐 듯 빨려 들어가는 색스러운 감각 때문에 하체에서 힘이 죽 빠져나갔다.

"언제든 당신을 기쁘게 하기 위한 나의 배려지."

카를이 악한 듯 선한 미소를 머금으며 몸을 일으켰다. 손가락으로 루나의 아래를 쓱 훑은 그는 애액이 죽 늘어지도록 엄지로 비비며 웃었다. 루나는 마른침조차 삼키지 못하고 그 모습을 지켜보았다. 한쪽 입꼬리만 추켜세우며 웃음을 머금은 그가 혀를 내밀어 손에 묻은 맑은 물기를 핥았다.

슬쩍 벌어진 루나의 입술 새로 더운 숨이 흘러나왔다. 그가 감질이 나도록 천천히 옷을 벗어서 침대 밑으로 떨어뜨렸다.

오늘따라 그는 다소 오만하게 굴었고, 루나의 반응 하나하나를 집요하게 관찰하는 듯했다.

"미아."

"응?"

"이상하게 조용한데? 내가 뭘 잘못했던가?"

카를이 단단한 몸을 겹치며 콘돔을 씌운 흉흉한 페니스를 루나의 비부에 천천히 비벼 댔다.

"으음."

루나는 도리질을 치며 신음했다.

"내가 감히 나의 여신의 귀에 거슬리는 말이라도 했나?"

카를의 목소리가 타들어 가는 듯 탁했다. 루나를 자극하려 들면서도 엷은 불안감이 묻어나는 어조였다.

"아니요. 아아!"

안달이 나도록 입구를 비비기만 하는 통에 입속이 버석하게 말라 버렸다.

"그럼 왜 조르지 않을까, 나의 여신은."

카를이 루나의 턱 끝을 입에 물고 살짝 빨았다. 키스조차도 허락하지 않겠다는 듯이 그는 빙빙 맴돌기만 했다.

"안아 줘요, 카를."

"지금도 안고 있잖아. 몸을 이렇게 붙이고 있는데."

루나는 지그시 감았던 눈을 뜨고 그를 올려다보았다. 정념으로 붉어진 눈초리, 연한 쾌락으로 젖은 눈동자를 바라보며 애원했다.

"당신이 내 안으로 들어왔으면 좋겠어. 그렇게 나를 향한 당신의 마음을 느끼고 싶어."

그의 눈동자가 미세하게 흔들리는 것을 루나는 놓치지 않고 보았다. 루나를 뒤흔들려다가 갑작스럽게 처형대에 올라 진심을 시험당하는 처지라도 된 것처럼, 그는 무력해지고 있었다.

"아아!"

그가 대꾸 없이 허리를 깊게 쳐올렸다. 단숨에 몸 안 끝까지 파고 들어왔다는 생각이 들 만큼 날카로운 삽입이었다.

"미아."

카를의 목소리는 마치 심연 속에 전신을 담근 채로 듣는 것처럼 먹먹했다.

"내 사랑을 시험하려고 들지 말아요."

광막한 가운데 길을 잃은 사람처럼 루나는 그의 어깨를 움켜잡듯이 끌어안았다.

"흐으응. 아아!"

"나의 유일한 여신, 당신을 향한 나의 믿음을 의심하려고 들지도 말고."

그는 루나의 좁은 물길에서 더욱 비대해졌다. 버거운 숨을 흐느끼자 그가 안쓰럽다는 듯이 이마를 쓸어 주고는 입을 맞췄다.

"나는 언제까지나 당신의 사람이야."

"흐아!"

허벅지 사이가 부들부들 떨리고, 뒷무릎에서 힘이 쭉 빠졌다. 미지의 밑바닥에서 차오른 쾌감이 순식간에 전신을 잠식했다.

까무룩 정신을 잃을 만큼 무정한 감각이었다.

눈을 떴을 때, 카를은 루나의 곁에 없었다. 루나를 조심스럽게 흔들어 깨운 것은 위니였다.

"미아, 이제 만찬에 갈 준비를 해야 해요."

"알려 줘서 고마워요."

몸은 여전히 예민하게 달아올라 있었다. 열기가 좀처럼 가라앉지 않아서 정신이 바짝 들 만큼 차가운 물로 샤워를 했다.

샤워를 마치고 나오자, 위니의 곁으로 스타일리스트들이 대기하고 있었다. 루나는 그들에게 몸을 맡긴 채로 금빛 실크 드레스를 입고 치장을 했다.

마치 슬립처럼 얇은 실크로 만든 롱드레스는 가슴 바로 아래부터 엉덩이 중간까지 몸에 딱 맞게 밀착되었다. 가슴 앞섶이 헐렁하게 늘어져서 유려한 선을 그리는 가슴골이 훤했고, 걸음을 내디딜 때마다 팬티 라인 바로 아래까지 이어진 트임 사이로 오른쪽 다리가 야하게 드러났다.

"카를은 어디에 있죠?"

거울 속으로 위니를 바라보며 물었다. 위니는 루나의 앙가슴 위에 놓인 뱀 모양 목걸이를 흘끗 보고는 읊조렸다.

"현관에서 기다리고 계십니다."

"혹시 내가 늦었나요, 위니?"

"아니요. 지금 나가시면 됩니다."

루나는 고개를 살짝 끄덕이고는 립스틱과 휴대전화를 챙긴 클러치를 손에 들었다.

"나가죠."

루나가 우아하게 읊조리고는 먼저 걸음을 옮겼다. 당연히 문 앞에 대기 중일 거라고 여겼던 듀이의 모습이 보이지 않았다.

"듀이 파머는?"

"소속이 바뀌었습니다. 로젠쉴트 씨를 경호하고 있습니다."

카를의 직관력은 루나의 예상을 훨씬 뛰어넘었다. 차량 폭파가 듀이와 연관되어 있다는 것을 벌써 눈치채고 루나의 곁에서 듀이를 떼 놓은 듯했다.

1층 현관 앞에 다다르자 검은색 턱시도를 입은 카를의 모습이 눈에 들어온다. 레이와 이야기를 나누던 그가 기척을 느꼈는지 빠르게 시선을 돌렸다. 무심하게 돌린 그의 눈빛에 감각적인 열기가 고인 건 순식간이었다.

카를은 약간은 넋을 잃은 얼굴로 루나를 바라보았다. 그가 성큼성큼 걸어서 마지막 계단을 내려가려는 루나에게 손을 내밀었다. 정중한 에스코트에 웃음이 났다.

"가실까요, 나의 여신."

루나는 눈을 가늘게 뜨며 그를 나무랐다.

"다른 사람 앞에서는 그렇게 부르지 말라고……."

"미안. 누가 옆에 있는 줄도 몰랐어."

루나가 말을 채 끝내기도 전에 그가 빠르게 대꾸했다.

"잠깐만."

그가 레이에게 손을 뻗자 레이가 금빛 레이스로 둘러싸인 가면을 건넸다.

"동화 속에 나오는 가장 무도회라도 가는 건가요? 갑자기 조금 흥분되는데요."

그가 루나의 눈가를 가리는 가면을 드리우고는, 그녀의 뒤로 천천히 걸음을 옮겨서 부드럽게 리본을 묶어 주었다.

"캐피털 힐에는 보는 눈과 듣는 귀가 많다지?"

"그래서 가면 뒤에 얼굴을 숨기고 은밀하게 즐기는 건가요?"

카를이 루나의 귓가에 입술을 대고 읊조렸다.

"나의 여신이 다시 야하게 돌아났네."

완벽하게 근사한 미소를 머금은 그의 손을 잡고 차에 올랐다. 만찬에서 루나를 알아보는 이가 있으면 어쩌나 걱정했는데, 가면 덕분에 한시름 놓였다.

부국장 스티브와 접촉할 기회가 있을까?

루나의 심장이 기분 나쁘게 뛰기 시작했다.

만찬 장소는 캐피털 힐의 한 호텔이었다. 미국의 예술계를 이끌어 갈 차세대 작가들을 후원하는 의미에서 옥션이 열렸고, 자유로운 분위기에서 식사와 술이 곁들여졌다.

루나는 카를이 건네는 샴페인과 와인에 살짝 입만 대고 내려놓기를 반복했다.

"왜 즐기지 않지?"

"충분히 즐기고 있어요. 나의 즐거움을 의심하지 말아 줬으면 좋겠는데요?"

루나는 그가 침대에서 내뱉었던 말을 그대로 따라 하며 입가에 미소를 머금었다.

"카를하인츠 로젠쉴트 씨."

그의 이름을 정중하게 부른 사람은 검은 가면으로 눈매만 가린 공화당 소속의 상원 의원이자, 상원 정보위원회 소속 제레미 해밀턴이었다.

"잠시 로젠쉴트 씨와 이야기를 나눠도 될까요?"

남자는 루나를 바라보며 정중하게 물었고, 루나는 미소를 머금으며 턱을 살짝 끄덕여 주었다. 카를은 그녀의 어깨를 부드럽게 한 번 어루만지고는 몇 걸음 떨어진 곳에 서서 남자와 이야기를 나누었다.

루나는 느릿하게 걸음을 옮기며 만찬장을 살펴보았다. 남자들은 대부분이 검은색 턱시도에 검은색 실크 가면을 쓰고 있었다. 하지만 그녀는 스티브의 실루엣을 금방 찾아냈다. 그는 창가에 서서 국무부 부장관과 이야기를 나누고 있었다.

"어딜 가려고?"

어느새 다가온 카를이 루나의 팔꿈치를 부드럽게 잡았다.

"화장 좀 손보고 싶어서요."

루나는 조용히 읊조리고는 그의 귓가에 입술을 붙였다.

"당신이 너무 근사해서 아래가 흐를 것 같아. 화장실에 다녀와야겠어요. 얇은 실크 드레스를 적신 채로 돌아다니는 건 곤란하잖아요?"

야하게 속삭인 루나의 말에 카를이 고개를 기울이며 입을 맞추려던 순간이었다.

"로젠쉴트 씨, 이쪽은 아까 내가 말했던 전 보좌관 출신……."

카를이 상원 의원에게 눈빛을 돌린 사이 루나가 뒷걸음질 쳤다. 그가 혼란스러운 시선으로 루나와 상원 의원을 번갈아 보는 사이, 얼른 인파 속으로 숨어들었다. 그러고는 빠르게 걸음을 옮겼다. 스티브로 보이는 남자가 만찬장을 나서 회랑을 지나 모퉁이를 돌고 있었다.

만찬 장소인 호텔은 건물 전체가 철저한 보안 아래 통제되고 있었다. 또 보안을 이유로 초대된 참석자가 아닌 개인 경호원은 전부 호텔 밖에서 대기했다.

스티브가 돌아간 모퉁이를 따라 돌려던 순간이었다.

"흡!"

거친 손이 루나의 입을 막으며 몸을 뒤로 잡아끌었다.

"조용히 해, 루나. 내가 누군지 알겠어? 이슬라마바드에서 보고 2년 만인데."

하쉬 클레인.

귓가를 때리는 탁성은 그 남자의 것이었다. 루나가 파키스탄 이슬라마바드에서 근무할 당시 함께 파견되었던 동료, 하지만 지금은 같은 편이 아닌 사람이기도 했다.

하쉬는 호텔 직원들만 출입할 수 있는 린넨룸(침구류 보관실)으로 루나를 끌고 갔다.

"이것 좀 놔!"

루나는 린넨룸에 들어서자마자 하쉬의 팔을 꺾어 버렸다.

"성격 여전하네."

귀밑부터 입술 근처까지 검은 수염이 성성한 하쉬가 장난스럽게 웃으며 가면을 벗었다.

"어떻게 된 거야? 수배 중인 인간이?"

파키스탄 출신의 CIA 요원이었던 하쉬는 미국을 배신하고 파키스탄의 편에 섰다. 그로 인해 하쉬는 수배 명단에 올라 미국으로는 입국 자체가 어려운 상황이었다. 그런 놈이 눈앞에 서 있었다.

물론 워낙에 신출귀몰한 인간들에게는 수배 명단이 무용지물이 될 때가 있기는 하다. 특히 정보부 요원과 테러리스트들에게는 더욱.

악과 정의의 절댓값을 다루는 이들에게 통하는 면이 있는 것인지 정보부와 테러리스트는 묘하게 닮은 점이 있었다. 사실 이쪽에서 정보부 요원이어도 저쪽에선 절대 악일 수 있고, 이쪽에서 테러리스트여도 저쪽에선 영웅일 수 도 있으니까.

그래서 종종 둘이 서로 손을 잡는 것도 서슴지 않을 때가 있었다. 목표에 따라 서로의 목숨을 건드리지 않는 선에서 아슬아슬한 선 밟기를 하는 것이다.

"나 너 못 도와줘."

루나는 하쉬가 거칠게 잡아끈 탓에 뻐근한 목을 주무르며 경고 조로 읊조렸다.

"도와야 할걸?"

하쉬는 총을 손바닥에 걸친 채로 빙글빙글 돌리며 웃었다.

"총 좀 치워. 그러다 네 좆이라도 쏘면 어쩌려고 그래?"

루나는 팔짱을 끼며 턱을 치켜들고는 가라뜬 눈으로 하쉬를 응시했다.

"하미드 모사드가 널 찾고 있는 건 알고 있어?"

의외의 이름이 하쉬의 입에서 흘러나와서 루나는 한쪽 눈만 가볍게 치켜들었다.

"알고 있어."

"하미드 모사드를 나한테 넘겨."

황당한 말을 들었다는 듯이 루나는 하쉬를 비웃었다. 느릿하게 고개를 돌린 곳에는 깨끗한 호텔 침구류가 차곡차곡 정리되어 있었다.

"로젠쉴트 손에 하미드 모사드가 들어가면, 하미드는 죽어."

"내가 알 바 아닌 것 같은데?"

하쉬가 장난기를 걷어 낸 진지한 눈동자로 대꾸했다.

"하미드 모사드는 목숨을 걸고 헤즈볼라를 탈출한 거나 마찬가지야."

"내가 들은 이야기와 다른데? 하미드는 폭탄 조끼를 입고 있다가 붙잡혔어."

루나는 표정 변화 없이 태연한 척 하쉬를 응시했다. 하미드가 폭탄 조끼를 입고 붙잡힌 곳은 파키스탄의 수도인 이슬라마바드의 미국 대사관이었다.

"그러니까 목숨을 걸고 탈출했다는 거야. 까딱했다가는 정말 폭탄이 터져서 죽을 뻔했으니까."

ISI(Inter-Services Intelligence, 파키스탄 정보부) 언더커버 요원인 하쉬는 루나가 들었던 이야기보다 더 많은 것을 알고 있는 눈치였다.

"하미드와 절친한 친구였다지? 하미드가 사라지고 나서, 그 친구가 자히디스트가 아니라는 걸 증명하기 위해 CIA가 된 거 아니었어?"

루나는 언젠가 자신이 CIA가 된 이유를 하쉬에게 말했던 기억을 떠올렸다. 친구가 테러 집단에 연루된 게 아니라는 것을 증명하기 위해 요원이 되었다는 루나의 말에, 하쉬는 이 바닥에서 살아남기 힘든 이유이지 않으냐며 너스레를 떨었었다.

"더는 내가 그럴 이유가 없는 것 같아서."

"왜, 로젠쉴트가 잘해 주나 봐? 정부한테 미쳐 있다는 소문이 자자하던데. 정보부는 아예 떠날 생각인가 보지?"

하쉬는 루나의 자존심을 건드리려 애를 썼다.

"그러게. 나한테 미쳐서 우주 정복이라도 할 생각인가 봐, 그 남자는."

루나는 지금 대화에서는 의미 없는 대꾸를 늘어놓았다. 하쉬가 아무리 설득해 봐야 소용없다는 의미였다.

"헤즈볼라의 손에 하미드가 넘어가면 아마 테러에 성공하지 못했다는 이유로 살해당할 거야."

하쉬는 앞뒤가 맞지 않는 말만 계속해 댔다.

"하쉬. 네가 자꾸 잊는 것 같아서 말해 주는데, 하미드는 자살 테러를 위해 폭탄 조끼를 입었다가 붙잡혔어."

"아니, 하미드는 헤즈볼라를 빠져나오기 위해 그 조끼를 입었어. 하미드의 친부이자 헤즈볼라의 최고사령관인 이하브도 같은 이유로 하미드에게 조끼를 입혀서 내보낸 거고."

루나는 맹점을 발견했다는 듯이 눈을 가늘게 떴다.

"그런데 헤즈볼라에서 하미드를 죽일 거라고? 만약 이하브가 정말 하미드를 살리기 위해 내보낸 거라면, 자기 아들이 다시 돌아와서 죽는 꼴을 가만히 지켜보기만 할까?"

"루나, 너도 알다시피 헤즈볼라는 조금씩 분열될 조짐을 보이고 있어. 이하브가 하미드의 죽음을 막으려고 해도, 다른 사령관들이 가만히 있지 않을 거야."

"베이루트에서 만났던 이스마일 마히니는 이하브에게 꼼짝 못 하는 것 같던데?"

하쉬가 루나에게 한 발짝 다가서며 웃었다.

"어디든 패권 다툼은 있기 마련이고, 이스마일은 이하브의 수족이나 다름없으니까."

루나는 발치까지 다가온 하쉬를 빤히 올려다보았다. 하쉬의 말을 정리하자면 하미드는 헤즈볼라를 빠져나오기 위해 어쩔 수 없이 폭탄 조끼를 입었다가 붙잡힌 거고, 하미드를 살리기 위해서는 다시는 헤즈볼라 손에 넘기면 안 된다는 소리였다.

심장이 기분 나쁘게 뛰어 댔다. 만약 하쉬의 말이 사실이라면 지금 하미드는 조금 억울하게 블랙 사이트에 갇혀 있는 거나 다름없었다. 그리고 그 누구도 믿을 수 없는 상황에서 친구인 루나가 와 주기를 간절히 바라고 있는 것일지도 모른다.

하미드…….

루나는 친구의 이름을 속으로 가만히 읊조렸다. 하지만 본부를 한 번 배신한 전적이 있는 하쉬는 여전히 의심스러운 대상이기도 했다. 하쉬가 하미드를 통해 정보를 얻기 위해 거짓말을 할 여지도 다분했다.

"파키스탄 정보부에 넘기면 하미드가 산다는 보장이 있나?"

"미국 대사관을 공격하려고 했던 자를 미국에서 가만히 둘 것 같아?"

루나는 목소리를 낮추며 진중하게 물었다.

"하쉬, 대체 원하는 게 뭐야?"

"하미드는 친부모가 따로 있다는 말에 무작정 베이루트로 향하는 비행기에 올랐어. 친부가 테러 집단의 중추인 줄도 몰랐고. 순진하고 무모하게 친부를 찾아갔다가, 헤즈볼라의 수장 곁에서 오랜 시간을 보내다 탈출했어."

하쉬의 말인즉슨 하미드가 헤즈볼라의 비밀을 속속들이 알 수도 있다는 뜻이었다.

"그럼 더욱 하미드를 파키스탄에 넘겨줄 수는 없는데?"

"하미드를 살리고 싶다면, 넘기는 게 나을 텐데? 미국 대선이 코앞이지? 하미드를 극악한 테러리스트로 몰아서 처형할 수도 있어. 보통 국가가 위협을 겪고 나면 국민들은 불안한 마음에 보수적인 표를 던져. 대통령의 재선 가능성이 커진다는 뜻이지. 잘 생각해 봐. 현 미국 정부가 하미드를 어떻게 이용하게 될지."

하쉬가 틀린 말을 하는 건 아니어서 루나는 혼란스러웠다. 루나가 하미드를 어떻게 생각하는지 잘 알고 있는 하쉬는 루나의 감정을 이용하려 들었다.

"만약 하미드를 넘길 수 없다면, 우리도 어쩔 수 없어."

협박하는 말을 빙글거리며 내뱉는 하쉬에게 루나는 눈을 부라렸다.

"로젠쉴트에게 접근하는 수밖에."

겁 없이 협박을 덧붙인 하쉬가 어깨를 으쓱거렸다.

"그 남자를 너무 쉽게 보지 마, 하쉬. 네가 생각하는 것보다 훨씬 어려울 거야."

"그럴 거라고 생각했는데."

하쉬는 웃음을 머금었다.

"생각했던 것보다 조금 쉬워질 것 같더라고."

루나는 이유를 캐묻듯 미간을 구겼다. 하쉬가 총구로 루나의 목걸이를 건드리며 말했다.

"로젠쉴트의 약점이 여기 계시잖아?"

"지금 날 없애겠다고 협박이라도 하는 거야? 선을 우습게 넘네."

"그런 섭섭한 말을."

하쉬는 아쉽다는 듯이 쓴웃음을 머금었다.

"지금까지는 내가 널 설득해 보겠다고 막았어. 그런데 ISI에서는 널 미끼로 잡아서 쓸 계획도 고려 중이야."

"날 잡아서 블랙 사이트에 있는 하미드와 교환한다? 하미드가 가진 정보력과 가치에 비하면…… 내가 너무 모자라는 거 아닌가? 미국 정부에서 등가 교환이라고 생각하지 않을 텐데?"

루나는 말도 안 되는 소리라며 고개를 내저었다.

"대신 너는 로젠쉴트를 주무를 수 있잖아?"

처음 로젠쉴트가에 잠입할 때 일이 이렇게까지 꼬이리라고는 예상하지 못했다.

"잘 생각해, 루나. 시간이 없어. 헤즈볼라가 주변국을 건드리기 시작했거든? 딱 일주일. 하미드를 넘겨. 다음에 만날 땐 예쁜 얼굴도 좀 보여 주고."

하쉬는 루나의 가면이 마음에 들지 않는다는 듯이 웃고는 린넨룸을 떠났다.

듀이와의 대화도 막혀 버렸고, 카를은 이미 루나의 정체를 파악하고 있었다. 만약 카를이 빅터 아스그리드와 손을 잡고 하미드를 빼내서 헤즈볼라에게 넘기려 든다면, ISI에서 과격하게 움직일지도 모른다.

루나는 하쉬와 시간 차를 두고 린넨룸을 빠져나왔다. 너무 오래 카를의 곁을 비웠다. 스티브가 사라진 길로 가고 싶었지만, 만찬장으로 향해야 할 것 같았다.

걸음을 옮기려는데 눈앞에 익숙한 인영이 나타났다. 루나는 할 말을 잃은 채로 검은 가면을 드리운 남자를 응시했다. 남자도 갑자기 맞닥뜨린 루나를 바라보기만 했다.

"내가 무슨 상황에 놓인 건지 설명해 줄 수 있나요?"

스티브는 곤란하다는 듯이 미간을 문지르고는 입을 열었다.

"부디."

스티브의 목소리가 깊게 가라앉았다.

"몸조심해."

처연한 시선이 루나를 향했다. 그의 눈동자에는 어두운 기색이 역력했다. 루나를 어려움에 빠뜨리고, 반역자로 몰기 위해 스티브가 수작을 부린 게 아니라는 의미였다.

"그러기만 하면 될까요?"

"일이 정리되면 부를게."

CIA는 정보기관이기 이전에 국가 기관이었다. 한 국가의 질서 유지를 위해 존재하며 정치권의 영향을 다분히 받았다. 부국장쯤 되면 정치 싸움에 휘말리기도 한다는 의미였다.

"내가 그 친구를 만나야 할까요?"

"아직은 아니야."

언젠가는 하미드를 신문하는 방에 루나가 담당관으로 들어가야 한다는 소리와 같았다.

"기다릴게요."

루나는 믿음직스러운 목소리로 대꾸했다. 스티브는 아직 일개 담당관에게 말할 단계가 아니라는 듯이 쓴웃음만 머금을 뿐이었다.

"미아?"

등 뒤에서 들려온 목소리에 루나는 눈을 질끈 감았다. 카를이 의문 가득한 목소리로 그녀를 부르고 있었다.

웃음을 가장하며 카를을 향해 돌아섰다.

"카를."

반가운 목소리를 내자, 카를의 입가에 금세 미소가 드리운다.

"숙녀분께서 드디어 동행을 만나셨나 보군요. 늙은이와 함께 길을 잃어서 당황스러우셨을 겁니다. 그럼, 실례가 많았습니다."

스티브는 카를을 향해 고개를 까딱하고는 돌아섰다.

"만찬장은 반대 방향입니다."

카를이 낮은 목소리로 정중히 말했다.

"길을 잃은 제 파트너와 시간을 보내 주셨다니, 감사합니다. 만찬장으로 제가 두 분을 안내해 드리죠."

카를이 의도를 알 수 없는 눈빛으로 루나와 스티브를 번갈아 보았다.

입가에 미소를 띤 스티브가 턱 끝을 한 번 까딱했다.

"고맙습니다, 신사분께서 저까지 신경 써 주신다니 영광이군요."

스티브가 유연하게 대꾸하며 루나를 바라보았다.

"멋진 연인을 두셨네요."

루나는 태연하게 미소를 지는 것으로 대답을 대신했다. 카를이 루나를 향해 왼팔을 내밀었다. 루나는 그의 단단한 팔 위에 가볍게 손을 얹었다.

"비밀스러운 만남이 많아서일까요. 이 호텔은 구조가 참 복잡해요. 누가 어디에 숨는다고 해도 찾기 어려울 만큼."

카를이 농담인 듯 웃었다.

"캐피털 힐은 그런 동네죠. 어디서 누구와 만나고 있는지 밝히기를 꺼리는 사람이 많답니다."

스티브는 연륜 있는 정치인 같은 목소리를 냈다.

"그러신 적이 있었나요?"

카를은 진심으로 궁금하다는 듯이 스티브를 보며 물었다.

"은밀한 도움이 필요한 경우였다든지…… 혹은 남에게 들키고 싶지 않은 조력자와의 만남이었을까요? 그게 아니면."

카를이 고심하는 어조로 말끝을 길게 늘였다.

"보호하고 싶은 누군가와의 접촉이었을까요?"

가면 속에서도 날카롭게 빛나는 그의 눈동자가 스티브를 향했다. 카를은 루나와의 만남을 스티브에게 돌려 묻고 있었다.

스티브는 여유롭게 웃었다. 미국 정보부 부국장은 우습게 오를 수 있는 자리가 아니었다. 다른 의도가 엿보이는 질문에도 스티브는 당황하지 않았다.

"살다 보면 그럴 수도 있고, 저럴 수도 있는 거죠."

별걸 다 캐묻는다고 나무라는 듯한 스티브의 말투에는 희미한 장난기마저 묻어났다.

"하음."

루나는 지루하다는 듯이 하품했다.

"만찬이 아직도 한참 남은 건가요? 조금 피곤한데."

고개를 비스듬히 기울이고는 아랫입술을 핥으며 카를을 비스듬히 올려다보았다.

"당신이 피곤하면 쉬어야지. 굳이 끝까지 자리를 지킬 필요는 없어."

카를이 스티브를 대할 때와는 다른 부드러운 어조로 대꾸했다. 그의 커다란 손이 루나의 뺨을 어루만지고 귓불을 가볍게 스쳤다. 카를이 루나를 애틋하게 대하는 모습에 스티브가 예의를 차리는 척 시선을 돌렸다.

어느새 세 사람은 만찬장 입구에 다다랐다.

"저희는 이만 자리를 떠야 할 것 같네요. 모쪼록 즐거운 시간 보내시길 바랍니다."

카를이 정중하게 인사하며 스티브에게 손을 내밀었다.

"유쾌한 두 분과 이야기를 더 나누고 싶었는데, 아쉽네요."

"선생님."

카를이 공경하는 어투로 스티브를 불렀다.

"제 연인의 방황을 지켜 주신 일이 헛수고가 되지 않도록 이 시간 이후로는 제가 잘 지키겠습니다."

스티브의 눈빛이 아득해졌다. 카를은 스티브에게 루나의 안전을 은밀하게 약속하고 있었다. 상황을 비꼬거나 떠보는 어조도 아니었다. 그는 스티브에게 거짓 없는 진심을 전하는 눈빛이었다.

스티브는 아무런 대꾸도 하지 않고 카를을 바라보았다.

"제가 길을 잃은 선생님께도 도움이 되었으면 좋겠습니다. 또 뵐 기회가 있었으면 합니다."

스티브가 넉넉한 미소를 짓고는 만찬장으로 걸음을 옮겼다. 길을 잃은 선생님이라는 카를의 표현에서 스티브가 정치적으로 이용당하고 있음을 감지할 수 있었다.

그리고 카를은 지금 루나를 발탁하고, 쓸 만한 CIA 요원으로 성장할 수 있도록 가르친 스승이나 마찬가지인 스티브도 도울 수 있다는 가능성을 이야기했다.

"카를."

루나는 그의 이름을 나지막이 불렀다.

"응?"

그는 루나를 다정한 눈빛으로 내려다보며 근사하게 웃었다.

"피곤해요. 당신 볼일 다 끝난 거면 그만 돌아갔으면 좋겠어요."

루나는 그의 앞에 다가서며 몸을 바짝 붙였다. 미소를 머금은 입술이 뺨에 닿았다.

"사실 당신이 취할까 봐 이 호텔에 방을 잡아 뒀어."

귓가를 간질이는 카를의 목소리가 듣기 좋았다.

"그럼, 얼른 올라가야겠네요?"

루나가 그의 뺨 위에서 호흡하며 읊조렸다.

워싱턴 D.C의 야경이 한눈에 내려다보이는 스위트룸에 들어서자마자 그가 루나를 벽으로 몰아붙였다.

"하아."

가쁜 숨이 벌어진 입술 새로 흘러나왔다.

"미아."

카를이 벽에 기대선 루나의 앞에 무릎을 꿇었다. 루나는 달아오른 눈빛으로 카를을 내려다보았다.

"앞으로."

나직한 목소리를 내뱉은 매혹적인 입술이 무릎에 닿았다.

"길을 잃으면."

무릎에 닿은 입술이 허벅지를 타고 오르기 시작했다.

"나를 찾아."

허벅지를 타고 올라온 입술이 팬티 끈을 물었다.

"반드시."

그는 레이스 팬티의 끈을 입에 물고 어둡게 가라앉은 루나를 올려다보며 애원하듯 읊조렸다.

"하아."

그 모습을 바라보는 것만으로 신열이 올랐다. 그가 입술로 속옷을 잡아 내렸다.

"으응."

입술이 다리를 스치고 내려가는 황홀감에 신음이 흘렀다. 발등에 입술이 닿도록 몸을 숙인 그의 모습은 지독하게 외설적이었다.

"카를."

애타게 그의 이름을 불렀지만, 그는 좀처럼 몸을 일으키지 않았다. 다시 샌들 사이로 드러난 발등부터 입맞춤이 시작되었다. 발밑에 무릎을 꿇고 있는 그의 모습이 이토록 자극적일 거라고는 예상치 못했다. 흥분이 짙게 차올라서 뾰족한 스틸레토 힐이 아슬아슬하게 흔들렸다.

"하아, 카를."

커다란 손이 치마 트임을 들췄다. 루나의 오른쪽 허벅지를 감싸며 쓸어내려 간 그는 뒷무릎을 잡아서 단단한 어깨 위에 걸쳤다. 자연스레 다리가 벌어졌다. 애액이 바닥으로 뚝뚝 흘러내릴 것만 같았다.

"으응."

생경한 기분에 신음을 흘리자, 그가 음침한 눈으로 루나를 올려다보며 다리 사이에 입술을 묻었다. 젖은 살점을 빨아먹는 색스러운 소리가 거칠게 울렸다.

"하으읏."

루나는 벽에 등을 기댄 채 한 발로 서서 간신히 균형을 유지했다. 시린 새벽 풀잎 끝에 맺힌 다디단 이슬을 받아 마시는 목마른 짐승처럼, 그는 목울대를 넘기는 소리가 크게 울리도록 애액을 꿀꺽꿀꺽 받아 마셨다.

"하아, 카를."

그의 어깨에 올린 허벅지 안쪽이 먼저 떨리기 시작했다. 혀가 안쪽으로 들어와서 휘젓는 감각이 선연했고, 클리토리스를 치아로 긁을 때마다 꼬리뼈에서 아찔한 전율이 흘렀다.

"카를."

그가 깊고 거세게 빨아들인 순간, 루나는 애원하듯 그의 이름을 불렀다.

"하으읏. 아아!"

두 눈이 질끈 감겼다. 서서 맞는 절정은 생각보다 지독해서 루나는 균형을 잃고 옆으로 쓰러졌다. 카를이 루나를 두 팔로 받으며 자리에서 몸을 일으켰다.

"미아."

애액을 미처 닦아 내지 못한 번들거리는 입술이 루나의 이마에 닿았다.

"으응."

루나는 신음을 흘리며 그의 부름에 대꾸했다.

"나는 언제든 발밑에서 당신을 떠받들 수 있어. 그러니 나한테 기대."

그의 가슴에 머리를 기댄 루나의 눈초리에서 감당할 수 없는 눈물이 주르륵 미끄러졌다.

"카를."

"언제, 어디서든. 응?"

그는 감미로운 목소리로 읊조렸지만 마치 루나의 생사여탈을 손에 쥔 것처럼 고압적이고 집요한 어조이기도 했다.

대답 없이 눈물을 떨구는 루나를 카를은 침대 위에 살포시 내려놓았다. 느릿하게 옷을 벗는 그의 모습이 흐린 시야에 잡혔다. 안가에서 말했던 것처럼 그는 루나의 드레스를 쭉 찢어발겼다.

"흐윽."

감정이 북받쳐 올라서 울음이 터지려고 했다. 루나는 손등으로 얼른 입을 막았다.

"미아."

단단한 몸이 올라타는 무게감은 언제나처럼 황홀했다. 그는 루나의 눈가에 입을 맞추며 흐르는 눈물을 혀로 핥았다.

"미아."

그는 대답 없이 울고 있는 여자를 달래듯 불렀다. 이 상태로 조금만 더 있으면, 그가 안타까운 목소리로 루나라고 부를 것만 같았다.

"으응."

루나는 간신히 목소리를 냈다. 그가 지금 루나의 진짜 이름을 부르는 것은 원치 않았다. 그래서는 안 됐다.

하미드는 어딘지도 모를 극악한 감옥에 갇혀 갖은 고문을 당하며 루나를 기다리고 있었고, 스티브는 루나와 하미드가 정치적 희생양이 되는 것을 막기 위해 자신의 자리를 걸었다. 그리고 내막을 모르는 착한 듀이는 루나 하나 지키겠다고 무작정 휴가를 쓰고 본부의 명령을 거역한 채로 로젠쉴트가에 제 발로 걸어 들어왔다.

파키스탄 정보부 ISI가 하미드를 손에 넣기 위해 움직이기 시작했고, 헤즈볼라는 하미드의 죽음을 원했으며, 최고사령관 이하브는 아들 하미드의 생존을 바랐다.

어떤 식으로든 하미드를 구할 수 있는 것은 루나뿐이었다. CIA 공작원인 그녀에게 모든 것을 털어놓고 선처를 얻든지, 아니면 ISI의 하쉬 손에 넘어가든지. CIA나 ISI 둘 다 하미드가 가진 정보력을 포기할 생각이 없었고, 하미드의 입을 열기 위해 모두 루나가 필요했다.

세계가 복잡하게 얽혀서 루나를 옥죄었다. 만약 그가 빅터 아스그리드의 부탁을 들어주며, 하미드를 헤즈볼라에 넘긴다면…….

스승인 스티브의 노력과 듀이의 희생과 하미드의 목숨을 저버리고, ISI의 국가적 위협을 감수하면서까지 카를의 곁에 머물 수 있을까?

루나는 자신이 그럴 수 없다는 것을 잘 알았다.

카를이 이제껏 중립을 지켰던 가문의 가치를 훼손하고 어느 한쪽과 손을 잡는 것 또한 지지할 수 없는 일이기는 마찬가지였다. 그가 빅터와 손을 잡아 CIA와 ISI를 적으로 돌리든, 아니면 CIA와 손을 잡아 헤즈볼라와 ISI를 적으로 돌리든. 어느 쪽이든 위험하기는 마찬가지였다. 또 어찌할 수 없는 ISI 역시 복병이었다.

"나의 여신."

카를이 시를 읊조리듯 감미롭게 속삭였다. 귓불을 무는 그의 입술은 뜨거웠다.

"당신이 흘리는 눈물의 이유가 나였으면 좋겠는데."

그가 루나의 귓불을 부드럽게 빨아들이고는 뺨을 따라 입을 맞췄다.

"만약 아니라면."

발갛게 달아오른 입술 근처에서 그의 숨결이 느껴졌다.

"살인에 취미를 붙이게 될 것 같아서."

그가 울음기를 머금은 루나의 아랫입술을 가볍게 물었다.

"그게 누구든."

다시 한 번 입을 맞추고.

"몇 명이든."

윗입술을 깨물고.

"얼마든지."

나직하게 읊조린 그가 루나의 입속을 혀로 휘젓고 침범했다. 울음이 왈칵 치솟은 순간, 복잡한 감정마저도 소유하겠다는 듯이 그가 깊게 빨아들였다.

"으음."

루나는 그의 맨어깨를 끌어안으며 신음했다. 콘돔을 씌우지 않은 그의 페니스가 젖은 살을 거침없이 파고들었다. 카를은 그녀의 몸 안에 제 일부를 묻고 잠시 숨을 골랐다. 얇은 막을 하나 씌우지 않았을 뿐인데 흉흉하게 발기한 페니스의 표피에 달라붙는 살갗의 뜨거움에 전신이 녹아내리는 듯했다.

"미아."

그녀의 새빨간 눈초리에서 또다시 눈물이 주르륵 흘러내렸다. 그녀가 흘리는 눈물의 이유를 카를은 애석하게도 너무 분명히 짐작할 수 있었다.

오늘 만찬장에서 그녀가 원했든, 원하지 않았든 스티브와 마주쳤다. 두 사람은 카를이 나타나기 전까지 긴한 이야기를 주고받은 것처럼 보였다.

조사한 바에 따르면 스티브는 공화당 상원 의원 무리로부터 정치적 공세를 당하는 중이었다. 그들은 스티브에게 테러리스트 포로를 넘겨줄 것을 원하고 있었고, 스티브는 무슨 일인지 그 일을 온 힘을 다해 막고 있었다.

"미아."

카를은 그녀의 뺨에 부드럽게 입을 맞추고는 입술을 살짝 머금었다. 서러운 울음기가 차갑게 밴 입술은 지독하게 달았다.

이 여자일 것이다. 스티브가 로젠쉴트가에 그녀를 보낸 이유가 임무만을 목적으로 둔 것은 아닌 듯했다.

로젠쉴트가는 누구도 함부로 건드리는 수 없는 부와 권력을 가진 가문이다. 그 안에 그녀가 속해 있으면 누구도 쉽게 건드릴 수 없다는 것을 알고 기민하게 움직였으리라.

"흐윽."

그녀가 울음을 삼키며 몸을 떨었다. 아마도 스티브의 처지와 복잡하게 얽힌 사건의 내막을 루나는 저보다 잘 알고 있을 것이다.

그래서 떠날 준비를 하시는 건가, 감히?

그녀가 저를 사랑한다는 마음에는 의심이 없었다. 하지만 그녀는 책임감이 강했고, 정보요원으로서의 소명도 훌륭했다. 여러 가지 상황을 고려해 볼 때, 언젠가 그녀는 카를을 떠나게 될 거라고 계산하고 있는 거였다.

애석하게도.

다만, 그녀가 미처 계산하지 못한 안타까운 항수(恒數 : 변하지 않는 일정한 값이나 수)가 있었다.

카를하인츠 로젠쉴트.

카를과의 이별을 예감하며 눈물을 흘리는 여자는 남자의 거대한 소유욕과 강렬한 집요함을 계산에 넣지 못했다.

"미아."

카를은 허리를 깊게 쳐올렸다. 살갗을 그대로 파고 들어갔다가 끌고 나올 때 느껴지는 감각은 정수리가 쭈뼛 설 정도로 황홀했다.

"으응."

그녀는 신음과 울음을 한꺼번에 내뱉으며 흐느꼈다. 카를은 또다시 그녀의 눈물을 할짝대고, 관자놀이에 입을 맞춘 뒤 앙증맞은 귓바퀴 위에 숨결을 불어넣듯 속삭였다.

"내 아이를 가졌으면 좋겠어."

말랑말랑한 그녀의 몸이 바짝 긴장하는 게 느껴졌다.

"아이요?"

그리 묻는 그녀의 목소리는 떨림을 감추지 못했다.

"왜, 정부가 아이를 갖는 게 이상한 일인가?"

카를은 별스러울 것도, 대단할 것도 없다는 투로 물었다. 그녀는 혼란 가득한 젖은 시선으로 카를을 올려다보고 있었다. 이제껏 거짓을 서슴지 않았던 그녀의 눈빛에 순수한 충격이 어렸다.

"내 아이를 가져, 미아."

카를은 넋이 나간 그녀가 아무런 말도 하지 못하도록 입속을 거칠게 파고들었다. 혀끝으로 오돌토돌한 입천장을 핥고, 젖은 점막을 어루만지다가, 입안 가장 안쪽에 자리한 여린 살을 간질였다.

"흐으응."

그녀가 견디지 못하고 신음을 흘리며 골반을 뒤척였다. 카를은 그녀의 등허리 아래로 손을 집어넣고는 꽉 당겨 안았다. 단단한 가슴팍에 말랑말랑한 가슴이 황홀하게 달라붙었다.

"으응."

그녀의 신음 소리를 들으며 몸을 깊게 쳐올렸다. 꼼짝도 하지 못하도록 작은 몸을 옭아매고 끝없이 파고들었다. 그녀의 몸 안에 흔적을 새기고 싶었다. 그 흔적이 예쁘게 자라서 그녀의 발목을 완전히 잡아 주기를 집요하게 바랐다.

"미아."

입술을 슬쩍 떼어 내자 그녀가 날것 그대로의 흐느낌을 내뱉었다.

"흐으윽."

우는 모습이 지독하게 아름다웠다. 저와 헤어지는 것이 두렵고 안타까워서 우는 여자의 얼굴은 카를은 미친놈처럼 몰아붙였다.

"아아!"

출납이 빨라지도록 허리를 거세게 박아 넣었다. 그녀는 넋이 나간 눈동자로 카를을 응시하며 타액이 흐르는 입으로 연신 신음을 내뱉었다. 카를은 그녀의 입가를 핥고 달콤한 타액을 남김없이 받아 마셨다.

"흐으윽. 카를. 아아! 너무. 으응."

콘돔 없는 섹스는 처음이었다. 단지 얇은 막이 하나 사라졌다고 해서 그녀가 이렇게 발작하듯 반응하는 것은 아닐 것이다. 응축된 감정을 폭발하지 못하고, 감당하지 못할 충격을 견디느라 정신이 나가 버린 듯 보였다.

"미아."

그녀가 지금 불리고 있는 예명처럼 길을 잃기를 바랐다. 모든 것을 잃기는 바랐다. 그래서 결국, 카를의 손을 잡지 않고는 살 수 없도록. 그녀가 그토록 믿어 의심치 않는 CIA에서도 버림받았으면.

오만하고 고압적이고 극악한 바람이 머리와 심장을 잠식했다. 카를은 몸을 깊게 치대며 그녀의 뺨에 입을 맞추었다.

"흐으응."

좁은 물길을 파헤치듯 꿰뚫었을 때는 자지러질 듯 신음하면서도 길게 몸을 잡아 뺄 때는 아쉬움 가득한 공허한 눈빛으로 더운 숨을 내쉬는 그녀가 미치도록 사랑스러웠다.

아이를 가지면 한동안 이런 흡족한 모습은 볼 수 없을 텐데.

아쉬운 생각이 들기 시작하자 몸이 본능적으로 더욱 음란하게 움직였다. 카를은 상체를 일으키며 그녀의 발목을 잡아 한계까지 벌어지도록 했다.

"아훗!"

그녀가 목을 젖히며 신음했다. 애액에 젖은 클리토리스와 스폿을 엄지로 비비며 삽입을 계속해 나갔다.

"아흐흥. 아아!"

울음이 가득한 얼굴에 더욱 진한 서러움이 배었다.

"카를."

애원하듯 손을 뻗는 모습이 보기 좋아서 카를은 저도 모르게 입가에 흐릿한 미소를 머금었다.

"미아."

카를은 그녀의 이름을 불러 주는 것으로 대답을 대신했을 뿐 손을 잡아 주거나, 그녀를 일으켜 앉혀서 안아 주거나, 상체를 굽혀서 입을 맞추지 않았다.

안달이 난 눈빛으로 카를을 바라보는 그녀의 애절함에 심장은 곧 터질 것처럼 뛰어 댔다.

"내 아이를 갖는 거야, 응?"

그녀를 내려다보며 물었다. 고개를 끄덕이지도, 내젓지도 못하고 길을 잃은 아이 같은 무구한 표정을 짓고 있는 그녀가 한없이 사랑스러웠다.

앞으로 그녀의 길잡이는 카를이 기꺼이 도맡을 생각이니까.

"흐으윽."

본능적으로 골반을 들썩거리던 그녀의 눈꺼풀이 파르르 떨리며 내려앉았다. 가느다란 파동에 휩싸인 속눈썹 새로 눈물 한 줄기가 흘러내리는 모습이 찬란했다.

"아아. 카를."

보통 오르가슴을 느낄 때면, 그녀는 마치 죽은 사람처럼 숨을 멈추곤 했었다. 신음도 흘리지 못하고 성적 긴장감에 굳어서 옴짝달싹 하지 않았다.

하지만 오늘은 달랐다. 카를의 이름을 울부짖으며 처절하게 애원하고 있었다. 아이를 가지라는 말에 대한 무구한 반항일지도 모르겠다.

"미아."

카를은 상체를 숙여 그녀를 끌어안으며 뜨거운 늪과 같은 몸속에 깊숙이 파정했다. 콘돔 안에 정액이 끈적끈적하게 갇히지 않고, 그녀의 태내로 퍼져 나가는 기분은 그 무엇을 손에 넣었을 때보다 황홀했다. 조금만 더 지속되었다가는 감각에 잠식당해 숨이 멎을 것만 같았다.

"흐음."

카를은 억눌린 신음을 내뱉었다. 숨을 고르고, 거세게 뛰는 심장이 천천히 가라앉을 때까지 그녀의 몸 안에서 나가지 않았다.

"카를."

그녀가 조용히 속삭였다.

"음?"

카를은 할 수 있는 한 자상하고 따뜻한 음성으로 대꾸했다.

"조금 무거워요."

투정을 부리는 그녀의 목소리가 어여뻤다. 카를은 그제야 그녀의 몸 위에서 내려와서, 그녀의 곁에 팔을 괴고 머리를 받친 뒤 모로 누웠다.

카를의 손이 자연스레 그녀의 배를 둥글리듯 어루만졌다.

"미아."

그녀는 여전히 복잡한 얼굴이었다. 카를은 경외심 가득한 목소리로 그녀를 다시 한 번 불렀다.

"나의 여신."

도저히 몸을 겹치지 않고서는 견딜 수가 없었다. 눈앞에 그녀가 있고, 그녀의 살갗을 쓰다듬고 있는데도 어디론가 연기처럼 사라질 것만 같은 불안감에 또다시 사로잡히고 만다.

그녀는 충분히 그럴 수 있는 여자였다. 그리고 카를은 이형이었던 시절, 그녀가 홀연히 사라졌던 것을 한 번 겪었다.

깊게 파고든 그녀가 또다시 눈앞에서 사라지고, 품 안에서 멀어진다면 절대로 살 수 없으리라.

카를은 조심스럽게 다시 그녀의 몸 위에 올라탔다.

"카를."

그녀가 나무라듯 읊조렸다.

"바로는 안 할게."

최대한 불쌍하게 들리는 목소리로 대꾸하자 그녀의 작은 손이 카를의 머리를 부드럽게 쓸어 넘겼다. 카를은 고개를 내려 그녀의 납작한 배 위에 입을 맞추었다. 배꼽 주위에 입술을 찍어 내며 주문을 외우듯 속삭였다.

"당신이 내 아이를 가졌으면 좋겠어."

그녀의 몸 안에 남겨진 정액을 떠올리자, 희열감이 느껴졌다. 성적 자극을 고조하는 그녀의 아랫배에 키스하고, 점점 아래로 내려갔다. 정액과 애액으로 범벅이 되어 있는 입구를 혀로 길게 핥아 올렸다. 마치 그녀의 물길에서 흘러나온 정액을 다시 밀어 넣듯이 꼼꼼히 움직였다.

"하아. 카를."

흥분감 가득한 그녀의 목소리를 들으며 속삭였다.

"여기로 나를 받아서, 내 아이를 낳아."

그녀의 입구에 경건하게 입을 맞추고 고개를 들어 올렸다. 그러곤 다시 입술을 올려 그녀의 배꼽 근처를 배회했다.

"여기서 내 아이가 자라는 모습을 볼 수 있게 해 줘. 응?"

그녀가 더운 숨을 내쉬며 골반을 들썩거렸다. 카를은 커다란 손으로 풍만하게 부풀어 오른 예쁜 가슴을 부드럽게 움켜잡았다. 뾰쪽하게 일어난 유두를 입에 물고 아이가 젖을 빨듯이 힘차게 빨았다.

"하으읏! 아아!"

그녀가 신음하며 카를의 어깨를 더듬었다. 마치 작은 구멍에서 뭐라도 흘러나올 것처럼 혀로 쑤시고, 핥고, 빨며 희롱했다. 아직 아무것도 흐르지 못하는 가슴인데, 다디단 액체가 입안을 가득 채우는 기분이었다.

"미아."

카를은 입술을 붙인 채로 읊조렸다.

"내 아이가 당신의 품에 안겨서 젖을 빠는 모습을 보고 싶어."

카를은 몸을 일으켜 발갛게 익은 그녀의 아름다운 나신을 덮었다. 젖은 눈을 바라보며 한번 상상해 보라는 듯이 황홀한 미소를 머금었다.

"당신과 나를 닮은 아이, 응?"

우뚝한 콧날을 그녀의 매끈한 콧대에 비비며 호흡을 섞었다.

"응? 미아."

그녀는 자신을 CIA로 발탁한 스승과 동료를 저버리지 못하는 책임감과 정의감을 두루 갖춘 사람이었다.

우아하고 독하게 굴지만, 카를에게만은 여리고 순한 여자기도 했다.

책임감 강하고, 정의롭고, 여리고, 순한 사람. 그녀가 아이를 갖게 된다면, 그녀에게 있어서 아이의 존재감은 세상 그 무엇도 초월하게 될 것이다. 카를의 곁에 그녀를 붙잡아 둘 구실로도 충분했다.

8. 무슨 이름을 가졌든

주위가 어스름했다. 루나는 무거운 눈꺼풀을 천천히 들어 올렸다가, 이내 다시 눈을 감아 버렸다. 온몸이 부서질 것처럼 아팠다. 천천히 몸을 일으켜 침대 끝에 걸터앉았다. 허벅지 사이와 아랫배가 알싸하게 아팠다.

「여기로 나를 받아서, 내 아이를 낳아.」

카를의 탁성이 이명처럼 울렸다. 호텔 객실의 구조가 생경했다. 정신도 몽롱해서 욕실을 찾는 데 한참이 걸렸다.

「여기서 내 아이가 자라는 모습을 볼 수 있게 해 줘. 응?」

화장실 변기에 앉았는데 쓰라린 통증과 함께 가시지 않은 쾌감에 등줄기가 떨렸다. 그가 내뱉었던 말을 하나하나 곱씹으며 물을 내렸다. 쏴아하는 소리와 함께 빨려 들어가는 물속으로 모든 혼란함이 사라졌으면 하는 바람마저 들었다.

세면기 앞에 서서 손을 씻고 고개를 들어 올리자, 금색 테가 둘린 둥그런 거울 안에 비친 말간 얼굴이 눈에 들어온다.

검은 눈동자는 반짝반짝 빛났고, 아직 후회의 열기를 품고 있는 뺨은 분홍빛으로 물들어 있었다. 연인의 사랑을 받아 물이 오른 여체는 제 눈에도 아름다워 보였다.

가슴께로 시선을 옮기자 그가 남겨 놓은 자국이 울긋불긋하게 돋아나 있었다. 항상 가슴 언저리에 놓여 있던 목걸이는 그가 빼 두었는지 온데간데없었다.

루나는 그가 물고 빨았던 가슴을 제 손으로 한번 부드럽게 쓸어 보았다. 가슴 끝에 손가락이 스치자 루나의 입이 슬쩍 벌어졌다. 더운 숨이 새어 나왔다.

「내 아이가 당신의 품에 안겨서 젖을 빠는 모습을 보고 싶어.」

가슴에 손을 얹은 채로 지그시 눈을 감았다. 안락의자에 앉아서 카를의 아이를 품에 안고 있는 여자, 젖이 돌아 풍만해진 가슴을 아이에게 물린다. 힘차게 빨아먹는 아이의 포동포동한 볼을 손가락 끝으로 조심스럽게 쓰다듬으며 미소 짓는 여자.

루나는 상상에 취해서 은은한 미소를 머금었다. 그의 말처럼 그 여자가 자신이라면 좋겠다는 바람이 마음을 무겁게 잠식했다. 하지만 모든 상상은 현실이 될 수 없는 법이다.

루나는 제 가슴을 어루만졌던 손을 내리고 느릿하게 눈꺼풀을 들어 올렸다.

"보기 좋았는데."

눈을 감기 전까지만 해도 없었던 남자의 모습이 거울 속에 비쳤다. 루나는 시선만 움직여 거울을 통해 그를 응시했다.

카를은 고압적인 눈빛으로 루나를 바라보았다. 집요한 소유욕과 함께 사랑이 응축된 그의 눈동자는 자비 없이 유혹적이다.

"이럴 거면 날 깨우지 그랬어."

그가 루나의 뒤로 성큼 다가왔다. 루나는 실오라기 하나 걸치지 않은 나신이었고, 옷을 입지 않은 것은 그도 마찬가지였다.

그의 더운 숨결이 목덜미를 타고 올라와 귓불 근처를 맴돌았다.

"하아, 카를."

몸속에서 피어난 열기 때문에 루나의 목소리는 뿌연 김이 서린 것처럼 탁했다.

집요하고 단단한 손이 루나의 골반을 부드럽게 움켜잡았다. 등 뒤에서 빳빳하게 올라붙은 그의 페니스가 꺼떡거리는 게 느껴졌다. 골반을 둥글리듯 어루만진 그는 아래로 축 처진 루나의 손을 잡아 올렸다. 배와 옆구리를 쓸고 가슴을 모아 쥐게 한 그가 가슴께에 손을 올리며 물었다.

"여길 만지면서 무슨 생각을 했지?"

카를이 커다란 손으로 루나의 손과 가슴을 한꺼번에 주물러 댔다. 제 손바닥 안에서 자극되는 가슴 끝의 감각이 생경했다.

"으응."

루나는 고개를 젖히며 단단한 가슴 위에 머리를 기댔다. 아래가 흥건히 젖어서 허벅지를 타고 흐르는 느낌이 선명했다.

"미아."

그의 허벅지가 미아의 다리 사이를 가르고 들어왔다. 힘없이 축 처지는 몸을 지지하듯 받치는 그의 단단한 허벅지 위로 애액이 주르륵 흘렀다.

"카를."

루나는 무어라 대꾸할 수 없어서 그저 그의 이름만 불렀다. 머릿속은 복잡하고, 가슴속은 소란하기만 했다. 그럼에도 달아오른 몸은 머리와 가슴이 하는 일에는 관심이 없다는 듯이 노골적으로 그를 원하고 있었다.

"흐-응."

머리와 가슴과 몸이 전부 따로 노는 기이한 경험이다. 그가 루나의 귓불을 세게 물어 당겼다.

"난 당신이 혼자 즐기는 모습을 지켜보는 변태 같은 취미는 없어."

카를이 곧 타오를 불꽃처럼 열기 가득한 목소리로 읊조렸다.

"그런 취미는 없는 데 말이야."

말끝을 길게 늘이는 그의 음성 때문에 분위기가 더욱 고조되었다.

"머리가 획 돌만큼 자극적이긴 했어."

그가 루나의 몸을 받치고 있던 허벅지로 그녀의 다리 사이를 더욱 넓게 벌렸다. 그러고는 가슴을 움켜쥐게 했던 루나의 손을 세면대 위에 내려 주었다.

"꽉 잡아."

말이 떨어지기가 무섭게 그가 루나의 골반을 뒤로 바짝 잡아당겼다.

"흐으."

더운 숨이 샜다. 어깨 뒤로 넘어가 있던 머리카락이 앞으로 쏟아졌다. 젖은 입구에 단단하고 뜨겁게 뭉친 그의 페니스가 닿았다. 이러면 안 된다는 것을 머리로 계산했고, 가슴은 찢어질 듯 아팠지만, 철이 없는 몸은 그를 강력하게 원하고 있었다.

더 깊이 찔러 넣어 주기를, 더 빠르게 들쑤셔 주기를.

잠들기 전 그가 제 몸 안에 내뿜은 액체가 정액이 아닌 마약이 아닐까 하는 생각이 들 정도로, 루나는 카를의 몸에 중독되어 버렸다.

"하아, 카를. 아아!"

불에 달군 쇠붙이처럼 뜨거운 페니스가 젖은 통로를 단번에 뚫고 진입했다.

"아아!"

날카로운 삽입 한 번에 오르가슴이 오를 것처럼 허벅지 안쪽이 떨렸다. 선 자세로 그를 뒤에서 받는 것은 처음이었다.

루나는 쏟아진 머리카락 사이로 시선을 들어 거울 속에 비치는 카를의 얼굴을 바라보았다. 그는 루나의 골반을 억세게 잡은 채로 끝없이 반동하며 결합된 부위를 집요한 시선으로 내려다보고 있었다.

"하아, 카를."

간절한 목소리로 이름을 부르자, 가라뜬 그의 눈이 천천히 움직였다. 육욕에 번들거리는 그의 눈동자에는 날카로운 공허가 어려 있었다.

거울 속에서 눈이 마주치자 그의 시선에서 허허로운 감정이 금세 자취를 감춘다. 사랑으로 충만한 눈빛으로 루나의 얼굴을 바라보던 그가 왼손으로 루나의 아랫배를 받쳤다. 오른손을 뻗어 흐트러진 루나의 긴 머리카락을 오른쪽 어깨로 모아 준 그가 아름답게 웃으며 신음했다.

"으음."

만족스러운 그의 신음을 듣는 것만으로도 허벅지 안쪽이 바짝 조였다.

"아으응. 카를."

다리에서 힘이 죽 빠졌다. 그는 단단한 팔로 루나를 감아 안은 채로 허리의 반동 속도를 높여 갔다.

"아아앙, 아아! 흐흐아! 카를!"

그의 이름을 마지막으로 부르짖으며 루나는 전신에서 힘이 쭉 빠져 버렸다. 그에게 취한 몸이 취기를 털어 내지 못하는 것처럼 절정은 끊임없이 밀려들었다.

카를이 힘없이 늘어진 루나의 몸을 안아 들었다. 욕실을 빠져나와 어둠 속을 걸어서 다시 침대 위로 돌아왔다. 딱딱한 대리석 바닥 위에 위태롭게 서 있다가 푹신푹신한 침대 위에 몸을 기대니 살 것 같았다.

"미아."

그의 목소리가 머리 위에서 쏟아졌다.

"자는 사람을 깨웠으면 책임을 져야지."

카를의 입술이 루나의 가슴을 쭉 빨아 당겼다.

"흐으응."

힘이 들어서 죽을 것만 같았다. 그의 말을 맞받아칠 기운조차 남아 있지 않았다. 그런데 본능은 무섭게 일어나 그를 반갑게 맞으려고 아우성을 쳐 댔다.

"하아, 카를."

"으응?"

카를이 다정하게 대꾸하며 젖꼭지를 빨고, 깨물고, 입술로 잡아당겼다.

"나한테 무슨 약을 먹인 건 아니죠?"

루나는 몽롱한 목소리로 물었다. 몸이 제 마음대로 움직이지 않는 게 이상해서, 그에게 취하는 자신을 제어할 수 없는 게 믿기지 않아서 물은 말이었다.

"그럴 리가."

카를이 상상만으로도 끔찍하다는 듯이 미간을 구겼다.

"당신은 내 아이를 품을 귀한 사람이야. 미쳤다고 당신한테 약을 먹이겠어?"

그는 약간은 화가 난 듯한 목소리로 되물었다. 풍만한 가슴 위에 뾰족한 턱을 살짝 올린 그가 잠시 생각에 빠진 듯 미간을 구겼다.

"미아?"

이름을 부르는 그의 표정이 언제 구겨졌었냐는 듯이 밝게 펴졌다.

"응, 카를."

루나는 곧 사라질 것처럼 위태로운 목소리로 그의 이름을 읊조렸다.

"약에 취한 것처럼 나한테 취한 것 같은 기분인가?"

그의 얼굴에 나른하고 외설적인 미소가 걸렸다. 반쯤 가라뜬 눈동자는 위험해 보이기까지 했다. 루나가 만약 저에게 취해서 정신을 못 차리고 있는 거라면, 이 기회를 틈타 무슨 짓이든 할 것처럼 음란한 얼굴이기도 했다.

"그건……. 흐읏!"

대답을 내놓기 전에 그의 입술이 루나의 가슴을 깊게 빨아들였다.

"나의 여신께서 나에게 취하셨다니. 이렇게 영광스러운 일이."

예민해진 가슴 위에서 호흡하며 그가 중얼거렸다. 반박할 의지를 잃어버린 루나는 눈을 지그시 감았다. 힘이 빠지고, 머리가 돌아가질 않았다. 저를 이렇게까지 몰아붙인 남자가 원망스러운 마음마저 들었다.

카를하인츠 로젠쉴트.

손에 쥔 것을 놓아주는 법은 알지만, 마음에 든 것을 지워 버리는 법은 모르는 집요한 순정을 가진 남자.

그런 그의 마음에 루나가 꽉 들어차 버렸다. 그것도 그가 손에 아무것도 쥐고 있지 않던 시절부터 지금까지 계속.

끊어 내기 힘들 것이다. 분명 처참한 이별을 맞게 될 것이다. 게다가 그의 바람처럼 아이까지 갖게 된다면 루나는 영영 그에게서 벗어날 수 없을 것이다.

그게 무슨 상관이지? 이 남자의 곁에 계속 있고 싶잖아. 그냥 있으면 되는 거 아닌가?

이기적인 욕구가 불쑥 고개를 들었다. 본능이 머릿속을 잠식하기 시작했다.

순간 정신이 번쩍 든 루나는 저도 모르게 거세게 도리질을 쳐 댔다. 스티브, 듀이, 그리고 하미드의 얼굴이 눈앞을 스치고 지나갔다. 동생 유나와 부모님의 얼굴도.

"아아앙!"

지금 순간에 필요 없는 생각은 하지 말라는 듯이 그가 또다시 퉁퉁 부은 물길을 비집고 들어왔다. 애액과 정액이 범벅이 되어 젖은 살점은 그 어느 때보다도 예민했다.

"미아."

"으응."

카를은 마치 꿈을 꾸는 듯한 목소리로 속삭였다.

"아이를 낳으면, 누구도 방해하지 않을 곳으로 가는 거야. 응?"

그의 물음에 눈초리를 타고 눈물이 주르륵 흘러내렸다.

"대답을 해야지?"

장골이 거세게 부딪치는 소리가 났다. 육체적 압박감보다 심적 압박이 더욱 강렬했다.

"카를. 하으응."

신음을 흘리고 그의 이름을 부르는 것 말고는 할 수 있는 게 없었다. 미쳐 돌아가는 밤이었다.

눈물이 말라붙은 얼굴을 카를은 한참 동안 가만히 바라보았다, 그녀가 힘겨워하는 것을 알면서도 끝의 끝까지 몰아붙였다. 아니, 어쩌면 끝 간 데가 없다고 생각했는지도 모른다. 그녀는 혼란스러운 얼굴로 울부짖었지만, 카를을 끌어안는 데 여념이 없었다. 이율배반적인 몸짓, 그저 본능에 이끌려 흔들리는 그녀를 더욱 혼란스럽게 만들고 싶었다.

깨우고 싶지 않은데.

그녀의 잠든 모습을 바라보고 있는 것만으로 아래는 이미 완전히 서 버렸다.

좀 더 자게 둬야지. 내 아이를 가지려면 지금은 적당한 휴식도 필요하잖아?

카를은 조심스럽게 이불을 걷어 내고 침대에서 몸을 일으켰다. 욕실에 들어서자마자 차가운 물 아래에 섰다.

얼음장 같은 물이 쏟아지는데도 단전 아래에 뜨겁게 뭉친 열기는 풀어질 기미가 없었다. 이기적인 정욕을 풀어 줄 사람은 세상에 오직 단 한 사람, 그녀뿐이었다.

「여기로 나를 받아서, 내 아이를 낳아.」

절대 허투루 내뱉은 말이 아니었다. 간절한 희원이었고, 마지막 보루였다. 마치 한국 전래 동화에 나오는 나무꾼이 된 기분이었다. 선녀의 옷을 훔쳐 놓고 선녀와 결혼한 나무꾼. 나무꾼은 파렴치한 도둑놈에 혼인 빙자 사기꾼이 아닌가 하는 생각을 했다.

그런데 지금은 제가 그 파렴치한 사기꾼 같은 나무꾼이 된 듯했다. 그녀를 잡아 둘 수 있다면 제 아이를 기꺼이 볼모로 만들 수도 있었다.

아니지.

카를은 차갑게 흐르는 물줄기 아래서 쓴웃음을 머금었다.

실은 갖고 싶은 거였다. 사랑하는 이와 이룬 정상적이고 아름다운 가정을 말이다. 사랑의 결실로 태어난 두 사람의 아이를 보듬으며 행복한 삶을 영위하고 싶은, 아주 평범하고 간절한 바람이었다.

기적 같은 것을 바라는 것도 아니었다. 그저 사랑하는 이를 평생의 반려로 삼아 함께하는 소박한 꿈을 가진 남자일 뿐.

카를은 수전을 잠근 이후에도 한참 동안 가만히 서 있었다. 젖은 머리카락과 콧잔등, 턱 끝에서 물방이 토독토독 떨어졌다.

루나.

그녀의 이름을 온전히 부를 수 있는 날이 오지 않아도 좋았다. 서로가 서로를 어떻게 부르는지 문자뿐인 이름은 상관없었다. 서로에게 소중한 의미를 가진 사람이라는 것, 그게 더 중요했다.

나의 여신, 나의 종교이자, 믿음이자, 뿌리인 여자.

카를은 두꺼운 수건을 들고 몸에 물기를 대충 닦았다. 머리의 물기를 털어 내고 허리께에 수건을 묶은 뒤 침실에 다다랐을 때까지도, 그녀는 잠들어 있었다.

"루나."

카를은 그녀에게 들리지 않도록 아주 작은 소리로, 거의 입모양만 벌어지는 상태로 그녀의 이름을 읊조려 보았다.

그녀의 부모님이 지어 주셨고, 그녀의 여동생, 친구들, 동료들이 날마다 불러 주었을 이름.

하지만 카를은 아직 갖지 못한 이름이었다. 문자뿐인 이름이라고 했지만, 그녀를 루나라고 부를 수 있는 사람들이 부러웠다.

"카를?"

마치 작은 부름을 들은 것처럼 그녀가 탁한 목소리를 냈다. 가녀린 손을 뻗어 옆을 더듬으며 두리번거리던 그녀가 침대 발치에 서 있는 카를을 발견하고 희미하게 웃는다.

"씻고 나온 거예요?"

"응."

그녀는 카를이 부르는 소리를 듣지는 못했는지 베개에 고개를 파묻으며 잠투정 같은 한숨을 길게 내쉬었다.

"잘 잤어?"

카를은 천천히 걸어 그녀의 곁에 다시 몸을 눕혔다.

"그럴 리가요."

하염없이 눈물을 흘렸던 그녀의 눈가는 퉁퉁 부어올라 있었다. 평소보다 눈을 작게 뜨는 모습이 귀여워서 웃음이 났다.

"왜 웃어요?"

카를은 입단속을 하며 심각하게 대꾸했다.

"당신 눈 말이야."

"내 눈이요?"

"응."

그녀가 두 손으로 눈두덩이를 더듬거렸다.

"꼭 부풀어 오른 팬케이크 같아."

한국 떡집에서 파는 바람떡 같다는 말을 해 주고 싶었지만, 꾹 참았다. 바람떡 같다는 소리를 했다면 그녀가 진심으로 화를 내며 기겁하는 재미있는 모습을 볼 수 있었을 텐데.

"부풀어 오른 팬케이크?"

그녀가 고개를 갸웃하며 눈꺼풀 위를 꾹꾹 눌렀다.

"그렇게 하면 각막이 상해."

카를은 그녀의 손을 잡아 내리고는 오동통해진 눈꺼풀 위에 가볍게 입을 맞췄다.

"배고파요. 부풀어 오른 팬케이크라니…… 이러다 눈이라도 뜯어 먹겠어."

그녀가 귀엽게 투정했다. 정신을 차리고 나면 갑자기 무슨 아이냐며

톡 쏘듯 물을 줄 알았다. 아니면 지나간 밤에 대한 원망의 말이라도 내뱉을 거라고 생각했었다.

그런데 그녀는 여느 날과 변함없이 카를을 대했다. 그 모습이 카를을 더 안달 나게 한다는 것을 그녀는 모르는 눈치였다.

"카를."

"응?"

"설마 굶겨 죽일 셈인 건 아니죠?"

그녀가 퉁퉁 부은 눈을 치뜨며 귀엽게 물었다.

"조금만 기다려. 진짜 팬케이크를 대령할 테니까."

카를은 그녀의 이마에 가볍게 입을 맞추었다.

"샤워 먼저 할까?"

"당신은 벌써 씻었잖아요. 카를."

그녀가 나무라는 말투로 대꾸했다.

"응. 같이 씻자는 말은 아니었는데?"

그녀가 당혹스럽다는 듯이 입을 슬쩍 벌렸다가 이내 빠르게 표정을 단속한다. 카를은 참을 수 없는 웃음을 터뜨렸다.

"샤워 한 번 더 한다고 피부가 헐겠어? 다시 하면 되는 거지."

그녀가 뾰로통한 눈빛으로 카를을 쏘아보았다.

"당신 눈두덩이에 있는 팬케이크도 샤워하면서 빼야겠어. 너무 맛있어 보여서 한입에 삼켜 버리고 싶거든."

"카를!"

그녀가 엄혹한 목소리를 내며 카를을 나무랐다. 그런 모습은 지독하게 관능적이라는 것 역시 그녀는 모르는 눈치다.

"어떡하지?"

카를의 목소리가 깊게 가라앉았다. 그녀는 갑자기 달라진 분위기를 감지한 듯 조심스럽게 눈을 치떴다. '또?' 하고 묻는 듯한 눈빛이다.

그래, 또. 언제든지, 또.

카를은 그녀의 목 안쪽에 입술을 깊숙이 묻었다.

"으응."

그녀는 밀어내지 않고 카를의 어깨를 끌어안았다.

"하아, 카를. 배고프다니까요."

그녀가 앙증맞은 목소리로 투정했다.

"금방 배부르게 먹여 줄게."

허리를 묶고 있던 타월을 걷어서 침대 밑으로 던지고, 이불을 들쳤다. 그녀의 허벅지 사이를 벌리고 앉자 애액을 흘리는 예쁜 비부가 드러났다.

"예뻐, 미아."

"더러울 것 같아."

그녀는 한 손으로 얼굴을 가리며 카를의 시선을 피했다. 자꾸 허벅지를 오므리며 비부를 가리려고 드는 그녀는 지나치게 유혹적이다.

"아니, 깨끗해. 내가 당신 잠들었을 때, 깨끗이 핥았거든."

"미쳤나 봐!"

그녀가 꺅 소리를 지르며 새빨개진 얼굴로 카를을 올려다보았다.

"농담이야. 따뜻하게 적신 물수건으로 닦았어."

두 손으로 얼굴을 가린 그녀가 도리질을 쳤다.

"그게 뭐야. 앞으로 그런 짓 절대로 하지 마요. 내가 무슨 기저귀 차는 어린애도 아니고, 엉덩이를 닦아 줘요? 미쳤어!"

"이상하지?"

"뭐가 또 이상하다는 거예요?"

그녀가 발끈한 얼굴을 들어 올리고는 카를을 노려보았다.

"차라리 혀로 핥을 걸 그랬나? 내가 깨끗이 핥아 먹었다고 할 때보다,

물수건으로 닦았다고 했을 때의 반응이 훨씬 더 격한데?"

그녀가 눈을 한 바퀴 굴리고는 포기했다는 듯이 뒤통수를 베개에 묻었다.

"좋아. 포기가 빠를수록 마음이 안정되는 거야."

"뭔가 불공평한 것 같아요. 나만 항상 당하고, 손해 보는 느낌이야."

"그럴 리가. 신이 어떤 놈이었는지 모르겠는데, 남자한테 훨씬 더 인색했는걸?"

그녀는 또다시 이해할 수 없다는 듯이 양손을 허공에 들어 보였다.

"생각해 봐. 당신은 한 번의 섹스에서도 여러 번 오르가슴을 느끼잖아? 근데 남자는 한 번의 섹스에 딱 한 번의 사정밖에 안 한다고. 불공평하잖아. 그러니 내가 이렇게 당신한테 매달리는 수밖에."

"그럼 남자도 만약 한 번의 섹스로 여러 번 할 수 있었다면, 이렇게 매달리지 않았을까요?"

그녀가 눈을 동그랗게 뜨고 물었다.

"그럴 리가."

카를은 그녀의 몸 위로 얼른 올라탔다. 딱딱하게 솟아오른 검집 같은 페니스를 그녀의 몸 안으로 쑤욱 밀어 넣었다.

"아아!"

그녀가 신음을 몰아쉬며 고개를 비틀었다. 질 내벽이 발갛게 부어올라서 물건을 더욱 꽉꽉 조였다.

"미아."

"으응."

그녀는 새된 신음과 함께 대꾸했다.

"눈꺼풀만 팬케이크처럼 부어오른 게 아니야."

카를은 대단한 비밀을 알려 주는 것처럼 읊조렸다.

"날 야무지게 무는 속살도 달콤하게 부었어. 뜯어먹고 싶을 만큼, 맛있
게."

카를이 물건을 쭉 잡아 빼자 그녀가 숨을 헉 들이쉬며 숨을 멈췄다.

"미아."

그녀를 부르짖으며 거세게 쳐올렸다.

"아아앙! 아아! 하읏. 으으웅!"

듣기 좋은 신음이 연이어 터져 나왔다. 그녀는 카를의 어깨를 잡을
힘도 없는지 손 하나 까딱하지 못했다. 베개 위로 흐트러진 머리카락
이 탐스러웠다. 카를은 그녀의 머리칼에 얼굴을 묻으며 한숨을 들이켰
다.

"하아, 미아."

"으웅. 빨리. 카를. 아아!"

견디기 버거운 듯 그녀가 두 다리로 카를의 허리를 감싸 안으며 골반
을 들썩거렸다.

"으음."

더 오래도록 그녀의 품 안에 몸을 묻고 싶었지만, 식사를 마친 뒤에 다
시 안아도 될 일이었다. 카를은 대단한 자비라도 베푸는 것처럼 자지러질
듯 신음하는 그녀의 몸 안에 파정했다. 태내를 적시는 기분은 정신이 나
가 버릴 것처럼 만족스러웠다.

"하아, 카를."

그녀가 울먹이는 목소리로 카를의 이름을 불렀다.

"미아."

카를은 물건을 쑥 잡아 빼며 몸을 일으켜 앉았다. 그녀의 입구에서 정
액이 애액과 뒤섞여 주르륵 흘러내리는 모습이 마음에 들지 않았다. 몸을
숙여 그녀의 옆에 자리를 잡고 누웠다. 납작하기만 했던 그녀의 배가 아

주 조금 부풀어 오른 것 같은 착각이 인다.

아랫배를 천천히 어루만졌다.

"배가 좀 부른 것 같은데? 너무 많이 먹어서 그런가?"

어제부터 그녀의 몸 안에 쏟아부은 정액이 찰랑찰랑 차 있을 거라고 생각하니 금세 기분이 나아졌다.

"그래도 배는 고프거든요? 나는 입으로 먹고 싶다고요."

"정말?"

카를은 놀랐다는 듯이 그녀를 바라보며 질문을 이었다.

"정말 입으로 먹고 싶은 거야?"

"카를!"

그녀가 신경질을 부리며 소리를 빽 질렀다.

"그래, 이렇게 화를 내야 나의 여신이지. 우는 것도 아름답기는 하지만, 그건 내가 원하는 모습이 아냐."

카를은 침대에서 가뿐하게 몸을 일으켰다.

"아침을 대령하겠습니다. 나의 여신이시여."

카를은 가벼운 몸으로 침실을 나섰고, 루나는 복잡한 눈으로 그를 바라보았다.

카를의 모습이 방 밖으로 사라지자마자, 루나는 힘겹게 몸을 일으켜 욕실로 향했다. 마치 루나가 목욕물에 몸을 담글 거라고 예상한 것처럼 욕조에는 향긋한 거품이 가득한 따뜻한 물이 받아져 있었다.

루나는 가볍게 샤워를 한 뒤 매끄러운 욕조 안에 몸을 담갔다.

"하아."

노곤한 몸을 따뜻하게 감싸는 감각에 한숨이 절로 흘러나왔다. 몽롱한 꿈속에 잠긴 듯했으나, 정신은 점점 맑아지고 있었다. 아이를 가지라고 했던 그의 음성이 끊임없이 귓가를 간질였다. 강한 책임감에 대해 논하지 않더라도, 제가 낳은 아이를 향한 책임감은 당연한 것이었다.

카를은 아이를 볼모로 그녀를 붙잡으려 하고 있었다.

그런 일이 일어나서는 안 되지.

종류에 따라 관계 후 120시간 안에 복용하면 되는 사후 피임약이 있었다. 어떻게든 듀이를 통해 그 약을 손에 넣어야만 했다. 또 앞으로의 관계에서 임신이 되는 것을 막기 위해서는 피임약도 필요했다.

따뜻한 물에 몸을 담그고 있어선지, 얼굴에 열기가 오르고 더운 숨이 연신 흘러나왔다. 가슴속이 갑갑한 이유는 비단 물속에 몸이 잠겨 있어서만은 아닌 듯했다.

루나는 깊은숨을 내쉬며 물 안에서 몸을 일으켰다. 갑자기 눈앞이 새까매지며 현기증이 일었다. 얼른 손을 뻗어 대리석 벽을 짚었다. 하마터면 물속으로 고꾸라질 뻔했다.

"후우."

한숨을 여러 번 몰아쉬고, 천천히 눈을 떴다. 눈앞이 여전히 느릿하게 돌고 있었다. 아무리 훈련받은 요원이라고 한들 한낱 인간에 불과했다. 요 며칠 무리한 탓인지 현기증이 지독했다. 몸에 달라붙은 거품을 차가운 물로 헹궈 내고 보드라운 배스 가운을 몸에 걸쳤다. 루나는 그의 집요함에 휩쓸리지 말자고 다짐하며 욕실을 나섰다.

배스 가운 끈을 여미며 침실로 나왔을 때, 침대 위에는 은제 베드 트레이가 놓여 있었다. 카를은 흰색 드레스 셔츠에 검은색 슬렉스를 입은 차림으로 침대 곁에 서서 그녀를 맞았다.

"이리 와 앉아."

루나는 순순히 그의 곁으로 다가갔다.

"먹을 때도 침대를 벗어날 수는 없는 건가요?"

미간을 찡그리며 뾰로통한 목소리로 묻자, 그가 심각하게 대꾸한다.

"당신은 좀 쉬어야 해."

"누가 이렇게 만들었을까요?"

"글쎄. 누가 그런 걸까? 나는 잘 모르겠는데."

그가 시치미를 뚝 떼며 능청스럽게 말을 이었다.

"누가 당신을 괴롭혔는지, 누가 당신을 그렇게 힘들게 했는지 이야기해 줄 수 있나? 그러면 내가 다 혼내 줄 수 있는데."

장난처럼 시작된 말의 끝에서 그의 진심이 진하게 묻어났다. 그는 침대 끝에 걸터앉은 루나의 곁에 가만히 다가와 앉았다.

"응? 미아."

무슨 일이든 털어놓아도 된다는 듯이 부드러운 눈빛이었다. 설사 극악무도한 짓을 저질렀다고 해도 용서해 줄 것처럼 무한히 다정한 눈빛.

"카를."

루나는 부드럽게 그의 이름을 머금었다. 마치 대단한 고백을 할 것처럼 머뭇거리고 그의 눈을 꼼꼼히 살폈다. 그의 얼굴이 긴장감으로 굳는 게 보였다. 살짝 벌렸다가 닫는 입술 끝이 파르르 떨렸고, 턱이 굳었다. 미간에 미세한 주름이 잡히며 속눈썹이 나릿하게 팔랑거렸다.

"궁금한 게 있어요."

루나는 저에게 진실을 요구하는 카를의 심리를 역이용할 생각이었다.

"뭐지?"

그가 장난기라고는 한 톨도 보이지 않는 진중한 시선으로 되물었다.

"아이를 갖고 싶은 진짜 이유."

까맣고 어두운 눈동자가 아주 미세하게 흔들렸다. 그는 마주쳤던 시선을 슬쩍 피해 고개를 숙였다가, 다시 들어서 허공을 바라보며 웃었다. 공허하고 외로운 웃음이었다.

"카를?"

루나는 그의 이름을 한 번 더 부르며, 그의 무릎 위에 올라 있는 커다란 손을 끌어다 잡았다.

"미아."

"응?"

루나는 그가 아까 그랬던 것처럼, 무슨 이야기든 들을 준비가 되었다는 듯 무한히 다정한 미소를 머금었다. 심장이 쿵쿵 뛰었다. 그가 저를 붙잡을 구실이라는 대답을 솔직히 내뱉을지 궁금했다.

"나는 말이야, 미아. 로젠쉴트 가문에 입양된 이후에도 친모의 곁에서 살았어."

뜻밖의 대답에 쿵쿵거리던 심장이 바닥을 찧는 기분이었다.

"나의 친모는 고등학교를 졸업하기 전에 나를 낳았고, 친부는 나와 어머니를 버렸지."

그의 얼굴에 씁쓸한 미소가 맴돌았다.

"그런데."

그는 거짓은 하나도 섞이지 않았다는 듯이 진실된 목소리를 냈다.

"아이작 로젠쉴트가 나타났어. 친모가 나를 입양 보내려고 어느 재단에 이름을 올리고 대기하던 중이었대. 아이를 입양하겠지만, 자신이 원하는 대로만 들어준다면 모자가 헤어지지 않아도 된다는 조건을 달았지."

"다행이네요."

"아니. 불행이었지."

카를의 입가에 씁쓸한 미소가 머물렀다.

"친모는 나를 볼모로 로젠쉴트 가문에 여러 가지를 요구했어. 특히 돈. 어디서 소문을 들은 건지, 곧 친부가 나타났어. 나는 마치 부유하고 화목한 가정의 외아들처럼 자랐지."

"부유하긴 했지만, 화목하진 않았나 보네요."

카를은 정확하다며 고개를 끄덕거렸다.

"나는 그들에게 돈이었지, 자식이 아니었으니까."

그의 집에서 보았던 친모의 모습이 떠올라 가슴이 죄였다. 그의 친모가 이형은 아직 준비가 되지 않았다며, 만나지 말라고 철벽을 치던 모습이 생경했던 이유가 여기 있었다.

"그래서 미아."

카를은 어두운 과거를 걷어 내 듯 근사한 목소리로 읊조렸다.

"응, 카를."

루나는 그의 과거를 어루만지듯 대꾸했다.

"나는 평범한 남자가 되고 싶을 뿐이야. 사랑하는 여자와 아이를 낳고, 행복한 가정을 꾸리는 일. 그게 하고 싶은 거야."

루나는 입을 뻥긋거리다가 겨우 비루한 말을 내뱉었다.

"나는 당신의 정부일 뿐인걸요."

"더는 정부가 아니면 되지."

카를이 루나의 앞에 무릎을 꿇었다. 루나는 갑작스러운 상황 변화에 당황한 눈빛으로 그를 내려다보았다.

"미아, 나와 평생을 함께해 주겠어?"

카를이 금테가 둘린 빨간 상자를 열어 보였다. 베이지색 벨벳 한가운데 물방울 모양의 커다란 다이아몬드 반지가 자리했다.

"카를."

보통의 상황이라면 어떤 여자든지 황홀경에 취했을 것이다. 하지만 루나는 그저 당혹스러운 눈빛으로 카를을 바라보았다.

그는 루나의 대답을 들을 필요가 없다고 생각했는지, 케이스에서 반지를 꺼내서 루나의 왼손 네 번째 손가락에 끼워 주었다.

"이미 당신은 나의 연인인데, 대답을 굳이 들을 필요는 없지 않아?"

카를이 고개를 비스듬히 기울이며 웃었다. 심장이 쿵쿵 날뛰었다. 루나를 향한 그의 감정은 모든 게 진심이었다.

"카를."

그는 반지를 끼운 네 번째 손가락에 입을 맞추고는 무릎을 세워 루나의 입술에 가만히 입을 맞췄다.

"물어볼 게 있어요."

"그래."

카를이 자상하게 대꾸하며 루나와 똑같은 눈높이에서 시선을 마주했다.

"카를하인츠 로젠쉴트가 되기 전, 당신의 이름은 뭐였어요?"

충동적으로 던진 질문이었지만, 그의 마음을 가늠할 수 있는 물음이기도 했다.

"미아."

"응, 카를."

침묵이 흘렀다. 잠시 잠깐의 침묵인데도 세상이 멎은 것처럼 지독한 고요가 두 사람 주위를 잡아먹을 듯이 잠식했다.

"그건 말해 줄 수 없어."

그는 단호하게 고개를 내저었다.

"왜요? 당신의 과거를 나에게 말해 주는 게 꺼려지나요?"

"아니."

그는 잠시 허공을 바라보던 시선을 길게 끌어와 루나를 똑바로 응시했다.

"그 이름을 내 입으로 내뱉으면, 당신이 날 떠날 테니까."

어두운 눈동자에 슬픔이 차오르는 모습이 선명했다. 루나는 충동적으로 손을 뻗어 그의 어깨를 끌어안았다.

다 알고 있으면서.

잠결에 들었던 목소리는 꿈이 아니었다. 카를은 잠이 든 그녀를 바라보며 아주 조심스러운 목소리로 '루나' 라 불렀었다. 너무 소중해서 입에 담는 것조차 안타깝다는 듯이 아슬아슬한 목소리였다.

"카를."

애써 눈물을 참았다.

"나도 평범한 삶이 좋아요."

하미드가 원망스러웠다. 아니 그 전에 CIA가 되어 친구의 뒤를 집요하게 쫓았던 제 성격이 원망스러웠다.

하지만 이렇게 살아오지 않았더라면 이 남자를 만날 수도 없었겠지.

"미아."

"응."

"아침 식사를 해야지. 어제 저녁도 대충 먹었잖아. 그러다 쓰러지겠어."

심리학을 전공하고, 공작관으로 활동하면서 끊임없이 감정을 제어하는 훈련을 한 루나보다 그가 더 빠르게 감정을 추슬렀다.

"고마워요. 정말 팬케이크가 있네."

"특별히 당신이 좋아하는 스누피 모양으로 구웠어."

손바닥을 펼쳐서 스누피 귀 모양을 흉내 내는 카를 때문에 루나는 웃음을 터뜨렸다.

무엇부터 해야 할까?

루나는 베드 트레이를 내려다보며 고민에 빠졌다.

"무엇부터 먹어야 할지 고민하는 건가? 목부터 축이는 게 어때?"

순하게 고개를 끄덕거렸다. 독심술이 있는 것도 아닐 텐데, 그는 기가 막히게 루나의 눈빛과 마음을 읽어 냈다.

내가 이 남자를 놓치게 되면 얼마나 후회하게 될까?

이 남자와 헤어지고 나면, 이런 사랑을 다시 할 수 있을까?

죽도록 후회하고 아파할 것이다. 아마 다시는 사랑 같은 건 하지 못하게 될 것이다.

그가 오렌지 주스를 한 모금 머금고는 루나의 입에 입을 맞추었다. 슬쩍 벌어진 입술 사이로 상큼하고 달콤한 오렌지 주스가 흘러들었다.

"으응."

턱을 타고 흘러내린 주스를 그가 핥아 마셨다.

"카를, 내가 마실게요."

루나는 달콤한 투정을 부리듯 그를 밀어냈다.

"나는 회의에 들어가야 해."

"아침을 같이 먹지 않고요?"

"응. 어제부터 너무 오래 업무를 보지 않았어. 당신이 아침을 해치울 시간이면 충분해. 금방 오겠지만, 대신 천천히 다 먹도록 해."

루나는 고개를 끄덕이며 웃었다. 카를이 루나의 이마에 입을 맞추고 밖으로 나가기가 무섭게 위니가 침실 안으로 들어왔다.

"오랜만인 것 같네요, 위니."

"어제 보셨는걸요."

어쩐지 억겁의 시간이 지난 것 같은 기분이다.

"아침 먹었어요?"

"네, 먹었습니다."

"또 듀이가 사다 준 햄버거로 먹었나요?"

위니가 희미하게 웃으며 대꾸했다.

"아니요. 이번에는 병아리콩 연어 샐러드였어요."

루나가 치뜬 눈으로 위니를 바라보자, 실수했다고 생각했는지 얼른 웃음을 감춘다.

"위니?"

"네, 미스 콴."

"요즘 듀이와 함께 보낼 시간이 없어서 아쉽겠어요?"

위니가 수줍은 미소를 드리웠다.

"카를이 업무를 볼 때, 잠깐씩이라도 여기서 시간을 보내도록 해요. 나는 괜찮으니까. 마침 그이가 자리를 비웠네요? 지금도 괜찮고."

"정말 괜찮을까요?"

"훌륭한 경호원 둘이 내 곁을 지키는 건데요."

루나가 생긋 웃으며 위니를 다독였다.

"그럼, 마침 듀이가 지금 교대 시간이라 쉬고 있거든요. 미스 콴께서 허락해 주신다면 이곳으로 잠시……."

"불러요. 듀이를."

사랑의 열병을 앓고 있는 이의 마음을 잘 이해한다는 듯이 루나는 위니를 바라보며 생긋 웃었다. 아무것도 모르는 순진한 위니는 두 볼이 도드라지도록 수줍은 미소를 머금으며 듀이를 조심스럽게 호출했다.

이윽고 침실 문을 똑똑 두드리는 소리에 위니는 얼른 표정을 단속하고는 문을 열어 주었다.

"부르셨습니까, 미스 콴?"

"오랜만이네요. 듀이."

루나가 환한 얼굴로 듀이를 맞이하자 그의 눈빛에 어려 있던 걱정이 조금씩 옅어진다.

"내가 부른 건 아니고요."

장난스럽게 덧붙이자, 듀이가 순간 얼굴을 굳히며 위니에게 시선을 돌렸다. 듀이의 차가운 눈빛 때문인지, 위니의 얼굴이 하얗게 질려 버렸다.

첫사랑에 빠진 순수한 아가씨, 그 상대가 보내는 무의미한 눈빛 한 번에도 어쩔 줄 모르는 위니의 마음이 훤히 들여다보였다. 누군가를 좋아하는 마음을 여과 없이 드러낼 수 있는 그녀가 부럽기까지 했다.

"저, 마실 걸 가져다 달라고 할게요. 미스 콴, 뭘 드시겠어요?"

"핑크 구아바 주스면 좋을 것 같아요."

위니가 고개를 끄덕이며 듀이를 바라보았다. 듀이가 무엇을 고를지, 그의 기호를 궁금해하는 위니의 얼굴이 잔뜩 달아올랐다.

"저는 오렌지 주스로 부탁합니다. 아니, 제가 다녀오죠. 위니는 어떤 거로?"

듀이의 물음에 위니는 양손을 들어 손사래를 치며 호들갑을 떨었다.

"아녜요. 제가 다녀올게요. 숨도 좀 고르고요."

위니는 절대 사랑 앞에 거짓을 말하지 않을 것이다. 엉겁결에 숨을 골라야 한다는 말까지 내뱉고, 울상이 된 그녀는 후다닥 침실 밖으로 향했다.

"듀이."

루나는 동료의 이름을 조용히 불렀다. 듀이는 의기소침한 눈빛으로 허공을 응시할 뿐이었다.

"로젠쉴트가 직원들에게 너와 결혼할 거라고 발표했어."

듀이의 눈동자에 슬픔이 가득했다. 금방이라도 뚝뚝 떨어질 것만 같은 아픔이었다. 하지만 루나가 어루만져 줄 수 없는 아픔이기도 했다. 가라뜬 눈을 천천히 들어 올린 듀이가 루나를 바라보았다. 속마음을 꿰뚫듯이 바라보는 시선에 루나는 잠시 숨이 멎는 것만 같았다.

듀이는 심각한 말을 내뱉을 것 같은 눈빛으로 루나를 응시했다.

"행복해?"

뜻밖의 질문을 들은 루나는 저도 모르게 시선을 돌려 버렸다.

"루나, 너만 행복하다면……."

듀이가 한숨을 한 번 내쉬고는 고개를 내저었다.

"정말 너만 행복하다면, 그 남자를 선택해. 로젠쉴트는 널 지켜 줄 수 있는 남자야."

루나는 똑바로 들어 놓고도 제 귀를 의심했다. 듀이가 슬픈 목소리로 내뱉은 말은 현실성이 하나도 없었다.

"너 혼자 모든 걸 짊어지려고 할 필요는 없어. 스티브도 자기 살길을 찾을 거고. 하미드도 적당히 죗값을 치르고 죽으면 그만이야."

듀이는 마치 해탈이라도 한 사람처럼 중얼거렸다. 루나는 그가 하고 싶은 말을 다 할 수 있도록 잠자코 기다려 주었다.

"ISI의 위협이 하루 이틀도 아니고. 빅터 아스그리드는 살날도 얼마 남지 않았어. 헤즈볼라? 어디 또 터뜨릴 만한 데 없나 하고 찾다가 만만한 곳에다 테러 한번 하겠지."

쉽지 않은 이야기를 쉽게 하고 있었다.

"세상은 똑같을 거야. 어느 게 악이고, 어느 게 선인지 모르는 채로 변함없이 돌아갈 거야. 그러니, 루나."

내내 허공을 바라보고 있던 듀이의 시선이 루나를 향했다. 장난기라고는 한 톨도 보이지 않는 진중하고 아름다운 눈빛이었다.

"네 행복을 선택해. 너 하나 희생한다고 해서 바꿀 수 있는 세상은 아니야."

루나는 듀이를 가만히 바라보며 되물었다.

"듀이, 너는?"

질문의 뜻을 이해하지 못했다는 듯이 듀이는 미간을 찌푸렸다.

"내가 만약 내 행복을 선택한다면, 너는 어떻게 할 건데?"

듀이가 그제야 알아들었다는 듯이 조금 웃었다.

"나도 내 행복을 선택해야지."

"어떤 식으로?"

심장이 불안하게 날뛰기 시작했다. 듀이가 순수한 눈빛으로 받아 줄 수 없는 고백을 할 때마다 지었던 얼굴을 하고 있었다.

"네 곁에서, 널 보면서. 이렇게 행복하면 되지."

숨이 턱 막히는 듯했다. 루나는 입을 슬쩍 벌린 채로 아무 말도 하지 못했다. 듀이가 힘없이 덧붙였다.

"그러다 여차하면 위니랑 같이 살아도 좋고."

듀이는 정의롭고 착한 사람이었다.

"너 지금 위니의 마음을 이용하면서 내 옆에 있겠다는 거야?"

누군가의 마음을 이용하며 살아갈 수 있는 위인이 못 되었다. 그런데 지금 듀이는 루나의 곁에서 누군가를 이용하며 평생을 살아갈 수 있노라고 고백하고 있었다.

"말도 안 되는 소리 하지 마! 네가 왜 나 때문에 그런 걸 감당해야 하는데? 위니 마음을 이용할 생각도 하지 말고. 위니가 널 얼마나 아끼는지."

"루나."

듀이가 루나의 말을 막아섰다.

"로젠쉴트가 널 얼마나 아끼는지는 알아? 너는 왜 로젠쉴트의 마음을 이용하며 여기 있는 거지? 하미드 모사드? 걔가 뭐라고, 네가 왜 걔 때문에 복잡한 세계를 감당해야 하는 건데?"

루나는 천장을 올려다보며 한숨을 내쉬었다.

"듀이, 이건 내 임무 중 일부야. 너도 알다시피 복잡한 작전 트랙은 수

년이 걸리기도 하고, 경우에 따라 부모, 친구, 남편, 아이까지 속이기도 해."

"그런 삶을 살고 싶은 거야?"

듀이는 비소를 머금은 얼굴로 물었다.

"그런 건 CIA 공작관 면접 때나 묻는 말 아닌가?"

루나는 어이가 없다는 듯이 미간을 찡그리며 되물었다.

"그 잘난 CIA 공작관으로 널 뽑아 준 스티브조차도 지금 너한테는 관심이 없어, 루나. 차라리 로젠쉴트를 선택해."

듀이는 요지부동이었다. 마치 루나의 행복이 자신이 원하는 모든 것이라고 말하는 것처럼 보였다.

"듀이."

"응."

"너는 내가 로젠쉴트의 여자로 평생을 살아도 상관없어?"

듀이에게 해서는 안 되는 질문을 던졌다.

"너만 행복하다면 난 괜찮아. 나는 네가 행복한 모습을 평생 지켜보면서 살 수 있으니까."

"하아, 듀이."

루나는 두 손에 머리를 묻고 절규하듯 그의 이름을 불렀다. 침묵이 흘렀다. 엉뚱한 곳으로 흐르는 듀이의 생각을 바꿀 필요가 있었다.

"너 얼마 전에는 사고로 위장해서 날 빼내려고 했잖아."

루나가 고개를 쳐들며 듀이를 쏘아보았다.

"그렇게 널 빼내면 내가 지킬 수 있을 거라고 착각했거든. 네가 탈 뻔했던 차가 사고가 났다는데도, 본부에서는 아무런 반응도 없었어. 스티브를 믿지 마, 루나. 차라리 로젠쉴트를 믿어."

명색이 정보 분석관이라는 듀이가 핀치에 몰려 한 치 앞을 보지 못하고 있었다.

"듀이. 스티브는 지금 정치 싸움에 휘말려 있어."

듀이가 무구한 눈빛으로 루나를 바라보았다.

"로젠쉴트는 우리가 생각했던 것보다 생각이 훨씬 앞서나가고 있다고. 만찬장에서 그가 주로 이야기를 나눴던 사람은 스티브를 궁지에 몰아넣고 있는 공화당 상원 의원과 그 무리였어."

듀이가 약간은 멍해진 얼굴로 루나를 바라보았다.

"만찬장에서 스티브와 잠시 마주쳤는데, 몸조심하라는 이야기를 해 주더라."

무언가 말을 하려고 벙긋거리던 듀이가 이내 입을 다물었다.

"그래, 듀이. 스티브는 날 버린 게 아니야. 지금 자기 자리를 걸고 날 지키고 있는 거지. 하미드가 날 원한다고 했지? 전쟁을 벌이고 싶어서 혈안이 된 공화당 상원 의원들에게 나랑 하미드는 너무나 좋은 전쟁의 미끼야."

듀이가 진중한 눈빛으로 루나를 바라보았다.

"어떻게 할 생각이야?"

"기다려야지. 스티브가 나를 찾을 때까지. 곧, 반드시, 스티브는 나를 찾을 거야."

"그때까지만 로젠쉴트의 곁에 있겠다는 건가?"

루나는 가만히 고개를 끄덕거렸다.

"하미드가 잘못되고 헤즈볼라의 최고 사령관인 이하브 아부 아베드가 미국을 상대로 테러라도 일으키면 레바논을 향한 미국의 또 다른 전쟁이 시작될 거야. 세상에서 가장 행동력이 좋은 감정이 뭔지 알아?"

듀이는 대꾸없이 루나를 심각한 눈빛으로 바라보기만 했다. 루나는 진중한 어조로 말을 이었다.

"허세야. 자기가 뭐라도 되는 것처럼 객기 부리는 감정 말이야. 그중에서도 전쟁의 허세에 찌든 이들은 특히 가진 힘을 과시하고 싶어 해."

듀이가 조심스러운 목소리로 물었다.

"네가 떠나면 로젠쉴트는?"

루나가 빙그레 웃으며 듀이를 바라보았다.

"듀이, 너 지금 그 남자를 걱정하는 거야?"

대체 누가 누구를 걱정하는 거냐고 묻는 말이었다.

"로젠쉴트는 진심으로 너를 사랑해. 너를 위해 전부를 걸 준비가 되어 있는 남자야. 너를 보호할 수도 있고."

"그래서 안 될 것 같아. 그 사람이 움직이면 헤즈볼라와 미국 간의 전쟁보다 더 큰 일도 벌일 수 있어서. 이 사람 옆에는 그저 사랑밖에 모르는 정부가 있는 게 맞아. 나는 너무 많은 걸 알고, 너무 많은 적을 두었고, 너무 많이."

루나는 잠시 숨을 골랐다.

"그 남자를 사랑하거든. 그 남자가 나 때문에 소신을 잃고, 가진 걸 잃고, 적을 만드는 모습을 보고 싶지 않아."

듀이는 제가 큰 상처를 받은 것처럼 고개를 떨궜다.

"루나. 넌 참 잔인해."

루나는 조심스러운 미소를 머금으며 입을 열었다.

"그동안에는 당연히 해야 할 일이라고 생각했었는데……. 나도 이번에는 좀 마음이 아파."

자욱한 안개라도 낀 것처럼 분위기가 가라앉았다.

"그리고 듀이, 부탁이 있어."

"어떤 부탁?"

듀이는 뭐든 들어주겠다는 듯이 루나를 바라보았다.

“사후 피임약이 필요해. 그리고 경구용 피임약도.”

어깨가 들썩이도록 숨을 몰아쉰 듀이가 알겠다며 고개를 끄덕거렸다.

“루나.”

“응, 듀이.”

“나는 네 몸이든, 마음이든 다치는 일이 없었으면 좋겠어.”

루나가 장난기 어린 눈으로 듀이를 나무라듯 바라보았다.

“그런 놈이 내가 탈 차를 뒤집을 생각을 했어?”

“그건 반성하고 있고.”

반성만 하면 다냐고 대꾸하려는데, 침실 문을 두드리는 소리가 들렸다.

“네, 들어와요.”

위니가 쟁반에 주스를 받치고 들어오자, 듀이가 얼른 쟁반을 받아 들었다. 은제 쟁반을 받아 드는 듀이의 얼굴에 미소가 어렸고, 위니도 듀이를 바라보며 수줍게 웃었다.

아, 듀이. 조금 전 대화는 듀이 방식의 사과였던 것 같다.

수년간의 짝사랑과 고백, 마음의 방향이 움직이는 것을 느끼고, 과거의 풋사랑을 끝내며 루나에게 사과의 말을 전했을 거라는 생각이 들었다.

위니를 바라보는 듀이의 눈빛이 조금씩 빛났다. 조심스럽게 제 행복을 그리며, 루나의 행복을 점쳐 보았을지도. 외골수인 듀이는 제 마음을 아직 완전히 깨닫지는 못한 눈치다.

“루나, 저희는 바로 나가 봐야 할 것 같아요. 로젠쉴트 씨께서 올라오시는 모습을 봤답니다.”

“그래요. 나가 봐요.”

듀이가 루나의 베드 트레이 위에 핑크 구아바 주스를 올려 주고는 선선히 웃었다. 루나도 오랜 동료이자, 소중한 친구인 듀이를 바라보며 희미하게 웃었다.

"기분이 좀 나아진 건가?"

귀에 익은 목소리가 들려왔다. 문가에 기대선 카를이 두 사람을 바라보며 힘없이 웃고 있었다.

"제가 기분 나빠 할 만한 일이 있었나요?"

사람들을 밖으로 내보낸 그는 루나가 기대 있는 침대 곁으로 성큼성큼 다가왔다. 카를은 상체를 숙이고 루나의 이마에 가볍게 입을 맞추고는 그녀와 마주 앉았다.

"입맛이 없었나? 많이 먹질 않았네."

"그냥 조금."

그는 루나에게 시선을 맞추지 못하고 트레이 위를 훑어보기만 했다.

"카를."

루나는 손을 뻗어 그의 뺨을 어루만졌다. 그가 작은 손바닥 안쪽으로 얼굴을 기대며 스르륵 눈을 감았다. 눈꺼풀 끝에 매달린 기다랗고 짙은 속눈썹이 파르르 떨렸다.

언제였더라? 이 남자의 초조한 얼굴을 보았던 게.

루나는 저도 모르게 한국에서의 일을 떠올렸다. 종일 연락이 되지 않는 여자를 걱정하며, 자신을 고장 난 나침반에 비유했던 남자. 그 남자가 그때 그 불안감 그대로 마주 앉아 있었다.

"무슨 일 있어요?"

루나는 할 수 있는 한 상냥하고 다정한 목소리를 내었다.

"미아."

"응."

그가 내리깔았던 눈꺼풀을 천천히 들어 올렸다. 검은 눈동자에는 안쓰러운 물기가 어려 있었다.

"대답을 들을 필요가 없다 자신했는데…… 당신 대답을 듣고 싶어."

나직한 그의 목소리에는 간절함이 배어났다.

"무슨 대답이요?"

루나는 무구한 얼굴로 물었다.

"미아."

카를이 두 사람 사이에 있는 베드 트레이를 바닥에 내려놓고는, 호흡이 섞일 정도로 가까운 거리까지 성큼 다가왔다.

커다랗고 아름다운 손이 루나의 왼손을 보드랍게 어루만졌다. 그는 길고 가느다란 네 손가락으로 루나의 손바닥을 받치고, 엄지로 그녀의 손가락 등을 다정히 쓸었다. 안타깝게 떨리는 그의 손끝이 루나의 네 번째 손가락에 낀 반지에 닿았다.

영롱하게 빛나는 커다란 다이아몬드를 그가 하찮은 물건 보듯이 내려다보았다.

"내가 반지를 잘못 골랐나? 반지가 마음에 안 들었던 건가?"

카를이 미간을 찌푸리며 초조한 눈빛으로 루나를 바라보았다. 영락없이 사랑에 빠진 남자의 얼굴을 하고 있는 그는 한없이 근사했다.

"아니요. 무척 마음에 들어요, 카를."

루나는 어여쁜 미소를 짓기 위해 노력하며 따뜻한 시선으로 그를 바라보았다. 열감 어린 그의 어두운 눈동자와 시선이 마주치자 가슴 한구석이 찌르르 아프다.

"반지만?"

사랑에 관한 연인의 확언을 바라는 남자의 눈동자가 초조하게 빛났다. 차마 거절할 수 없는 진심이었다. 이래서는 안 된다는 것을 머리로는 알면서도 곪아 터진 가슴은 다른 대답을 내놓았다.

"아니요. 당신도."

고개를 비스듬히 기울인 그가 루나의 입술을 부드럽게 머금었다. 아랫입술과 윗입술을 차례대로 빨아들인 그는 입안을 매끄럽게 파고들었다.

반지를 어루만지던 그의 손이 배스 가운을 앞섶을 들추고 가슴을 다정하게 어루만졌다.

"미아."

입술 위에서 이름이 흘렀다.

"카를."

거리가 가까운 나머지, 시선이 끊임없이 교차되었다.

"내가 무슨 이름을 가졌든, 당신이 어떻게 불리든 나와 평생 함께해 주겠어?"

거짓으로라도 대답해서는 안 될 말을 카를이 묻고 있었다. 심장이 세차게 두근거렸고, 흉곽이 뻐근할 만큼 가슴이 아팠다.

"약속했었잖아요. 내가 당신 눈에 비치지 않는 순간에도, 나는 당신을 사랑한다고."

일전의 대화를 상기하며 말을 돌렸다. 그는 이런 종류의 대답을 원한 게 아니라는 듯이 고개를 슬쩍 내저었다. 지금 당장 작별을 고한 것도 아닌데, 그의 눈동자에 안쓰러운 슬픔이 고인다.

"미아, 당신은 왜 내 곁을 떠나는 가정만 하는 거지?"

그의 물음이 왼쪽 가슴을 뾰족하게 들쑤시고 들어왔다.

"아니에요, 카를."

"그럼, 대답해 줘."

카를은 집요하고 깊은 시선으로 루나의 눈동자를 들여다보았다.

"카를."

루나는 한숨을 한 번 들이마시고는 조심스럽게 말을 이었다.

"당신과 평생."

갑자기 목이 탁 메어서 루나는 또다시 숨을 골라야만 했다. 때론 속에만 담아 놨던 감정과 머릿속에만 맴돌았던 말들이 입 밖으로 흘러나왔을 때, 제대로 자각하는 경우도 있다.

루나는 그에게 종용당한 대답을 내놓으며 깨달았다. 앞으로 이 남자 없이는 절대로 살 수 없다는 사실을 말이다.

"카를. 내가 어떻게 불리든, 당신이 무슨 이름을 가졌든 평생 당신과 함께할게요."

말이 떨어지기가 무섭게 그의 혀가 루나의 입안을 거칠게 파고들었다. 거센 흡입력에 볼이 홀쭉해진 루나는 그의 손길에 따라 배스 가운을 벗었다.

그가 입고 있던 드레스셔츠와 검은색 팬츠가 침대 밖으로 떨어졌다.

"하으응!"

이미 흠뻑 젖어 있는 아래로 철로 만든 불쏘시개 같은 뜨거운 물건이 깊게 파고들었다.

아이를 갖고, 단란한 가정을 꾸리고, 평범한 삶을 영위하고 싶다는 그의 말을 증명하듯 이번에도 그는 피임하지 않았다.

"하으, 카를."

음란하게 젖은 살점을 울퉁불퉁 핏줄이 돋아난 그의 페니스가 쑤셔 댈 때마다 머릿속이 하얗게 새는 듯했다.

"하아, 미아."

그는 '미아'라는 이름을 씹어 삼키듯 읊조렸다.

언제쯤 그가 웃으며 '루나'라고 부르는 모습을 볼 수 있게 될까.

그런 순간이 영영 오지 않을 수도 있다는 생각이 들자, 가슴속이 무겁게 가라앉았다.

"아웃. 카를. 아아!"

공허한 가슴과 달리 몸은 한없이 달떠서 그의 목덜미에 허겁지겁 매달렸다.

"미아."

섹스는 그저 동물적 본능에 기인하는 행위라고 생각했었다. 입술을 부딪치고, 혀를 섞고, 서로의 달아오른 몸을 어루만지고, 가장 은밀한 부분을 내어 주고 자극하는 행위. 그저 종족 번식과 쾌락만을 위한 행위로 치부했던 섹스가 마음의 밑바닥까지 통하게 해 주는 기분이었다.

나도 절대 당신을 놓고 싶지 않아.

루나는 그의 어깨를 꽉 끌어안았다. 허벅지 안쪽이 파르르 떨렸고, 절정에 오른 태내가 그를 꽉 붙들려고 안간힘을 써 댔다.

"으음."

카를이 억눌린 신음을 내뱉으며 뜨거운 기운을 왈칵 내뿜었다. 그는 단순한 행위 자체로 끝내는 게 아쉽다는 듯이 루나의 몸 안에 흔적을 남기고, 또 남겼다.

호텔에서 사흘을 함께 보내고 안가에 도착했다. 안가로 들어오는 길, 듀이는 베이루트의 호텔에서 휴대전화를 건네주었을 때처럼 아무도 보지 않는 틈을 타 루나에게 사후 피임약을 건네주었다.

욕실 거울 앞에 선 루나는 새끼손톱보다 작은 하얀색 알약을 가만히 내려다보았다. 입안에 알약을 넣고 물을 조금 삼키면 그만인 일이었다.

「영재 교육이니, 로젠쉴트 전통 교육이니 하는 건 받게 하지 않을 생각이야. 봄이면 에펠탑 아래서 벚꽃을 구경하며 그림을 그리고, 여름에는 칸 해

변을 따라 산책하며 조개껍데기를 줍고, 가을에는 로잔에서 예쁜 단풍을 모아 동화책 사이에 끼워 주고, 겨울에는 알프스에서 눈썰매를 타는 거야.」

잠들기 전 카를은 루나를 품에 안은 채로 꿈을 꾸듯 읊조렸었다. 아직 아이를 가진 것도 아닌데, 루나의 납작한 배를 어루만지며 어떤 녀석이 나올지 궁금하다는 말을 자기 전까지 수십 번 되뇌었다.

잠기운이 가득한 목소리로 행복에 겨워 속삭이던 카를의 모습이 끊임없이 머릿속을 맴돌았다.

"미스 콴, 준비되셨습니까?"

위니가 침실에 들어서며 환히 웃었다. 한껏 꾸민 루나를 보고 만족스러운 미소를 드리운 얼굴이었다. 함께 가야 할 오찬이 있다며 외출 준비를 하라는 카를의 말에 루나는 아침 식사 후 내내 스타일리스트들에게 시달렸다.

"이제 된 거죠?"

루나가 스타일리스트들을 향해 묻자, 그들 역시 흡족한 표정을 지으며 고개를 끄덕거렸다.

"카를은요?"

"여기."

위니가 대답을 내놓으려 입을 뻥긋하기도 전에 카를이 나타났다. 루나는 저도 모르게 넋을 놓고 그를 바라보았다.

워낙에 근사한 남자이기는 했지만, 오늘따라 검은색 슈트가 그의 몸에 착 달라붙은 듯 멋졌다. 타이를 매는 대신 재킷 안쪽으로 라인을 따라 와

인색 스카프를 늘어뜨린 그는 어느 왕실의 잘생긴 왕자라고 해도 손색이 없을 정도로 귀품이 넘쳤다.

"미아."

카를이 한걸음에 루나의 곁으로 다가왔다. 그의 와인색 스카프 색에 맞추어 루나는 짙은 붉은색의 칵테일 드레스를 입고 있었다.

"미치도록 아름다워. 오찬이고 뭐고 다 취소해 버리고 침대로 뛰어들고 싶을 만큼."

그가 루나의 귓가에 야하게 속삭였다.

"요즘은 침대가 아니어도 잘만 하잖아요? 굳이 침대로 뛰어들 필요가 있어요?"

한술 더 뜬 루나의 물음에 카를이 재미있다는 듯이 웃었다. 그의 웃는 모습을 올려다보는 것만으로 가슴이 찰랑찰랑 차올랐다.

"갈까?"

루나는 가볍게 고개를 끄덕거렸다.

"오늘은 어딜 가는 거죠?"

보통 카를은 약속 장소에 대한 힌트를 주곤 했는데, 아직까지 묵묵부답이었다. 그만큼 비밀스럽고 중요한 자리라는 의미였다.

"오늘은 내 아버지인 아이작 로젠쉴트의 친구에게 당신을 선보이는 자리야."

자상한 음성에 귀를 기울이던 루나의 눈빛이 아주 살짝 흔들렸다.

"그중에서도 아버지와 가장 친했던 친구분을 만나게 될 거야."

카를은 선친이 돌아가신 탓에 그의 친우에게 결혼 승낙을 받으러 가는 남자처럼 굴었다.

"미아."

"응?"

"당신 부모님께도 인사를 드릴 수 있는 기회가 있을까?"

그는 꽤 진중한 어조로 물었다. 루나는 작게 한숨을 내쉬었다.

"모르시는 편이 나을까?"

루나는 잠시 침묵했다. 엄마와 아버지, 유나에게 이 남자를 소개할 날이 올까? 그럴 수 있었으면 좋겠다. 부모님과 여동생이 이 사람을 따뜻하게 가족으로 맞아 주었으면.

루나는 진심을 담아 속삭였다.

"언젠가 때가 되면요."

커다란 손이 루나의 어깨를 꼭 끌어안았다.

두 사람이 올라탄 차는 워싱턴 D.C 한복판에 있는 고급 아파트 앞에서 멈춰 섰다. 차에서 내려서자 블루투스 리시버를 낀 경호원 여럿이 두 사람을 둘러쌌다.

"기다리고 계십니다."

입구에서부터 경비가 삼엄했다. 심장이 쿵쿵 뛰기 시작했다. 루나는 이 건물 꼭대기 층에 사는 남자가 누군지 이미 알고 있었다. 설마 했는데, 그 영감을 직접 만나러 오게 될 줄은 몰랐다.

엘리베이터를 두 번이나 갈아타고 펜트하우스에 도착했다. 접객실에서나 얼굴을 마주할 수 있을 줄 알았는데, 그는 웅장한 샹들리에가 드리운 펜트하우스의 입구에서 수십 명의 경호원을 뒤로하고 두 사람을 맞았다.

"어서 오시게, 로젠쉴트."

어디서든 의구심을 몰고 다니는 하얀 연기 같은 노인네가 건넨 인사에 카를은 그저 고개만 까딱거렸다.

"우린 초면인가요, 미스?"

"미아 콴입니다."

빅터 아스그리드의 매서운 눈빛이 루나의 검은 눈동자를 꿰뚫듯 했다. 루나는 거리낄 게 없다는 듯이 빅터를 바라보았다. 도도하고 우아한 시선으로 탁한 회색빛 눈동자를 응시했다. 빅터는 루나의 손을 끌어다 손등에 입을 맞추는 시늉을 했다.

"아름다운 눈빛을 가진 분이시군요. 미스 콴."

"감사합니다. 아스그리드 씨."

사교적인 미소를 머금은 루나는 빅토리아 시대에 궁정에 처음 인사 온 귀족 아가씨라도 되는 양 무릎을 살짝 굽히며 인사했다.

"자, 이제 들어가서 식사부터 합시다."

샹들리에가 드리운 너른 홀을 지나 나타난 회랑에는 오래된 초상화가 줄지어 걸려 있었다.

"우리 부모님과 조부, 죽은 내 여동생이야. 그리고 여긴 내 마지막 사랑."

빅터는 볕이 잘 드는 회랑 끝에 걸려 있는 그림을 바라보며, 액자를 조심스럽게 어루만졌다. 스러져 가는 노인의 사랑이 담긴 손길은 애틋하기만 했다. 그림 속 여자는 이제 막 소녀티를 벗어난 앳된 모습이었다.

"위탁 가정에서 만나서 함께 자랐어. 이 드레스는 루이스의 열여덟 번째 생일 선물로 내가 선물한 거였지. 안타깝게도 루이스는 열아홉 생일이 되기 전에 결핵으로 세상을 떠났어."

빅터는 아득히 먼 시선으로 그림 속을 들여다보았다.

"어떤가?"

"아름답습니다. 많이 그리우시겠습니다."

카를의 정중한 대답에 빅터는 가래가 끌끌 끓는 소리를 내며 웃었다.

"곁에 있어도 그리운 사람이었지. 나한테 루이스는 그런 사람이었어. 그래서 그리운 정도는 그때나 지금이나 크게 차이가 없다네."

박쥐처럼 여기저기를 오가며 정보를 전하고 평생 의심받을 짓만 해 온 빅터의 뒷모습이 오늘따라 유약해 보였다. 선이든, 악이든 강인한 사람을 약체화시킬 수 있는 유일한 것은 사랑인가 보다.

곁에 있어도 그리운 사람.

루나는 고개를 돌려 카를의 옆모습을 올려다보았다. 쭉 뻗은 콧날에서 입술로 내려오는 선이 무척이나 매혹적이다.

시선을 느낀 카를이 비스듬히 고개를 기울여 매혹적인 입술로 루나의 이마에 부드럽게 키스했다. 그러고는 길게 숨을 들이쉬고 루나의 체취를 음미하듯 흡족한 미소를 짓는 얼굴은 한없이 근사했다.

고약한 인간인 빅터의 집에서 그를 향한 사랑을 새삼스럽게 깨닫게 될 줄은 꿈에도 몰랐다.

"자, 이제 내가 이 집에서 가장 공을 들인 곳으로 안내하지."

빅터의 안내에 따라 두 사람은 온실처럼 꾸며진 다이닝 룸으로 들어섰다. 펜트하우스의 테라스 공간에 방탄유리로 온실을 짓느라 고생깨나 했다며 빅터는 인자한 노인처럼 웃었다.

부드럽고 유연하게 대화를 이끌어 가는 카를 덕에 식사 시간은 즐거웠다. 세 사람은 세계 금융계 현금 흐름부터 미국 정치계의 가십까지 온갖 주제를 넘나들며 이야기를 나누었다.

"그 상원 의원 아들이 이번에 결혼을 한다고 하더군. 정치계 거물과 금융계 신생 기업의 만남이어서 그런지 말들이 많아."

카를이 아주 조금 웃었다. 루나는 그 웃음의 이유를 알 것 같았다.

"이제 제 차례인 것 같군요."

루나는 긴장감을 숨기고 부드러운 눈빛으로 카를을 바라보았다. 카를 역시 테이블 위에 올라 있는 루나의 손을 꼭 잡으며 마주 웃었다.

빅터가 두 사람을 번갈아 보고는 의미심장한 미소를 지으며 물었다.

"이제 호사가들의 입방아를 타고 놀 준비가 되었다는 뜻인가?"

카를이 루나에게서 길게 시선을 거둬 가며 말했다.

"상원 의원 아들의 결혼식보다 제 결혼식이 더 빠를 것 같습니다."

카를은 재킷 안주머니에 넣어 두었던 초대장을 꺼내서 빅터에게 건넸다. 빅터는 초대장을 열어 보고는 만면에 미소를 띤 채로 루나를 향해 입을 열었다.

"축하해요, 미스 콴."

"감사합니다, 아스그리드 씨."

루나는 일확천금의 기회를 잡은 정부이지만, 그쪽 세계에 대해서는 아무것도 모른다는 식의 무구한 미소를 머금었다.

"그래서 앞으로 제가 한동안 바빠질 것 같습니다."

카를은 사랑에 푹 빠져서 정신을 차리지 못하는 남자처럼 웃으며 말을 이었다.

"그래서 그때 말씀하신 사업 건은 제가 손대기 어려울 것 같습니다."

빅터의 얼굴에 살얼음이 끼는 것처럼 미소가 차가워졌다.

"손대기 어렵다는 말의 정확한 의미는?"

빅터는 눈썹을 치뜨며 퀭한 눈빛으로 카를을 바라보았다.

"당분간은 가정을 돌보는 데 집중할 생각입니다. 새로 사업을 늘리거나, 복잡한 일에 끼어드는 것은 자중할 생각입니다."

마치 뒤통수를 얻어맞은 것처럼 멍한 눈빛이었다. 감히 제까짓 것이 아이작 로젠쉴트의 친우인 빅터 아스그리드의 부탁을 거절하느냐며 분노한 듯 입술 끝도 파르르 떨렸다.

하지만 이내 빅터는 재빠르게 감정을 추스르고 여유로운 미소를 머금었다.

"그래, 가정을 돌보는 게 모든 일의 기본이기는 하지. 하지만 카를, 이

번 일은……."

카를이 비식 소리 내 웃었다.

"아스그리드 씨."

정중한 부름이었지만 카를의 음성은 차가웠다. 내내 전형적인 미소를 머금고 있던 얼굴에도 비소가 어려 있었다.

"제게는 마땅히 지켜야 할 사람이 생겼습니다. 저는 제 가족에게 위해가 될 만한 일은 하지 않을 생각입니다. 제안하신 사업은 흥미가 돋기는 합니다만."

순간 빅터의 눈빛이 어둡게 빛났다. 카를은 그 모습을 놓치지 않고 안타깝다는 듯이 고개를 내저었다.

"여러 가지를 고려해 볼 때, 너무 위험한 사업입니다."

빅터가 카를에게 부탁했던 일, 그가 위험한 사업이라고 일컫는 일은 아마도 하미드 모사드를 빼내서 헤즈볼라에 넘기는 일일 것이다.

"그렇지, 미아? 당신도 내가 위험한 일을 하는 것은 바라지 않잖아?"

카를은 루나를 사랑스럽다는 듯이 바라보며 물었다.

"그럼요, 카를. 나는 당신이 털끝 하나라도 다치는 건 원하지 않아요."

루나는 두 손으로 그의 턱을 끌어와 입술 끝에 다정하게 입을 맞추었다. 그가 빅터와 손을 잡고 헤즈볼라의 부탁을 들어주면 어쩌나 하는 고민을 했었다. 아마도 아이작의 친우인 빅터의 부탁이었기에 카를도 고민이 깊었을 것이다.

결혼, 지켜야 할 사람, 위험한 사업.

카를의 결혼은 빅터의 제안을 거절하는 데 좋은 구실이 되어 줄 터였다. 그가 갑작스럽게 결혼을 추진하려는 이유가 여기에 있었나 보다.

"이거 아쉽게 됐네."

빅터는 마른 손바닥을 비비며 어깻숨을 내쉬었다.

"늙은이는 좀 쉬어야겠어. 이 나이쯤 되면 식사 한 끼 소화시키는 것도 버거울 때가 있다네."

갑자기 스러져 버릴 것 같은 노인네 행세를 하며 빅터가 앓는 시늉을 했다.

"저희는 그만 일어나겠습니다. 시간 내 주셔서 감사합니다. 결혼식에는 꼭 참석해 주셨으면 합니다."

카를은 정중한 인사를 건네고는 루나를 데리고 빅터의 집을 빠져나왔다.

건물 공동 현관을 빠져나오자 따사로운 햇살에 눈살이 저절로 찡그려졌다.

"좀 걸을까?"

카를의 제안에 루나는 뒤를 돌아보며 수십 명의 경호원을 훑어보았다.

"잠깐이면 돼."

카를이 안심하라며 루나를 설득했다. 루나는 고개를 끄덕이며 느릿하게 걸음을 옮겼다.

"결혼 초대장 나는 안 줘요?"

루나는 빌딩 숲 어딘가에 시선을 둔 채로 뾰족하게 물었다.

"당신이 초대장을 왜 받아?"

눈을 휘둥그렇게 뜬 카를이 무슨 의미로 하는 말이냐고 묻는 듯한 표정으로 루나를 바라보았다.

"나는 당신 결혼식에 초대할 생각이 아니었구나. 정부는 결혼식에 초대도 못 받는 거군요."

루나는 시무룩한 목소리로 대꾸했다. 그가 길 한복판에 우뚝 멈춰 섰다. 뒤따르던 경호원들과 앞서가던 경호원들도 카를을 따라 멈춰 섰다. 가벼운 산책일 뿐인데, 마치 군대가 움직이는 듯한 모습에 웃음이 나오려고 했다.

"무슨 소릴 하는 거야, 지금? 신부가 당연히 결혼식에 와야지. 초대는 무슨 초대야?"

카를이 미간을 찌푸리며 루나를 내려다보았다.

"난 또. 나한테 결혼식 이야기는 안 해 주길래 다른 여자랑 결혼하나 했죠? 벌써 초대장이 나왔으면, 장소랑 결혼식 날짜도 정해진 건가요?"

"미아, 그건."

루나는 그를 나무라듯 쏘아보다가 휙 돌아서서 먼저 걸음을 옮겼다.

"피곤하네요. 얼른 돌아가고 싶어요. 이런 높은 구두를 신고 산책하는 게 얼마나 힘든 일인지 알기나 해요?"

퉁명스럽게 내뱉은 순간 몸이 붕 떠올랐다. 카를이 루나의 등허리와 뒷무릎을 받쳐 안은 채로 근사한 미소를 머금고 있었다. 심장이 두근두근 날뛰었다.

잘생긴 얼굴에 드리운 미소를 마주할 때면 뭐든 다 용인해 주고 싶은 마음마저 들기도 하지만.

"미아, 용서해 줘. 얼른 당신과의 결혼을 서두르고 싶었어."

"그래서 내가 웨딩드레스를 입는 날짜는요?"

"이번 주말."

"미쳤어요?"

루나는 눈을 휘둥그렇게 뜨며 몸을 버둥거렸다. 지켜보고 있던 레이가 차 문을 열어 주었고, 루나는 그의 품에 안긴 채로 뒷좌석에 올랐다.

"이번 주말? 이번 주말이 내 결혼식이라고요?"

"미아, 어차피 결혼식은 형식적인 절차일 뿐이잖아. 우린 이제껏 그래 왔던 것처럼 함께 지내면 되고. 그저 사람들에게 부부가 되었음을 빨리 알리고 싶었을 뿐이야."

루나는 눈을 가늘게 뜨고 카를을 바라보았다. 그가 안쓰러운 미소를 머금으며 다가왔다.

커다란 손으로 옆머리를 잡은 그가 부드럽게 입술을 겹쳤다. 또 혼을 쏙 빼 놓는 키스를 하려는지 입안을 파고드는 혀의 움직임이 능란했다.

"으음. 카를!"

루나는 그를 밀어내며 약간 신경질을 부렸다. 그는 진심으로 당황한 듯 어쩔 줄 모르는 얼굴을 했다.

"이렇게 넘어가려고 하지 말아요."

단호한 어조에 그는 바짝 긴장한 눈빛으로 루나를 바라보았다.

"우리의 결혼이 빅터가 제안한 위험한 사업을 거절하기 위한 빌미가 된 건 아닌가요? 그 이유가 더 큰 거죠? 대체 어떤 사업인데 결혼까지 서둘러야 하는 거죠?"

카를은 어이가 없다는 듯이 웃었다. 양손으로 머리를 쓸어 넘기는 그의 모습은 지나치게 색스러웠다.

"미아."

그가 낮은 목소리로 위협스럽게 이름을 읊조렸다. 순식간에 차 안 공기가 얼어붙은 것처럼 적요했다. 루나는 대답 없이 그의 날카로운 옆모습을 바라보았다.

"내 사랑을 의심하지 말라고 경고했을 텐데?"

그가 한쪽 입꼬리를 들어 올리며 음란하게 웃었다. 등줄기를 타고 땀이 기다랗게 흘러내렸다.

"내가 당신과의 결혼을 사업에 이용할 만큼 무능력해 보였나? 아니면 내가 무슨 일에 연루되어 있나 떠보는 건가?"

카를의 기다란 속눈썹이 느릿하게 나부꼈다. 가라뜬 시선은 그 어느 때보다 날카로웠다.

루나는 토라진 척 팔짱을 끼며 고개를 돌려 창밖을 바라보았다. 날 선 질문에 대한 대답을 돌려주지 않았는데도 그는 개의치 않는다는 듯이 루나의 목덜미에 입술을 찍어 내렸다.

"나는 당신이 걱정되어서 그러는 거라고요."

긴장감을 누그러뜨리려는 의도로 일부러 삐뚤어진 목소리로 쏘아붙였다.

"그리고 아까 빅터 아스그리드의 사업 제안을 거절했을 때, 결혼 핑계를 댄 것도 맞잖아요? 지켜야 할 가정이 생기는 거니까, 위험한 일을 피해야 한다고 했고요."

커다란 손이 젖가슴을 부드럽게 움켜잡았다. 드레스 안에 니플 패드만 한 탓에 둥그런 살점이 그의 손안에서 매끄럽게 뭉개졌다.

"당신을 떠본 게 아니라, 상황 파악에 근거를 둔 합리적 의심이었다고요."

"맞아, 미아. 당신은 상황 파악이 빠른 편이야."

목덜미를 더듬던 그의 입술이 드레스 위로 봉긋 솟은 젖무덤 위에 닿았다. 살갗 위를 혀로 할짝대고 입술로 부드럽게 빨아들이는 통에 숨이 차올랐다. 갑작스러운 흥분감에 가슴이 찌르르 울렸다.

"직관력이 뛰어나고, 추리 능력도 좋아서 다음에 어떤 상황이 이어질지도 곧잘 예상하지."

카를이 가슴을 뭉그러뜨리던 손을 내려 칵테일 드레스의 풍성하고 주름진 밑단을 들어 올렸다. 긴장감과 흥분감이 어지럽게 뒤엉켜 그악스러운 쾌감을 자아냈다.

"카를."

루나는 더운 숨을 내쉬며 그의 목에 팔을 걸었다. 풍만한 가슴이 출렁이며 그의 드레스 셔츠와 슈트 재킷 위에 얹혔다. 옷자락 속에 숨겨진 단단한 흉근에 부드러운 살결이 음란하게 이지러졌다.

"그럼, 이제 내가 뭘 할 건지도 예상이 되나?"

코끝이 닿을락 말락 한 거리에서 그가 속삭였다. 루나는 살짝 고개를 내저었다.

그가 콘돔을 사용하지 않은 이후로 조금씩 대범하게 굴었지만, 설마 지금 여기서 자신을 안을 거라고는 예상치 못했다. 런던에서도 이와 비슷한 일이 있었지만, 그때는 그저 플러팅이 전부였다.

차 창밖으로 경호원들이 오갔고, 레이가 조수석에 오르는 모습이 보였다. 선팅이 짙어서 밖에서는 차 안을 살필 수 없을 터였고, 앞좌석과 뒷좌석 사이에는 방음 가림막이 존재했다.

"이제껏 재잘거리던 사람은 어딜 간 거지?"

그가 입술을 옮겨 귓불을 세게 빨아들였다. 커다랗고 뜨거운 손이 허벅지 안쪽을 기어오르기 시작했다. 차가 도로를 미끄러져 나아갔고, 아랫배가 조이며 애액이 울컥 새어 나왔다. 기다란 손가락이 끌어 내린 레이스 팬티가 발목에 걸렸다.

"하아, 카를."

루나는 더운 숨을 몰아쉬며 그의 이름을 재차 불렀다.

"모르겠어? 내가 뭘 할지."

카를의 눈초리가 붉게 달아올랐다. 숨이 막힐 것 같은 기분이 들어서 아랫입술을 슬쩍 깨물었다.

그가 야한 미소를 머금으며 깨물린 루나의 입술을 가볍게 빨아들였다. 코끝에서 느껴지는 그의 향수 냄새와 숨 내음이 달콤했다. 루나는 본능적으로 입을 벌리고 고개를 기울이며 그의 입속을 깊게 파고들었다.

"으음."

그가 억눌린 신음을 흘리며 한쪽으로 포개져 있던 루나의 다리를 부드럽게 어루만졌다. 루나는 스스로 몸을 일으켜 다리를 벌리고 그의 허벅지 위에 주저앉았다.

"흐음."

그의 도톰한 입술을 힘껏 빨아들이고, 혀를 거칠게 비비며 벨트 버클을 풀었다.

"하아."

입술이 떨어진 순간, 눈앞에 핑 돌았다. 좌석 시트가 등 뒤에 닿았고, 선루프를 통해 빌딩 숲과 파란 하늘이 보였다.

"아아!"

흉흉하게 발기한 페니스가 젖은 살점을 무자비하게 파고들었다. 셀 수 없이 몸을 섞었는데도 여전히 그를 받아들이는 것은 버거웠다. 머릿속이 하얗게 탈색되는 것 같은 급작스러운 쾌감을 느끼며 루나는 달뜬 숨을 삼켰다. 카를은 지체 없이 허리 짓에 힘을 실었다.

"하으웃!"

"평소에는 눈을 뾰족하게 뜨고 따지면서."

그가 거친 숨소리가 뒤섞인 탁성으로 루나를 나무라듯 지껄였다.

"이럴 때는 꼭 모른 척하고 시치미를 떼지."

괘씸하다는 듯이 읊조리고 있었지만, 그의 눈가에는 무한한 애정이 담뿍 담겨 있었다. 그리고 루나가 그의 타액을 모조리 마셔 버린 것도 아닌데, 그의 입술은 붉은 열기로 메말라 있었다.

루나는 고개를 들어 올리며 그의 안쓰러운 입술을 머금었다.

"으음. 으으웅! 흐으웃."

입술을 가볍게 맞붙인 상태에서도 신음을 쉴 새 없이 흘러나왔다. 아래는 곤죽이 되도록 쾌감에 짓이겨지고 있었지만, 루나가 그에게 하는 키스는 깃털이 간질이는 것처럼 부드럽기만 했다.

"아아, 카를."

카를이 오른쪽 손으로 루나의 엉덩이와 허벅지를 살짝 받쳐 올렸다. 더 깊어질 수 없을 것 같았던 결합이 깊어지고, 질 벽을 내리누르는 압박감이 거세어졌다.

"아아! 아아! 으으읏!"

루나는 그의 목에 팔을 휘감고 간신히 흐느꼈다. 벼락같은 절정이 온몸을 뒤흔들었다. 눈앞에 아무것도 없는 것처럼 깜깜했다.

그도 느끼는지 모르겠지만, 루나는 콘돔을 사용하지 않은 이후로 더욱 깊은 쾌감과 높은 절정으로 치달았다. 아무런 경계도 없이 오롯이 맞닿아 있다는 사실은 정신적 허기를 만족시켜 주었다. 또 가장 은밀한 살과 살이 부대끼며 감각하는 쾌락은 포만감의 절정을 이루었다.

그리고 임신의 가능성. 루나가 처한 상황에서 위태로운 일일 수밖에 없는 일이었지만, 그로 인한 긴장감도 사람을 한계까지 몰아붙였다.

이토록 무책임한 사랑이라니.

루나는 쾌감에 몸을 떨며, 그 모순에 눈물을 떨궜다. 헤어지느니 차라리 목숨을 내놓을 수 있을 만큼 사랑하는 남자를 두고 할 수 있는 게 별로 없었다.

이제껏 정의를 위한답시고, 민주주의를 지키는 대의를 두고 수많은 일을 해 왔다. 그런데 루나는 사랑하는 남자의 부탁조차도 들어줄 수 없는 처지였다.

그렇다고 그 남자의 소원이 너무 비범하고 위대해서 들어줄 수 없는 것도 아니었다. 능력 좋고, 출중한 남자가 원하는 것은 따뜻한 가정이었다. 사랑하는 여자와 평범한 가정을 이루고 사는 것.

죽었다가 깨어나면 가능할까.

세상이 뒤집히면 답이 나올까.

그의 입술이 루나의 눈물을 빨아 마셨다.

"미아."

"응."

그가 쾌락이 가시지 않은 나직한 목소리로 물었다. 차는 이미 안가에 도착한 것 같았다. 하지만 그의 수석 비서인 레이나, 경호책임자 루터 등 그 누구도 두 사람이 왜 내리지 않는지 궁금해하지 않았다.

"왜 울지?"

섹스 뒤에 눈물을 흘리는 경우가 종종 있었다. 넘치는 쾌락을 감당하지 못해서 흘리는 분한 눈물일 때도 있었고, 감동의 흐느낌일 때도 있었다.

"감당할 수 없을 만큼 좋아서."

루나는 그의 목덜미를 꽉 끌어안았다. 카를이 루나의 허리를 당겨 안으며 일으켜 세웠다. 그의 바지 앞섶은 여전히 벌어져 있었고, 한 번 물을 빼냈는데도 불구하고 여전히 흉흉한 크기였다.

"당신을 안아 올리자마자, 또 반쯤 서려고 해."

분위기를 가볍게 하려는 듯 그가 농담을 건넸다.

"내가 또 오늘처럼 만나야 할 사람이 있어요?"

그는 루나의 뺨을 넓게 잡고 엄지로 눈물을 닦아 주며 고개를 내저었다. 희미한 미소가 어린 얼굴이 근사했다.

"나 때문에 당신이 거절해야 하는 사업이 또 있을까요?"

루나는 그게 은근히 신경 쓰였다는 투로 물으며 시선을 돌렸다.

"아니, 없어. 그 일은 애초에 위험한 일이었어. 미국을 상대로 테러를 저지르려다가 붙잡힌 테러범을 빼내 달라는 부탁이었어. 그런 부탁을 들어줄 수는 없지."

가슴이 철렁 내려앉았다. 빅터의 집을 나온 이후, 결혼식에 대해 따지느라 제대로 헤아리지 못했던 사실 하나가 불현듯 머릿속을 스쳤다.

"그래요. 당신이 위험한 일을 하는 건 나도 원치 않아요."

루나의 목소리가 전에 없이 파르르 떨렸다. 카를이 거절한 일은 하미드 모사드를 구하는 일이었다. 하미드 모사드가 루나의 친구라는 것을 그는 아직 모르는 눈치였다. 헤어진 지 8년이 다 된 친구였고, 성인이 된 이후에는 얼굴을 보지도 못했다. 그런 친구를 위해 CIA가 됐다는 사실은 공식적인 자료가 아니었으므로 그가 알아내기는 힘들었을 것이다.

차라리 모르는 게 낫지 싶다. 아마 알았더라면 어떻게 해서든 하미드를 구하려고 했을지도 모른다. 그렇게 되면 카를이 균형을 잃고 위험에 처할 수도 있었다. 적이 없는 로젠쉴트라지만, 호시탐탐 로젠쉴트의 몰락을 바라고, 이 자리를 노리는 이들이 많았다.

스티브가 이제 때가 되었다고 알려 오는 순간이 온다면, 루나는 그의 곁을 떠나야 할 것이다. 그의 미래를 위해서도 CIA 공작관의 신분인 여자가 곁에 있는 것은 말도 안 되는 일이었다.

"왜 불만스러운 얼굴이지?"

카를이 루나의 속을 꿰뚫어 보듯이 물었다.

"불만스러우니까요."

루나는 빙그레 웃으며 야하게 속삭였다.

"미아, 그거 알아?"

질문의 의도를 알 수 없어서, 루나는 눈썹을 조심스럽게 치떴다.

"당신이 이렇게 대범하게 나올 때는 꼭 거짓말을 하는 것처럼 보인다는 거?"

루나는 놀란 얼굴을 하지 않으려 표정을 단속하며 그를 응시했다. 지금은 눈을 피하는 것조차도 그에게 빌미를 제공하게 되는 일일 것이다.

"어떤 거짓말이요?"

다행스럽게도 루나의 목소리가 전과 다를 바 없이 흘러나왔다.

"글쎄. 그게 뭘까?"

그는 고개를 비스듬히 기울이며 루나의 얼굴선을 따라 손가락을 움직였다.

"깜찍하게 나를 속이려고 요부처럼 구는 걸까."

카를의 목소리가 깊게 가라앉았다. 말끝을 길게 늘이는 통에 긴장감이 밀려들었다. 심장이 소란하게 뛰었다.

"아니면, 마음 아프게 당신 스스로를 속이려고 감정에 취한 척 구는 걸까."

카를은 깊은 시선으로 루나의 맑고 검은 눈동자를 들여다보았다. 모범답안을 내놓은 그에게 루나는 아무런 대답을 할 수가 없었다.

시선이 얼마간 얽혔다. 끝내 눈을 내리며 웃음을 지은 것은 루나였다.

"맞아요. 내가 당신에게 취한 거. 나는 가진 게 없고, 당신은 상상할 수 없을 정도로 많은 것을 가졌으니까. 가끔 불안해요. 나는 언제든 버림받을 수 있는 존재니까."

"그래서 결혼을 하잖아, 미아."

"세상에 이혼이라는 단어가 존재하는 건 아는 거죠, 카를?"

루나는 일부러 시무룩한 목소리로 물었다.

"미아?"

끝을 올린 부름에 루나는 다시 카를과 시선을 마주했다.

"내가 세상에 태어나서 원했던 단 하나는 오직 당신뿐이야. 그 하나가 사라지면, 나도 없는 거야."

가슴이 찌르르 아팠다.

"어서 들어가요. 푹신한 침대에서 하고 싶어."

루나는 그를 속이고, 스스로를 속이며 또다시 요부처럼 굴었다. 해가 지려는지 사위는 금세 잿빛으로 물들었다. 국가의 평화적인 존속을 위한 임무와 모두의 안위, 그리고 복받쳐 오르는 감정이 어둠 속에서 어지러이 뒤섞였다.

2권에서 계속…